Tracie Peterson

Bevor es Morgen wird

BRUNNEN
Verlag GmbH · Giessen

Titel der amerikanischen Originalausgabe:
Dawn's Prelude

Originalausgabe: Bethany House Publishers.
11400 Hampshire Avenue South, Bloomington, Minnesota 55438

Übersetzung aus dem amerikanischen Englisch: Dr. Friedemann Lux

MIX
Papier aus verantwortungsvollen Quellen
FSC® C083411
FSC www.fsc.org

1. Taschenbuchausgabe 2016

www.brunnen-verlag.de
Umschlagfoto: Mike Habermann
Umschlaggestaltung: Sabine Schweda
Satz: DTP Brunnen
Herstellung: CPI – Ebner & Spiegel, Ulm
ISBN 978-3-7655-4296-1

Ich widme dieses Buch mit herzlichem Dank

Bill und Carole Denkingeer,
den Inhabern der Pension Alaska Ocean View in Sitka.
Eure Gastfreundschaft und Freundlichkeit habe ich gern
in Anspruch genommen.

Bob Medinger,
dem Direktor der Sitka Historical Society und des
Historischen Museums. Ihren Hinweisen auf Quellen
und der Nutzung des Museums verdanke ich eine gute Kenntnis
von Sitka. Danke, dass Sie meine zahllosen Fragen
beantwortet haben.

Und den Mitarbeitern
des Sheldon Jackson Museums in Sitka
für alle freundliche Unterstützung.

Kapitel 1

Kansas City, Missouri; Anfang April 1870

„Wenn es nach mir geht, wird Lydia keinen Cent von Vaters Geld erben", verkündete Mitchell Gray. „Sie ist ein Niemand in unserer Familie. Sie ist ein Eindringling, den wir nach Mutters Tod vor die Nase gesetzt bekommen haben. Es steht ihr nichts zu."

„Psst", erwiderte seine jüngere Schwester, Evie. „Sie ist doch nebenan."

Lydia Gray saß allein in dem Salon, in dem noch vor ein paar Stunden der verschlossene Sarg ihres Mannes gestanden hatte, in ihrem Schaukelstuhl. Sie ließ den Hass seiner erwachsenen Kinder über sich spülen und die Sorgen und Ängste, auf die sie sonst vielleicht gehört hätte, betäuben. Mit Ausnahme von Evie hatten sie sie von dem Augenblick an, wo sie in das Haus gekommen war, gehasst. Sie konnte ihnen nicht böse sein deswegen. Sie selbst hatte fast alles an ihren zwölf Ehejahren mit Floyd Gray ebenfalls gehasst. Keine Macht in der Welt würde die Gefühle ihrer Kinder jetzt ändern.

Und so schaukelte sie weiter.

Ich bin ja erst achtundzwanzig, dachte sie. 28 Jahre alt, und fast die Hälfte dieser Jahre hatte sie als die Ehesklavin eines Mannes verbracht, der seine Pferde besser behandelte als seine Frau. Nun ja, seine *zweite* Frau.

Lydia schaute hoch zu dem Porträt der Mutter der Kinder. Charlotte Gray hatte das Ölgemälde im Jahre 1857 als Weihnachtsgeschenk für ihren Mann in Auftrag gegeben. Am Weihnachtsmorgen hatte sie es ihm überreicht, dann hatte sie sich von den Feierlichkeiten zurückgezogen und war aus dem dritten Stock in den Tod gesprungen. Sie war 37 Jahre alt gewesen und hatte zwei erwachsene Söhne, die zwölfjährige Jeannette und die vierjährige Evie hinterlassen.

Die traurigen Augen der blonden Charlotte starrten sie von der Wand an. Die Einsamkeit in ihnen hatte Lydia seit dem Tag verfolgt, an dem sie in dieses Haus kam; sie sprachen von einem Schmerz, den Lydia wie keine andere nachvollziehen konnte. Fast war es so, als ob die beiden Frauen durch ein Band vereint waren, das die Welt der Lebenden mit der der Toten verband. Wie oft war Lydia in dieses Zimmer gegangen, um sich in den Schaukelstuhl zu setzen und zu dem Gemälde hochzustarren.

„Das Testament kann praktisch sofort eröffnet werden, und wenn wir wissen, was drinsteht", sagte Marston, Mitchells Zwillingsbruder, „schicken wir sie in die Wüste. Ich kann mir nicht vorstellen, dass Vater ihr irgendwas hätte vermachen wollen. Ich finde, wir sollten ihr bis zum Ende des Monats Zeit geben, ihre Angelegenheiten zu regeln und zu gehen. Viel machen muss sie ja nicht. Vater hat ihr nie was Eigenes gegeben, alles gehörte Mutter. Der Schmuck, die Möbel, die Diener, es bleibt alles hier."

„Warum geben wir ihr dann überhaupt bis zum Ende des Monats?", fragte Jeannette Gray Stone. Jeannette hatte ihrem Vater diese zweite Ehe stets verübelt. Nicht, dass sie ihre Mutter besonders vermisste, aber es hatte sie gefuchst, ihre Stellung als Dame des Hauses an ihre Stiefmutter abtreten zu müssen – und dann noch eine Stiefmutter, die kaum älter war als sie selbst.

Lydia hörte zu, wie sie darüber diskutierten, wie viel Zeit sie ihr geben sollten, um aus ihrem Leben zu verschwinden. Sie hatten bereits beschlossen, dass sie nichts von dem, was ihrem Vater, Floyd Gray, gehörte, bekommen sollte. Keine Entschädigung für zwölf harte Jahre an der Seite eines grausamen, bösartigen Mannes. Kein Mitleid für alles, was sie erduldet hatte.

Sie schaute wieder zu dem Bild hoch. Charlottes Blick kam ihr mitleidsvoll vor, fast beruhigend. Schweigend schien sie anzudeuten, dass nur der Tod ihr Elend beenden konnte.

So schaukelte sie weiter.

Schatten tanzten über das elegante Blumenmuster der Tapete. Das diffuse Licht des frühen Abends ließ sie wie Gespenster erscheinen. War Floyd Gray zurückgekommen, um sie zu quälen? Es hätte ihm ähnlich gesehen.

„Weniger als ein Monat scheint mir nicht vernünftig zu sein, und ihr Vater ist ja bei demselben Kutschunglück gestorben wie unser Vater", sagte Evie. „Es soll doch nicht heißen, dass wir herzlos sind."

„Sie hat unseren Vater nie geliebt, und ganz sicher betrauert sie seinen Verlust jetzt nicht", erklärte Mitchell.

„Aber denkt doch an ihren eigenen Vater", sagte Evie. „Sie hat doch auch ihn verloren!"

„Sie haben keine herzliche Beziehung gehabt", konterte Marston rasch.

„Das stimmt", fiel Jeannette ein. „Und nicht nur das, sie hat Vater das Leben schwer gemacht. Er hat mir das selbst mehr als einmal gesagt. Sie war abweisend, seine Bedürfnisse waren ihr egal."

Lydia faltete stirnrunzelnd ihre behandschuhten Hände und seufzte. Sie hatte ehrlich versucht, Floyd die perfekte Ehefrau zu sein, obwohl sie mit ganzen sechzehn Jahren und gegen ihren Willen mit ihm verheiratet worden war. Das Arrangement war allein die Idee ihres Vaters gewesen. Er hatte sie aus geschäftlichem Kalkül Floyd Gray zur Frau gegeben. Lydias Mutter war entsetzt gewesen, mitzuerleben, wie ihr einziges Kind einen Mann heiraten musste, der erst zwei kurze Monate Witwer gewesen war; sie war im nächsten Winter gestorben, nachdem eine Lungenentzündung ihr Herz geschwächt hatte.

„Vielleicht sollten wir mit der Entscheidung bis nach der Testamentseröffnung am Montag warten", sagte Evie.

Lydia wusste nicht, warum Evie sich überhaupt für sie einsetzte. Mit ihren siebzehn Jahren war Evie – oder Genevieve Gray Gadston, wie sie mit vollem Namen hieß – selbst erst seit sechs

Wochen verheiratet. Aber verheiratet oder nicht, für ihre älteren Geschwister war sie immer noch ein Kind und würde immer eines bleiben. Ihren Bemerkungen schenkte man wenig Beachtung.

„Schön, auf ein, zwei Tage kommt es sicher nicht an", erwiderte Jeannette.

„Gut", erklärte Mitchell, sehr zu Lydias Überraschung. „Warten wir also noch, aber sobald das Testament verlesen ist, werden wir, mit dem Anwalt als Zeugen, unsere Wünsche diktieren."

Die anderen murmelten ihre Zustimmung, dann traten die vier gemeinsam in den Salon. Lydia machte sich nicht die Mühe, aufzusehen; sie hatte kein Verlangen, die harten, hasserfüllten Mienen ihrer Stiefkinder zu sehen. Sie war in dieser Familie unerwünscht und ungeliebt, aber bald, ja bald würde sie endlich frei sein.

Mitchel machte den Familienratsprecher. „Wir haben entschieden, dass du hierbleibst, bis das Testament eröffnet ist. Wir haben am Montag den Termin mit dem Anwalt."

Lydia zupfte einen Fussel von ihrem schwarzen Kleid. „Schön."

„Aber es wäre vernünftig", sagte Jeannette, „wenn die Dienstmädchen schon mal anfangen würden, deine Kleider zu packen."

„Bis auf die Pelze", unterbrach Mitchell sie. „Die bleiben hier, die gehen an unsere Schwestern und an meine Frau. Sie haben ein Vermögen gekostet, und ich bin sicher, dass Vater beabsichtigte, dass sie in der Familie bleiben."

Lydia schaukelte weiter. Sie weigerte sich, die Blicke der anderen zu erwidern. „Gut."

Marston räusperte sich. „Es wäre sicher auch in deinem ureigensten Interesse, dass du dich erkundigst, was für Möglichkeiten es gibt, was deinen künftigen Wohnort betrifft. Du solltest damit besser nicht bis zur letzten Minute warten."

Mit anderen Worten: Sie würden ihr nicht erlauben, hierzubleiben. Keiner der Grays hatte sich je viel daraus gemacht, Befehle oder unangenehme Nachrichten zu überbringen, aber aus irgendeinem Grund schienen Mitchell und Marston sich schwerzutun, ihr nun tatsächlich zu befehlen, das Haus zu verlassen. Wer wusste, was dahinter stand? Vielleicht hatten sie Angst davor, was die bessere Gesellschaft von Kansas City sagen würde. Oder dass die Zeitungen sich auf die Geschichte stürzen und aus ihrem skandalösen Verhalten Kapital schlagen würden.

„Ich muss jetzt nach Hause", verkündete Jeannette. „Muss die Kinder sehen, bevor das Kindermädchen sie zu Bett bringt." Sie verließ den Raum ohne ein weiteres Wort.

„Komm, Marston, ich bring dich nach Hause", sagte Mitchell. „Wir können unterwegs darüber reden, wie wir das Geschäft am besten aufteilen."

Die Stimmen der Männer hallten leiser werdend den Flur entlang, dann waren sie weg. Als Lydia endlich hochschaute, sah sie, dass Evie noch da war und sie musterte.

„Ich muss dann auch gehen", sagte Evie. „Thomas hat schon längst die Kutsche geschickt. Er wird sich Sorgen machen, dass ich noch nicht zurück bin."

„Ich verstehe", sagte Lydia. Sie hielt den Stuhl endlich an.

Evie schien zu zögern. Sie wollte gehen, dann drehte sie sich zurück. „Was wirst du machen?"

Lydia zuckte die Achseln. „Ich weiß es noch nicht. Hab noch nicht viel darüber nachdenken können. Der Unfall – ich kann es immer noch nicht richtig fassen."

„Ja, man kann es gar nicht glauben, dass er nicht mehr da ist", sagte Evie.

Alle Kinder waren nur zu gut vertraut mit Floyds Härte und seiner festen Hand, und Evie war keine Ausnahme. Oft hatte Lydia hilflos zugeschaut, wie Floyd sein jüngstes Kind beim kleinsten Ungehorsam geschlagen hatte.

Lydia erhob sich und holte tief Luft. „Aber so ist es. Er ist fort und kann uns nichts mehr antun."

Evies Augenbrauen zogen sich wie ungläubig zusammen, aber sie machte keinen Versuch, ihre Stiefmutter zu korrigieren. „Auf Wiedersehen, Lydia. Wir sehen uns dann wohl am Montag.“

„Entschuldigen Sie, wenn ich Sie so früh mit dieser Sache belästige“, sagte Dwight Robinson, als er am Samstagmorgen in der Tür stand. „Aber es ist nötig, dass Sie dies hier lesen, bevor Sie das Testament Ihres Vaters sehen.“

Lydia schaute den Rechtsanwalt ihres Vaters an, dann den Brief, den er ihr hinhielt. „Schön. Bitte kommen Sie doch rein.“

Draußen rollte der Donner, und der Regen begann herabzuströmen, während der Butler die Tür gegen den Wind schloss. Lydia führte ihren Gast in das vordere Zimmer, das kleiner und weniger pompös war als der Salon. Sie unterdrückte ein Gähnen. Die ganze Nacht hatte sie sich auf ihrem Bett gewälzt und auf Floyds Schritte im Korridor gelauscht. Dann hatte sie sich daran erinnert, dass er ja tot war und ihr nichts mehr anhaben konnte. Gegen vier Uhr morgens war sie endlich eingeschlafen, um vier Stunden später geweckt zu werden und den neuen Tag zu beginnen.

„Bitte setzen Sie sich. Soll ich Ihnen eine Erfrischung bringen lassen? Es ist etwas kühl hier drinnen; möchten Sie einen Kaffee?“

„Nein, danke.“ Der Anwalt lächelte sie mitfühlend an. „Sie haben die letzten Tage einiges mitgemacht.“

Lydia zuckte die Schultern. „Nicht mehr als früher auch.“ Sie setzte sich auf das reich gepolsterte Seidensofa, während Mr Robinson sich auf einem Stuhl im Barockstil niederließ, der eines der Lieblingsstücke von Mr Gray gewesen war.

Er hielt ihr den Brief wieder hin. Diesmal nahm sie ihn. Sie drehte die gefalteten Blätter in ihrer Hand. „Was ist das?“

„Ein Brief von Ihrem Vater. Er hat ihn vor einigen Monaten in meine Obhut gegeben, mit der Anweisung, ihn Ihnen auszuhändigen, falls ihm etwas zustieße."

Lydia runzelte die Stirn. Ihr Vater hatte kaum zwei Worte mit ihr gesprochen, seit er sie zu dieser Ehe gezwungen hatte. Was konnte er ihr jetzt plötzlich zu sagen haben?

Robinson strich sich über seinen dichten Schnurrbart. „Ich glaube, sein Inhalt wird Sie – ja, vielleicht trösten." Der wohlbeleibte Anwalt musterte sie einige Augenblicke, dann fuhr er fort: „Er bestand darauf, dass ich den Brief lese."

„Und was steht darin?", fragte Lydia.

„Warum lesen Sie nicht einfach, und wenn Sie Fragen haben, sprechen wir anschließend darüber? Der Brief ist nicht sehr lang."

Lydia hatte den Brief eigentlich allein in ihrem Zimmer lesen wollen, aber Mr Robinson schien nicht die Absicht zu haben, wieder zu gehen, bevor sie über den Inhalt gesprochen hatten. Sie nickte. Sie faltete den Brief auseinander. Sie sah die große Handschrift ihres Vaters und holte tief Luft.

Meine liebste Tochter,
schon lange liegen mir die Fehler, die ich gemacht habe, schwer auf dem Herzen. Ich habe Dir großes Elend gebracht, als ich Dich zwang, Deine Hand einem Mann zu geben, den ich als hart und launisch kannte – und all das nur um finanzieller Sicherheiten willen.

Ich bete darum, dass es Dir möglich werden möge, mir zu vergeben. So oft hatte ich vor, zu Dir zu kommen und zu versuchen, alles zu erklären, aber tief drinnen wusste ich, dass es für das, was ich getan hatte, keine Entschuldigung gab. Ich war ein gieriger Mensch, dessen einziges Lebensziel es war, ein Vermögen anzuhäufen. Dass ich es mit dem Herzblut meiner Lieben erkaufte, zog ich nicht in Betracht. Ich glaubte, dass sie meine Entscheidungen eines Tages verstehen, ja billigen würden. Jetzt sehe ich, wie es sich wirklich verhält, und weiß, dass ich Dir ein großes Unrecht zugefügt habe.

Wenn Du diese Zeilen liest, bin ich aus diesem Leben in die Ewigkeit hinübergegangen. Der Sinn dieses Briefes, den Du in Händen hältst, ist ein doppelter. Erstens: Die Bestimmungen in meinem Testament sind kompliziert; sie sind nicht dazu gedacht, Dir Verdruss zu bereiten, obwohl sie dies ganz sicher tun werden. Zweitens: Ich habe eine Geldsumme, von der sonst niemand weiß, Mr Robinson zu treuen Händen übergeben. Dieses Geld ist für Dich und wird ausreichen, um Dir eine Scheidung oder ein anderes von Dir gewünschtes Arrangement zu ermöglichen.

Der Rest des Briefes war eine Wiederholung der Bitte um Vergebung, aber Lydia war zu benommen, um weiterzulesen. Sie schaute zu dem Anwalt hoch und schüttelte ihren Kopf. „Ich – verstehe nicht."

„Ihr Vater wollte Ihnen eine Möglichkeit verschaffen, aus Ihrer Ehe herauszukommen. Er hat sich mehr als ein Mal mit mir darüber unterhalten. Wir fanden beide, dass es sehr schwierig sein würde, Ihnen zu einer Scheidung zu verhelfen, aber dieses Problem stellt sich jetzt ja nicht mehr."

Sie faltete den Brief schweigend wieder zusammen. „Wahrscheinlich sollte ich mich freuen, dass er seinen Fehler doch noch eingesehen hat." Sie fand, dass ihm dies reichlich spät eingefallen war, aber sie wollte nicht so kalt und gefühllos klingen wie ihr verstorbener Mann.

Der Anwalt schob seinen massigen Körper einmal mehr zurecht. „Ihr Vater hat seine Entscheidung, Sie mit Gray zu verheiraten, tief bereut. Er suchte nach einer Möglichkeit, dies zu revidieren. Aber wie Sie sicher wissen, war Ihr verstorbener Ehegatte ein mächtiger Mann. Die meisten waren zu eingeschüchtert von seiner Rücksichtslosigkeit, um sich seinem Willen zu widersetzen. So war es auch bei Ihrem Vater."

Lydia war nicht bereit, mit ihrem Vater Mitleid zu haben. Sie spürte die Fischbeinstäbchen ihres Schnürmieders in ihrer Taille und richtete sich auf. „Er schreibt, dass die Bestimmungen in dem Testament kompliziert sind. Könnten Sie mir das genauer erklären?"

Aus dem Flur kamen Geräusche. Es hatte niemand geklopft; es musste also eines der Kinder sein.

„Wir scheinen Besuch zu kriegen", sagte Lydia, so laut, dass der Besucher draußen es hören konnte.

Das Gesicht von Marston Gray erschien in der Tür. Er zog seinen schwarzen Hut. „Robinson? Was bringt Sie hierher?" Er tat, als sei Lydia Luft.

Er durchquerte den Raum, um dem älteren Mann die Hand zu schütteln. Robinson, der aufgestanden war, war es sichtlich nicht recht, dass Marston plötzlich da war.

„Ich habe etwas mit Mrs Gray zu besprechen."

„So?" Marston sah Lydia ungläubig an. „Und warum hat meine Stiefmutter Sie hierher bestellt?"

Robinson räusperte sich nervös und schaute zu Boden, halb wie ein ertappter Schuljunge. Lydia spürte, wie sie wütend wurde. Marston genoss es, seine Mitmenschen einzuschüchtern. Wie jetzt. Er sah den Anwalt spöttisch an, fast waren seine Augen grausam.

„In ihrer Situation … der Trauer … wäre es doch sicher angemessen, wenn ein Mitglied der Familie ihr bei rechtlichen Angelegenheiten zur Seite stehen würde."

„Mr Robinson war gerade dabei, zu gehen", unterbrach Lydia ihn. Sie trat an die Seite des Anwalts und machte eine Geste zur Tür hin. „Ich begleite Sie eben nach draußen."

Marston blieb in der Tür stehen. „Ich versuche nur, dir zu helfen, Lydia. Hast du eine Frage bezüglich deiner Zukunft gehabt?"

Lydias Augen begegneten den seinen, die blassblau waren. „Wenn ich eine hätte, würde ich sie ganz sicher nicht dir stellen."

Sie sah, wie die Wut in ihrem Stiefsohn aufstieg. Wenn der Brief ihres Vaters stimmte (und sie hatte keinen Grund, das Gegenteil anzunehmen), dann war sie jetzt frei von diesem Mann und seinen Geschwistern und hatte keinen Grund mehr, Angst vor ihm zu haben.

Sie hob ihre Schultern. „Wenn du uns bitte eben entschuldigst. Mr Robinson hat wichtige andere Termine, und ich habe Kopfweh und muss mich hinlegen."

Marston schwieg. Dann trat er zu Lydias Überraschung zur Seite, um sie vorbeizulassen. Lydia spürte, wie der alte Mann leicht zitterte unter ihrer Hand. Er tat ihr leid; sie spürte, wie peinlich ihm die Szene war.

„O, da ist noch eine Sache", sagte Robinson, als sie die Haustür erreichten. Der Butler kam mit Robinsons Hut und schickte sich an, die Tür zu öffnen.

Lydia funkelte ihn an, bis er wieder ging. Die Diener versuchten ständig, ihre Gespräche zu belauschen. Der Butler merkte, dass sie seine Dienste nicht mehr benötigte, verneigte sich steif und ging. „Sie sagten, da war noch etwas, Mr Robinson?"

„Ich möchte gerne bei Ihnen sein, wenn das Testament am Montag eröffnet wird. Als der Anwalt Ihres Vaters habe ich Entsprechendes mit Mr Grays Anwalt vereinbart. Wir sollten beide bei der Eröffnung zugegen sein, wegen der Komplikationen, die Ihr Vater in seinem Schreiben erwähnt."

„Ich verstehe." Lydia schaute sich kurz um. Sie sah, wie Marston im Flur stand und sie beobachtete. Sie hob ihr Kinn und sagte so laut, dass er es mithören konnte: „Ich würde mich sehr freuen, wenn Sie mich begleiten. Wann darf ich Sie erwarten?"

„Ich hole Sie um halb zehn ab. Die Testamentseröffnung soll um zehn beginnen."

Lydia nickte. „Sehr gut. Ich erwarte Sie um halb zehn."

Kaum hatte die Tür sich hinter Robinson geschlossen, stieg Lydia die Treppe hoch, bevor Marston sie aufhalten konnte. Fast rannte sie in die schützende Burg ihres Zimmers und verschloss die Tür von innen, bevor sie sich erlaubte, einen weiteren Blick auf den Brief ihres Vaters zu werfen.

Wenn er ihr wirklich genügend Geld hinterlassen hatte,

wusste Lydia genau, was sie tun wollte. Ihre einzige noch lebende Verwandte, Tante Zerelda, wohnte im fernen Alaska, in einer kleinen Inselstadt, die Sitka hieß. Schon seit Langem hatte Lydia den Wunsch gehabt, zu ihr zu ziehen.

Vielleicht kann ich mir den Wunsch jetzt bald erfüllen. Es würde alle ihre Probleme lösen. Ein Umzug in eine so entlegene Gegend würde sie aus der Reichweite ihrer nachtragenden Stiefkinder bringen. Das Leben könnte noch einmal beginnen.

Sie trat an ihren Sekretär und holte Feder und Papier hervor. Es würde etliche Zeit dauern, bis ein Brief ihre Tante erreichte. Am besten schrieb sie ihr gleich jetzt, was geschehen war; sie wusste ja noch gar nicht vom Tod ihres Bruders.

Zum ersten Mal seit Jahren spürte Lydia einen Hoffnungsfunken. Sie schaute zu der gegenüberliegenden Wand, wo ihre Geige hing. Sie legte das Blatt wieder hin, trat zu dem Instrument und nahm es zärtlich in die Hand. Sie prüfte kurz, ob die Saiten richtig gestimmt waren, dann nahm sie den Bogen.

Musik füllte das Zimmer und goss ihr liebliches Öl auf die aufgewühlten Wogen in Lydias Herz. Ihr ganzes Leben lang hatte nichts sie so getröstet wie ihre Musik. Sie tauchte ein in eine der unvergesslichen Melodien aus Bachs h-Moll-Messe.

Sie hatte daran gedacht, diese Musik bei ihrer Beerdigung spielen zu lassen. Doch jetzt schien ihr Tod weit weg zu sein. Eine neue Zukunft wartete auf sie.

Kapitel 2

Lydia saß steif zwischen ihren beiden Stiefsöhnen, die nicht glücklich darüber zu sein schienen, dass sowohl der Rechtsanwalt von Lydias Vater, Mr Robinson, als auch ihr Familienanwalt, Nash Sterling, sie gebeten hatten, bei der Testamentseröffnung anwesend zu sein. Aber auch Lydia selbst hätte auf diese Szene gerne verzichten können. Das Testament ihres verstorbenen Mannes – es konnte ja nur die nächste Demütigung sein.

Vater hat wenigstens an mich gedacht, auch wenn er mich zum Heiraten gezwungen hat. Sie presste ihre behandschuhten Hände so fest zusammen, dass sie schmerzten. Sie hätte sie gerne gelockert, aber dann hätte die ganze Familie gesehen, wie heftig sie zitterte.

Mr Sterling erhob sich. „Wir sind hier versammelt, um zwei Testamente zu eröffnen – das Testament von Mr Zachary Rockford, Vater von Lydia Rockford Gray, und das Testament von Mr Floyd Gray, Gatte besagter Mrs Lydia Rockford Gray und Vater von Mr Mitchell Gray, Mr Marston Gray, Mrs Jeannette Gray Stone und Mrs Genevieve Gray Gadston." Er schaute auf, wie um sich zu vergewissern, dass auch alle da waren, dann nickte er Mr Robinson zu.

Lydia holte tief Luft, als der Rechtsanwalt ihres Vaters anfing, den Inhalt von Zachary Rockfords Testament vorzutragen. Marston und Mitchell würden es nicht gerne hören, dass ihr Vater sie nicht mittellos zurückgelassen hatte. Sie hatten sich so darauf gefreut, dass ihre Schwiegermutter das Haus ohne einen Cent würde verlassen müssen …

„‚In Übereinstimmung mit dem am 10. März 1858 bei der Heirat meiner Tochter Lydia Rockford mit Floyd Gray unterzeichneten Vertrag vermache ich hiermit nach meinem Tod meine sämtlichen weltlichen Güter Floyd Gray.'"

Mitchell und Marston drehten sich süffisant zu Lydia hin. Die reagierte weder auf ihren Blick noch auf die Worte, die Mr Robinson vorlas. Die Übereinkunft, von der die Rede war, hatte sie gut gekannt. Ihre Heirat war eine geschäftliche Transaktion gewesen, der Erwerb einer sechzehnjährigen Braut durch einen älteren Mann, dessen Frau das Unsagbare getan und Selbstmord begangen hatte.

Mr Robinson fuhr fort. „Das Testament enthält hier jedoch eine Zusatzklausel: ‚Sollte Floyd Gray vor mir ableben, geht mein gesamter Besitz, einschließlich Aktien, Geschäftsbeteiligungen und Geldern, an meine einzige noch lebende Verwandte, meine Tochter Lydia Rockford Gray.'"

Lydia fragte sich, was dieser Passus sollte. Er überraschte sie. Ihr Vater und Floyd Gray waren beim selben Unfall ums Leben gekommen.

Robinson nahm ein Bündel Papiere zur Hand. „Ich habe hier die persönlich unterzeichneten und beeidigten Erklärungen dreier Ärzte, die diese vor mir und Mr Sterling sowie Richter Brewster abgaben, dass Floyd Gray bei dem Unfall vom 2. April 1870 sofort tot war." Er hielt inne und ließ seine Brille auf die Spitze seiner Nase gleiten. „Ich glaube, die beiden Söhne von Mr Gray waren am 2. April zur Stelle, um den Leichnam ihres Vaters zu identifizieren. Ist dies richtig?"

Mitchell erhob sich. „Ja. Aber ich sehe nicht, worauf Sie mit dieser Frage hinaus wollen."

„Bitte setzen Sie sich wieder, Mr Gray", sagte Mr Robinson. Mr Sterling sah unbehaglich aus und vermied es, Mitchell direkt anzusehen. Die kleine Geste entging Lydias Aufmerksamkeit nicht. Nanu, hier stimmte etwas nicht.

Robinson fuhr fort: „Worauf ich hinaus will, Mr Gray, werden Sie gleich sehen."

Mitchell sah Marston an und setzte sich. „Schön, fahren Sie fort. Aber denken Sie bitte an die Nerven meiner Schwestern. Ist es wirklich nötig, vom Identifizieren der Leichen zu reden?"

Wie auf ein geheimes Signal begann Jeannette zu schluchzen. Lydia widerte es an. Die Mädchen hatten nicht mehr für ihren Vater übrig als sie auch.

Mr Robinson schaute wieder auf seine Papiere. „Ich habe ebensolche unterzeichnete Erklärungen für Mr Rockford, dazu die von den Bediensteten des Krankenhauses, in welches er nach dem Unfall gebracht wurde, ausgefüllten Dokumente. Wie Sie wissen, verstarb Mr Rockford am 4. April. Dies bedeutet, dass Mr Rockford Mr Gray um zwei Tage überlebte, was wiederum bedeutet" – Mr Robinson nahm seine Brille ab –, „dass Mrs Lydia Rockford Gray die Alleinerbin des Vermögens ihres Vaters ist."

Mitchell starrte den Anwalt entgeistert an. „Das ist doch wohl kaum rechtmäßig!" Er sah Mr Sterling an. „Das ist doch nicht rechtmäßig, oder? Mr Rockfords Besitz sollte doch an unseren Vater gehen!"

Mr Sterling rutschte verlegen auf seinem Stuhl. Er versuchte gar nicht erst, Mitchell zu antworten.

Mr Robinson sah Mitchell über den Rand seiner Brille an. „Ja, das stand in dem Vertrag. Aber wie ich gerade vorgelesen habe, das Testament legt fest, dass Ihr Vater den Besitz von Mr Rockford nur dann erhält, wenn er Mr Rockford überlebt. Da er dies nicht tat, sondern zwei Tage vor dem Vater Ihrer Stiefmutter ablebte, ist es eindeutig, dass nach diesem Testament das Erbe auf die einzige überlebende Verwandte übergeht, auf Mrs Lydia Rockford Gray."

„Ist das richtig?" Marston sah Mr Sterling herausfordernd an. „Unser Vater hatte zusammen mit Mr Rockford ein sehr profitables Geschäftsunternehmen, das beiden zu gleichen Anteilen gehörte. Wollen Sie mir sagen, dass Lydia, die absolut nichts mit der Entwicklung dieses Unternehmens zu tun hatte, jetzt die Hälfte von dem erben soll, was wir mit harter Arbeit aufgebaut haben?"

„Ich schlage vor, wir sollten zunächst auch das Testament Ihres

Vaters anhören, bevor wir diese Diskussion fortsetzen", erklärte Mr Robinson.

Lydia spürte, wie eine wilde Zuversicht sie packte. Sie hatte nie irgendwelche Macht über diese Männer gehabt – bis jetzt. Endlich war sie frei von ihren Forderungen und Wünschen. Sie setzte sich etwas aufrechter und nickte Mr Robinson zu. „Bitte fahren Sie fort."

Marston funkelte sie an. Es rührte sie nicht. Innerlich begann sie, ihre Zukunftspläne zu schmieden. Sie würde sich sofort zu Tante Zerelda in Sitka begeben. Den Brief hatte sie am Morgen zur Post gegeben. Sie würde den Anwalt ihres Vaters um seine Hilfe bitten und Kansas City für immer verlassen. Sie würde noch nicht einmal ihre Kleider packen – diesen scheußlichen Modeflitter, den ihr Ehemann für sie ausgesucht hatte. Bis auf ihre Geige gab es nichts, was sie mit in ihr neues Leben nehmen wollte. Sie fühlte sich, als sei ihr ein Zentnerstein von den Schultern gefallen. Sie musste an sich halten, nicht laut loszukichern.

Mr Sterling begann. „„Ich, Floyd Gray, vermache hiermit nach meinem Tod meinen weltlichen Besitz an meinen Partner, Zachary Rockford. Sollte er mich nicht überleben, sollen meine Güter zu gleichen Teilen an meine Kinder gehen, wie folgt: Meinen Töchtern, Jeannette und Genevieve, vermache ich zu gleichen Teilen den Besitz ihrer Mutter, einschließlich des gesamten Schmucks, Porzellans, Hausmobiliars, der Pelze und Sonstigem. Meinen Söhnen, Mitchell und Marston, vermache ich alle Geschäftsbeteiligungen, Aktien und Schuldverschreibungen sowie alle meine Bankkonten, die im Einzelnen in diesem Dokument aufgeführt sind."

Mitchell und Marston lächelten sich an. Lydia sah, dass sie mit diesem Testament gut leben konnten. So wie sie ihre Stiefsöhne kannte, fingen sie jetzt schon an, zu überlegen, was sie mit dem Geld machen würden.

Mr Sterling räusperte sich nervös und erhob sich. „Ich finde dies eine äußerst … schwierige Situation, wie ich sie bisher noch nie erlebt habe und hoffentlich nie wieder erleben werde."

Lydia begriff nicht, warum er vom Thema abwich. Sie wollte nur noch aufstehen und diese stickige Kanzlei verlassen. Sie sah Mr Robinson an, der ihr beruhigend zunickte.

„Was soll das heißen – schwierige Situation?", sagte Mitchell. „Gilt Mr Rockfords Testament nun, dass das Unternehmen vollständig in unsere Hände übergeht, oder nicht?"

Mr Sterlings Augen flackerten. „Es tut mir leid. Sie müssen verstehen, dass die Bestimmungen im Testament Ihres Vaters rechtmäßig und gültig sind. Ich habe bereits entsprechende Erkundigungen eingezogen; es ist nichts zu machen."

„Vielleicht verkauft Lydia euch ihren Anteil", meldete sich Evie, die hinter ihren Brüdern saß.

Lydia hörte, wie ihr Mann ihr gebot, ruhig zu sein, aber nicht bevor Marston ihr einen vernichtenden Blick zuwarf. Dann wandte er sich wieder an den Anwalt. „Was genau wollen Sie uns sagen, Mr Sterling?"

„Nun, Sie haben das Testament selbst gehört." Mr Sterling räusperte sich wieder und nahm die Papiere zur Hand, die er auf den Tisch gelegt hatte. „Ich fürchte, die Situation ist nicht das, was wir alle erwartet hatten. Ihr Vater hat diese Klausel geschaffen, nicht nur als Teil des Ehevertrags, auf den er und Mr Rockford sich einigten, sondern er hat sie auch in die Partnerschaftsvereinbarungen des Unternehmens übernommen sowie in seinen letzten Willen und das Testament. Und dies bedeutet, dass durch seinen Tod sein … gesamter Besitz an Mr Rockford gegangen ist, der ihn ja um zwei Tage überlebte."

Lydia kniff die Augen zusammen. Langsam begriff sie, was der Anwalt da sagte. Mit hämmerndem Herzen schaute sie wieder zu Mr Robinson hin.

Mitchell sprang abrupt auf. „Augenblick mal!"

„Was ist hier los?", fiel Jeannette ein. „Was geht hier vor?" Sie zog an dem Ärmel ihres Mannes.

Marston schaute finster zu Lydia hin. Er wusste genau, was vorging, ebenso wie sie.

Mitchell fuhr fort: „Wollen Sie etwa sagen, dass unser Erbe an Mr Rockford gegangen ist und dass er es *ihr* vermacht hat?" Seine Augen wollten Lydia durchbohren, aber anstatt unter seinem wütenden Blick kleiner zu werden, wie sie es früher vielleicht getan hätte, erwiderte sie ihn ruhig.

„Das kann einfach nicht sein", erklärte Jeannette, „das ist doch nicht möglich!" Ihre Stimme wurde kreischend. „Das kann er doch nicht im Ernst gemeint haben!"

Marston verschränkte die Arme und erwiderte trocken: „Doch. Genau das hat er gemeint."

Robinson sah Mitchell an. „Ihr Bruder hat es richtig verstanden. Mrs Grays Vater hat länger gelebt als Ihr Vater. Das Kutschunglück hat beide das Leben gekostet, aber nicht gleichzeitig. Es ist eine unleugbare Tatsache, dass Mr Rockford länger gelebt hat als Ihr Vater."

„Aber er hat nie das Bewusstsein wiedererlangt", protestierte Mitchell. „Nennen Sie das leben?"

„Juristisch war er noch nicht tot", antwortete Robinson. „Sein Tod ist erst zwei Tage nach dem von Mr Gray eingetreten, und somit hat er Mr Gray überlebt."

Mr Sterling hatte sich wieder gesetzt. Er schien nichts dagegen zu haben, dass sein Kollege die Diskussion übernahm.

Marston stand auf. „Das lasse ich nicht zu! Sie wird uns nicht unser Erbe stehlen! Sie hat meinem Vater nichts bedeutet. Er hasste sie, sie hat ihm das Leben zur Hölle gemacht."

Lydia zwang sich, ruhig zu bleiben. Sie hatte Lust, über die makaber-komische Wendung, die die Sache genommen hatte, zu lächeln. Es war eine süße Rache. Den Schicksalsgöttinnen hatte ihr Los wohl doch nicht gefallen. Ihre Mutter hätte gesagt, Gott habe ihr geholfen, aber Lydia glaubte nicht, dass Gott sich für dergleichen Dinge überhaupt interessierte. Oder für sie. Und falls sie ihm doch nicht egal war, dann sollte er ihr, bitte sehr, erklären, warum er zugelassen hatte, dass die letzten zwölf Jahre ihres Lebens solch eine Hölle gewesen waren.

Marston und Mitchell sowie die Männer ihrer beiden Schwestern waren aufgestanden und drängten sich um die beiden Anwälte, heftig gestikulierend. Lydia fühlte sich wie berauscht. Das ganze Vermögen von Gray und Rockford lag jetzt in ihren – jawohl, ihren! – Händen. Nie mehr würde ein Gray ihr seinen Willen aufzwingen können …

Ihre Brauen zogen sich zusammen, als die hässlichen Erinnerungen wiederkamen. Floyd war ein Mann ohne jede Zärtlichkeit oder Nachsicht gewesen. Dass ihre Wünsche ihm egal waren, daran hatte sie sich im Laufe der Zeit gewöhnt, nicht dagegen an die brutale Art und Weise, wie er seine Mannesrechte ausgeübt hatte. Die Nachricht von dem Unfall hatte sie nicht erschüttert. Als man ihr eröffnete, dass man ihn tot unter der Kutsche liegend gefunden hatte, hatte sie keine Träne vergossen. Aber der plötzliche Schock der Freiheit von dem unsäglichen Elend, in dem sie täglich gelebt hatte, war mehr gewesen, als sie ertragen konnte, und sie war auf der Stelle in Ohnmacht gefallen.

„Geht es dir gut?“, flüsterte Evie ihr ins Ohr. „Du siehst blass aus.“

„Danke, es geht gut.“ Lydia sah die jüngere Frau an. Evie hatte immer darauf geachtet, dass ihre Geschwister sie nicht in zu großer Nähe zu Lydia erlebten. Ihre freundliche Geste kam daher überraschend.

„Mit der hast du nichts zu tun, Genevieve“, schnappte Jeannette. Sie zog ihre Schwester zurück.

„Dann nehmen wir die Sache selbst in die Hand“, verkündete Mitchell. Er trat von dem Tisch, von dem aus die Anwälte die schockierende Nachricht übermittelt hatten, zurück zu seinem Stuhl und griff zu seinem Spazierstock. „Wir lassen es nicht zu, dass man uns unser Erbe stiehlt. Wir werden uns in meinem Haus beraten.“

Schon war er durch die Tür verschwunden. Marston trat zu

Lydia. „Wenn du dir selbst einen Gefallen tun willst, wirst du uns sofort alles überschreiben, sonst hast du keine ruhige Minute mehr."

Lydia stand auf, schob sich an ihm vorbei und trat zu Mr Robinson. „Würden Sie mich bitte nach Hause bringen? Es war ein anstrengender Tag für mich, und ich muss jetzt erst einmal in Ruhe nachdenken."

„Aber natürlich."

Sie spürte die Blicke der anderen im Rücken, als sie zur Tür ging. Schon war Mr Robinson an ihrer Seite und bot ihr seinen Arm.

„Sie werden Ihnen das Leben schwer machen", flüsterte er.

Lydia lächelte kaum merklich. „Sie werden es sicher versuchen."

∞

„Ich werde nicht tatenlos zusehen, wie Lydia diese Familie ausnutzt", erklärte Marston dem kleinen Familienrat, der in Mitchells Salon beisammensaß.

„Und was schlägst du vor, was wir machen sollen?", fragte Jeannette. „Der Anwalt hat doch gesagt, das ist alles völlig in Ordnung und legal. Ich kann das immer noch kaum glauben, aber ich finde …"

„Sei ruhig", unterbrach Mitchell sie ungeduldig. „Mir ist egal, was du findest. Tatsache ist, wir stehen vor einem Krieg. Robinson hält es offenbar mit Lydia. Kein Wunder, er wird ein hübsches Sümmchen dafür kriegen."

Marston marschierte wie ein Tiger hin und her, sein Gesicht verspannt, wie meistens, wenn er aufgeregt war. „Was meint ihr: Könnten wir uns nicht jemanden kaufen? Wir haben doch Beziehungen in der Richterschaft. Es muss doch möglich sein, dass wir jemanden dazu kriegen, unsere Seite zu vertreten."

„Aber wenn du das kannst", warf Thomas, Evies Mann, ein,

„kann sie das auch. Das kann Jahre dauern. Bis ihr das Geld kriegt, seid ihr längst bettelarm."

Mitchell erhob sich und bedeutete Marston, sich zu setzen. „Wie ich es sehe, müssen wir einfach einen Weg finden, das Problem aus eigener Kraft zu lösen. Soweit mir bekannt ist, hat Lydia keine Familie, und sie hat sicher noch keine Zeit gehabt, selbst ein Testament zu machen. Wenn sie … aus dem Weg ist, ist das Problem auch aus dem Weg."

Marston grinste. „Noch besser wäre es, wenn sie ihr ganzes Vermögen an uns vererben würde."

„Exakt", sagte Mitchell.

Die Männer von Jeannette und Evie sahen aus, als versuchten sie, ihre Entrüstung zu verbergen, sagten aber nichts, was darauf hätte hindeuten können, dass sie einen solchen Plan nicht unterstützen würden. Marston fand, dass sie mit etwas Nachdenken schon darauf kommen würden, was sie selbst und ihr Portemonnaie von solch einem Plan hätten.

Evie holte empört Luft. „Ich kann's nicht glauben, dass ihr hier sitzt und seelenruhig darüber nachdenkt, wie ihr einen Mitmenschen töten könnt! Zu versuchen, wiederzukriegen, was uns von Rechts wegen gehört, ist eine Sache, aber jemand umbringen …"

Marston schaute seine jüngste Schwester an. „Du bist erst siebzehn, was weißt du schon vom Leben – oder vom Tod? Lydia hat uns nie gemocht. Wenn du darauf hoffst, dass sie von selbst diese Schweinerei in Ordnung bringt, kannst du lange hoffen."

„Wir haben ihr nie einen Grund gegeben, uns zu mögen", erwiderte Evie. „Ihr habt euch immer gegen sie verschworen."

„Sie gehörte nicht zu unserer Familie!" Jeannettes Stimme war schrill und bitter. „Sie hätte Vater nie heiraten dürfen."

„Ich glaube kaum, dass sie das damals selbst entscheiden konnte", konterte Evie. „Sie hat diese Ehe genauso wenig gewollt wie wir."

„Aber sie *hat* ihn geheiratet", sagte Marston, „und das können wir jetzt nicht mehr ändern. Wir können nicht einfach dasitzen und zuschauen, wie diese Frau uns alle ruiniert. Oder findest du es im Ernst gut, dass sie den ganzen Schmuck und die Pelze von Mutter kriegen soll? Willst du zusehen, wie Lydia die Familienerbstücke verschachert, um ihr Konto aufzubessern?"

„Und das wird sie machen, verlass dich drauf!", zischte Jeannette ihrer Schwester ins Ohr. „Sie hat doch nur auf einen Augenblick wie diesen gewartet! Wir müssen sie ein für alle Mal loswerden!"

Evie konnte es kaum glauben, dass die herzlosen Worte tatsächlich von ihren Geschwistern kamen. Sie stand auf und ging zur Tür des Salons. „Es tut mir leid, ich habe nicht die Nerven für so etwas. Ich geh' jetzt ins Musikzimmer und warte dort, bis ihr mit eurem Wahnsinn fertig seid."

„Verdammt, Evie, setz dich und hör auf mit deinem Geschwätz!"

Evie schaute in die Augen ihres Mannes. Normalerweise sprach er im Laufe eines Tages kaum mehr als zwei Worte mit ihr. Sein Blick ließ es ihr kalt über den Rücken laufen. Auch ihre Ehe war arrangiert gewesen – von ihrem Vater, aus geschäftlichen Gründen. Für ihren Mann stand nach diesem Testament viel Geld auf dem Spiel.

„Ja, setz dich und halt den Mund", befahl Marston. „Wir haben jetzt keine Zeit für deine schwachen Nerven." Er und Thomas drehten sich wieder um, um den Kriegsrat fortzusetzen.

Es fuchste Evie, wie sie sie wie ein kleines Mädchen behandelten. Sie wussten genau, dass sie es nicht wagen würde, ihnen die Stirn zu bieten. Mit einem Seufzer setzte sie sich wieder, wie sie es sicher nicht anders erwartet hatten.

Wenn ich mutiger wäre, würde ich jetzt wirklich aus dem Zimmer gehen und sie alle schockieren. Sie schaute stirnrunzelnd auf ihre Hände hinunter. *Wenn ich mutiger wäre, hätte ich mich geweigert, als Vater mich mit Thomas Gadston verkuppeln wollte. Ich weiß doch, dass Thomas mich nicht liebt …*

Etwas Liebe hätte das Arrangement erträglich machen können. Selbst wenn die Gefühle nur auf Thomas' Seite da gewesen wären – vielleicht hätte Evie es ja gelernt, sie zu erwidern. So, wie es war, fanden sie beide die Ehe ein einziges Elend. Wenigstens hatte Thomas sie bisher als Frau in Ruhe gelassen. Er hatte sie nie in ihrem Zimmer besucht, um die Ehe zu vollziehen, und wenn die Gerüchte stimmten, hatte er nicht vor, das jemals nachzuholen. Unter der Dienerschaft kursierten geflüsterte Mutmaßungen über schier undenkbare Neigungen von Evies Mann. Sie fand diese Neigungen abscheulich, aber solange er sie in Ruhe ließ, was sollte es?

„Das klingt vernünftig." Mitchells tiefe Stimme riss sie aus ihren Gedanken. „Wenn sie ermordet wird, würde jeder unsere Familie verdächtigen. Jawohl, es müsste wie ein Unfall aussehen."

„Oder wie Selbstmord", sagte Marston.

Selbstmord. Das Wort ließ Evie zusammenzucken. Auf einmal war sie wieder vier Jahre alt, es war Weihnachten und man hatte gerade die Geschenke verteilt. Evie hatte eine neue Puppe und einen handgefertigten Korbpuppenwagen bekommen. Sie mochte ihr Feiertagskleid und vor allem die Samtlederschuhe mit den schönen Knöpfen.

Es war ein glücklicher Morgen gewesen. Vater hatte keinen von ihnen angeschrieen oder geschlagen. Selbst Jeannette, die Quengelige, war still und zufrieden gewesen.

Aber dieser Tag war der schlimmste in Evies Leben geworden. Sie war ein furchtloses Kind gewesen. Oft ging sie heimlich auf den Dachboden, wo sie in längst vergessenen Truhen und Kisten herumstöberte, um zu sehen, was für Schätze sich in ihnen fanden. An diesem Weihnachtstag hatte sie sich an eine besonders hübsche Hutschachtel voller Puppenkleider erinnert. Das wäre genau das Richtige für ihr neues Baby …

Der Dachboden und seine dunklen Schatten hatten ihr noch nie Angst gemacht. Hier war der einzige stille, friedliche Raum im ganzen Haus. Hier konnte Evie in Frieden sitzen und spielen und träumen.

Aber an jenem Tag herrschte kein Friede in ihrem schönen Versteck, ja es sollte nie mehr Friede sein. Plötzlich hatte sie Mamas Schritte auf dem Fußboden gehört und sich versteckt, um einer Strafaktion zu entgehen. Mama war zu der kleinen Tür gegangen, die hinaus auf eine Art Balkon führte. Einmal hatte Evie gehört, wie sie ihn den „Witwenbalkon" nannte. Es war ein wundersamer Ort an der Rückseite der Villa, wo ihre Mutter ihre Enttäuschung wegmarschieren konnte.

Mehr als einmal hatte sie sie dort beobachtet, wie sie hin- und herging und leise in ein Spitzentaschentuch weinte. Evie hatte jedesmal Lust gehabt, zu ihr zu gehen, aber das tat sie nie. Selbst mit ihren jungen Jahren begriff sie irgendwie, dass es ihrer Mutter nur peinlich gewesen wäre, dass sie von ihrem Elend wusste. Aber für Evie waren diese heimlichen Stunden auf dem Dachbalkon etwas, was sie wie keines ihrer Geschwister mit ihrer Mutter verband. Evie war nicht nur dasjenige unter den Kindern, dessen Züge der Mutter ähnlicher sahen als dem Vater; auch in ihrer Seele fühlte sie sich ihr besonders verbunden, wegen dieses Geheimnisses.

Evie schlich zu einem der ovalen Fenster, um ihrer Mutter zuzuschauen. Wie gern sie zu ihr gegangen wäre, um sie zu trösten. Draußen war es viel zu kalt, um ohne Mantel herumzulaufen, aber ihre Mutter trug noch nicht einmal ein Umhängetuch.

Wie komisch das war. Jetzt blieb Mama stehen und legte die Hände auf das Geländer. Sie schien hinaus in die Weite zu starren, als ob sie über etwas Wichtiges nachdachte. Plötzlich hörte Evie hinter sich ein Geräusch. Sie konnte sich gerade noch in eine Ecke ducken, bevor ihr Vater hereinkam. Er marschierte mit festen Schritten zu der Balkontür und trat nach draußen zu seiner Frau. Wieder zog es Evie zu dem Fenster. Würden sie sich jetzt gleich streiten, wie so oft? Doch zu ihrer Überraschung nahm Vater Mama in die Arme. Der Anblick gab Evie eine plötzliche

Hoffnung. Vielleicht würde ihre Mutter jetzt bald wieder lächeln und glücklich sein.

Ihre kleinen Hände auf die Fensterbank gepresst, schaute Evie zu, wie ihr Vater ihre Mutter hochhob und seine Lippen auf ihre presste. Dann ging er, Mama immer noch in den Armen, ans Ende des Balkons und warf sie ohne ein Wort über das Geländer.

Evies Augen weiteten sich vor Entsetzen. Es gelang ihr gerade noch, einen Aufschrei zu unterdrücken, während ihr Vater zurück in die Dachkammer sprang, sie durchquerte und die Treppe hinabstieg. Mehrere Augenblicke saß sie wie gelähmt da. Hatte sie wirklich gerade gesehen, wie ihr Vater ihre Mutter umbrachte?

Aber vielleicht war Mama ja gar nicht tot. Vielleicht war das Ganze nur ein Scherz? Evie biss sich auf die Unterlippe und nahm ihren ganzen Mut zusammen. Im selben Augenblick hörte sie, wie unten jemand laut schrie, und wusste, dass ihre Ängste sie nicht getrogen hatten. Sie rannte hinunter in ihr Zimmer im ersten Stock, wo sie hastig in ihr Bett kletterte und sich tief in die Trutzburg ihrer Decken vergrub.

Was, wenn Vater herausfand, dass sie ihn beobachtet hatte? Würde er sie dann auch von dem Dach hinunterwerfen?

„Evie? Evie, ist dir was?"

Einen Augenblick erkannte Evie die Stimme ihrer Schwester nicht. Sie schaute hoch und sah, dass sie im Salon ihres Bruders saß und dass alle sie anschauten und auf eine Erklärung warteten, warum sie plötzlich so abwesend war.

„Ich … Entschuldigung." Ein Augenblick und sie hatte sich wieder gefasst. „Was hast du gesagt?"

Jeannette rutschte noch näher. „Ob dir was ist. Du warst auf einmal so blass. Bist du vielleicht schwanger?"

Was für eine absurde Frage. Wenn ihr Mann sie nicht so ernst fixiert hätte, Evie hätte laut losgelacht.

„Das glaub ich nicht, Jeannette. Ich bin halt ziemlich müde."

Ihr Mann schaute wieder weg, ein dünnes Lächeln auf den Lippen. „Sie hat sich in der letzten Zeit etwas übernommen. Ich glaub, ich spendiere ihr eine Erholungsreise."

Die anderen schienen sie schon wieder vergessen zu haben. Der Kriegsrat ging weiter. Mit einem stummen Seufzer der Erleichterung faltete Evie ihre Hände. Sie musste vorsichtiger werden. Sie hatte nie einer Seele erzählt, was sie an jenem Weihnachtstag oben auf dem Dach gesehen hatte, und sie würde es nie erzählen – aus Angst davor, was die anderen dann mit ihr machen würden. Menschen mit Geheimnissen mussten sich in dieser Familie vorsehen.

Kapitel 3

Lydia sah ihren Schmuck durch, um die Familienerbstücke von den Stücken auszusortieren, die ihr Mann speziell für sie gekauft hatte. Sie hatte sie nie gemocht; sie fand sie überladen und geschmacklos. Floyd Gray hatte nie etwas aus Zuneigung getan, sondern aus dem Bedürfnis heraus, Eindruck zu schinden. Die schweren, mehrreihigen Gold-, Saphir-, Rubin- und Onyx-, Diamant- und Perlenketten waren samt und sonders als pompöse Blickfänge gedacht. Mit den zu den Ketten passenden Ohrringen war es nicht besser; Lydia erinnerte sich noch an die Kopfschmerzen, die sie von den schweren Dingern bekommen hatte.

Bei anderen Stücken war die Kombination der benutzten Edelsteine überwältigend hässlich. Sie waren Mr Grays Versuche, kreativ zu sein, aber sie waren nichts als scheußlich. Ein Collier bestand aus Amethyst, Topas und Smaragden. Der Juwelier hatte die Steine zu bizarren Blumenmustern arrangiert, die auf dicken Goldranken den Hals umgaben. Ein anderes sah aus wie ein Spinnennetz aus Silber, auf das jemand große Steine in sämtlichen Farben geschüttet hatte; wenn man es trug, sah es wie ein exotisches Kettenhemd für den Hals aus.

„Also, die brauche ich bestimmt nicht." Sie nahm die bunten Zumutungen und stopfte sie in ihre Kästchen. Sie würde sie Evie und Jeannette anbieten, und wenn die sie nicht wollten, würde sie sie Mitchel und Marston geben, als Versöhnungsgeschenk, zusammen mit dem übrigen Mobiliar des Hauses.

Sie hatte nicht die Absicht, sich irgendetwas zu nehmen, das zur Familie gehörte oder das Floyd ihr geschenkt hatte. Schon gar nicht die ausgefallenen Kleider, die sie für ihn hatte tragen müssen. Nein, sie würde sich neue, bequemere nähen lassen, bevor sie das Elend von Kansas City verließ.

„Ich beginne jetzt ein neues Leben“, murmelte sie. Oder, besser gesagt, jetzt fing sie überhaupt erst an, zu leben. Alaska … ihre Tante … ihr wollte schwindlig werden vor Vorfreude.

Ein Klopfen an der Tür riss sie aus ihren Träumen. Einen Augenblick war ihr fast, als ob da jemand war, der ihr Glück spürte und jetzt kam, um es zu verderben. „Herein.“ Sie schaute hoch. In der Tür stand eine säuerlich dreinblickende Frau, die fast doppelt so alt war wie Lydia. „Ja, was ist, Mary?“

„Die Gray-Söhne sind unten und möchten Sie sprechen.“

Lydia hatte sie erwartet. Es war immerhin schon halb neun am Morgen. Erstaunlich, dass sie überhaupt so lange gewartet hatten.

„Schön. Richte ihnen aus, dass ich gleich komme.“

Mary musterte sie einen Moment, dann ging sie wortlos, die Tür hinter sich schließend. Lydia wusste, dass sie bei der Dienerschaft nicht hoch im Kurs stand. Keinen Einzigen von ihnen hatte sie je ins Vertrauen ziehen können. Sie hatten zu viel Angst gehabt. Sie wussten, wer ihnen ihren Lohn zahlte, und hatten sich gehütet, es mit dem Hausherrn zu verderben, indem sie zu freundlich zu seiner verachteten Frau waren. Ohne Zweifel fragten sie sich gerade, wer jetzt für die Finanzen im Haus verantwortlich war.

Lydia erhob sich und warf einen letzten Blick auf den Schmuck auf ihrem Bett. Sollte sie Mitchell und Marston von ihren Überlegungen erzählen? Würden sie diese Absicht begrüßen – oder nur noch mehr zürnen, dass sie sich das Recht herausnahm, den Besitz ihres Vaters aufzuteilen?

Während sie die Treppe hinunterging, machte sie sich klar: Sie durfte jetzt nicht nervös oder schwach erscheinen. Sie machte ihre Schultern breiter und hob ihr Kinn höher. Es würde nicht einfach sein, den Söhnen von Floyd Gray die Stirn zu bieten, aber sie würde es schon schaffen.

Marston und Mitchell standen in dem Salon, wo ihr Vater vor der Beerdigung aufgebahrt gewesen war. Nichts in dem Zimmer erinnerte mehr an diesen schrecklichen Tag, aber Lydia hatte er sich unauslöschlich ins Gedächtnis gebrannt.

„Du hast dir ja reichlich Zeit genommen, uns zu begrüßen", sagte Mitchell mit säuerlicher Miene. „Du hältst dich wohl für die Chefin seit diesem absurden Testament, das da in Frage steht."

„Steht es in Frage?" Lydias Stimme war fest und klar.

„Natürlich, das weißt du doch selbst. Es ist nur eine Frage der Zeit, bis wir das in unserem Sinne geregelt haben. Vater hatte nie die Absicht, dir irgendetwas zu vererben, das ihm gehörte. Das weißt du geradeso gut wie wir."

„Ich weiß, euer Vater hat es nie für möglich gehalten, dass er einmal sterben würde", erwiderte Lydia.

„Pass auf, welchen Ton du wählst." Marston trat einen Schritt näher. „Wir werden dafür sorgen, dass dieses Unrecht behoben wird."

„Ihr könnt gerne versuchen, die Sache in eurem Sinne zu regeln", sagte Lydia. „Das braucht mir keine Sorgen zu machen. Mein Vater hat mir so oder so genügend hinterlassen, um auf eigenen Beinen zu stehen."

Sie durchquerte den Raum und setzte sich in ihren Schaukelstuhl. Die Hände auf ihrem Schoß gefaltet sah sie zu den Männern hoch. Einen Augenblick blieben sie vor ihr stehen, als wollten sie sie einschüchtern. Als sie nicht reagierte, setzte Mitchell sich auf das Sofa gegenüber; Marston blieb stehen.

„Die nackte Tatsache ist", dozierte Mitchell, „dass du genau weißt, dass du kein Anrecht auf unser Eigentum und Geschäftsvermögen hast, ob dein Vater daran beteiligt war oder nicht. Wir erwarten von dir, dass du uns umgehend zu unserem Anwalt begleitest, um dort diese Farce zu beenden."

Es entging Lydia nicht, wie nervös Mitchell war. Unter seinem linken Auge zuckte es, und er rutschte unablässig hin und her, als säße er auf einem heißen Ofen. Marston stand schweigend da, die Hände hinter dem Rücken gefaltet, der Blick taxierend. Lydia wusste: Er suchte nach einer Schwachstelle, einer Lücke in der

Rüstung, die sie angelegt hatte. Sie kam sich vor wie ein Reh, das von einem Tiger belauert wird.

Sie ließ eine Melodie aus Beethovens Pastorale durch ihren Kopf klingen. Sie merkte, wie sie ruhiger wurde. *Sie können mir nicht mehr schaden. Sie können mir meine Freiheit nicht nehmen.* Sie holte tief Luft und begegnete den Blicken der Männer.

„Für meine Angelegenheiten ist Mr Robinson zuständig. Ihr könnt euch gerne an ihn wenden."

„Nein! Du kommst mit uns." Marston trat näher. „Heute."

„Setz dich, Marston." Sie tat ihr Bestes, nonchalant zu klingen, aber fast konnte sie die Schläge spüren, mit denen er sie offensichtlich am liebsten traktiert hätte. „Mich wird niemand mehr tyrannisieren." Die Worte gaben ihr Kraft.

Marston sah sie an. Was sie da gerade gesagt hatte, schien ihn zu verunsichern. *Gut. Das Opfer wehrt sich. Solange ich sie mit meinen Reaktionen durcheinanderbringe, bin ich im Vorteil.*

Mitchell räusperte sich. „Wir brauchen Mr Robinson nicht, um deine Angelegenheiten zu regeln." Er bedeutete Marston, sich neben ihn auf das Sofa zu setzen. „Mr Sterling ist viel besser in der Lage, mit dieser Situation umzugehen. Er ist seit über zwanzig Jahren der Anwalt unseres Vaters und der Firma Gray."

„Vielleicht ziehe ich es gerade aus diesem Grund vor, meinen eigenen Rechtsbeistand zu haben. Mr Sterling käme als euer Anwalt nur in Loyalitätskonflikte."

„Keineswegs!", fiel Mitchell ein. „Mr Sterling kann ohne Probleme uns alle in dieser Sache vertreten. Er kann die Fehler ausbügeln und dafür sorgen, dass den eigentlichen Wünschen unseres Vaters Genüge getan wird."

„Ich kann nicht sagen, was die Wünsche eures Vaters waren, es sei denn, ich halte mich an die Instruktionen, die er hinterlassen hat." Lydia legte den Kopf schräg, als ob sie angestrengt überlegte. „Euer Vater war ein brillanter Mann – ein solider, bekannter Geschäftsmann, der immer genau wusste, was er wollte. Wie kann jemand von uns auf den Gedanken kommen, dass er sich um diese Sache nicht gekümmert hat? Erwartet ihr im Ernst, dass ich glaube, dass euer Vater – mein Ehemann – sich nicht mit den Gesetzen ausgekannt hat?"

Marstons Augen wurden schmaler. „Du spielst ein gefährliches Spiel, Lydia."

„Ich spiele überhaupt nicht. Ihr erinnert euch sicher, dass ich selbst dabei war, als der Vertrag zwischen meinem und eurem Vater unterzeichnet wurde. Ich habe mir meinen Hochzeitstag ebensowenig aussuchen können wie ihr euch die Bestimmungen in dem Testament."

„Das Testament ist ein Irrtum", presste Marston hervor, „das weißt du genau."

Lydia schüttelte den Kopf. „Ihr könnt nicht erwarten, dass ich mich in diesen Dingen auskenne, und deshalb habe ich beschlossen, die Sache in Mr Robinsons Hände zu geben. Ich bin ja nur eine Frau von knapp 28 Jahren, ungebildet und unwissend, wie ihr selbst so oft gesagt habt. Ich wurde zu der Ehe mit eurem Vater gezwungen und war nichts als ein Mittel, seine finanzielle Situation zu verbessern. Jetzt, wo er tot ist, bin ich nicht mehr an dieses Arrangement gebunden."

Marston musste an sich halten, nicht aufzuspringen. „Unser Vater ist auch nicht mehr daran gebunden!"

„Das ist er nicht mehr, das stimmt. Aber mein Anwalt versichert mir, dass das Testament vollgültig ist, und ich beabsichtige, seinem Rat zu folgen. Wenn ihr mich jetzt bitte entschuldigt, ich habe einiges an Arbeit zu erledigen." Sie stand auf. Es erstaunte sie keinen Augenblick, dass die beiden Männer prompt aufsprangen, um sie aufzuhalten.

„Die Angelegenheit ist noch nicht entschieden", protestierte Mitchell.

Sie schaute ihn kurz an und nickte. „Da hast du sicher recht, aber im Augenblick kann ich nicht mehr tun. Derjenige, an den ihr euch wenden solltet, ist Mr Robinson. Ich bin sicher, er hat die Angelegenheit sorgfältig geprüft und die besten Rechtsexperten aus unserer Gegend konsultiert. Ich glaube, das Beste für euch wäre, dass ihr euch in aller Ruhe mit ihm zusammensetzt."

Damit verließ sie den Salon. Sie sah noch, wie den beiden Männern der Mund offen stand. Sie hatte es noch nie erlebt, dass einem männlichen Gray die Worte fehlten. Ein Blinder konnte sehen, dass ihre Reaktion Mitchell und Marston aus der Bahn geworfen hatte. Für heute war das Beutetier den Jägern entkommen.

„Ich verstehe nicht, was daran so schwierig sein soll", begann Marston. Nash Sterling schien in seinem Sessel ein Stückchen zu schrumpfen. „Wir haben schon öfters Leute gekauft."

„Das war, bevor das Klima in der Stadt anders wurde. Sie wissen selbst, wie schwierig es in den letzten Jahren geworden ist. Ihr Vater hat sich immer beschwert …" Er unterbrach sich, als sei ihm gerade bewusst geworden, dass er im Begriff stand, etwas vollkommen Unangemessenes zu sagen. „Nun ja, Sie wissen, wie es ihn geärgert hat. Also, um es kurz zu machen: Ich kann hier nicht viel tun. Niemand ist mehr bereit, sich mit denen da oben anzulegen."

„Feiglinge", erklärte Mitchell.

„Wie dem auch sei", sagte Sterling. „So ist die Lage. Wir können die Sache eine Weile hinauszögern – alles noch einmal prüfen lassen, nach möglichen Formfehlern suchen usw. –, aber das Endergebnis wird dasselbe sein."

„Schön", sagte Marston, „wenn es legal nicht geht, geht es vielleicht illegal."

„Richter bestechen und Aussagen kaufen *ist* illegal", konterte Sterling. „Oder an was dachten Sie?"

„Ich glaube", sagte Mitchell vorsichtig, „mein Bruder meint, dass viele Menschen unter dem Eindruck einer Drohung oder eines Ultimatums ihre Meinung plötzlich ändern. Wir besitzen belastende Informationen über fast jeden Richter und jeden Anwalt in dieser Stadt. Wir haben beeidigte Aussagen über Dutzende von einflussreichen Männern, und wir haben Zeugen, die für uns jeden Eid schwören."

„Die Geschäfte Ihres Vaters waren allen in der Stadt bekannt, und alle Zeitungen haben groß über seinen Tod und die Beerdigung berichtet. Glauben Sie im Ernst, dass Sie da bei den Leuten durchkommen? Robinson ist kein Dummkopf, er hat sich bestens abgesichert. Er nimmt dieses Testament sehr ernst. Er wusste die Einzelheiten noch vor mir."

„Dann sind Sie unfähig!", schimpfte Marston. „Ich finde es skandalös, dass Sie unserem Vater nicht geholfen haben, einen Ausweg aus diesem Schlamassel zu finden."

Sterlings Augenbrauen zogen sich zusammen. „An Ihrer Stelle würde ich nach Möglichkeiten suchen, mich mit Ihrer Stiefmutter zu arrangieren, und nicht, sie gegen mich aufzubringen. Ich kann mir nicht vorstellen, dass sie unbedingt die Geschäfte einer Sargfabrik in ihre Hände nehmen möchte. Sie ist noch ziemlich jung und wird vielleicht wieder heiraten, und dann wird sie die Dinge vielleicht entspannter sehen."

„Gerade deswegen müssen wir ja schleunigst handeln", sagte Mitchell. „Wenn sie wieder heiratet, geht das Gray'sche Vermögen an ihren Mann, und dann sehen wir keinen einzigen Dollar mehr wieder. Sobald sich herumspricht, auf was für einem Haufen Geld sie sitzt, stehen die Freier bei ihr Schlange."

„Wie ich schon sagte, vielleicht erreichen Sie mehr, wenn Sie sich auf Ihre Seite stellen. Zeigen Sie ihr, dass Sie mit ihr mitfühlen. Erklären Sie ihr, dass die Last der Verantwortung für so viel Geld sie nur unglücklich machen würde. Bieten Sie ihr für den Anfang an, ihr Vermögen für sie zu verwalten. Sagen Sie ihr, dass Sie ihr über jeden Schritt Rechenschaft geben werden."

„Versuchen könnte man's ja", sagte Mitchell. Er sah fragend zu seinem Bruder hin.

Marston wusste, dass solch ein Plan niemals gelingen würde. Lydia hatte bereits angefangen, Rückgrat zu zeigen. Sie war dabei, langsam, aber sicher zu lernen, auf ihren eigenen Beinen zu stehen. Es war erstaunlich, wie sie sich in der kurzen Zeit, seit ihr Mann gestorben war, verändert hatte.

„Wir müssens's halt versuchen", fuhr Mitchell fort. „Vielleicht kann Evie uns dabei helfen; Lydia hat Evie immer gemocht."

Marston nickte langsam. Was er gerade dachte, sagte er besser noch nicht. „Möglich. Wir werden die Sache weiter bedenken und sehen, ob wir so zu einem vernünftigen Plan kommen." Der erleichterte Ausdruck in Nash Sterlings dunkelblauen Augen entging ihm nicht. Dieser Trottel! Wenn er seinen Job richtig gemacht hätte, säßen sie jetzt nicht in dieser Patsche …

Sie verließen die Kanzlei. Marston war nicht in der Stimmung, sich die Klagelieder seines Bruders anzuhören. „Ich bin bei meinen Investitionen vorsichtig gewesen", sagte Mitchell, „aber das hier sieht nicht gut für meine Familie aus. Wenn wir Pech haben, müssen wir unseren Lebensstandard reduzieren."

„Ach, sei bitte still", sagte Marston, während er in die Kutsche stieg. „Es wird alles beim Alten bleiben. Wir müssen halt kämpfen – und siegen." Er zog seinen Hut tiefer ins Gesicht, als ob er vorhatte, auf der Rückfahrt nach Hause zu schlafen. „Wir werden uns von Lydia nicht vorführen lassen. Sie hat keine Vorstellung, wie stark und entschlossen wir sein können."

„Glaubst du, dass sie wieder heiraten will – nach all dem, was sie durchgemacht hat?"

Marston schob den Hut zurück und sah seinen Bruder an. „Warum fragst du das?"

Mitchell sah fast verlegen aus. „Nun ja, wir wissen ja beide, dass unser Vater nicht der einfachste Hausgenosse war. Vielleicht will Lydia keine Ehe mehr."

„Frauen wissen nie, was sie wollen oder nicht wollen, dazu ist ihr Hirn zu klein. Sie können Kinder belustigen und aufziehen, aber ansonsten sind sie nutzlos, wenn sie nicht gut erzogen sind.

Vater hat lediglich versucht, sie zu einer salonfähigen Dame zu machen."

Mitchell ließ sich achselzuckend auf den gepolsterten Ledersitz sinken. Die Kutsche setzte sich in Bewegung.

Marston sagte nachdenklich: „Wenn ich sie zwingen könnte, mich zu heiraten, hätten wir keine Probleme, unser Geld zurückzukriegen." Er hatte schon einmal mit Mitchell über diese Idee gesprochen.

Mitchell runzelte die Stirn. „Würden wir uns damit nicht gesellschaftlich unmöglich machen? Ich meine, sie ist unsere Stiefmutter."

„Man müsste es vorsichtig angehen. Vielleicht könnten die Mädchen uns helfen. Sie könnten ihren Freundinnen und Bekannten erzählen, dass Lydia völlig verzweifelt ist und ihr Leben nicht mehr allein meistern kann. Und dann komme ich, der selbstlose Ritter, und heirate sie, um ihr eine gesicherte Zukunft zu geben."

Mitchell gluckste. „Aber ein Wort von Lydia, und keiner glaubt diesen Unfug."

Marston grinste seinen Bruder vielsagend an. „Um dieses Wort zu sagen, muss sie erst einmal aus dem Haus heraus und unter Menschen gehen können."

Sein Bruder hob die Augenbrauen und nickte. „Verstehe. Und zu guter Letzt springt sie vielleicht auch vom Balkon, wie damals unsere Mutter."

„Warum nicht?", entgegnete Marston. „Man hört jeden Tag von labilen Frauen, die so was getan haben." Er schaute zum Fenster hinaus. Zum ersten Mal seit Langem verspürte er ein Stück Hoffnung. „Ich kann mir vorstellen, dieses Problem löst sich vielleicht doch noch ganz leicht von selbst."

Kapitel 4

Lydia brauchte sich nicht umzudrehen, um zu spüren, wie Dwight Robinson sie ansah. Sie stand am Fenster seiner Kanzlei und schaute auf die belebte Straße hinunter.

„Ich habe mehrere Gespräche mit Ihren Stiefsöhnen gehabt. Sie sind nicht zufrieden mit der Situation, aber das wissen Sie sicher selbst. Sie sind bereit, Himmel und Erde in Bewegung zu setzen, um das Erbe an sich zu ziehen." Sie hörte, wie er in Papieren blätterte. „Sie haben einen Antrag auf Ungültigerklärung des Testaments eingereicht, aber ich sehe nicht, wie sie damit durchkommen wollen. Der Richter wird halt feststellen, dass das Testament völlig legal und ordnungsgemäß zustande gekommen ist."

Lydia drehte sich um und sah ihn an. „Mr Robinson, ich will das Erbe gar nicht, ehrlich. Ich habe nicht den Wunsch, irgendetwas zu behalten, was Floyd gehört hat. Mir ist es am liebsten, wenn ich ihnen das Erbe gebe, und fertig."

„Aber wie steht es um Ihre Zukunft?"

Sie strich ihren taubengrauen Rock glatt, durchquerte den Raum und setzte sich auf den hohen, mit rotem Leder gepolsterten Besucherstuhl. „Für meine Zukunft ist recht gut gesorgt, Sie wissen ja – die Hinterlassenschaft meines Vaters."

Der Anwalt ließ seine Brille sinken. „Sie scheinen vergessen zu haben, dass die ursprüngliche Möbelfirma Ihres Vaters eng mit der Sargfabrik verflochten ist, die er zusammen mit Mr Gray gründete. Ihr Vater und Ihr Mann waren darin gleichberechtigte Partner."

Sie runzelte die Stirn. „Ich glaube nicht, dass ich irgendetwas mit dem Geschäft zu tun haben möchte."

„Und die Grays hatten außerdem noch das Transportunternehmen und zwei Begräbnishallen."

Sie fühlte sich mit all den Einzelheiten völlig überfordert.

„Nun, wir könnten sie fragen, ob sie bereit wären, Ihnen Ihre Anteile an der Firma abzukaufen." Der Anwalt nahm seine Feder in die Hand. „Möchten Sie, dass ich in dieser Richtung tätig werde?"

„Ist das möglich? Können Sie sich darum kümmern, ohne dass ich selbst hier vor Ort bin?"

Robinson nickte. „Ich kann alles veranlassen, auch die Überprüfung des Testaments. Sie müssen nur dann vor dem Richter erscheinen, wenn Sie dies selbst wünschen."

„Das wünsche ich definitiv nicht." Lydia setzte sich kerzengerade auf und faltete ihre behandschuhten Hände. „Ich will mit der ganzen Angelegenheit nicht mehr zu tun haben, als ich unbedingt muss. Ich wäre sehr erleichtert, wenn Sie das alles übernehmen könnten."

Der Anwalt notierte sich einige Punkte und legte dann die Feder weg. Er beugte sich vor und nahm seine Metallbrille ab. „Darf ich ganz offen zu Ihnen reden?"

Offen? Das war er doch sowieso schon. Sie hatten sich detailliert über ihre Ehe mit Floyd Gray unterhalten und über die Motive, die ihren Vater bewogen hatten, sie so jung zu verheiraten. Sie nickte.

„Ich habe Angst um Sie, Mrs Gray."

Ihre Brauen zogen sich zusammen und ihre Augen verengten sich zu schmalen Schlitzen. „Wie, bitte?"

Mr Robinson stand auf, ging um seinen Schreibtisch herum und lehnte sich gegen ihn. „Ich befürchte, dass Ihre Stiefsöhne vor nichts zurückschrecken werden, um alles – alles – zurückzubekommen. Ich habe einiges über ihre bisherigen Machenschaften im Geschäftsleben gehört. Ihr Vater war ein äußerst rücksichtsloser, brutaler Mann, und es ist nur vernünftig, davon auszugehen, dass seine Söhne zu den gleichen Dingen fähig sind wie er."

Er räusperte sich. „Sie … sind Männer, die es gewohnt sind, ihren Willen zu bekommen."

Lydia schüttelte ihren Kopf. „Was genau wollen Sie mir sagen?"

„Ich möchte Ihren Stiefsöhnen und ihren Motiven gewiss nichts Falsches unterstellen und schon gar nicht taktlos werden, aber ich glaube, sie werden auch vor … physischen Angriffen nicht zurückschrecken."

Es gelang Lydia nicht, die Überraschung in ihrer Stimme zu unterdrücken. „Das glauben Sie?"

„Es gibt Gerüchte, dass Mr Gray und seine Söhne in der Vergangenheit Probleme etwas radikal gelöst haben. Es ist vorgekommen, dass Menschen, die ihnen im Weg waren, plötzlich … nun ja, verschwanden."

Lydias Augen wurden groß. „Wollen Sie behaupten, dass Floyd Menschen hat umbringen lassen?" Sie wusste, dass der Gedanke sie eigentlich nicht schockieren sollte, aber er schockierte sie trotzdem. Ihr Mann war fraglos grausam gewesen – aber ein Mörder?

„Man hat nie etwas beweisen können, aber die Gerüchte sind zu zahlreich, um sie zu ignorieren. Ich habe gehört, dass Marston und Mitchell etliche Male Zeugen, die gegen ihren Vater aussagen sollten, eingeschüchtert haben. Mehrere Männer wurden so zusammengeschlagen, dass sie nicht mehr gesund wurden. Man weiß nicht, wer die Schläger waren – die Grays selbst oder gedungene Kriminelle –, aber ich gehe jedenfalls davon aus, dass die Aktionen von einem der Grays angeordnet wurden."

Lydia rang nach Atem. Ihr Magen krampfte sich zusammen. Sie schüttelte wieder den Kopf. „Das … hatte ich nicht gewusst."

„Ich möchte Ihnen da ein Angebot machen, Mrs Gray, das Ihnen hoffentlich nicht zu aufdringlich erscheint. Sie kennen ja meine Familie kaum. Aber ich habe mit meiner Frau, Mary, über die Sache gesprochen, und wir möchten Ihnen vorschlagen, bis zu Ihrer Abreise nach Alaska bei uns zu wohnen."

Lydia schwirrte der Kopf. „Ich – ich weiß nicht, was ich sagen soll."

„Denken Sie bitte über unser Angebot nach. Sie bleiben ja noch ein, zwei Wochen in Kansas City. Ich bin noch dabei, Ihre Reise nach Sitka zu arrangieren."

„Vielleicht können wir es einrichten, dass ich früher aufbrechen kann. Aber nein, ich lasse mir ja gerade neue Kleider für die Reise nähen. Die Garderobe, die ich zurzeit habe, ist für das Leben in Alaska zu elegant und zu empfindlich."

„Der Gedanke, dass Sie allein in diesem Haus sind, gefällt mir nicht. Sie haben dort keine Freunde, und Ihre Stiefkinder – jedes von Ihnen kann sich jederzeit Zutritt verschaffen. Die Diener kann man mit genügend Geld ruhigstellen oder vielleicht sogar dazu bringen, Ihnen etwas anzutun."

Eine solche Möglichkeit hatte Lydia noch nie in Betracht gezogen. Als Floyd noch lebte, hatte sie mehr als einmal Angst um ihr Leben gehabt, aber seit er tot war, fühlte sie sich in Sicherheit. Schön, dieses Gefühl war also trügerisch. Wirklich frei würde sie erst sein, wenn sie meilenweit von Kansas City entfernt war.

Sie war schon fast bereit, Mr Robinsons Einladung anzunehmen, als er eine Bemerkung anschloss, die ihren Entschluss änderte.

„Wir haben Sie in unser Gebet eingeschlossen und glauben, dass Gott möchte, dass wir Sie bei uns aufnehmen."

„Ich glaube nicht ans Beten", sagte Lydia und setzte sich steif aufrecht. Warum mussten die Leute solche Bemerkungen machen? Gerade so, als ob etwas wichtiger wurde, wenn man Gottes Namen darauf stempelte – oder als ob man dann nicht mehr ablehnen dürfe.

Mr Robinsons Gesichtsausdruck wirkte nun schockiert. „Was sagen Sie da?"

Lydia stand auf. „Ich habe zu viel von einem grausamen Ehemann erduldet, um glauben zu können, dass Gott sich um mich kümmert. Als ich ein Kind war, hat meine Mutter gesagt, dass Gott mich liebt und über mir wacht, aber meine Ehe hat mir gezeigt, dass das nicht stimmt. – Aber wenn Sie mich bitte entschuldigen, ich muss zu meinem Schneider und habe schon Verspätung."

Evie saß in ihrem Lieblingscafé und hörte sich an, wie ihre Schwester sich wortreich darüber ausließ, wie das fatale Testament dabei war, ihre Gesundheit zu ruinieren.

„Seit Vater gestorben ist, hab ich jeden Tag rasende Kopfschmerzen. Manchmal muss ich stundenlang in einem abgedunkelten Zimmer liegen, um auch nur ein bisschen Erleichterung zu bekommen."

„Das tut mir leid", sagte Evie, die mit ihren Gedanken woanders war.

Jeannette griff sich an den Kopf. „Manchmal tun mir sogar die Haare weh."

Evie zuckte die Achseln. „Vielleicht solltest du sie schneiden lassen."

„Du redest Unsinn! Man lässt sich ja auch nicht den Kopf abschlagen, bloß weil er wehtut! Alles, was ich will, ist, dir verständlich machen, wie sehr ich leide."

Wahrscheinlich so wie ich gerade jetzt, hätte Evie ihr am liebsten geantwortet, aber sie ließ es bleiben. Ein paar Augenblicke lang sagte keine der Schwestern ein Wort. Jeannette schob sich das nächste Stück Zitronenkuchen in den Mund und bedeutete dem Kellner, Tee nachzugießen.

Sie nahm einen langen Schluck aus ihrer Tasse. „Gut, dass ich weiß, dass unsere Brüder nicht ruhen und rasten werden, bis die Sache geregelt ist. Ich kann nachts nicht schlafen, wenn ich daran denke, dass diese Person im Haus unserer Mutter ist und sich unsere Familienerbstücke unter den Nagel reißt. Womöglich hat sie schon die Sherrygläser beiseitegeschafft, die Oma Beecham Mutter geschenkt hat!"

„Jetzt übertreib nicht, Jeannette! Lydia hat sich nie viel aus dem Besitz unserer Eltern gemacht, das weißt du doch."

„Meinst du? Ich glaube, das hat sie dir nur eingeredet. Sie hat schön freundlich zu dir getan, und in Wirklichkeit hat sie die ganze Zeit hinter Vaters Rücken ihr Ränkespiel getrieben."

„Was für ein Ränkespiel?"

„Na, dass sie sein Geld an sich bringt. Sie war doch nie glücklich – nie zufrieden."

Evie rollte mit den Augen und beugte sich vor. „Vater hat sie geschlagen und hielt sie geradezu im Haus gefangen. Wie soll sie da zufrieden gewesen sein?"

Jeannettes Augen wurden groß. „Man darf nicht schlecht von den Toten reden, das bringt Unglück."

„Das Unglück scheint unsere Familie zu verfolgen." Evie setzte ihre Teetasse ab und legte die Serviette hin. „Aber wie dem auch sei, ich glaube kaum, dass Lydia irgendetwas behalten möchte, das Vater gehörte. Und da sie nicht trinkt, könnte sie mit den Sherrygläsern sowieso nichts anfangen."

„Wie naiv du bist! Lydia hat unserer Familie doch nichts als Elend und Probleme gebracht!"

„Meinst du das Elend, als sie uns gesund pflegte, als wir alle die Masern hatten? Oder wie wir unsere Sonntagskleider schmutzig gemacht hatten und genau wussten, dass Vater uns halbtot schlagen würde, wenn er das sah? Damals hat sie schnell die Kleider gewaschen, bevor er nach Hause kam."

Jeannette schniefte in ihr Taschentuch. „Ja, sie hat ihm eben immer etwas vorgemacht."

„Das hat sie nicht, kein einziges Mal! Als Vater wiederkam, sahen die Kleider wieder wie neu aus, er hat nichts gemerkt. Warum kannst du nicht zugeben, dass sie gut zu uns war?"

„Das war doch alles nur Berechnung", erwiderte Jeannette.

Evie schüttelte den Kopf. „Was soll daran berechnend sein, wenn man die Kleider eines Kindes wäscht? Lydia wollte uns nur helfen. Aber dir hat es schon immer gefallen, wenn andere eins über den Kopf kriegen; wie kannst du da verstehen, dass sie den Wunsch hatte …"

Jeannette japste. „Wie kannst du so was sagen? Ich bin deine Schwester! Wie kannst du es auf einmal mit dieser gierigen, hinterhältigen Hexe halten?"

„Was soll bei ihr hinterhältig sein? Sie hat sich das Geld doch nicht selbst geholt; unser Vater und ihrer haben es ihr vermacht."

„Aber so ist das doch nie gemeint gewesen, das weißt du genau! Mein eigener Mann ist entsetzt. Er sagt, dass es ihn nicht wundern würde, wenn Lydia das Testament gefälscht hätte."

„Herman Stone ist nur entsetzt, weil er damit gerechnet hatte, dass du einen fetten Anteil von Vaters Geld und Aktien erben würdest. Glaube mir, Jeannette, ich bin nicht so ein Naivchen, wie du denkst."

Jeannette wechselte das Thema. „Wie warm es draußen geworden ist! Mr Stone sagt, dass es vielleicht bald stürmt."

„Mrs Stone", erklang eine Stimme von hinten. „Wie schön, Sie wieder mal zu sehen! Aber ich bin doch überrascht. Ich meine, Ihr Vater ist ja noch nicht lange tot. Ist es nicht ein wenig zu früh, um wieder auszugehen?"

Evie erkannte die schrille, vorwurfsvolle Stimme von Merdina Winchester. Sie sah auf. Richtig, da stand die ältere Frau, und neben ihr ihre Freundin, Rhoda Sterling, die Ehefrau von Nash Sterling, die ihre Nase in alles und jedes steckte.

Jeannette ließ sich nicht erschüttern. „Wir haben unserem lieben Vater versprechen müssen, unsere Zeit nicht mit Trauern zu verbringen. Er wollte auch nicht, dass wir seinetwegen Schwarz tragen, wie Sie sehen können." Sie seufzte gekonnt. „Es ist uns nicht leicht gefallen, seinen Wunsch zu erfüllen. ‚Was werden die Leute sagen?', haben wir uns gefragt. Aber die Wünsche unseres lieben Vaters waren uns dann doch wichtiger als das, was irgendwelche Klatschbasen vielleicht sagen."

Mrs Winchester hob ihr Kinn in trotziger Feindseligkeit.

„Und wie ist Ihr Vater dazu gekommen, Ihnen solch ein Versprechen abzunehmen? Er wusste doch sicher nicht, dass sein Ableben schon so bald erfolgen würde. Warum also sollte man über ein solches Thema dann sprechen?"

Evie sah Jeannette an. Was würde sie jetzt sagen? Aber Jeannette war auch diesmal nicht auf den Mund gefallen.

„Wie Sie sicher wissen, war unser Vater ein praktisch veranlagter Mensch. Selbstverständlich wusste er nicht, dass er so jung aus dem Leben scheiden würde; er war ja erst fünfundfünfzig." Jeannette schien einen Augenblick über diesen Satz nachzudenken, während die beiden Frauen darauf warteten, dass sie fortfuhr. Evie hatte diese Taktik schon öfter erlebt, wenn ihre Schwester beweisen wollte, dass sie das Heft des Gesprächs in der Hand hielt.

Jeannette fuhr fort: „Aber er war nicht nur ein praktischer, sondern auch ein sehr weiser Mensch, der wusste, dass er einmal würde gehen müssen. Und da hat er uns eines Tages beiseite genommen und mit deutlichen Worten gesagt, dass wir unser Leben nicht mit dem Gedenken an die Toten vertun sollen. Er wollte keine Trauerzeit, keine schwarzen Kleider, nichts. Wir sollten uns nicht seinetwegen aus der Gesellschaft ausschließen. Es ist nicht leicht für uns, wenn Menschen, die das nicht verstehen, uns deswegen zur Rede stellen, aber das Wichtige ist, dass wir den Willen unseres Vaters erfüllen." Sie schniefte in ihr Taschentuch, als müsse sie jeden Augenblick losweinen.

Evie musste an sich halten, nicht laut loszulachen. Stattdessen senkte sie den Kopf; es sah aus wie ein stilles „Amen!" zu der Predigt ihrer Schwester.

Jeannette sagte: „Sehen Sie, wie meine Schwester das mitnimmt? – Komm, Genevieve, nimm's nicht so schwer, sie haben es sicher nicht so gemeint."

Merdina schnaubte skeptisch, Mrs Sterling schwieg. Evie schaute zu den strengen Gesichtern der beiden Damen hoch, sagte aber nichts weiter.

Rhoda Sterling tätschelte ihrer Freundin den Arm. „Komm, Merdina. Stören wir die beiden nicht in ihrer … Trauer."

Evie, der der sarkastische Ton nicht entging, hätte losgekichert, wenn Jeannette sie nicht so wütend angestarrt hätte. Als die beiden Damen außer Sichtweite waren, beugte Jeannette sich nach vorne. „Lass uns gehen. Ich weigere mich, hier weiter auf dem moralischen Präsentierteller zu sitzen." Sie stand auf und zog ihr Umhängetuch fester. „Ach ja, und könntest du bitte zahlen? Ich hab leider kein Geld bei mir."

„Natürlich", erwiderte Evie, die nichts anderes erwartet hatte. Jeannette Gray Stone zahlte nie. Sie brauchte das Geld für ihre geheimen Laster, zum Beispiel ihren geliebten Brandy.

Kapitel 5

Einige Tage später sprach Dwight Robinson in der Gray'schen Villa vor, um Lydia die Fahrkarten für ihre Reise zu bringen.

„Es wird keine leichte Reise sein", sagte er ihr. „Mein Kanzleigehilfe wird Sie bis San Francisco begleiten. Es kann immer wieder mal Komplikationen geben, die die Reise erschweren, und es würde mich sehr beruhigen, wenn Sie nicht allein in dem Zug sind."

Lydia studierte das Telegramm, das Robinson ihr überreichte. Es enthielt kurze Informationen über ihr Schiff, ein Versorgungsdampfschiff der amerikanischen Marine, die *Newbern.*

„Das Schiff soll nicht sehr groß sein", erklärte der Anwalt. „Es transportiert Vorräte nach Alaska und nimmt oft auch ein paar Passagiere mit. Dieses Telegramm hat mir ein Freund in San Francisco geschickt, Ernest Woodruff. Er hat mir versichert, dass er Ihnen einen Platz auf der *Newbern* besorgen kann. Ihr Ticket wird für Sie bereitliegen, aber Sie müssen spätestens bis zum 25. April in San Francisco sein. Dann legt das Schiff ab."

„Das ist ziemlich knapp", erwiderte Lydia. Ihre Reise- und Abenteuerlust wurde mit jeder neuen Nachricht größer.

„Da haben Sie ganz recht. Sie müssen morgen abreisen, um Ihren Zug in Omaha zu erreichen."

„Morgen schon?" Lydia sah ihn entgeistert an. Sie war davon ausgegangen, noch mehrere Wochen zu haben, um alles vorzubereiten.

„Ich weiß, das ist früher, als Sie erwartet hatten, aber es war das Beste, was ich arrangieren konnte. Die Verbindungen nach Alaska sind spärlich. Das Gebiet gehört ja erst seit ein paar Jahren zu den Vereinigten Staaten, und die Regierung scheint noch nicht recht zu wissen, was sie damit machen soll. Die meisten

Bürger halten es für eine kapitale Dummheit, dass wir es den Russen abgekauft haben."

„Meine Tante sagt, es ist das schönste Land der Welt", konterte Lydia, die sich gut an die glühenden Beschreibungen in Zereldas Briefen erinnerte. „Ich bin sicher, dass der Erwerb sich noch als eine weise Entscheidung erweisen wird."

„Da habe ich meine ernsten Zweifel", sagte Robinson. Er fügte rasch hinzu, wie um sich zu korrigieren: „Ich hoffe nur, dass Sie dort glücklich sein werden. Es scheint dort sehr rau und einsam zu sein."

„Aber meine Tante wohnt dort, und das wird für meine Zufriedenheit entscheidend sein."

„Schön. Mein Gehilfe kommt morgen früh um zehn her, um Sie abzuholen. Können Sie bis dahin fertig sein?"

Lydia dachte an die hundert Sachen, die sie eigentlich noch erledigen musste, dann merkte sie plötzlich, dass ja nichts so wichtig war wie dass sie den Grays und diesem schrecklichen Haus entkam. „Ja." Sie schaute auf die Wanduhr. „Aber jetzt müssen Sie mich entschuldigen, ich muss mich an die Arbeit machen."

„Darf ich Ihnen etwas vorschlagen?"

Lydia nickte. „Danke, mir ist jeder Rat willkommen."

Mr Robinson lächelte. „San Francisco ist eine große Stadt, wo Sie alles kaufen können. Ich würde Ihnen empfehlen, mit so wenig Gepäck wie möglich bis dorthin zu reisen und das, was Sie für Ihre Weiterreise brauchen, dort zu besorgen."

Lydia dachte nach. „Ich habe mehrere Kleider bei meinem Schneider in Auftrag gegeben."

„Vielleicht könnte meine Frau die Zahlungsformalitäten erledigen, wenn die Kleider fertig sind, und ich würde sie Ihnen dann nach Sitka nachschicken lassen."

Sie lächelte. „Ja, das ginge."

„Genau. Wenn mein Assistent, Mr Lytle, morgen Vormittag zu Ihnen kommt, wird er genügend Geld für Sie dabeihaben. Ich werde auch veranlassen, dass Sie in San Francisco genügend

Geldmittel zur Verfügung haben, für den Fall, dass Sie zusätzliche Vorräte nach Alaska mitnehmen möchten. Sie können Sie sicher mit auf das Schiff nehmen."

„Darüber hatte ich noch gar nicht nachgedacht, aber ich glaube, Sie haben recht. Doch, ich sollte Lebensmittel und ein paar andere Dinge kaufen, um die erste Zeit in Alaska zu überbrücken." Lydia überlegte, was sie alles brauchen würde. Sie wollte ihrer Tante auch einige Geschenke mitbringen. Sie hatte sie seit Jahren nicht mehr gesehen, aber sie hatten sich zuverlässig geschrieben.

„Gut, wenn das alles ist", sagte Robinson, „mache ich mich jetzt auf den Weg. Seien Sie ganz beruhigt: Ich werde mich um alle juristischen Dinge kümmern. Etwaige Post werde ich an die Adresse Ihrer Tante in Sitka schicken. Ich rechne damit, dass die Prüfung des Testaments in ein paar Wochen erledigt sein wird; es spricht alles dafür, dass sie zu Ihren Gunsten ausfallen wird."

„Danke für … für alles." Lydias Kopf ging eine Spur nach unten. „Ich wollte noch etwas sagen. Entschuldigen Sie bitte, wenn ich Sie kürzlich in Ihrer Kanzlei mit meiner Bemerkung über Gott verletzt habe. Das war keine böse Absicht."

„Meine liebe Mrs Gray, das ist alles vergeben und vergessen."

Sie schaute wieder hoch und lächelte. „Danke. Ich fürchte, die Vergangenheit hat mich manchmal etwas bitter gemacht. Aber jetzt – jetzt hoffe ich auf die Zukunft."

Als Lydia von ihren Einkäufen zurückkam, fand sie zu ihrer Überraschung sämtliche Gray-Kinder im Salon zum Tee versammelt, samt den Dienstmädchen, die ihnen Getränke und Erfrischungen reichten.

„Wo bist du gewesen?" Marston stand auf.

Lydia sah, wie alle sie anstarrten. „Ich wusste nicht, dass ich meine Termine vorher mit dir absprechen muss."

Marstons Augen verengten sich, dann besann er sich eines anderen. „Du brauchst nicht in dem Ton mit mir zu reden; es ging uns nur um deine Sicherheit. Wir müssen etwas Geschäftliches besprechen." Er winkte die Dienstmädchen fort und wartete, bis sie gegangen waren. Sein Ton war so freundlich, wie Lydia es noch nie erlebt hatte. „Wir würden gerne wissen, wie deine Zukunftspläne aussehen. Gibt es irgendetwas, wobei wir dir behilflich sein können?"

Lydia dachte an ihre Alaska-Pläne, sagte aber nichts. Marstons plötzliche Freundlichkeit verblüffte sie. Sie verstand den Ärger und Groll, den die Grays ihr entgegenbrachten. Aber ein Gray, der höflich mit ihr sprach, war ein Grund mehr, auf der Hut zu sein.

Sie setzte sich nicht, sondern blieb hinter dem nächsten Stuhl stehen. Sie packte die verzierte Rückenlehne und schaute in die Runde der Gesichter, bevor sie sprach.

„Ich wüsste im Moment nicht, wobei ihr mir helfen könntet. Aber eines möchte ich euch sagen: Ich habe nicht die Absicht, irgendetwas, das eurer Mutter gehörte, für mich zu behalten." Ihre Augen hefteten sich auf Jeannette. „Der Schmuck und die Pelze interessieren mich nicht. Mein Vater hat mir treuhänderisch so viel Geld hinterlassen, dass ich nicht zu darben brauche." Ihr Blick glitt weiter zu Marston und Mitchell. „Egal, wie die Prüfung des Testaments ausgehen wird, ich möchte, dass alles, was in diesem Haus ist, wie auch das Haus selbst an euch geht. Ich habe mich entsprechend mit meinem Anwalt besprochen, der dann, wenn das Testament geklärt ist, alles Nötige veranlassen wird."

Marston setzte sich wieder und nahm seine Kaffeetasse. „Und was ist mit dem Rest des Vermögens – die Firmen, die Aktien, die Bankkonten?"

„Darüber soll das Gericht entscheiden; ich habe auch hier meinem Rechtsanwalt alle Vollmachten gegeben."

„Und was gedenkst du bis dahin zu tun?", fragte Mitchell.

Lydia wählte ihre Worte sorgfältig. „Mein Anwalt ist dabei, mir eine neue Wohnung zu besorgen. Ich hoffe, dieses Haus hier bald verlassen zu können. Ich werde nur meine Violine mitnehmen und die paar anderen persönlichen Dinge, die ich damals mit in die Ehe gebracht habe."

„Du willst deine Kleider nicht mitnehmen?", fragte Jeannette überrascht.

„Nein. Wenn du willst, kannst du sie haben." Lydia wusste natürlich, dass sie Jeannette mit ihrer fülligeren Figur nie und nimmer passen würden.

Evie schaute sie kurz an und lächelte. Lydia sah, dass ihre jüngste Stieftochter sie gut verstand: Nein, sie wünschte keine Erinnerungen an die Vergangenheit. Kein Halsband, kein Kleid, nichts, was sie an die zwölf Elendsjahre erinnerte.

„Es freut mich, dass du in dieser Sache so vernünftig denkst", sagte Marston, sein Ton nüchtern-geschäftsmäßig. „Das macht es für alle wesentlich einfacher. Wir werden das Mobiliar aufteilen und das Haus so bald wie möglich verkaufen. Aber jetzt zu dem anderen Thema. Wie sind deine Pläne? Mitchell und ich haben beide Aktien der Sargfabrik Rockford & Gray. Wir haben beide ein persönliches geschäftliches Interesse an der Zukunft dieser Firma wie auch der Möbelfabrik."

„Das kann ich gut verstehen, aber ehrlich gesagt, ich weiß nicht, wie der Anwalt hier verfahren wird. Ihr könnt ihn gerne jederzeit konsultieren."

Marston setzte seine Tasse ab. „Warum können wir das nicht einfach mit dir besprechen?" Wieder war sein Ton erstaunlich weich. „Lydia, du weißt doch, wie hart wir gearbeitet haben, um diese Firma hochzubringen. Rockford & Gray machen die besten Särge im ganzen Land. Wir haben einen Ruf zu verlieren. Es geht nicht nur um unsere Interessen, sondern auch um deine."

„Mein Vater hat ebenfalls stark in dieses Geschäft investiert", sagte Lydia. „Ich erinnere mich noch gut, dass es um viel Geld ging, als ich euren Vater heiratete. Mein Vater fertigte damals bereits nebenher auch Särge, wie viele andere Möbelhersteller auch, während euer Vater Schwierigkeiten mit seiner eigenen Möbelfirma hatte. Das Arrangement nutzte damals beiden Seiten. Unglücklicherweise musste ich in der Mitte dieses Geschäfts stehen."

„Du hast doch auch davon profitiert …", begann Mitchell.

Lydia hob ihre Hand. „Ich werde über diese Sache nicht weiter mit euch sprechen. Ich will nur feststellen, dass ihr alle Zeugen meines Elends gewesen seid. Wir alle kennen die Wahrheit. Euer Vater war herrisch, hart und lieblos. Er hat euch – und mich – oft ohne Grund geschlagen." Lydia spürte, wie der Zorn in ihr hochstieg. „Es ist mir egal, wie ihr über mich denkt. Ich war ein junges Mädchen, als ich heiratete, und habe mein Bestes getan. Als ich hierherkam, war ich oft starr vor Schreck, aber wenn ich demnächst gehe, tue ich das erhobenen Hauptes. Ich habe das Schlimmste durchgemacht, was einer Frau passieren kann. Ich habe Fehlgeburten gehabt. Ich habe nächtelang wach gelegen vor lauter Angst vor dem Morgen. Aber jetzt bin ich frei, und nie mehr werde ich mich versklaven lassen."

„Was für eine Märtyrerin", murmelte Jeannette.

Marston sah seine Schwester an. „Sei ruhig, Jeannette. Lydia hat ja recht. Sie hat viel durchgemacht, seit sie in dieses Haus gekommen ist."

Lydia wollte ihren Ohren nicht trauen. Dass Marston sie verteidigte, es war schier unglaublich. In all den Jahren hatte er kein Wort des Trostes oder der Sympathie für sie übriggehabt. Er und Mitchell hatten sie nur immer wieder gequält und niedergemacht. Das hier – nein, sie hätte es im Traum nicht erwartet.

Als ob er ihre Gedanken las, sah Marston sie wieder an. „Was *ich* damals gemacht habe, tut mir ganz besonders leid. Ich wollte mich bei meinem Vater lieb Kind machen und habe mich dir gegenüber so benommen, wie man das als Gentleman nicht darf."

Lydia runzelte die Stirn. Sie wusste nicht, was sie sagen sollte, und sagte lieber gar nichts. Die anderen schienen von Marstons

Worten nicht weniger überrascht zu sein als sie. Schweigend saßen sie da, als fragten sie sich, was hier gespielt wurde.

Dann sagte Mitchell: „Wir … hoffen, dass du unsere Position verstehst.“

Lydia ließ die Rückenlehne des Stuhles los und nickte knapp. „Ich glaube, ich verstehe sie sehr gut.“

Marston erhob sich. „Aber jetzt haben wir dir lange genug deine Zeit gestohlen.“ Mitchell und Jeannette erhoben sich ebenfalls. Evie trank langsam den Rest ihres Tees, bevor sie aufstand.

Marston Gray hatte Lydia total verblüfft. Hochfahrend wie immer hatte er das Gespräch begonnen, nur um sich zum Schluss für zwölf Jahre der Gemeinheiten zu entschuldigen. Wie kamen manche Leute nur auf die Idee, dass eine kurze Entschuldigung all das Elend und Leid, das sie verschuldet hatten, auslöschen konnte?

Evie hörte, wie Lydia zu ihr trat, und drehte sich zu ihr um. Evie war nie grausam zu ihr gewesen, auch wenn sie es oft wohl oder übel mit ihren Geschwistern hatte halten müssen. „Es tut mir wirklich leid, Lydia, dass dein Leben bei uns so voller Kummer gewesen ist.“

„Mir tut es auch leid für dich, Evie. Es war schlimm, dass du ohne die Liebe einer Mutter … und eines Vaters aufwachsen musstest.“ Es lag ihr auf der Zunge, hinzuzufügen, dass Evie auch in der Ehe keine Liebe gefunden hatte, aber das verkniff sie sich; sie wollte ihr nicht wehtun.

Evie nickte und ergriff Lydias Hand. „Ich hoffe, du gehst möglichst weit von hier fort. Du verdienst endlich ein glückliches Leben. Ich hoffe und bete, dass meine Brüder dich in Ruhe lassen werden. Es ist ja nicht so, als ob sie nicht selbst genug Geld hätten. Es kann sein, dass sie in ihrem Leben etwas umdisponieren müssen, aber am Hungertuch nagen wird keiner von ihnen.“

„Danke, dass du mir das sagst“, entgegnete Lydia. „Ich hoffe, dass es bei dir und Jeannette auch so ist.“

„Meine Güte, mein Mann weiß gar nicht, was er mit seinem

vielen Geld machen soll, und Jeannette muss vielleicht lernen, etwas zu sparen, aber die neueste Mode wird sie auch weiter tragen."

Lydia lächelte. „Und das ist allerdings alles, was für Jeannette wichtig ist."

Evie grinste. „Ja, das und ihre gesellschaftliche Stellung. Ich schätze, wenn sie ohne Vaters Geld unter den Oberen Hundert in dieser Stadt nichts mehr zählt, wird sie leiden wie ein Hund." Sie ging zur Tür und zog ihre Handschuhe an. Dann drehte sie sich um und sah Lydia wieder an, als spürte sie, dass dies das letzte Mal war, dass sie sich sahen.

Einen Augenblick erwiderte Lydia ihren Blick, unsicher, was sie sagen sollte. Sie hatte keine Lust, irgendetwas zu verraten, das ihre Abreise am folgenden Tag gefährden konnte. „Ich hoffe, du wirst glücklich werden", murmelte sie schließlich.

Ein Schatten schien über Evies Gesicht zu gleiten, dann war er wieder weg und sie lächelte. „Das wünsche ich dir auch, Lydia."

In ihrem Ton lag etwas wie ein Abschiednehmen, das Lydia einen traurigen Stich gab.

Gerald Lytle war ein umgänglicher Mann. Nur wenig größer als Lydia, war er kräftig gebaut und ein guter Gesprächspartner.

„Ich freue mich, Ihre Bekanntschaft zu machen, Mrs Gray. Nach San Francisco fahren zu können, ist ein alter Traum von mir." Er unterbrach sich und senkte seinen Blick fast unmerklich. „Ich hoffe, Sie haben nichts dagegen, dass ich das sage."

„Nein, wie sollte ich?", sagte Lydia. Wie höflich der Mann war. „Ich bin froh, dass Sie mitfahren. Ich hätte gar nicht gewusst, wie ich es allein hätte schaffen sollen."

„Seit die Strecke letztes Jahr eröffnet worden ist, hab ich davon geträumt, in den Westen zu fahren." Er klang wie ein kleiner Junge; es war richtig ansteckend. „Es gibt noch Probleme mit den Indianern, aber machen Sie sich mal keine Sorgen. Ich habe mein Gewehr dabei; wenn nötig, werde ich Sie bis zum Tod verteidigen."

„Sie sind sehr liebenswürdig." Lydia zeigte lächelnd auf ihre Siebensachen. „Mehr nehme ich nicht mit." Sie nahm einen länglichen Koffer. „Den Dienern habe ich für heute freigegeben."

„Lassen Sie mich das tragen." Mr Lytle wollte ihr den Koffer abnehmen.

„Nein, meine Geige will ich wirklich selbst tragen. Sie ist viele Jahre lang mein einziger Freund und Trost gewesen."

Er nickte und nahm die übrigen Sachen an sich. „Das kann ich gut verstehen. Musik ist die beste Seelenmedizin."

Sie lächelte und nickte. „Ja, das ist wohl wahr."

Sie gingen nach draußen. Mr Lytle half Lydia in die Kutsche. Er verstaute ihr Gepäck, dann setzte er sich selbst, ihr gegenüber. Er schien ihre Stimmung zu spüren und schwieg.

Lydia konnte nicht anders, sie musste einen letzten Blick auf das Haus werfen. Sie dachte an die verlorenen Jahre zurück, die sie dort verbracht hatte, als Gefangene von Floyd Gray. Wenn er ein guter Mann gewesen wäre, hätte sie jetzt vielleicht glückliche Erinnerungen an dieses Haus. Auch wenn sie sich diese Ehe nicht ausgesucht hatte, ein liebevoller Ehemann hätte ihr Herz vielleicht verwandelt, und es hätte Freude und leidenschaftliche Liebe erfahren. Stattdessen war in diesen Jahren etwas in ihr gestorben, das jetzt für immer in dieser Villa begraben lag.

Ihr Blick ging zu dem „Witwenbalkon" hoch, von dem Charlotte Gray in den Tod gesprungen war. Ohne Zweifel hatte auch sie verzweifelt einen Ausweg gesucht, wie Lydia auch. Wahrscheinlich war Floyd zu seiner ersten Frau geradeso grausam gewesen wie zu der zweiten, bis sie es nicht mehr ausgehalten hatte.

Jetzt sind wir also beide entkommen, dachte Lydia. *Wir sind beide frei geworden, und vor mir liegt ein neuer Weg der Hoffnung.* Die Kutsche setzte sich in Bewegung und in ihrem Kopf schwoll der letzte Satz von Beethovens neunter Symphonie zum Crescendo. Die Worte formten sich in ihr.

O Freunde, nicht diese Töne!
Sondern lasst uns angenehmere
anstimmen und freudenvollere!
Freude, Freude …

Angenehmere! Freudenvollere! Die Worte griffen ihr ans Herz. Jawohl, sie würde endlich Glück und Freude erleben. Zum ersten Mal in ihrem Leben würde sie wirklich glücklich sein.

Kapitel 6

12. Mai 1870

Die Fahrt nach Sitka war für Lydia strapaziös gewesen. Noch nie in ihrem Leben war sie so weit gereist. Erst die schier endlose Eisenbahnfahrt, mit Rauch und Ruß und noch einmal Rauch und Ruß, dann die noch viel schlimmere Schiffspassage auf der *Newbern*. Jetzt lag das Schiff vor Sitka vor Anker, und selbst der sanfte Wellengang wollte Lydia seekrank machen.

Lasst uns an Land, bitte, lasst uns an Land!, dachte sie, während sie sich ein parfümiertes Taschentuch an die Nase presste. Der Lavendelduft beruhigte ihre Magennerven etwas.

Nicht weit entfernt stand Miss Sophia Cracroft auf dem Deck, neben ihr ihre Tante, Lady Jane Franklin, die Witwe von Sir John Franklin, der knapp ein Vierteljahrhundert zuvor bei dem Versuch, eine Nordwest-Passage vom Atlantik zum Pazifik zu entdecken, umgekommen war. Lady Franklin war eine zierliche, aber robuste 79-jährige Engländerin, die die Siedlungen im hohen Norden besuchen wollte, in der Hoffnung, dort doch noch die Reiseaufzeichnungen ihres Mannes zu finden.

Viel mehr über Lady Franklin wusste Lydia nicht. Man hatte ihr gesagt, dass die Witwe sich für sich hielt und allenfalls die Gesellschaft ihrer Nichte suchte. Jetzt schaute Lydia über das Wasser zum Ufer hin, wo eine kleine Siedlung aus Blockhäusern zu sehen war.

„Da links ist das Indianerdorf."

Lydia schaute hoch. Einer der Schiffsoffiziere stand neben ihr. Sie erinnerte sich nicht, wie er hieß, aber lächelte kurz. „Und wohnen die Indianer gerne dort?"

„Ich schätze, schon", erwiderte der Mann. „Die Gegend heißt

die *Ranche*. Die Russen haben sie so getauft, nach einem Wort, das sie in einer ihrer kalifornischen Kolonien aufschnappten."

Lydia ließ ihren Blick zu den langen Blockhäusern gleiten. Sie waren recht groß; wahrscheinlich bot jedes genügend Platz für mehrere Familien. Ein hoher Palisadenzaun lief vom Strand bis zum ersten einer Gruppe von drei Blockhäusern. Tante Zerelda hatte ihr viele Geschichten über die Tlingit-Indianer, die hier lebten, erzählt; sie mochte diese Menschen, obwohl sie zugab, dass sie mit manchen ihrer Sitten nicht zurechtkam.

Der Schiffsoffizier fuhr mit seinen Erklärungen fort. „Viele der Häuser in der Stadt sind halb verfallen. Als die meisten der Russen gingen, war das für die Wirtschaft in der Stadt ein harter Schlag. Aber es gibt nach wie vor viele Geschäfte und Saloons." Er lächelte. „Ohne Saloons geht's nicht."

Lydia nickte. Zerelda hatte von mindestens zwei Brauereien und Schnapsbrennereien geschrieben. Es schien, dass die Einfuhr von Alkohol in den Distrikt Alaska illegal war, nicht jedoch die Herstellung von Alkohol vor Ort. Zerelda fand dies schrecklich, denn die Tlingit ware eifrige Alkoholtrinker, obwohl sie gar nicht viel vertrugen.

„Ich habe gehört, Sie haben hier Verwandte."

Lydia schaute den Offizier wieder an und nickte knapp. „Meine Tante wohnt seit Längerem hier. Sie ist noch vor dem Kauf hierher gezogen. Sie ist Krankenschwester."

„In dem Militärhospital?"

„Nein. Sie wurde von einer deutschen Familie engagiert. Offenbar war die Frau dort öfter krank, und ihr Mann suchte eine gebildete Gesellschafterin für sie, die für sie sorgen konnte, wenn sie bettlägrig war."

Ein junger Matrose trat zu ihnen. „Verzeihung, Sir. Der Kapitän lässt ausrichten, dass die Barkasse bereit ist."

„Dann heißt es wohl Abschied nehmen", sagte der Offizier. „Aber wir bleiben ein paar Tage hier, vielleicht werden wir uns noch einmal sehen."

Es klang wie eine Frage, und dem Mann schien ihre Antwort keineswegs egal zu sein. Lydia spürte, wie ihr Magen sich mit dem Schiff hob und senkte. „Vielleicht“, erwiderte sie kurz.

Die Hilfe des Offiziers ausschlagend, nahm sie ihr Gepäck und begab sich zu der Barkasse. Lady Franklin und Miss Cracroft saßen schon darin, als Lydia ihren Platz einnahm. Sie erlaubte dem jungen Mann, ihr ihre Reisetasche abzunehmen, während sie den Geigenkasten an sich presste.

„Das größere Gepäck wird im Laufe des Tages ans Ufer gebracht.“

Lydia nickte. „Ich werde jemanden schicken, der es abholt.“

Wenn das große Schiff schon eine Herausforderung für Lydias Konstitution gewesen war, dann war die kleine Barkasse noch schlimmer. Das unablässige Schaukeln steigerte ihre Übelkeit, und sie fürchtete, dass sie sich würde übergeben müssen.

Sie setzte sich auf und presste wieder das Taschentuch auf ihr Gesicht. Hoffentlich waren sie bald an Land. Lady Franklin flüsterte ihrer Nichte etwas zu. Die sah Lydia an und hielt ihr etwas hin. „Meine Tante meint, etwas Pfefferminz wird Ihnen guttun.“

Lydia nahm das Bonbon dankend an und schob es in den Mund. Fast sofort ging es ihr besser. Sie holte tief Luft und ließ sich tiefer auf ihren Platz sinken, den Geigenkasten an sich gedrückt wie zum Trost. Die Reise war fast vorbei. Bald würde sie Zerelda sehen, und alles wäre gut.

Sie sah zu den Bergen hoch, versuchte, sich auf das Glück zu konzentrieren, das sie hier in Sitka erwartete. Die schneebedeckten Gipfel ragten majestätisch empor. Das Gold der Sonne floss die Hänge hinab auf dichte Tannen- und Fichtenwälder. Ja, es war in der Tat so schön, wie Zerelda es in ihren Briefen geschildert hatte.

Zwischen grünen Inselchen bahnten sie sich ihren Weg zu dem kleinen Kai. Einige der Inseln schienen bewohnt zu sein. Lydia fragte sich, wie es wohl sein mochte, so einsam zu wohnen.

Dann wurde ihr klar, dass in sehr vieler Hinsicht ihr neues Leben in Sitka ja ganz ähnlich sein würde …

Sie fragte sich, wo ihre Tante wohnte. Sie hatte ihr das Anwesen und ihr Blockhaus auf der Baranof-Insel, auf der Sitka lag, beschrieben, aber Lydia hatte keine Vorstellung, wie sie zu ihr kommen sollte. Sie konnte nur hoffen, dass es hier jemanden gab, der Zerelda kannte und ihr den Weg beschreiben konnte.

Die Männer vertäuten die Barkasse, dann halfen sie den Frauen an Land. Eine neue Welle von Übelkeit ergriff Lydia. Sie war wohl doch nicht ganz die Richtige für Schiffsreisen. Nicht, dass sie vorhatte, Sitka bald wieder zu verlassen. Egal, wie einsam und primitiv es hier sein mochte, sie war entschlossen, zu bleiben.

„Vorsicht, Madam, die Bretter sind uneben“, verkündete ein graubärtiger Seemann, während er Lydia ihre Reisetasche reichte. Sie nickte. Unter ihr schien immer noch alles zu schwanken.

„Sie haben wahrscheinlich noch nicht wieder Ihre Landbeine – ’tschuldigung, Landgliedmaßen.“ Der Mann wurde puterrot und drehte sich um.

Lydia war froh, dass er nun damit beschäftigt war, Lady Franklin zu helfen. Sie hatte nicht vor, hier stehen zu bleiben und zu warten. Sie machte einen vorsichtigen Schritt. Wie schwach sie sich fühlte. Ihre Beine schienen aus Gummi zu sein. Sie hätte sich gern gesetzt, aber bis zum Ende des Kais war keine Sitzgelegenheit zu sehen.

In dem kleinen Hafen herrschte ein emsiges Getriebe. Fischer stiegen aus ihren kleinen Booten oder schickten sich an, hinauszufahren. Einige warfen ihr einen taxierenden Blick zu, ohne sich in ihrer Arbeit aufhalten zu lassen. Lydia hielt ihren Blick auf die grob behauene Holzbank am Ende des Kais geheftet. Hoffentlich schaffte sie es bis dorthin.

Um sich von ihrer Übelkeit abzulenken, zwang sie sich, die Männer bei ihren verschiedenen Arbeiten zu beobachten. Sie staunte, wie geschickt die jungen Burschen auf die schaukelnden Fischerboote sprangen oder von ihnen wieder an Land. Weiter hinten lagen mehrere Frachtschiffe, die gerade beladen wurden. Mit schwellenden Armmuskeln und der unbekümmertsten Miene der Welt wuchteten die Hafenarbeiter die großen Kisten, als wären es Spielzeuge.

Als sie den nächsten Schritt machte, wurde ihr so schwindlig, dass sie die Welt nur noch verschwommen sah. Einen Augenblick kämpfte sie mit ihrem Gepäck, dann setzte sie es ab. Nur nicht die Violine fallen lassen ... Ihre Arme tasteten nach einem Halt, aber da war keiner. Sie schloss die Augen und flehte den Boden stumm an, sich unter ihren Füßen wieder zu ebnen.

„Ist Ihnen nicht gut, Madam?"

Sie öffnete die Augen wieder. An ihrer Seite stand ein hochgewachsener blonder Mann. Sie wollte ihm antworten, aber es kamen keine Worte. Sie spürte, wie warme Arme sich um ihre Schultern legten, dann war alles schwarz.

Kjell Lindquist starrte schweigend auf die Fremde in seinen Armen. Er war zum Hafen gekommen, um zu sehen, ob das neue Sägeblatt endlich gekommen war, und jetzt ... das. Er bückte sich und hob die junge Frau hoch. Er schaute nach links und rechts. Was jetzt? Sein Wagen stand auf der Straße. Vielleicht sollte er sie ins Krankenhaus bringen?

„Das nenn ich einen schönen Fang!", rief Briney Roberts von seinem Boot, der *Merry Maid.*

„Sie ist mir in die Arme gefallen, einfach so."

Briney lachte. „Na, bitte. Hast du nicht kürzlich gesagt, wenn der liebe Gott eine Frau für dich hat, muss er sie dir in die Arme fallen lassen?"

Um ein Haar hätte Kjell die Frau fallen gelassen. Doch, das hatte er gesagt! Nein, Quatsch, das hier war Zufall und nicht Vorsehung. Jetzt stöhnte die junge Frau leise, und Kjell konnte nicht anders, er schaute sie an. Wie bleich sie war. Und wie schön. Sie erinnerte ihn an eine Porzellanpuppe.

Halb besorgt, halb fasziniert betrachtete Kjell seine schöne dunkelhaarige Last. Irgendwie fühlte es sich – ja, richtig an, dass er sie in den Armen hielt. Jetzt schien sie wieder zu sich zu kommen. Was sollte er ihr sagen? Wie konnte er ihr helfen?

Die schwarzen Wimpern öffneten sich zitternd. Sie gaben dunkelbraune Augen frei. Eine Weile sagte die Frau nichts; sie sah benommen aus. Kjell lächelte sie beruhigend an.

„Hallo", sagte er leise. „Ich glaube, Sie sind gerade in Ohnmacht gefallen."

„Ja, es scheint so." Sie hielt sich die Hand an den Kopf. „Schiffsreisen bekommen mir nicht."

Kjell gluckste leise. „Da sind Sie nicht die Einzige. Das geht vielen so." Würde sie ihn bitten, sie wieder abzusetzen? Sie tat es nicht, und er begann, mit ihr zu seinem Wagen zu gehen. „Mein Name ist Kjell Lindquist."

„Kjell? Was für ein Name ist das?"

„Das ist Schwedisch und bedeutet etwas ganz anderes als das, wonach es klingt."

Lydia schloss ihre Augen und öffnete sie wieder. Würde sie gleich wieder ohnmächtig werden? Aber stattdessen sagte sie: „Mein Name ist Lydia Gray."

„Ich habe meinen Wagen hier. Kann ich Sie irgendwo hinfahren?"

„Ich … weiß nicht. Ich weiß nicht genau, wo ich hin muss."

Er grinste. „Na, hier auf dem Kai bleiben wollen Sie doch sicher nicht."

Sie nickte. „Meine Tante wohnt irgendwo hier, aber wo genau, weiß ich nicht."

„Und wie heißt Ihre Tante? Ich kenne so ziemlich jeden hier. Sitka ist nicht sehr groß, wissen Sie." Da stand schon sein Wagen. Er stieg auf, Lydia weiter fest in seinen Armen. *Die ist ja leicht wie eine Feder*, dachte er, während er sie auf den Kutschbock setzte. Er ließ sich neben ihr nieder. „Wie Ihre Tante heißt, wissen Sie doch sicher?"

Lydia runzelte die Stirn. „Ja, natürlich. Zerelda Rockford."

„Ach so, Zee. Ich kenne sie gut. Eine wunderbare Frau. Eine bessere Freundin kriegen Sie in ganz Alaska nicht. Alle mögen sie. Wohnt ein bisschen abseits, bei den Saberhagens."

Die kleine Frau nickte lächelnd. „Ja – ja, das ist sie! Sie hat für Mr Saberhagen und seine Frau gearbeitet. Und Sie nennen sie Zee? Wie ungewöhnlich."

„Damit hat sie selbst angefangen. Manche der Tlingit-Kinder hatten Probleme, ihren Namen auszusprechen, da hat sie ihn abgekürzt, zu Zee."

Lydia drehte sich abrupt um und zeigte auf den Kai. „Mein Gepäck! Meine Geige!" Sie machte Anstalten, von dem Wagen herunterzusteigen. Kjell hielt sie zurück.

„Lassen Sie, das mach ich schon! Tut mir leid, das hatte ich nicht gesehen." Er sprang vom Wagen und lief zurück zu der schweren Reisetasche und dem Geigenkasten.

Als das Gepäck verstaut war, nahm Kjell die Zügel in die Hände. „Los geht's, Jungs! Hü!" Die beiden Pferde setzten sich in Bewegung. Der Wagen rollte nach Süden, die Hauptstraße von Sitka entlang. Die Pferde schienen den Weg auswendig zu kennen, was Kjell die Muße gab, über die Frau an seiner Seite nachzudenken. Was, um alles in der Welt, hatte sie hierher nach Alaska gebracht? So, wie sie aussah, war sie kaum auf das Leben in der kleinen Inselstadt vorbereitet; sie trug noch nicht einmal richtige Stiefel.

„Haben Sie vielen Dank, dass Sie mir so geholfen haben. Seit San Francisco ist mir nicht gut gewesen." Die Fremde richtete sich etwas auf. Sie sah immer noch blass aus. „Ich hatte gedacht, dass meine Tante mich vielleicht am Hafen abholt. Ich habe zu spät gemerkt, dass mein letzter Brief sie wohl nicht mehr vor meiner Ankunft erreicht hat."

„Wahrscheinlich ist er mit demselben Schiff gekommen wie Sie", sagte Kjell. „Aber da machen Sie sich mal keine Sorgen. Zee wird sich riesig freuen, dass Sie da sind."

„Wie können Sie da so sicher sein?", fragte Lydia. „Sie kennen mich doch gar nicht."

„Da wär ich an Ihrer Stelle nicht so sicher. Zee hat eine ganze Menge über ihre einzige Nichte erzählt. Scheint Sie als eine Art Tochter zu betrachten.“ Kjell sah, dass Lydia die holprige Fahrt nicht guttat. „Warum hören Sie nicht einfach auf, wie ’ne Gräfin dazusitzen, und lehnen sich einfach an mich? Ihnen ist schlecht, das ist doch kein Verbrechen.“

Zu seiner Überraschung wehrte sie sich nicht, sondern nickte und ließ sich gegen ihn sinken. „Es tut mir leid.“

„Das muss es nicht. Um ehrlich zu sein, mir tut es leid – dass die Straßen so schlecht sind und die Federung von dem Wagen auch.“

Lydia sah zu ihm hoch und schüttelte den Kopf. „Und was wird Ihre Frau denken, wenn sie davon hört?“

„Ich bin nicht verheiratet, da gibt’s kein Problem.“ Er zwinkerte ihr zu. „Ich hoffe nur, dass mir keine eifersüchtigen Ehemänner auf den Leib rücken.“

Lydia senkte errötend ihren Blick. „Nein, ich bin Witwe.“

„Oh, das tut mir leid“, murmelte er. Er wusste nicht, was er sonst sagen sollte.

„Dazu gibt es keinen Grund“, erwiderte sie rasch.

Die Reaktion verwirrte Kjell. Der bittere, harte Ton in ihrer Stimme entging ihm nicht. Diese Frau musste ein ziemlich schlimmes Leben gehabt haben, wenn sie so etwas sagen konnte. Vielleicht würde sie ihm eines Tages mehr erzählen.

„Ich habe in San Franciso Vorräte eingekauft“, fuhr sie fort. „Eine ganze Menge. Ich wusste nicht genau, was Zerelda brauchen würde. Dürfte ich Ihre Dienste in Anspruch nehmen, Mr Lindquist, um sie zu Zereldas Haus zu schaffen, wenn die *Newbern* ihre Fracht gelöscht hat?“

„Ich helf Ihnen gerne, aber bitte nicht gegen Bezahlung. Hier oben hilft man einander gratis. Ohne das würde hier gar nichts gehen.“

„Ja, das hat meine Tante oft gesagt.“ Lydia schloss die Augen und seufzte.

Ein tiefes Schlagloch schüttelte den Wagen durch, dass es Lydia buchstäblich hoch riss. Kjell hielt ihr seinen Arm hin, damit sie nicht vom Wagen fiel. „Entschuldigung, man tut, was man kann", sagte er.

Lydia nickte und blieb steif auf ihrem Platz sitzen. Sie schaute ihn verstohlen an, und ehe er sich's versah, erwiderte Kjell den Blick. *Meine Herren, die ist hübsch,* dachte er. *Wie eine Frühlingsblume.* Wenn er ehrlich war, hatte er durchaus nichts dagegen, dass er derjenige gewesen war, dem sie in die Arme gefallen war.

Ihre letzten Kräfte waren verbraucht, und Lydia lehnte sich wieder an Kjell. Ihr Verstand sagte ihr, dass das gefährlich war. Ihr Leben lang hatten Männer ihr nur Elend bereitet und ihr Vertrauen missbraucht. Aber irgendwie fühlte sie sich neben diesem Mann nicht unbehaglich.

Komisch. Männer sind mir nie geheuer gewesen, aber dieser komplett Fremde hier – es ist fast so, als ob ich ihn schon mein ganzes Leben lang kenne.

Die Szenerie neben der Straße nahm sie nur halb war. Sie merkte, wie ihr Magen sich wieder umdrehen wollte. „Halten Sie an, bitte!"

Im selben Augenblick, in dem Kjell die Zügel anzog, beugte Lydia sich über die Seite des Wagens und gab das bisschen, was noch in ihrem Magen war, von sich. Sie spürte, wie Kjell seinen Arm um sie legte, um sie festzuhalten; es war ihr peinlich. Sie wartete, bis der Brechreiz aufhörte, und holte erschöpft Luft.

„Ich fürchte, so was kann man nicht elegant machen", sagte sie, ihre Stimme nicht viel mehr als ein Wimmern.

„Da machen Sie sich mal keine Gedanken." Kjell zog sie sachte zurück zu sich. „Viele Leute werden seekrank. Ich hatte einen Freund, der nach jeder Schiffsreise noch wochenlang den Seegang spürte."

Sie schüttelte schwach ihren Kopf. „Hoffentlich wird das bei mir nicht auch so. Ich glaube, so lange würde ich nicht überleben."

„Ich werde darum beten, dass es schnell vorbeigeht", sagte Kjell leise.

Beten? Von ihr aus gerne. Falls sie Gott nicht völlig egal war, war ihr jede Hilfe recht in ihrem Elend.

„Fühlen Sie sich stark genug, um weiterzufahren?", fragte Kjell. „Das Haus Ihrer Tante ist an dem Hang da vorne."

Lydia nickte. Wo war das Haus? Ach ja, da oben. Es sah klein aus. Was, wenn es zu klein war? Was, wenn Zerelda sie nicht haben wollte?

„Kann man hier irgendetwas mieten?", fragte sie. „Ich meine, falls meine Tante mich nicht aufnehmen kann."

Kjell lachte. „Nein, das kann man nicht. Aber wenn Ihre Tante Sie einmal gesehen hat, lässt sie Sie nicht mehr gehen."

„Ich möchte ihr nicht zur Last fallen. Es könnte ja sein, dass sie keinen Platz hat."

„Dann schafft sie eben welchen", erwiderte Kjell. „Aber Sie brauchen sich wirklich keine Sorgen zu machen. Wenn sie Sie tatsächlich nicht haben will, gibt es Dutzende Männer in der Stadt, die Ihnen noch vor Sonnenuntergang 'nen Heiratsantrag machen. Zerelda kriegt am Tag bestimmt zehn Anträge."

„Das mag sein. Aber bei mir hätten sie keine Aussicht auf Erfolg. Ich habe nicht vor, noch einmal zu heiraten."

Zu ihrer Überraschung schüttelte Kjell den Kopf. „Ihr Mann muss ja wirklich schlimm zu Ihnen gewesen sein."

Lydia erwiderte seinen Blick. „Sie ahnen nicht, wie schlimm."

Kapitel 7

Kjell führte Lydia zur Tür des kleinen Holzhauses und klopfte an. „Zee? Bist du da?"

Eine schlanke Frau öffnete die Tür. „Kjell, was bringt dich hierher?" Dann sah sie Lydia, und sie blieb mit offenem Mund stehen. „Liddie? Bist du das?"

„Ja", erwiderte Lydia mit schwacher Stimme.

„Es geht ihr gerade nicht gut", erklärte Kjell. „Ihr ist furchtbar schlecht gewesen auf dem Weg." Wie um seine Worte zu bestätigen, begann Lydia zusammenzusacken. Kjell fing sie gerade noch auf und hob sie wieder hoch. „Ich glaub, sie legt sich besser hin."

„Es tut mir leid, dass ich euch solche Umstände mache", murmelte Lydia.

„Nichts da, Umstände. Trag sie nur rein, Kjell. – Ich hab deinen Brief bekommen, in dem du mir von dem Tod deines Vaters und deines Mannes schreibst. Ich wusste, dass du kommen würdest, aber so bald hatte ich dich noch nicht erwartet. Dachte, du wärst noch dabei, deine Reise vorzubereiten."

Lydia sah ihre Tante an. Sie war anders, als sie sie in Erinnerung hatte. Mit ihren 45 Jahren war Zerelda Rockford eine höchst unkonventionelle Frau. Sie hatte ihr Haar über den Schultern abgeschnitten, was ihr Gesicht fast eckig aussehen ließ.

Zerelda öffnete eine Tür. „Hier, trag sie in dieses Zimmer."

Kjell folgte ihr und legte seine Last vorsichtig auf das Bett. „Kann ich dir irgendwas helfen, Zee? Brauchst du neues Holz?"

„Das wäre gut, ja. Kannst du auch gleich Feuer machen? Es ist kühl draußen, und wir müssen Liddie warm halten."

„Ich bin nicht schwerkrank", protestierte Lydia, als ihre Tante anfing, ihr die Jacke aufzuknöpfen.

„Gesund aussehen tust du aber auch nicht. Deine Augen sind

richtig eingesunken. Ich würde sagen, du bist halb ausgetrocknet und hast seit Langem nichts Anständiges mehr gegessen." Zerelda lächelte ihre Nichte an. „Siehst gerade so aus wie damals als Mädchen. Ich kann's nicht glauben, dass so viel Zeit vergangen ist."

„Es war ein einziger Alptraum", flüsterte Lydia. „Und jetzt auch noch das. Seit wir in See gestochen sind, hab ich nichts mehr bei mir behalten können. Es war einfach zu viel für mich – das alles."

„Aber jetzt hast du's geschafft, und ich päppel dich wieder hoch. Pass auf, bald bist du wieder putzmunter. Hast du deine Geige mitgebracht?"

Lydia war so erschöpft, dass sie gar nicht mehr an ihre Geige gedacht hatte. „Doch. Kann Mr Lindquist sie reinbringen?"

„Gewiss."

„Es gab Zeiten, wo meine Violine das Einzige war, das mich aufrechterhalten hat. Floyd war so …" Sie schwieg.

Zerelda strich ihr über das Haar. „Ich weiß, und das tut mir so leid. Wenn ich damals etwas zu sagen gehabt hätte, ich hätte dafür gesorgt, dass Zachary dich zu mir schickt, statt dich in diese Ehe zu verkaufen." Sie schüttelte ihren Kopf. „Wie konnte er so blind sein. Aber ich kann es noch immer nicht glauben, dass er nicht mehr ist."

„Mein Vater dachte damals bestimmt, es sei das Beste für die Familie. Bevor er starb, hat er mir übrigens einen Brief geschrieben, in dem er sich entschuldigt hat. Ich weiß nicht, ob ich ihm vergeben kann, aber er hat mir so viel Geld hinterlassen, dass ich für den Rest meines Lebens keine Not leiden muss."

Zerelda half Lydia aus ihrer Jacke und begann, ihren Rock aufzuknöpfen. „Nicht zu vergeben nützt niemandem was, außer dem Teufel."

„Dann hat der Teufel viel Nutzen von den Grays gehabt. Noch nachtragendere Menschen kannst du dir nicht vorstellen; das Wort ‚Vergebung' kennen sie nicht."

„Ja, deinen Briefen nach zu urteilen muss es schlimm gewesen sein." Zerelda trat ans Fußende des Betts. „Halt dich eben am Bettgestell fest."

Lydia gehorchte, und Zerelda zog ihr den langen Rock aus. Lydia hatte kaum die Kraft, sich an dem eisernen Bettpfosten festzuhalten. Die plötzliche Kühle brachte ihr ihre Lage erst richtig zu Bewusstsein. Sie kam sich fast nackt vor in ihrem Unterrock, Hemd und Mieder. Was, wenn Kjell jetzt zurückkam?

Als ob sie ihre Gedanken las, ging Zerelda zur Tür und schloss sie. Dann holte sie aus der Kiste am Fußende des Betts ein Nachthemd. „So, darin wirst du dich wohler fühlen." Ohne Lydia um Erlaubnis zu fragen, öffnete sie ihr Mieder. Lydia versuchte, sich aufzusetzen, aber ihr wurde wieder schwindlig.

„Das Zimmer dreht sich dauernd."

„Das ist manchmal so", sagte Zerelda. „Manche Leute kriegen diese Reisekrankheit, wie man es auch nennt."

Sie zog Lydia auch die restlichen Kleider aus, dann hielt sie ihr das Nachthemd über den Kopf. Lydia hatte kaum die Kraft, ihre Arme in die Ärmel zu stecken. Sie ließ sich zurück auf das Kissen fallen und stöhnte.

„Meine Güte, Kind, du bist ja nur noch Haut und Knochen. Ich mach dir gleich eine Suppe, wenn ich hier fertig bin."

„Ich kann nichts essen." Der bloße Gedanke an Essen ließ es Lydia wieder schwummrig werden.

„Doch, etwas Suppe schaffst du. Ich hab ein Spezialrezept, das gut gegen Übelkeit ist. Und danach kriegst du einen Schlaftee." Zerelda richtete sich auf. „Wirst schon sehen, bald geht dir's wieder gut."

Lydia streckte ihre Hand aus. „Es tut mir so leid, dass ich dir nicht rechtzeitig schreiben konnte. Es ging alles so schnell."

„Da mach dir mal keine Sorgen. Jetzt ruh dich erst mal richtig aus."

„Aber ich mach dir solche Umstände. Ich hab dich ja gar nicht gefragt, ob ich überhaupt kommen darf."

Zerelda lachte. „Du dummes Gänschen! Natürlich darfst du, sehr gern sogar! Du kommst gerade recht. Mr Saberhagen wird am Ende des Sommers nach Deutschland zurückreisen. Seine Frau ist vor ein paar Monaten gestorben. Hatte ich das nicht geschrieben?"

Lydia nickte. Zerelda fuhr fort: „Ich hatte mich schon gefragt, was Gott als Nächstes mit mir vorhat, aber ich glaube, jetzt weiß ich's." Sie lächelte freundlich. „Ich bin wirklich froh, dass du gekommen bist, Lydia. Du bist ein Geschenk des Himmels."

„Ich verlange von Ihnen, dass Sie uns sagen, wo Lydia ist." Mitchell Gray war puterrot.

Dwight Robinson sah ihn achselzuckend an. „Ich nehme an, wenn Mrs Gray wünschte, dass Sie ihren Aufenthaltsort kennen, hätte sie eine Adresse hinterlassen."

„Dann ist sie also umgezogen?", fragte Marston. Er musterte den Rechtsanwalt. Nach dessen Gesichtsausdruck zu urteilen, hatte er gerade schon mehr gesagt, als er eigentlich wollte.

Doch Robinson fing sich rasch. „Man muss wohl davon ausgehen, da sie nicht mehr in der Villa wohnt; meinen Sie nicht auch?"

„Ist sie noch in der Stadt?", fragte Mitchell. „Hören Sie, wir haben eine Firma zu leiten. Dort steht ein Wachposten vor dem Tor und sagt, sie brauchen uns nicht mehr. Dies ist unser Familienunternehmen, wir haben ein Recht darauf."

„Nicht, wenn es nach dem Testament geht." Robinson sah sie beide kurz an, bevor er seinen Blick auf Marston ruhen ließ. „Meine Herren, ich habe keine Befugnis, Ihnen irgendwelche Informationen weiterzugeben. Mrs Gray hat mir keinerlei Instruktionen gegeben, Ihnen zu sagen, wo sie sich aufhält."

„Und was ist mit den Rechtsangelegenheiten, die sie betreffen?", fragte Mitchell.

Marston lehnte sich auf seinem Stuhl zurück und beherrschte sich mühsam. Lydia hatte also endlich gelernt, sich zu wehren. Fast musste er lächeln. Er mochte die neue Lydia; sie war ein reizvollerer Gegner als die alte.

„Ich kann Ihnen beiden versichern, dass ich voll und ganz in der Lage bin, Mrs Gray in dieser Angelegenheit zu vertreten. Sie hat mir freie Hand gegeben, ihre Interessen wahrzunehmen."

Marston lächelte steif. „Dann haben Sie auch freie Hand, uns ihre neue Adresse zu sagen."

Robinson schüttelte den Kopf und erwiderte Marstons Lächeln. „Mr Gray, ich glaube, wir beide wissen sehr wohl, dass es nicht in Mrs Grays Interesse wäre, wenn ich Ihnen sagen würde, wo sie sich aufhält."

Marstons Augen wurden schmaler. „Sie spielen ein gefährliches Spiel, Robinson. Wir haben starke Verbündete."

„Das mag in der Vergangenheit so gewesen sein, und auch das nur, weil Ihr Vater alle einschüchterte. Aber die Zeiten ändern sich. Die Politik, die Atmosphäre, die Stadt – es ist alles dabei, sich zum Besseren zu verändern. Neue Gesetze werden es Leuten wie Ihnen verleiden, anderen das Leben schwer zu machen."

Mitchell knallte seine Faust auf die Lehne seines Stuhls. „Das ist Verleumdung!"

„Mrs Gray hat unter Ihrem Vater viel erdulden müssen. Wie ich es sehe, muss man an vielen Stellen ein Fragezeichen hinter sein Verhalten setzen."

„Das ist den Leuten doch egal, das wissen Sie doch genau!", erklärte Marston. „Sie ist eine Frau. Sie war eine Ehefrau und als solche der Besitz unseres Vaters. Wenn sie sich weigerte, ihm gemäß dem Ehevertrag zu gehorchen, war mein Vater halt manchmal gezwungen, etwas nachdrücklich zu werden."

„Sie sollten nicht vergessen, dass Ihr Vater nicht der Einzige war, der wusste, wie man sich Informationen zunutze macht", entgegnete Robinson. „Wenn ich an Ihrer Stelle wäre, würde ich davon absehen, zu viel Aufmerksamkeit auf mich zu ziehen. Die Gesellschaft mag solche Dinge akzeptieren, ich tue es nicht. Ich sehe nichts Akzeptables darin, wenn Frauen und Kinder geschlagen werden. Der Mann, der meint, zu solchen Mitteln greifen zu müssen, muss ein Schwächling sein."

„Ich kann mich nicht erinnern, Sie nach Ihrer Meinung gefragt zu haben", sagte Marston. Er hatte genug Prügel von seinem Vater erhalten, um dem Anwalt vollkommen recht zu geben, aber das würde er ihm nie verraten.

„Nun gut." Robinson schaute auf die Papiere, die vor ihm lagen. „Zum jetzigen Zeitpunkt ist Mrs Gray durchaus bereit, mit der Familie Gray zu einer Übereinkunft zu kommen. Sollte ich jedoch den Eindruck bekommen, dass es klüger für sie ist, anders vorzugehen – zum Beispiel weil ihr sonst erheblicher Schaden droht –, werde ich nicht zögern, ihr von ihrem großzügigen Angebot abzuraten."

Marstons Selbstbeherrschung war am Ende. „Mit was für hinterhältigen Drohungen … Und da behaupten Sie, *wir* wären die Druckmacher! Sie haben noch nicht gewonnen, Mr Robinson. Das Testament wird erst noch geprüft."

„Das wird nicht sehr lange dauern. Ich bin sicher, dass die Sache innerhalb von Tagen entschieden sein wird."

„Hat jemand Ihnen Informationen in dieser Richtung gegeben?", fragte Marston.

„In der Tat, jawohl." Robinson fixierte Marston streng. „Es kann sein, dass Ihr Anwalt in diesen Minuten benachrichtigt wird."

Dies klang nicht gut. Marston wusste: Wenn der Richter die Angelegenheit so rasch erledigt hatte, konnte das Ergebnis nicht gut für die Familie sein. Doch er sagte nichts; es war nicht klug, wenn er Robinson seine Besorgnis zu sehr zeigte.

„Ich glaube, wir können wieder gehen", sagte er abrupt.

Mitchell schaute ihn überrascht an. „Aber wir wissen doch immer noch nicht, wo Lydia ist."

„Nein, und das erfahren wir auch nicht. Oder jedenfalls nicht hier.“ Marston stand auf und ging zur Tür. Dort drehte er sich um und schoss den drohendsten Blick, den er in seinem Repertoire hatte, auf den Anwalt ab. „Sie und Mrs Gray sollten nicht vergessen, dass wir keine Leute sind, die schlechte Nachrichten einfach schlucken. Sie haben noch nicht gewonnen, und wenn es nach mir geht, werden Sie auch nicht gewinnen – niemals.“

Zerelda streifte ihre Handschuhe über und lächelte. „Heute ist ein wunderbarer Tag für Gartenarbeit.“ Sie machte sich Sorgen um Lydia. Sie war nach wie vor sehr blass, und obwohl sie endlich Nahrung bei sich behalten konnte, war sie immer noch so dünn. „Solch einen Sonnenschein wie heute kriegen wir in Sitka nicht sehr oft. So einen Tag muss man ausnutzen.“

Lydia nickte. „Ja, es ist schön, dass das Wetter so gut ist.“

Zerelda runzelte die Stirn. „Du siehst traurig aus. Möchtest du darüber reden?“

Lydia schaute mit solch einem sehnsuchtsvollen Blick zu dem Fenster des Esszimmers hin, dass Zerelda unwillkürlich in die gleiche Richtung sah. Was ging vor in ihrer Nichte? Sie machte den Eindruck einer Gefangenen, die hinter Gittern saß.

„Dies ist der erste Tag, wo ich mich stark genug gefühlt hab, aufzustehen“, sagte Lydia, „aber ich bin immer noch so furchtbar schwach. Werd ich je wieder gesund werden?“

Zerelda nickte. „Ich kann dich gut verstehen. Ich mag selbst nicht krank sein und frage mich jedes Mal, ob ich je wieder gesund werde.“ Sie band eine dünne Lederschürze um ihren braunen Rock und die Kattunbluse. „Kopf hoch! Du wirst bald wieder auf den Beinen sein und mit mir durch die Berge wandern.“

„Hoffen wir's“, murmelte Lydia.

„Warum setzt du dich nicht eine Weile nach draußen auf die

Veranda? Ich geb dir ein paar Decken, damit du dich nicht erkältest. Die frische Luft wird dir guttun."

Lydia sah sie an, halb hoffnungsvoll, halb skeptisch. „Meinst du?"

Zerelda lachte. „Ich bin die Krankenschwester hier! Natürlich wird es dir guttun!"

Sie half Lydia, aufzustehen, dann ging sie langsam mit ihr zur Haustür. Als sie sie öffnete, stand Kjell da, die Hand zum Anklopfen erhoben.

„Du kommst gerade recht", sagte Zerelda. „Ich wollte Lydia gerade auf die Veranda bringen. Kannst du ihr eben in den Schaukelstuhl helfen, während ich ein paar Decken hole?"

Kjell lächelte und nahm Lydias Arm. Sie zuckte einen Augenblick zurück, dann fing sie sich wieder. Zerelda sah es, und sie sah auch, dass Kjell keine Miene verzog über diese Reaktion. Sie deutete dies so, dass Kjell mehr über Lydias Gefühle gegenüber Männern wusste oder verstand als die meisten anderen Männer. Aber gut, Kjell war schon immer ein umsichtiger Mann gewesen. Zerelda hatte seine freundliche Art sehr zu schätzen gelernt.

Sie kam mit den Decken zurück. Wie besorgt Kjell Lydia ansah! Sie lachte. „Sie ist nicht sterbenskrank, Kjell, nur ein bisschen angegriffen."

Lydia musste lächeln. „Ein bisschen? Ziemlich viel."

„Aber Sie sehen nicht schlecht aus", sagte Kjell. „Ich wollte Ihnen gerade sagen, dass Sie viel mehr Farbe haben als vor zwei Tagen."

Lydia schwieg, als machte sie das Kompliment verlegen. Zerelda nahm die Gelegenheit wahr, um die Decken um ihre Nichte zu legen und Kjell zu fragen, was es in den letzten zwei Tagen Neues gegeben hatte.

Kjell lehnte sich an den einen Verandapfosten. „Nicht viel", erwiderte er. „Die *Newbern* hat jetzt ihre Fracht komplett gelöscht. Darum bin ich hier. Da drüben ist ein Haufen Sachen für euch." Er zeigte in die Richtung. Erst jetzt sah Zerelda den Wagen. „Am Hafen ist noch mehr."

„Um Himmels willen, hast du das alles mitgebracht?"

Lydia nickte. „Ich wusste nicht genau, was du brauchst, und da hab ich gedacht, am besten bring ich Lebensmittelvorräte und dergleichen mit. Ich hab halt von allem etwas gekauft."

„Die Fracht muss ja ein Vermögen gekostet haben!" Zerelda schüttelte ihren Kopf. „Aber keine Bange, das wird alles aufgebraucht."

„Wo soll ich's hintun, Zee?", fragte Kjell mit seiner singenden Aussprache. Manchmal konnte er seine schwedische Herkunft nicht verleugnen. Wenn diese Schweden redeten, ließen sie ihre Worte fast wie Bälle auf- und niederhüpfen. Zerelda gefiel dies jedesmal neu.

„Im Schuppen müsste noch Platz sein. Pack die Lebensmittel auf die Vorratsbretter oben und alles andere darunter."

„Ich kümmere mich drum."

Zerelda sah, wie Lydia Kjell musterte, und beschloss, die Gartenarbeit noch etwas aufzuschieben und sich mit ihrer Nichte zu unterhalten. „Er ist ein wirklich guter Mann. Es sind nicht alle Männer so, wie du das erlebt hast."

„Wie meinst du das?" Lydias Stimme war fast nur ein Flüstern.

„Er ist nicht so wie dein Mann. Oder deine Stiefsöhne."

„Wie kannst du da so sicher sein?" Lydia sah ihre Tante fragend an.

„Manche Männer sind verlorene Seelen, denen Gott und ihre Mitmenschen egal sind. Aber es gibt andere, die hören auf Gott. Sie denken zuerst an ihre Mitmenschen und dann erst an sich. Kjell ist einer von ihnen. Ich habe nie erlebt, dass er je laut geworden wäre. Aber dafür oft, wie er anderen großzügig geholfen hat. Er hat dein Misstrauen nicht verdient."

Lydia runzelte die Stirn. „Ich war nicht wirklich misstrauisch, ich bin wohl allgemein etwas vorsichtig. Das tut mir leid. Soll ich mich bei ihm entschuldigen?"

Zerelda lächelte. „Er hat sich's sicher nicht zu Herzen genommen. Aber ich glaube, es wäre nicht schlecht, wenn du dich ein wenig mit ihm unterhalten würdest. Ihn ein bisschen kennenlernen. Deine Meinung über die Männer korrigieren. Es sind nicht alle so wie die, die du kennengelernt hast."

„Das hoffe ich", sagte Lydia. „Aber um das klarzustellen: Ich bin nicht hierher gekommen, weil ich die große Liebe oder einen neuen Mann suche. Ich möchte einfach in Ruhe und Frieden leben können. Es gab nie Frieden im Haus von Floyd Gray." Ihr Blick ging in die Ferne. „Ich kann manchmal noch spüren, wie glücklich und zufrieden ich als kleines Mädchen war. Mehr will ich gar nicht."

„Und ich hoffe, das wirst du hier finden." Zerelda tätschelte ihre Hand. „Wenn's dir am Sonntag passabel geht, werde ich dich meinen Freunden in der Kirche vorstellen. Du wirst sie bestimmt mögen."

Lydia schüttelte den Kopf. „Am Kirchgang bin ich nicht interessiert. Floyd ging eisern jeden Sonntag hin – damit die Leute sahen, was für ein guter Christ, Bürger und Wohltäter er war. Und ich musste mitgehen und seine Heuchelei miterleben. Seitdem habe ich kein Bedürfnis mehr, Teil dieses Spiels zu sein. Zudem glaube ich ohnehin nicht, dass Gott sich für mich interessiert."

Zerelda fiel es schwer zu verstehen, mit welchem Ernst ihre Nichte dies sagte. Das hier hatte Lydia in keinem ihrer Briefe erwähnt. „Du glaubst wirklich, dass Gott sich nicht für dich interessiert? Ist das dein Ernst?"

„Ich glaube es nicht nur, ich weiß es. Er hat so viel Schlimmes in meinem Leben zugelassen, dass ich mit Kirche und Religion und diesem Unsinn nichts mehr zu tun haben will."

„Oh, Liddie, das tut mir so leid. Man hat dir sehr viel Leid zugefügt, ohne jeden Zweifel."

Ihre Nichte zuckte die Schultern. „Kann sein, aber ich habe meine Lektion gelernt. Wenn ich Frieden finden will, muss ich ihn mir selbst schaffen."

„Und wenn du Liebe finden willst?" Zerelda schaute sie aufmerksam an.

Lydia schüttelte traurig den Kopf. „Das hab ich schon lange aufgegeben."

„Es tut mir leid, dass ich Ihnen so viel Arbeit mache", entschuldigte Lydia sich, als Kjell sich auf das Verandageländer setzte, ihr gegenüber. „Ich war wohl etwas zu eifrig mit meinen Einkäufen."

„Es ist nichts Nutzloses dabei. Sie haben gut gewählt. Das meiste werden Sie im Laufe des Winters verzehren. Obwohl – wenn Sie auch nur ein Stück mehr gekauft hätten, hätten wir keinen Platz mehr gehabt. Zerelda war drauf und dran, Mr Saberhagen zu fragen, ob wir einen Teil im großen Haus lagern dürfen."

Lydia schaute zu dem Hang hoch, wo ein zweites Blockhaus stand, das größer und gepflegter aussah als Zereldas Blockhütte.

„Mr Saberhagen hätte nichts dagegen gehabt, aber dafür ich", grinste Kjell. „Wäre nicht einfach für die Pferde gewesen, so eine Ladung da raufzuziehen."

„Dann ist es ja gut, dass es doch nicht nötig war", erwiderte Lydia. Sie zog ihr Umhängetuch umständlich fester um sich. Dann wagte sie einen Blick auf den blondhaarigen Schweden und fragte: „Wohnen Sie schon immer hier?"

„Schon sehr lange, ja. Ich bin hier geboren. Die Familie meiner Mutter war russisch, mein Vater schwedisch. Er kam hierher, um mit Otterpelzen zu handeln. Die Eltern meiner Mutter freundeten sich mit ihm an, und damit gaben sie ihrer einzigen Tochter eine Chance auf eine Romanze."

Lydia sann nach. Wie es wohl gewesen war, in dieser einsamen Gegend aufzuwachsen? „Das war bestimmt ein anderes Leben, nicht wahr? So weit weg von der Zivilisation und den großen Städten."

„Sie dürfen nicht vergessen, dass Sitka früher viel größer war. Hier spielte sich einiges ab, und der Handel florierte. Für die Russen war Sitka die Hauptstadt von Alaska. Es war eine geschäftige Stadt, ein ständiges Kommen und Gehen."

Allerhand. Sie versuchte, sich das vorzustellen. Dann fragte sie: „Und wie kam es, dass das anders wurde? Der Ort wirkt jetzt so … vernachlässigt. Ich meine, viele Häuser sehen richtig alt und müde aus, sozusagen. Zerelda sagt, dass viele Firmen und Geschäfte nicht mehr da sind."

Kjell nickte. „Das ist richtig. Als Amerika das Gebiet von Russland erwarb, gab es einen großen Exodus. Die meisten Russen zog es zurück in ihre Heimat. Ein paar blieben natürlich. Viele Geschäfte wurden verkauft oder schlossen. Manche Händler nahmen ihre Waren mit zurück nach Russland, andere verkauften sie an Schiffe, die den Hafen anfuhren."

Seine Stimme klang traurig. Wie mochte es seiner Familie ergangen sein? „Und Ihre Eltern?", fragte Lydia.

Kjell erwiderte ihren Blick. Seine blauen Augen schienen in die Tiefen ihrer Seele zu schauen. „Sie leben nicht mehr. Mein Vater und Großvater liegen irgendwo im Meer. Man hat ihre Leichen nie gefunden. Meine Mutter starb ein Jahr später, an gebrochenem Herzen."

Es tat Lydia leid, dass sie das Thema angeschnitten hatte. Sie schaute seufzend zur Seite. „Ich glaube, die Ruhe hier ist mir sehr viel lieber als der Lärm der Stadt. Eine solche Ruhe habe ich noch nie erlebt; aber ich stelle fest, dass sie mir sehr guttut."

„Das stimmt", pflichtete Kjell ihr bei, „so empfinde ich das auch."

„Sind Sie deswegen nie von hier weggezogen?"

„Ich glaube, schon. Nach dem Tod meiner Mutter wollte meine Frau, Raisa, zurück nach Russland. Ihre Verwandten leben dort, und sie sehnte sich nach ihren alten Freunden und dem zivilisierteren Leben."

Lydia sah ihn abrupt an. „Hatten Sie mir nicht gesagt, dass Sie nicht verheiratet sind?"

„Ich war es. Sie ist tot. Wurde krank und kam nicht mehr auf die Beine. Sie liegt auf dem Friedhof neben meiner Mutter." Kjell zuckte kaum merklich die Achseln. „Das ist jetzt bald acht Jahre her."

„O, das tut mir leid." Lydia verschränkte ihre Hände und suchte nach einem Weg, das Thema zu wechseln. Doch sie brauchte nicht lange zu suchen.

Zerelda kam um die Ecke der Hütte. „Ihr seht hungrig aus. Kannst du zum Mittagessen bleiben, Kjell?"

Er stieß sich von dem Geländer ab. „Nein, ich muss zurück an die Arbeit. Bin schon lange genug weg gewesen. Wir bauen gerade das neue Sägeblatt ein, da sollte ich dabei sein."

„Dann komm halt irgendwann zum Abendessen. Du weißt ja, dass du dich nicht vorher anmelden musst; komm einfach, wenn du kannst. Dank Liddies großzügiger Vorsorge haben wir ja jetzt jede Menge Vorräte."

Lydia spürte, wie sie rot wurde vor Verlegenheit. Sie wusste selbst nicht genau, warum; wahrscheinlich war es ihr nicht recht, so im Mittelpunkt zu stehen.

„Das mach ich, Zerelda", sagte Kjell. „Die Gelegenheit, mit zwei so schönen Frauen zu essen, sollte ein Mann sich nicht zu oft entgehen lassen."

„Wenn du nicht gleich gehst, überleg ich mir's anders", lachte Zerelda.

„Sehr wohl, Madam!" Er sprang die Stufen hinab. „Wiedersehen, die Damen. *Gud vare med dig.*"

„Und mit dir, Kjell", rief Zerelda ihm nach.

„Was hat er da gerade gesagt?" Lydia schaute Kjell nach, wie er seinen Wagen die Straße hinab zur Stadt lenkte.

„Das ist Schwedisch", erklärte Zerelda, „und bedeutet: ‚Gott mit dir.'"

Lydia runzelte die Stirn. Schon wieder Gott – dieser ferne

Richter, der irgendwo da oben thronte und keinen Finger rührte, um seine Kinder vor Schmerz und Elend zu bewahren. Warum sollte sie wollen, dass er „mit ihr" wäre, wo sie ihm doch offenbar so gleichgültig war?

Kapitel 8

Kjell konnte sich nicht auf seine Arbeit konzentrieren. Seine Sägemühle machte so gute Umsätze, dass er daran denken musste, sie zu erweitern, ja sogar mehr Arbeiter einzustellen, doch all dies reichte nicht, um heute seine Aufmerksamkeit in Beschlag zu nehmen. Er schaute auf seine Hauptbücher – aber es war Lydia Grays Gesicht, das ihn daraus anblickte. Ihr Bild hatte sich in seinem Gedächtnis festgebrannt. Ihre dunkelbraunen Augen sprachen von einem namenlosen Leid. Kjell hätte sie so gerne getröstet, doch Lydia schien ihren eigenen Weg gefunden zu haben, mit dem Leben fertig zu werden. Sie wahrte ihre Distanz, sogar, wie es schien, zu Zerelda.

„Kjell, könnt ich dich eben mal sprechen?"

Ein kleiner, untersetzter Mann stand in der Tür zu Kjells winzigem Büro. Er hielt seinen Hut in der Hand; seine gerunzelte Stirn ließ darauf schließen, dass sein Anliegen von ernster Natur war.

„Natürlich." Kjell stand auf und bedeutete dem Mann, einzutreten. „Was gibt's, Arnie?"

Der Mann befingerte nervös die Krempe seines Hutes, dann schaute er Kjell an. „Ich bin nicht glücklich mit dem höheren Preis."

Höherer Preis? Kjell schüttelte den Kopf. Was konnte der Mann meinen. „Ich verstehe nicht ganz."

„Deine Männer haben mir gesagt, dass das Bauholz, das ich bestellt hab, 25 Dollar teurer kommt. Das ist für dich vielleicht nicht viel Geld, aber ich hab gerade mit meiner Firma angefangen, und ich find's … nicht fair, dass du ausgerechnet jetzt den Preis erhöhst."

„Ich habe keinen Preis erhöht", protestierte Kjell. „Von was redest du?"

Die Finger an der Hutkrempe wurden ruhiger. „Deine Männer, die Sidorov-Brüder. Sie haben mir einen Teil des Holzes geliefert und gesagt, der Preis wäre falsch berechnet gewesen. Sie haben gesagt, ich schulde dir 50 Dollar extra, aber wenn ich's in bar bezahl und nicht auf Rechnung, wären's nur 25."

„Das ist lächerlich! Das hab ich denen niemals aufgetragen! Warte eben mal, ich lass sie reinrufen, das klären wir."

Er ging nach draußen, wo sein Vorarbeiter, Joshua Broadstreet, dabei war, das neue Sägeblatt einzustellen. „Josh, hast du eben 'ne Minute Zeit?"

Der jüngere Mann schaute hoch. „Was gibt's?"

„Wo sind die Sidorovs?" Kjell schaute um sich. Die Russen waren nirgends zu sehen.

„Die liefern gerade die nächste Ladung ans Militär." Josh richtete sich auf und wischte sich die Hände mit einem Lappen ab. „Warum woll'n Sie das wissen?"

„Weißt du was davon, dass sie von Mr Seymour hier 50 Dollar extra verlangt haben?"

Josh runzelte die Stirn. „Also, ich nicht."

„Wenn sie zurückkommen, schick sie sofort zu mir, aber sag ihnen nicht, worum's geht, klar?"

„Klar, Boss."

„Und noch was, Josh." Der Vorarbeiter sah ihn an. Kjell lächelte. „Du brauchst mich nicht ‚Boss' zu nennen, hast du das schon wieder vergessen?"

„Sorry. Alte Gewohnheit. Im Eisenbahnbetriebswerk in Seattle mussten wir das dauernd machen."

Kjell ging leise kichernd zurück in sein Büro. Er mochte den jungen Mann, der erst seit einem Monat für ihn arbeitete. Josh hatte zwei rechte Hände und war ein Segen für die Sägemühle. Aber die Sache mit den Sidorovs gefiel Kjell nicht.

„Die Brüder sind gerade nicht da", erklärte er Arnie, „aber ich kann dir versichern, dass ich den Preis nicht erhöht hab. Es bleibt bei dem vereinbarten Preis."

Der ältere Mann nickte erleichtert. „Danke, Kjell. Die Sidorovs haben mir gesagt, sie rechnen morgen mit mir ab, wenn sie den Rest bringen, aber so lange wollte ich nicht warten."

„Du hast es richtig gemacht, dass du gleich zu mir gekommen bist. Ich regele das. Ich weiß nicht, was für ein Missverständnis da vorliegt, aber ich geh der Sache auf den Grund."

Er schüttelte Arnie die Hand und setzte sich wieder an seinen Schreibtisch. „Wenn du wieder Probleme hast, komm einfach zu mir."

Arnie nickte lächelnd. „Danke, Kjell."

Kjell wartete mehrere Minuten, bis er sicher war, dass Arnie gegangen war, dann ließ er Aakashook und Keegaa'n rufen, die beiden Tlingit-Jungen, die für ihn arbeiteten. Er begrüßte sie mit einem Lächeln.

„Jungs, ich habe eine Frage. Ihr habt doch Anatoli und Ioann gestern geholfen, das Holz auf den Wagen zu laden?"

Die Jungen nickten. Kjell sah, dass sie sich fragten, ob sie etwas falsch gemacht hatten. „Es geht nicht um euch. Ich wollte nur wissen, ob ihr davon gehört habt, dass der Preis für das Holz erhöht worden ist."

„Nein", sagte Aakashook und sah seinen Bruder an. „Ich weiß nichts noch mehr davon." Es war sein Standardsatz, wenn er sagen wollte, dass ihm über eine Sache nichts weiter bekannt war. Kjell nickte.

Das Englisch der Jungen machte sich allmählich. Eigentlich sprachen sie Russisch besser, aber Kjell wusste, dass ihre Mutter wollte, dass sie ihr Englisch übten, und so redete er sie gewöhnlich in dieser Sprache an. Aber jetzt schaltete er auf Russisch um, damit sie sich wohler fühlten.

„Haben die Sidorovs irgendetwas über die Lieferung gesagt?"

Die Jungen sahen sich kurz an. Kjell merkte, dass ihnen unbehaglich zumute war. „Ihr könnt es mir sagen, wenn etwas nicht stimmt."

Keegaa'n, der mit seinen dreizehn Jahren der Ältere war,

sagte: „Sie sind gemein zu uns, Kjell. Sie schlagen uns, und wenn wir schlecht über sie reden, werden sie uns wieder schlagen."

Kjell runzelte die Stirn. „Das dürfen sie nicht. Wann ist das passiert?"

„Sie machen das immer", sagte Aakashook. „Dauernd sagen sie uns, dass sie uns schlagen werden, wenn wir nicht die ganze Arbeit machen, die sie uns geben."

„Also, damit ist jetzt Schluss. Ihr hättet euch längst bei mir melden sollen. Macht das in Zukunft sofort, ja?"

Die Jungen nickten. Kjell lächelte. „Gut. Aber jetzt wird bald das Tor geschlossen. Geht nach Hause, bevor ihr Probleme kriegt." Kjell hasste es, wie die Tlingit-Indianer in Sitka jeden Abend buchstäblich aus der Stadt ausgesperrt wurden. Laut Gesetz durften die Eingeborenen sich nach 18 Uhr nicht mehr in der Stadt aufhalten – offiziell zu ihrer eigenen Sicherheit, aber Kjell wusste genau, dass die Weißen die Indianer lästig fanden und mit diesem Gesetz eine Methode gefunden hatten, sie sich wenigstens für einen Teil des Tages vom Leib zu halten. Jeden Abend trieben Soldaten die Indianer zusammen, als wären sie streunende Hunde. Die Tlingit flohen jedesmal vor den Soldaten. Manche versuchten, sich zu verstecken, aber meistens fanden die Soldaten sie. Morgens um 6 Uhr wurden dann die Tore in dem Palisadenzaun wieder geöffnet, und die Rothäute durften sich wieder unter die weiße Gesellschaft von Sitka mischen.

Die Jungen schienen nicht weiter über dieses nächtliche Ausgehverbot und seine Ungerechtigkeit nachzudenken; sie kannten es nicht anders. Sie sausten los, sich spielerisch boxend; jeder der beiden wollte als Erster durch die große offene Tür. Kjell folgte ihnen langsam und sah ihnen nach, wie sie über den Hof und dann die Straße hinunter rannten. Es waren gute Jungen, die ihr Großvater in die Sägemühle geschickt hatte. Der Mann stand in Kjells Schuld und hatte nicht geruht, bis sie sich auf eine Art Bezahlung geeinigt hatten. Kjell wusste, dass der Mann kein Geld für das Holz hatte. Er hätte es ihm geschenkt, aber das ließ der

Stolz des Alten nicht zu, und so hatte er Kjell vorgeschlagen, die Jungen jeden Nachmittag zum Arbeiten in die Sägemühle zu schicken. Ihre Mutter hatte den Vorschlag eifrig unterstützt, denn so konnten ihre Söhne ihr Englisch verbessern.

Kjell hörte, wie der Wagen die Straße entlangkam. Aha, die Sidorovs kamen zurück. Wie würden sie reagieren, wenn er sie wegen des Geldes zur Rede stellte? Und dann natürlich die Sache mit den Schlägen. Er wusste nicht recht, wie er das Thema ansprechen sollte; auf keinen Fall wollte er es riskieren, dass die Sidorovs sich an den Jungen rächten.

Zwei kräftige Zugpferde kamen die Einfahrt hoch. Sie blieben stehen, als Anatoli heftig die Zügel anzog. Ioann sprang vom Wagen und begann, die Pferde auszuspannen.

„Ich muss eben mal mit euch reden", begann Kjell. Er schaute die beiden breitschultrigen Brüder an. „Um die Pferde kümmert sich Josh. Kommt eben rein in mein Büro."

Er drehte sich um, rief nach Josh und wartete, bis dieser in Sicht kam. „Wir haben eben ein Gespräch. Könntest du dich um die Pferde kümmern?"

„Aber klar doch, Bo... – äh, Kjell." Er grinste. „Ich werd schon besser."

Kjell kicherte. Es klang halbherzig. Er hasste Konfrontationen und am meisten solche mit seinen Angestellten. Er trat in sein Büro.

„Ich hatte heute ein Gespräch mit Mr Seymour. Ihr habt ihm angeblich gesagt, dass der Preis für sein Holz um 50 Dollar gestiegen ist, aber dass es nur 25 Dollar sind, wenn er es euch in bar bezahlt. Könnt ihr mir das erklären? Bitte, wer von euch beiden möchte?" Er blieb hinter seinem Schreibtisch stehen, die Arme über der Brust verschränkt.

Die beiden Männer sahen unbehaglich drein. Anatolis Kiefer pressten sich zusammen. Ioann kreuzte trotzig die Arme, dann sagte er: „Der Mann lügt." Seine Augen wurden schmal.

„So?", sagte Kjell. „Und was für einen Grund sollte er dafür haben? Vielleicht sollte ich mal mit einigen der anderen Kunden sprechen und fragen, ob sie ähnliche Probleme gehabt haben."

Anatoli schüttelte den Kopf und legte seine Hand auf den Arm seines Bruders. „Wir dürfen nicht lügen. Doch, es ist wahr. Aber verstehen Sie bitte, wir haben das nicht aus Spaß gemacht."

Kjell schaute die beiden an. „Ich höre."

„Es ist unsere Mutter." Anatoli sah Ioann an.

„*Da,* unsere Mutter ist sehr krank. Wir haben gehört, dass sie vielleicht sterben wird", sagte Ioann. Sein Gesichtsausdruck verwandelte sich abrupt in den eines geprügelten kleinen Hundes. „Wir brauchen Geld für die Heimreise."

„Warum habt ihr mir nichts davon gesagt? Warum müsst ihr das Geld von meinen Kunden stehlen?"

Anatoli zuckte die Achseln. „Wir haben gedacht, ein bisschen hier und ein bisschen dort ist nicht so schlimm."

„25 Dollar ist nicht ein bisschen. Bei wem habt ihr das noch gemacht?"

„Das weiß ich nicht mehr", erwiderte Ioann.

„So viele, wie?" Kjell schüttelte den Kopf und setzte sich hinter seinen Schreibtisch. „Ihr werdet das Geld sofort zurückerstatten, oder ich übergebe die Sache der Polizei."

Anatoli sprang förmlich vor den Schreibtisch. „Bitte, das geht nicht! Wir haben die Fahrkarten nach Russland schon gekauft, wir bekommen das Geld nicht mehr zurück. Bitte bringen Sie uns nicht zu den Soldaten, oder wir sehen unsere Mutter nie wieder."

Kjell dachte kurz nach. Der Mann hatte wahrscheinlich recht. Wenn er diese Sache an die Öffentlichkeit brachte, würde es Monate dauern, bis die beiden nach Hause konnten. Wider besseres Wissen nickte er. „Nun, gut."

Die beiden Männer strahlten und nickten, wie um ihm zu versichern, dass er die richtige Entscheidung getroffen hatte. Er fuhr fort: „Aber ich brauche eine Liste der Kunden, denen ihr zu viel abgenommen habt, damit ich die Sache mit ihnen in Ordnung bringen kann."

„Wir machen das zusammen", sagte Anatoli. „Vielleicht erinnern wir uns wieder an die Namen."

Kjell beschloss, für den Augenblick nichts weiter zu sagen. Er konnte kaum glauben, dass es um so viele Kunden ging, dass die Brüder ihm nicht einfach eine Handvoll Namen nennen konnten. Er müsste die Rechnungsbücher mit nach Hause nehmen, alle Einträge durchgehen und anschließend jeden Kunden aufsuchen. Wer wusste, wie viel ihn das kosten würde? Aber Geld war nichts gegen den guten Ruf eines Mannes. In diesem Teil der Welt war der Ruf alles, und Kjell würde sich seinen nicht von den Sidorov-Brüdern ruinieren lassen.

„Und jetzt geht und kommt morgen mit der Liste wieder."

„Und Sie übergeben uns nicht … an die Soldaten?", fragte Ioann vorsichtig.

„Nein. Aber ich behalte euch auch nicht in meiner Firma. Diebe kann ich nicht ausstehen." Kjell stand auf. „Und jetzt geht, bevor ich es mir anders überlege."

Die beiden Männer rannten förmlich aus dem Büro, fast so wie die beiden Jungen vorhin. Kjell hob mit einem schweren Seufzer das Hauptbuch vom Schreibtisch und klappte es zu. Es würde eine lange Nacht werden.

Er erinnerte sich an Zereldas Einladung zum Abendessen. Sollte er sie annehmen? Dann könnte er Lydia wiedersehen. Er spürte das Gewicht des Buches unter seinem Arm. Nein, heute Abend wäre er kein guter Gesellschafter. Er blieb wohl besser zu Hause.

Gegen Ende der Woche fühlte Lydia sich schon viel besser. Sie hatte sich von ihrer Seekrankheit erholt und war endlich in der Lage, mit Zerelda über all das zu sprechen, was in Kansas City geschehen war.

Eines Abends, nach dem Abendessen, öffnete Lydia ihr Herz. „Ich fühle mich bei dir so sicher. Zum ersten Mal in meinem Leben fühle ich mich so sicher wie in Abrahams Schoß."

Ihre Tante runzelte die Stirn. „Eine junge Dame sollte nicht bis ans Ende der Welt ziehen müssen, um sich sicher zu fühlen. Ich bin wirklich zornig, was mein Bruder dir da eingebrockt hat, aber über die Toten soll man nicht schlecht reden. Es war ihm wohl nicht klar, was für ein Elend er dir bereitete."

„Nein, wahrscheinlich nicht", sagte Lydia. „Meine arme Mutter hat sich buchstäblich zu Tode gegrämt damals. Ich bin sicher, dass es nicht die Lungenentzündung war."

„Mögen sie beide in Frieden ruhen", murmelte Zerelda.

Lydia antwortete nicht. Sie war sich nicht sicher, ob es ihr wichtig war, ob ihr Vater jetzt Frieden hatte oder nicht. Sie spürte immer noch diesen harten Kloß in sich, wenn sie sich daran erinnerte, wie sie ihn angefleht hatte, den Vertrag zu annullieren, damit sie nicht Floyd Gray heiraten musste.

Sie schob die Gedanken an ihre Eltern beiseite. „Frieden ... Mit den Grays wird es nicht so leicht Frieden geben, für die bin ich ja die große Erbschleicherin. Ich hab meinen Rechtsanwalt angewiesen, dafür zu sorgen, dass sie ihre Immobilien und ihren beweglichen Besitz behalten. Ich habe mich sogar bereit erklärt, mir meine Anteile an der Sarg- und Möbelfabrik von ihnen abkaufen zu lassen. Aber das wird sie immer noch nicht zufriedenstellen. Sie hatten so fest damit gerechnet, alles zu kriegen."

„Und das macht sie gefährlich", sagte Zerelda. „Männer, die sich übervorteilt fühlen, ruhen und rasten meist nicht, bis sie ihr sogenanntes Recht bekommen haben."

„Darum bin ich ja gegangen."

Zerelda lächelte. „Und das war gut so. Ich hatte mir solche Sorgen um dich gemacht. Ich weiß schon nicht mehr, wie oft ich abends auf den Knien gelegen und darum gebetet habe, dass es für dich einen Ausweg gibt."

Lydia schüttelte ihren Kopf. „Selbst du musst doch einsehen, dass deine Gebete nichts genützt haben, Tante Zerelda. Wie willst du da erwarten, dass ich an die Macht des Gebets glaube?"

„Aber sie haben doch etwas genützt, Liddie. Jetzt bist du doch frei." Zerelda sah überrascht aus. „Siehst du das etwa nicht?"

„Du kannst mir nicht erzählen, dass Floyds Tod eine Art göttlichen Eingreifens war, um mir zu helfen." Lydia schüttelte wieder den Kopf. „Warum konnte er nicht stattdessen Floyd zu einem Mann machen, der mich wirklich liebte? Oder die Herzen seiner Kinder verändern, sodass ich mich bei ihnen hätte wohlfühlen können?"

„Wir wissen nicht immer, warum Gott unsere Gebete auf eine Art erhört und nicht auf eine andere."

Lydia erhob sich. „Oder gar nicht. Ehrlich, Zerelda, was Gott betrifft, da kann ich die Dinge nicht so sehen wie du. Und jetzt entschuldige mich bitte, ich möchte nach draußen und ein wenig Geige spielen."

Zerelda sah aus, als ob sie noch etwas sagen wollte, aber sie schwieg. Lydia trat zu ihrem Geigenkasten und öffnete ihn. Sie nahm vorsichtig den Bogen heraus, spannte ihn nach und rieb ihn mit Geigenharz ein. Als sie zufrieden war, hob sie die Violine heraus und nahm sie unter ihren Arm.

Draußen war die Welt friedlich und still. An diesen langen Sommertagen würde es noch Stunden dauern, bis die Sonne unterging. Lydia ging ein Stückchen den Weg entlang bis zu einer Stelle, von der aus sie zum Hafen hinunterschauen konnte. Die kleinen Inseln sahen aus wie grüne Schatten auf dem graublauen Wasser. Mehrere Fischerboote zogen ihre Bahn durch die Bucht. In der Ferne lag still und grau ein Schiff vor Anker.

Lydia prüfte die Saiten des Instruments, bis sie genau richtig gestimmt waren. Dann hob sie es an ihre Schulter. Seit sie ein junges Mädchen gewesen war, hatte dieses Ritual ihrer Seele so etwas wie Ruhe geschenkt. Sie ließ den Bogen über die Saiten gleiten und seufzte wohlig. Ihre Seele erhob sich mit den Flügeln der Melodie, die hinunter in das Tal glitt und die stillen Winkel mit Gesang erfüllte.

Sie schloss die Augen und verlor sich in der Süße des Augenblicks. Hier konnte nichts und niemand ihr Böses tun. Hier war echter Frieden und Trost für ihr müdes, wehes Herz.

Kapitel 9

Juli 1870

Am 27. Juli fuhr das Postschiff, die *George S. Wright*, in den Sitka-Sund. Lydia wartete ungeduldig auf Nachrichten von Mr Robinson. Sie hoffte, dass die Prüfung der Testamente beendet war und diese Tortur mithin hinter ihr lag. Vor allem jetzt, wo sie wusste, dass sie Floyds Kind trug.

Ein Kind – es war das Letzte, was Lydia erwartet oder geplant hatte. Sie war immer noch etwas sprachlos, aber auch ein wenig glücklich angesichts des Gedankens, dass sie bald ein Kind haben würde – *ihr* Kind, dem weder Floyd noch der Rest der Grays etwas antun konnten.

Zerelda hatte sie noch nichts gesagt, aber da ihre Tante Krankenschwester war, machte sie sich bestimmt schon ihre Gedanken. Lydia hatte vor, sie heute Abend, während des Abendessens, einzuweihen. Sie würden sich ein paar Gedanken über die Zukunft machen müssen. Das Kind würde wohl um Weihnachten herum kommen, und Lydia wollte gut vorbereitet sein.

„Ist es das, worauf Sie warten?“, fragte der Postmeister. Er hielt Lydia einen dicken Umschlag hin.

„Danke, Mr Fuller. Doch, ich glaube, ja.“ Sie konnte es nicht erwarten, den Brief zu öffnen. Zerelda war gerade nebenan in der Bäckerei und unterhielt sich mit einer Freundin. Lydia setzte sich auf eine Bank und begann zu lesen.

Meine liebe Mrs Gray,
ich hoffe, dieses Schreiben findet Sie bei guter Gesundheit vor. Da Sie sich sicher fragen, was für eine Lösung es bei dem Nachlass Ihres Mannes und Ihres Vaters gegeben hat, möchte ich ohne Umschweife zur Sache kommen …

Der Brief teilte ihr mit, dass das Gericht Lydia recht gegeben hatte. Marston und Mitchell hatten natürlich Berufung eingelegt, aber das focht Robinson nicht an. Er wollte jedoch wissen, ob Lydia nach wie vor das Vorgehen bei der Abwicklung des Erbes wünschte, um das sie ihn vor ihrer Abreise gebeten hatte.

Sie überlegte. Damals hatte sie noch nichts von dem Kind gewusst. Doch dieses Kind hatte genauso ein Anrecht auf das Erbe wie seine Halbgeschwister. Sie schüttelte den Kopf. Sie konnte es immer noch nicht recht glauben, dass sie Floyds Kind in ihrem Leib trug. Nach ihren Fehlgeburten hatte sie es kaum noch für möglich gehalten, je ein Kind zu bekommen. Dass sie jetzt schwanger war, war fast ein Fall von „Wer zuletzt lacht, lacht am besten“.

Sie las weiter. Robinson wartete auf ihre endgültigen Instruktionen. Vielleicht war es Zeit, die ganze Sache noch einmal zu überdenken. Sie hatte das Geld, das ihr Vater ihr hinterlassen hatte. Sie hatte auch seinen Besitz und seine Investitionen. Aber was war mit der Firma, die er und Floyd zusammen aufgebaut hatten? Die Sargfabrik war unglaublich profitabel, wie Lydia den Bilanzen entnehmen konnte, die Robinson ihr mitgeschickt hatte. Sollte sie ihrem Sohn bzw. ihrer Tochter dieses potenzielle Erbe wegnehmen?

Stirnrunzelnd ging Lydia die unterschiedlichen Möglichkeiten durch. Wenn sie sich in der Firma engagierte, würde sie zwangsläufig in irgendeiner Weise mit Marston und Mitchell zu tun haben. Aber war das wirklich zwangsläufig? Sie holte tief Luft und betrachtete das bunte Treiben auf der Straße. Was, wenn sie Marston und Mitchell kurzerhand aus der Firma entfernte? Hatte Robinson ihr nicht gesagt, dass eigentlich alles ihr gehörte? Konnte sie Robinson nicht einfach anweisen, die beiden nach Hause zu schicken?

Wenn sie das tat, würde sie ihnen natürlich noch verhasster werden, aber andererseits – es war ihr egal, was die Gray-Söhne über sie dachten. Aber dass ihr Kind es einmal gut haben würde, das war ihr nicht egal.

„Du siehst so nachdenklich aus. Ich hoffe, du hast keine schlechten Nachrichten erhalten?" Zerelda war zu ihr getreten. Sie hielt ihren mit Backwaren gefüllten Einkaufskorb in die Höhe, als sei er ein Siegespreis, und fuhr fort: „Unser Mittagessen ist gesichert. Wir haben frisches Brot und wunderbare Pastetchen."

Lydia nickte und schob den Brief zurück in seinen Umschlag. Sie sagte nichts, sondern stand auf und folgte Zerelda. Von Westen zogen regenschwere Wolken heran. In Sitka gab es oft in ein paar Tagen mehr Regen als in Kansas City in mehreren Wochen.

„Also, ist es ein guter oder ein schlechter Brief? Ich schätze mal, er ist von deinem Anwalt; du hast ja gesagt, dass er der Einzige ist, der weiß, dass du hier bist."

Lydia sah ihre Tante an. „Ja, er ist von Mr Robinson. Das Gericht hat zu meinen Gunsten entschieden."

Zerelda strahlte. „Das ist ja wunderbar! Jetzt brauchst du keine Angst mehr zu haben."

„Das würde ich nicht sagen. Mr Robinson schreibt auch, dass Marston und Mitchell Berufung eingelegt haben. Und er fragt mich, wie er bei der Abwicklung des Vermögens, mit der ich ihn beauftragt habe, vorgehen soll; bis jetzt hat er da nichts unternommen."

„Warum hat er nichts unternommen? Hast du ihm nicht genau gesagt, wie du es haben möchtest?" Zerelda schüttelte den Kopf. „So eine Verzögerung kann die Spannungen zwischen dir und den Kindern deines verstorbenen Mannes doch nur noch verschärfen."

Lydia holte tief Luft. „Ich bekomme ein Kind." So, jetzt war es heraus.

Zerelda schien nicht überrascht. „So, so. Ich hatte mir schon meine Gedanken gemacht."

„Es ist mir selbst erst kürzlich gedämmert“, sagte Lydia. „Ich traute mich fast nicht, zu glauben, dass es wahr ist.“

Zerelda blieb stehen und sah sie an. „Dann freust du dich über dieses Kind?“

Lydia holte wieder Luft. „Ja.“ Sie erwiderte den forschenden Blick in den braunen Augen ihrer Tante. „Ich habe mir immer schon ein Kind gewünscht. Es ist ja nicht meine erste Schwangerschaft, das weißt du ja.“

„Und spürst du schon, wie es sich bewegt?“

Lydia nickte und grinste. „Das ist wie Schmetterlinge in meinem Bauch.“

Zerelda schüttelte staunend ihren Kopf. „Ich schätze, dieses Gefühl werde ich nie kennenlernen, außer jetzt durch dich. Fühlst du dich gut?“

„O, ja. Jetzt, wo ich mich von der Seereise erholt hab, kann ich ehrlich sagen, dass ich mich noch nie besser gefühlt hab. Ich glaube, Sitka tut mir gut.“

„Gut. Dann ist dieses Kind ein Segen. Kinder sind ein Gottesgeschenk, weißt du. Die Bibel sagt das jedenfalls, und ich glaube, es stimmt auch.“

Lydia hatte keine Lust, sich den schönen Augenblick durch Erinnerungen an Gott verderben zu lassen. Sie zuckte die Achseln. „Es gibt noch viel zu tun, bevor das Baby kommt.“

„Und wann wird das sein?“

„Das weiß ich nicht genau, aber ich schätze, so um Weihnachten herum.“

Zerelda ging weiter, in Gedanken versunken. Ohne Zweifel fing sie gerade an, Pläne für die Geburt zu machen, und dachte dabei als Krankenschwester vor allem an das Medizinische. Es gab in Sitka ein Militärkrankenhaus mit ausgebildeten Ärzten, aber Lydia dachte eher daran, Zerelda zu bitten, ihre Hebamme zu sein.

„Wir haben genügend Zeit, alles schön zu machen“, sagte Zerelda schließlich. „Vielleicht sollten wir ein Zimmer an die

Hütte anbauen. Aber vielleicht müssen wir auch umziehen; Mr Saberhagen will sein Anwesen verkaufen, bevor er nach Deutschland zurückgeht."

„Möchten die Damen mitgenommen werden?"

Lydia drehte sich um. Kjell, der gerade seine schwarzen Pferde anhielt, grinste vom Kutschbock zu ihnen hinunter. „Es wird ein bisschen eng werden, aber ich glaub, zu dritt passen wir gerade noch nebeneinander."

„Ja, gerne, das wär prima", antwortete Zerelda, bevor Lydia etwas sagen konnte. Sie reichte Kjell ihren Korb, dann stieg sie flink wie ein junges Mädchen auf den Wagen. Einmal mehr bewunderte Lydia ihre Tante; viele Frauen ihres Alters waren bereits vom Leben verschlissen und verbraucht, aber nicht Zerelda.

Lydia setzte ihren Fuß auf den Tritt. Kjell reichte ihr seinen Arm. Sie ließ es zu, dass er ihn nahm – und japste fast, als er sie ohne Mühe hochhob. Er setzte sie auf der Bank ab und nahm zwischen ihr und Zerelda Platz.

Er knallte leise mit der Peitsche. Die Pferde setzten sich in Bewegung, der Wagen machte einen Ruck. „Das muss mein Glückstag sein heute – auf jeder Seite eine schöne Dame. Das kriegen nicht viele Männer hier."

Zerelda grinste. „Dann mach ich dein Glück noch größer und lade dich gleich zum Mittagessen ein. – Du hast doch nichts dagegen, Liddie?"

Lydia schaute auf und nickte. „Ich glaube, er hat eine Belohnung verdient, ja." Wenn sie ganz ehrlich war, mochte sie Kjells Gesellschaft. Sein ruhiger Charme und seine verständnisvolle Art machten ihn ihr immer angenehmer. Zerelda hatte recht gehabt: Kjell Lindquist war anders als die Männer, die Lydia bisher erlebt hatte.

„Ich nehme an, Sie wissen, dass Dr. und Mrs Ensign demnächst wieder einen Ball geben?", sagte Kjell. „Als sie hörten, dass Lydia nicht zu dem ersten Ball kommen konnte, weil sie noch so angegriffen war von der Reise, beschlossen sie auf der Stelle, einen zweiten zu geben, um sie in Sitka willkommen zu heißen."

„Also, davon weiß ich nichts." Zerelda schaute Lydia an.

„Ich auch nicht", sagte Lydia.

Kjell lachte. „Gut. Dann bin ich also der Erste, der Ihnen das sagt, und in dieser Eigenschaft erwarte ich, dass Sie beide auf den Ball mitkommen."

Zerelda lachte. „Ich bin viel zu alt für einen Ball, und Lydia ist …" Lydias entgeisterter Blick ließ sie abrupt verstummen.

Kjell schien es nicht bemerkt zu haben. „Nichts da, Zee! Du bist eine der wenigen Frauen in Sitka, die noch zu haben sind, du *musst* kommen. Die Sache findet heute in zwei Wochen statt."

Als sie zu der Abzweigung zum Saberhagen'schen Anwesen kamen, fielen die ersten Regentropfen. „Na, das nenn ich pünktlich", sagte Zerelda, während Kjell den Wagen rasch zu der Hütte lenkte. „Komm eben mit rein, dann können wir uns über diesen Ball unterhalten."

Sie sprang ohne Umstände vom Wagen und langte nach ihrem Korb. „Macht schnell, ihr beiden, bevor es richtig regnet."

Kjell stand auf. Lydia kam sich plötzlich merkwürdig allein vor. Sie hatte die Wärme seines Körpers neben ihrem gemocht – viel mehr, als sie vor sich selbst zugeben mochte.

Sie rutschte vorsichtig an den Rand des Kutschbocks und schickte sich an, hinunterzusteigen, als sie eine Hand um ihre Taille spürte. Es war Kjell, der sie von dem Wagen herabhob. „Na, jetzt haben Sie allmählich Fleisch auf den Knochen, dank Zees Küche", sagte er, während sie zu der überdachten Veranda hasteten.

Lydia blieb stehen und starrte ihn misstrauisch an. „Soll das heißen, dass ich dick bin?"

Er lachte. „Als Sie kamen, waren Sie nur Haut und Knochen. Sie haben halt ein bisschen Aufpolstern gebraucht, und ich freu' mich, dass es Ihnen so viel besser geht."

Sie merkte, wie sie rot wurde. Wenn er nur den wirklichen

Grund für das Extragewicht wüsste ... Wie würde er wohl reagieren, wenn sie ihm von ihrer Schwangerschaft erzählte? Sie sah ihn einen Augenblick an, dann lächelte sie. „Meine Tante ist eine gute Köchin. Ich kann viel von ihr lernen."

„Das überrascht mich nicht." Kjell führte sie durch die offene Tür. „Hmm, riecht nach Eintopf."

Zerelda nickte. „Den hab ich aufgesetzt, als wir heute Morgen in die Stadt gegangen sind. Jetzt dürfte er so ziemlich fertig sein." Sie band sich eine Schürze um und fuhr fort: „Lydia, deckst du eben den Tisch? Und Kjell, könntest du etwas Holz reinholen?"

„Schon geschehen." Er sprang zur Hintertür hinaus, bevor Lydia bis drei zählen konnte.

Lydia ging zum Schrank, um die Teller herauszuholen. „Kjell sagt, ich werde dick."

„*Was* sagt er?" Zerelda klang so schockiert, dass Lydia lachen musste.

„Er hat es nett ausgedrückt. Er hat gesagt, er freut sich, dass ich nicht mehr nur Haut und Knochen bin."

„Hast du das Kind erwähnt?"

Lydia schüttelte den Kopf. „Ich wusste nicht recht, was ich ihm sagen sollte. Aber bald wird es ja egal sein, dann sieht jeder, dass ich schwanger bin. Noch viel länger verstecken kann ich es nicht."

„Was gibt's da zu verstecken? Was soll unanständig daran sein, dass eine Witwe das Kind ihres verstorbenen Mannes erwartet?" Zereldas Ton wurde weicher. „Du brauchst dir wirklich keine Sorgen zu machen, was die Leute denken werden. Du hast nichts Unrechtes getan."

„Das weiß ich auch, aber ich frage mich halt, wie dies mein Leben verändern wird."

Zerelda trug den Topf zum Tisch. „Das wird sich zeigen. Es wäre ja ohnehin nicht immer so geblieben, wie es jetzt ist."

Lydia hörte den Schritt von Kjells Stiefeln vor der Tür. „Bitte sag nichts! Ich bin noch nicht bereit ... mit ihm darüber zu reden."

„Bitte sehr, Zee!" Kjell kam mit einem Arm voll Feuerholz herein und trug es zum Kamin. „Hast recht gehabt, jetzt schüttet es richtig. Willst du noch mehr? Mein großer Zeh sagt, dass es heute Abend kalt wird."

„Danke, das reicht. Ich kann selbst mehr holen, wenn's nötig ist. Setz dich und iss." Zerelda trat zu dem Tisch, in der Hand einen Laib Brot und einen Topf mit Butter.

Kjell und Lydia setzten sich. Sie warteten, bis auch Zerelda saß, dann sprach Kjell ein Tischgebet. Lydia neigte ihren Kopf nicht, sondern musterte Kjell, während er Gott für die Hände, die dieses Mahl bereitet hatten, und für das Mahl selbst dankte. Er tat dies mit einer solchen Unbefangenheit, als spräche er gerade mit ihr oder Zerelda. Als er „Amen" sagte, schaute Lydia zur Seite und räusperte sich. Sie begann, rasch das Brot zu schneiden, während Zerelda die Suppe ausschenkte.

„Was gibt's Neues, Kjell?", fragte Zerelda.

Er nahm grinsend den Teller, den Zerelda ihm reichte. „Also, im Oktober soll es 'ne Volkszählung geben. Scheint so, als ob die Regierung wissen möchte, wie viele Leute noch da sind."

Zerelda stellte Lydia ihren Teller hin. „Und was machen sie, wenn sie die Leute fertig gezählt haben?"

„Schwer zu sagen. Meistens machen sie ja solche Sachen wegen der Wahlen und so, aber wir haben hier in Alaska ja kein Wahlrecht, wir sind ja bis jetzt noch nicht mal ein Territorium. Vielleicht wollen sie wissen, ob sie genug Soldaten hier haben, um für Recht und Ordnung zu sorgen. Oder mit was für Steuern sie uns beglücken können."

Lydia aß schweigend, während ihre Tante und Kjell sich weiter über die Volkszählung unterhielten. Jetzt war sie selbst ja auch eine Bewohnerin von Sitka. Ihr ungeborenes Kind würde noch nicht zählen.

Sie musste wieder an Mr Robinsons Brief denken. Sollte sie

ihm zurückschreiben und ihn anweisen, nichts zu unternehmen, bis das Kind da war? Marston hatte doch einmal gesagt, dass das Gray-Geld für die Gray-Erben da sein sollte, und jetzt trug sie solch einen Erben in ihrem Schoß.

Aber ein anderer Teil von ihr wollte nach wie vor nichts von dem, was mit den Grays zu tun hatte. Warum wies sie Robinson nicht doch an, ihnen einfach alles in den Rachen zu werfen? Dann könnte sie einen Schlussstrich ziehen und bräuchte nie mehr etwas mit diesen Leuten zu tun zu haben. Vielleicht war das die Antwort; vielleicht würde sie so für immer Frieden bekommen.

„Also, Lydia, was meinen Sie?"

Sie fuhr zusammen und schaute hoch. Sie merkte, dass sie ja kein Wort von dem Gespräch zwischen Kjell und ihrer Tante mitbekommen hatte. „Was ich meine … worüber?"

Kjell zwinkerte ihr schmunzelnd zu. „Zee hat gerade spekuliert, ob wir Sie dazu kriegen können, demnächst ein kleines Konzert zu geben. Vielleicht richtig mit Publikum und so, damit nicht nur wir was davon haben."

Lydia überlegte. „Ich … also … ich weiß nicht so recht. Für mich ist meine Musik immer dazu da gewesen … also …"

Sie schwieg. Wie sollte sie den beiden erklären, dass sie ihr ganzes Leben lang Trost und Nähe in einem Holzkasten mit Saiten gesucht hatte?

„Sie meinen, es ist, so wie bei mir das Gitarrespielen, immer etwas sehr Privates für Sie gewesen?", fragte Kjell.

Sie erwiderte seinen Blick und nickte. Aus seinen Augen leuchteten ein Verständnis und eine Sanftheit, die sie auch nicht das kleinste bisschen verstand. Dieser Mann hatte so eine Art an sich – er schien durch ihr Leid und ihren Schmerz hindurchzusehen. Es war beängstigend und faszinierend zugleich.

Kapitel 10

September 1870

Evie Gray Gadston saß neben ihrer Schwester und wartete auf Dwight Robinson. Lydias Rechtsanwalt hatte das Treffen einberufen, sehr zu Marstons und Mitchells Verdruss. Evie hatte von ihren tobenden Brüdern bereits so viel gehört, dass die Angelegenheit sich nicht in ihrem Sinne entwickelte, und sie fragte sich, was die Zukunft bringen mochte.

Evie rutschte auf ihrem Stuhl hin und her. Ihr neues Straßenkostüm drückte sie. Sie versuchte, sich so unsichtbar zu machen wie möglich; im Laufe der Jahre hatte sie gelernt, dass das meistens das Beste war. Sie tat so, als ob sie einen Fussel von ihrem Musselinrock zupfte. Das grauschwarze Muster stach gekonnt von dem dunklen Pflaumenblau des Unterkleids ab. Selbst Jeannette hatte sich mehr als einmal über das Kostüm geäußert – ein sicheres Zeichen, dass sie den Stil gut fand.

„Warum lässt er uns so lange warten?", jammerte Jeannette. „Diese Kälte hier ist unerträglich. Warum bietet sein Assistent uns nichts an?"

Mitchell schaute mürrisch in ihre Richtung. „Sei ruhig, Jeannette! Ich weiß überhaupt nicht, was ihr beiden hier sollt. Ihr wärt besser zu Hause geblieben."

„Ich habe genauso ein Interesse an der Sache wie du – vielleicht sogar mehr", erklärte Jeannette. „Mein Mann wird ein Vermögen verlieren, wenn diese Geschichte nicht bald zu unseren Gunsten entschieden wird."

Evie hörte, wie die Tür aufging. Sie drehte sich in die Richtung und sah, wie Mr Robinson in den Raum trat. Sie schickte ein stummes Dankeschön zum Himmel; viel länger hätte sie ihre Verwandten nicht ertragen.

„Entschuldigen Sie, dass ich Sie so lange habe warten lassen", begann der Anwalt. „Aber ich habe gerade noch eine Mitteilung vom Gericht erhalten und wollte Ihnen diese Information vorlegen." Er durchquerte den Raum, bis er hinter seinem Schreibtisch stand. „Bitte setzen Sie sich, damit ich Ihnen berichten kann."

Evie sah, wie ihre Brüder sich widerwillig setzten. Vor allem bei Marston schien die Nachricht, dass das Gericht sich geäußert hatte, die Nervosität zu verdoppeln. Seine Augen waren Schlitze, sein Mund ein gepresster Strich.

„Wie Sie wissen", sagte Robinson, „haben die Gerichte Ihre Berufung verworfen. Das Testament ist in vollem Umfang gültig."

„Das hat uns unser Anwalt schon gesagt", sagte Mitchell. „Er ist gerade dabei, die Lage neu zu sondieren."

„Ich habe mit Mr Sterling gesprochen", erwiderte Robinson. „Er wird bald zu uns stoßen, aber ich wollte zuerst allein mit Ihnen sprechen. Ich glaube, es liegt in Ihrem ureigenen Interesse, wenn Sie mich zu Ende anhören."

„Bitte fahren Sie fort", sagte Marston, sichtlich irritiert.

„Mr Sterling ist zusammen mit mir der Meinung, dass Ihre Optionen im Wesentlichen in der Hand von Mrs Gray sind."

Mitchell schlug mit der Faust auf die Lehne seines Stuhls. „Das ist unverschämt! Das lassen wir uns nicht gefallen!"

„Das ist Diebstahl! Die nimmt uns unser Erbe weg!", erklärte Jeannette. Sie schaute Hilfe suchend zu ihrer Schwester hinüber, aber Evie sagte nichts.

Robinson setzte seine Brille auf. „Wenn Sie mir bitte erlauben, fortzufahren. Ich habe Ihnen noch mehr mitzuteilen."

Der Raum wurde still, alle Augen richteten sich auf den Anwalt. Evie sah, wie er sorgfältig ein Blatt Papier auseinanderfaltete. „Ich habe hier einen Brief von Mrs Gray."

„Wo ist die übrigens?", fragte Mitchell. „Müsste sie nicht auch hier sein?"

„Es ist nicht nötig, dass Mrs Gray hier ist, da sie mich damit beauftragt hat, sie zu vertreten. Ich dachte, das hatten wir schon klargestellt." Er schaute über den Rand seiner Brille in die kleine Runde, als wartete er auf weitere Wortmeldungen.

„Wenn die Angelegenheit heute geregelt werden soll, wie Sie in Ihrem Brief von letzter Woche andeuten, dann müsste sie doch mit zugegen sein", protestierte Mitchell.

„Wie ich gerade sagte, dies ist nicht nötig. Möchten Sie, dass ich fortfahre?"

„Natürlich, machen Sie nur." Marston war sichtlich genauso erregt wie Mitchell, aber Evie wusste, dass er seinen Mund halten würde, bis er eine bessere Angriffsposition hatte. Das war Marston – gerissen und abgefeimt, wenn es darum ging, eine Situation zu seinen Gunsten zu manipulieren.

„Ich habe diesen Brief vor gut zwei Wochen erhalten. Er ist vom 30. August datiert."

Mitchells Blick wurde noch empörter. „Und Sie zeigen ihn uns erst jetzt? Warum haben Sie so lange gewartet?"

„Es gab keinen ersichtlichen Grund zur Eile, aber dafür andere Dinge, die geregelt werden mussten. Wie Sie wissen, hatte Mrs Gray sich bereits bereit erklärt, das Haus und das in diesem befindliche Mobiliar Ihnen zu überlassen. Wir waren natürlich gezwungen, bis zur Entscheidung der Gerichte zu warten, aber jetzt, wo diese gefallen ist, ist es, wie Sie mir sicher zustimmen werden, an der Zeit, diese Angelegenheit zum Abschluss zu bringen."

Marston verschränkte seine Arme. „Schön. Bitte fahren Sie fort."

Robinson konsultierte wieder das Blatt, das er in der Hand hielt. „Mrs Gray hat sich entschlossen, Ihnen gegenüber sehr großzügig zu sein."

Der Satz überraschte Evie nicht. Lydia war noch nie nachtragend gewesen. Mehr als einmal hatte sie sich für sie oder Jeannette eingesetzt, wohl wissend, dass sie damit sich selbst Unannehmlichkeiten einhandelte.

„Die Villa und das bewegliche Vermögen gehen zu gleichen Teilen an Sie, ebenso die Anteile und Aktien, die Ihr Vater vor seiner Ehe mit Lydia Rockford hielt.“

„Und die Firmen?“, fragte Mitchell.

„Die Möbelfirmen von Mr Gray und Mr Rockford wurden seinerzeit zur Sargfabrik Rockford & Gray fusioniert. Weiter gibt es die kleineren Geschäftsunternehmen Ihres Vaters, wie das Frachtgeschäft und die Leichenhallen.“ Robinson holte tief Luft und konsultierte sein Blatt.

Mitchells Ungeduld machte sich Luft. „Machen Sie weiter, Mann!“

„Mrs Gray ist bereit, das Frachtgeschäft und die Leichenhallen an die Familie Gray überschreiben zu lassen. Dagegen wird die Sargfabrik Rockford & Gray in der Hand von Mrs Gray bleiben und durch über mich eingesetzte Betriebsleiter geführt werden.“

„Niemals!“ Mitchell sprang auf. „Das werde ich nicht dulden!“

„Des Weiteren“, fuhr Mr Robinson ungerührt fort, „wird Mrs Gray die zur Zeit des Todes ihres Ehemannes vorhandenen Bankkonten sowie den gesamten Besitz und die Beteiligungen ihres Vaters in ihrer Hand behalten.“

„Haben Sie mich nicht gehört? Dies ist total inakzeptabel!“, erklärte Mitchell. Er beugte sich über den Schreibtisch, dass seine Nase fast die des Anwalts berührte. „Die Sargfabrik Rockford & Gray wird nicht an diese Frau gehen.“

„Ich fürchte, Sie haben in dieser Angelegenheit nichts mehr zu sagen“, erklärte Robinson ruhig. Er nahm seine Brille ab, lehnte sich auf seinem Stuhl zurück und musterte die beiden Brüder einen Augenblick lang.

Evie fragte sich unwillkürlich, was er wohl gerade denken mochte. Sie fand, dass Lydia mehr als großzügig war. Die Kinder von Floyd Gray würden Tausende von Dollars erben, aber für ihre gierigen Brüder war dies offenbar immer noch nicht genug.

Robinson stand auf. „Ich glaube, es ist Zeit, meinen Kollegen zu holen." Er ging zu der verschlossenen Tür des Büros und öffnete sie. „Mr Sterling, wenn Sie bitte hereinkommen."

Nash Sterling trat ein. Er sah aus wie ein Mann, der Angst vor seinem eigenen Schatten hat. Evies Mitleid regte sich, als sie sah, wie giftig ihre Brüder ihn anstarrten. Sterling nickte stumm zur Begrüßung, dann ließ er sich so weit entfernt von den anderen wie möglich auf einem Stuhl nieder. Mr Robinson trat wieder zu ihnen.

„Mr Sterling und ich sind bezüglich der Überschreibung miteinander in Kontakt gewesen. Mr Sterling hat die Aufsetzung der diesbezüglichen Dokumente unter sich gehabt und ist hier, um Ihnen bei der Unterzeichnung besagter Dokumente mit seinem Rat zur Seite zu stehen."

„Ich unterzeichne nichts", erklärte Mitchell. Er stolzierte zurück zu seinem Stuhl und ließ sich darauf fallen, wie ein verwöhntes Kind, das seine Schokolade nicht bekommen hat.

Robinson räusperte sich. „Meine Damen, meine Herren, ich muss Ihnen sagen, dass Mrs Gray Ihrer Familie weit entgegenkommt. Sollten Sie dieses Angebot ablehnen, werde ich ihr raten, keine weiteren Offerten zu machen."

Marston löste seine Arme voneinander. „Und wenn wir der Sache zustimmen, wie bald wird die Übertragung stattfinden? Sie hat uns im Mai gesagt, dass sie uns das Haus und sein Inventar überlassen will, und dann haben Sie die Sache gestoppt, bevor wir etwas unternehmen konnten."

„Die Übertragung würde unverzüglich stattfinden. Darum ist Mr Sterling hier. Ich finde, es wäre in unser aller Interesse, diese Sache freundschaftlich und rasch über die Bühne zu bringen. So, wie die Lage ist, haben Sie keine Möglichkeit, mehr für sich herauszuholen."

Marston nickte. „Also, gut."

Mitchell sah seinen Bruder konsterniert an.

„Heißt das, dass sofort Geld fließt?", fragte Jeannette.

„Wenn es sofort zum Verkauf des Hauses und Mobiliars

kommt, ja", erwiderte Robinson. „Ich nehme an, Ihre Brüder werden das in die Hand nehmen."

„Das werden wir", erklärte Marston. „Und jetzt zeigen Sie mir die Dokumente, die Sie vorbereitet haben."

∞

„Ich kann's nicht glauben, dass du da zugestimmt hast", sagte Mitchell. Er saß in Marstons Büro, in seinen Händen ein Glas Brandy.

Marston schüttelte den Kopf. „Was hätten wir sonst machen sollen? Glaubst du etwa, ich hab Däumchen gedreht, während Sterling die Sache unter sich hatte? Ich habe mehrere Zweitmeinungen von anderen Anwälten eingeholt. Das Ergebnis ist, dass wir Lydia in der Tat ausgeliefert sind. Sofern wir sie nicht zu etwas anderem zwingen können, natürlich."

Es war eine Ironie des Schicksals: Jahrelang war Lydia ihnen ausgeliefert gewesen, und jetzt hielt sie alle Trumpfkarten in der Hand. Marston tat Zucker in seinen Kaffee und rührte ihn um.

Der Schlüssel zu der ganzen Sache war, herauszufinden, wo Lydia sich aufhielt. Robinson war nach wie vor nicht bereit, es ihnen zu verraten. Offensichtlich wollte er nicht, dass sie Kontakt mit ihr aufnahmen. Es war ein kluger Schachzug, das musste Marston ihm lassen. Sehr wahrscheinlich wusste er genau, dass die Brüder alle Hebel in Bewegung setzen würden, um das Vermögen ihres Vaters in ihre Hände zu bekommen.

„Und sonst hast du nichts dazu zu sagen?", fragte Mitchell.

Marston sah ihn an und nahm einen langen Schluck von seinem Kaffee. Er verbrannte ihm fast die Kehle, aber der Schmerz war ihm geradezu willkommen. „Ich überlege nur, was wir machen sollen. Und dir empfehle ich, das Gleiche zu tun und mit deinem Gejammere aufzuhören."

„Aber du hast das Angebot doch brav angenommen. Du hast

überhaupt nicht gekämpft." Die Anklage in Mitchells Ton war nicht zu überhören.

„Was hätte ich denn machen sollen? Das Angebot ablehnen, damit wir überhaupt nichts kriegen? Ich fand es vernünftig, dass wir uns nehmen, was wir kriegen können, und dann später versuchen, uns auch den Rest zu holen. Wir sind nicht fertig mit Lydia, überhaupt nicht, aber jetzt können wir wenigstens das Haus und den übrigen Besitz verkaufen. Wir können die Aktien verkaufen oder unter unserem eigenen Namen reinvestieren und uns Jeannette und ihren Mann vom Hals schaffen."

„Und dann?"

Marston lächelte. „Dann verfolgen wir weiter unsere Pläne. Ich bin nach wie vor der Meinung, dass die Idee, Lydia dazu zu bringen, mich zu heiraten, nicht die schlechteste ist. Es wird etwas Überzeugungsarbeit nötig sein, sicherlich, aber ich glaube, es gibt Methoden, sie einzuwickeln."

„Jetzt, wo sie finanziell unabhängig ist, wird das viel schwieriger sein. Sie braucht keine selbstlosen Söhne mehr, die sie retten."

Marston setzte die Tasse ab und nickte. „Du hast recht, es wird schwieriger sein. Aber ‚schwierig' ist nicht dasselbe wie ‚unmöglich'. Was wir brauchen, ist ein guter Plan."

„Ihr seht ja richtig elegant aus, ihr beiden!", sagte Kjell, als Lydia und Zerelda ins Wohnzimmer der Hütte traten.

„Ich habe nicht an Bälle gedacht, als ich hierher gekommen bin, aber Zerelda sagt, dieses schlichte Kleid tut's", sagte Lydia.

„Sie sehen perfekt aus", erwiderte Kjell. „Die Farbe steht Ihnen gut."

Lydia fuhr mit der Hand über das Oberteil des kupferfarbenen Kleids. „Ich hatte eigentlich gedacht, dass man hier im wilden Norden keine Modesorgen hat."

„Das klingt gerade so, als ob Ihnen so was keinen Spaß macht. Die meisten Frauen genießen es, ihre Kleider vorzuführen, wenn's eine Festlichkeit gibt."

Zerelda lachte und legte sich ein Umhängetuch um. „Ich fürchte, Lydia ist ein richtiges Mauerblümchen geworden. Sie sitzt abends am liebsten still vor dem Kamin, liest ein Buch und trinkt eine warme Milch."

„Ich find das eigentlich nicht schlecht", sagte Kjell. Noch besser hätte er es gefunden, dort vor dem Kamin mit dabei sein zu können. Er merkte, wie es ihn zu Lydia hinzog; er wünschte sich, sie besser kennenzulernen.

Lydia war recht einsilbig auf dem Weg zu dem Ball. Kaum waren sie angekommen, stürzte sich ein ganzer Schwarm von Offizieren aus dem Fort auf die Schöne aus dem Süden und bat um einen Tanz. Auch Zerelda stand augenblicklich im Mittelpunkt der Aufmerksamkeit, und bevor er es recht merkte, war Kjell allein.

Er schaute zu, wie Lydia mit einem Offizier tanzte, dann mit dem nächsten. Sie lächelte und unterhielt sich mit jedem Partner, aber Kjell spürte, dass sie nicht wirklich dabei war. Er musste wieder an die Wunden ihrer Vergangenheit denken. Lydia selbst sprach nie über ihren verstorbenen Ehemann, aber Zerelda hatte angedeutet, dass sie Schlimmes mitgemacht hatte in ihrer Ehe.

Die Musik verklang, und Lydia und ihr Partner blieben rechts von Kjell stehen. Kjell hatte vorgehabt, Lydia um den nächsten Tanz bitten. Zu seiner Überraschung kam sie ihm zuvor.

„Ich hoffe, das klingt jetzt nicht dreist, aber könnten Sie mich eben etwas nach draußen an die frische Luft bringen?" Sie langte nach ihrem Umhängetuch, das neben der Haustür hing.

Er lächelte. „Gern." Er hielt ihr seinen Arm hin und spürte, wie ihre kleine Hand sich bei ihm unterhakte.

„Wollen Sie etwa schon gehen?", fragte einer der Offiziere, als Kjell Lydia zur Tür führte.

„Keine Angst, wir kommen zurück. Die Dame möchte nur

etwas frische Luft schnappen." Kjells Erklärung schien den Mann einigermaßen zu beruhigen. Er trat zur Seite und ließ die beiden in die kühle Nachtluft hinaustreten.

Lydia bibberte. Kjell merkte, dass sie ihr wollenes Umhängetuch immer noch in der Hand hielt. „Darf ich Ihnen helfen?" Er nahm ihr das Tuch ab und legte es ihr um die Schultern. Er genoss den kurzen Augenblick, als sein Arm um ihren Oberkörper lag.

„Wird es bald schneien?", fragte sie.

„In den Bergen vielleicht, aber nicht hier unten – noch nicht. Wir kriegen mehr Regen als Schnee. Die Winter hier sind eigentlich recht mild. Manche Jahre sind natürlich schlimmer, aber im Großen und Ganzen kann man's hier aushalten."

Lydia nickte. „Ja, so ähnlich hat Zerelda sich auch ausgedrückt. Das hatte ich wohl wieder vergessen. In Kansas City gab es in den meisten Wintern Schnee. Nicht immer viel oder sehr lange, aber etwas hatten wir eigentlich immer."

„Ist Kansas City eine große Stadt?", fragte Kjell, in der Hoffnung, dass Lydia endlich etwas mehr über ihre Vergangenheit erzählen würde.

Lydia überlegte kurz, dann sagte sie: „Ja. Viel zu groß sogar, seit ich hier oben wohne. Ich hatte gedacht, dass ich Kansas City vermissen würde, aber das ist nicht der Fall. Hier in Sitka fühle ich mich … als ob ich nach Hause gekommen bin." Sie lachte leise. „Hier ist ein Frieden, wie ich ihn noch nie erlebt hatte. Es ist gerade so, als ob Sitka … ein Loch in mir füllt, aber das klingt jetzt wahrscheinlich dumm."

„Überhaupt nicht", sagte Kjell.

„So, jetzt hab ich Ihnen eine Frage beantwortet. Beantworten Sie mir auch eine?"

„Gewiss." Er lächelte. „Was möchten Sie von mir wissen?"

„Ihr Name – *Kjell*. Was bedeutet das?"

„Das ist Schwedisch und kommt von dem Wort *kettil*, das ‚Kessel' bedeutet. Warum fragen Sie?"

„Wahrscheinlich, weil es so exotisch klingt", erwiderte Lydia. Sie lächelte ihn an. „Aber jetzt habe ich Ihnen schon zwei Fragen beantwortet, da hab ich noch eine bei Ihnen gut."

Er lehnte sich an die Wand und zuckte die Achseln. „Sie können mich fragen, was Sie wollen. Ich habe keine Geheimnisse."

Mehrere Minuten sagte Lydia nichts, und Kjell dachte schon, dass sie es sich anders überlegt hatte. Dann sagte sie: „Erzählen Sie mir von Ihrer Frau."

Die Bitte überraschte ihn. „Raisa? Nun, sie kam aus einer russischen Familie. Sie waren aus ihrer Heimat hierher gezogen, um eine Getreidemühle zu betreiben. Ich lernte sie kennen, als sie vierzehn war. Ich war damals zwanzig und beachtete sie erst nicht weiter. Aber nach ein, zwei Jahren beachtete ich sie sehr." Er lachte. „Sie war wie kein anderes Mädchen. Sie besaß eine natürliche Fröhlichkeit, die jedem, der in ihrer Nähe war, das Herz leichter machte. Nicht, dass sie nicht auch traurig sein konnte. Als ihre Eltern nach Russland zurückkehrten, war sie am Boden zerstört. Aber ich wollte nicht von Sitka weg. Meine Mutter war gerade gestorben, und ich war noch nicht bereit, Abschied zu nehmen von all dem, was ich hier hatte. Heute, aus dem Rückblick, finde ich, dass das wahrscheinlich egoistisch von mir war – die egoistischste Entscheidung, die ich je getroffen habe."

„Wenn das Ihre egoistischste Entscheidung war, sind Sie besser dran als die meisten anderen Männer." Lydia flüsterte es fast. „Ich habe Männer kennengelernt, die *wirklich* Egoisten waren."

„Raisa hat es trotzdem wehgetan. Sie wusste, dass sie zu mir gehörte, aber sie sehnte sich so nach ihren Verwandten. Sie hatten ein so herzliches Verhältnis zueinander. Als ich endlich bereit war, doch ans Weggehen zu denken, wurde Raisa krank. Die Ärzte wussten nicht, was mit ihr los war; man konnte zuschauen, wie sie immer weniger wurde. Nach einem Monat war sie nicht mehr."

„Das tut mir leid. Sie haben sie sehr geliebt, nicht wahr?"

Kjell nickte. „Ja. Sie war eine gute Frau mit einem Herz aus Gold. Ganz ähnlich wie Sie."

Lydia wandte sich ab. „Mein Herz ist nicht so golden. In mir ist viel Bitterkeit. Ich bin nicht so gut im Lügen, dass ich das leugnen könnte."

Er trat zur ihr und drehte sie zu sich um. „Sie haben viel mitgemacht. Ich weiß immer noch nicht viel darüber, aber ich seh's in Ihren Augen. Wenn Sie je mit mir darüber reden wollen, ich höre gern zu."

Der matte Lichtschein aus den Fenstern beleuchtete ihr Gesicht so, dass er ihre Überraschung gerade sehen konnte. „Ich schätze, ich bin es nicht gewöhnt, dass einem Mann solche Dinge wichtig sind. Und schon gar nicht, dass er mir zuhören will."

Er strich ihr sachte über das Gesicht und fühlte sich einen Augenblick lang wie ein Sieger, als sie nicht zurückzuckte. „Es ist mir sogar sehr wichtig."

Sie erwiderte einen Augenblick seinen Blick und sagte nichts. Fast hatte er den Eindruck, dass sie ihn taxierte, herauszufinden versuchte, ob er die Wahrheit sagte. Dann biss sie sich auf die Unterlippe.

Sie wandte sich ab. „Wir sollten wieder reingehen. Zerelda macht sich bestimmt sonst Sorgen."

Kjell nickte. Er wünschte sich, sie würde bei ihm bleiben, hier draußen auf der Veranda, aber er versuchte nicht, sie umzustimmen. Stattdessen tat er das einzig Mögliche, um sie noch etwas länger in seiner Nähe zu behalten. „Geben Sie mir den nächsten Tanz?"

Sie blieb an der Tür stehen und nickte. „Ja. Gern."

Kapitel 11

Gerald Lytle betrachtete das nicht unbeträchtliche Bündel Geldscheine in der Hand seines Gegenübers und holte tief Luft. Marston Gray wusste, dass der Mann das Geld brauchte. Dringend sogar, um die Spielschulden zu begleichen, die er vor einer Woche gemacht hatte.

„Und Sie beabsichtigen nicht, dass ihr etwas zustößt?", fragte Lytle vorsichtig.

„Natürlich nicht, Sie Dummkopf! Ich bin ein Gentleman und kein Killer. Ich möchte ihr nur für ihre Großzügigkeit gegenüber meiner Familie danken und sie um Entschuldigung bitten für die schlechte Behandlung, die sie unter meinem Vater erlitten hat. Ich habe versucht, mit Mr Robinson zu sprechen, aber er glaubt offenbar, dass wir mit unserem Vater unter einer Decke gesteckt haben."

„Sie hat Furchtbares mitgemacht", stimmte Gerald zu.

Marston schwieg, nickte aber leicht, als gäbe er ihm recht. „Sie können versichert sein, dass es mir lediglich darum geht, Mrs Gray meine Wertschätzung zu bezeugen und mich zu vergewissern, dass es ihr gut geht. Es mag sein, dass sie selbst es nicht für nötig hält, von mir zu hören, aber für mich und meinen Seelenfrieden ist es sehr wohl nötig."

„Wäre es nicht einfacher, Sie schreiben ihr einfach einen Brief und ich gebe ihn für Sie zur Post?", schlug Gerald vor. „Damit erreichen Sie Ihr Ziel doch auch, und ich brauche kein in mich gesetztes Vertrauen zu verletzen."

Marston schüttelte den Kopf. „Nein. Ich glaube, es ist das Beste, wir machen es so, wie ich es Ihnen gerade gesagt habe. Ich brauche Einsicht in die Unterlagen – in Mrs Grays Korrespondenz mit Mr Robinson. Ich muss wissen, ob sie auch ganz bestimmt nicht das Opfer irgendwelcher Manipulationen ist."

Lytle runzelte die Stirn. „Mr Robinsons Ruf ist über jeden Verdacht erhaben."

„Jeder kann Fehler machen, auch Mr Robinson." Marston hielt das Geldbündel höher. „Also: Kommen wir ins Geschäft oder nicht?" Er machte Anstalten, das Geld zurück in seine Rocktasche zu schieben.

Lytles Hand schoss nach vorne. „Also, gut, ich lass' heute Abend die Hintertür zur Kanzlei unverschlossen. Wenn Sie die Korrespondenz einsehen wollen, sorg' ich dafür, dass sie in der Mitte von Mr Robinsons Schreibtisch liegt. Schreiben Sie sich ab, was Sie brauchen, aber nehmen Sie bitte nichts mit." Er nahm das Geld und fixierte es einen Augenblick. „Es darf nichts in Unordnung geraten."

Marston nickte und nahm eine Zigarre aus einem Kästchen. „Ich werde meinen Mann entsprechend instruieren."

„Ihren Mann? Wie meinen Sie das? Gehen Sie da nicht selbst hin?"

Ein dünnes Lächeln spielte um Marstons Lippen. Er schnitt das Ende der Zigarre ab und schüttelte seinen Kopf. „Das wäre etwas – unvorsichtig. Falls ein übereifriger Polizist mich sehen würde, wäre es schwer, meine Anwesenheit in der Kanzlei zu erklären. Aber wenn sie meinen Mann erwischen, kann er einen Gelegenheitseinbruch gestehen, und niemand wird irgendwelche Hintergedanken haben."

Lytle schluckte heftig. „Ich … verstehe."

Er ging ohne ein weiteres Wort. Marston zündete seine Zigarre an. Er war hochzufrieden; jetzt brauchte er nur noch den richtigen Mann für den Job.

In dem kleinen Sitka konnte man nichts lange geheim halten. Kjell hatte das früh erkannt, und so war es auch diesmal. Zwei Mal schon hatte Kjell gehört, dass die Sidorov-Brüder keineswegs nach Russland zurückgekehrt waren. Er fragte sich, ob das stimmte, hatte aber keine Zeit, selbst nachzuforschen. Er hatte im Laufe des Sommers seine Differenzen mit seinen Kunden beigelegt, und alles ging wieder seinen normalen Gang. Was sollte er mit den Sidorovs machen, falls sie tatsächlich noch in der Nähe waren? Für einen Prozess war es jetzt etwas spät, und eine Bedrohung für ihn oder seine Firma waren die Brüder ja nicht mehr.

„Was hast du vor an diesem trüben Tag?"

Kjell schaute auf. Vor ihm stand Zerelda Rockford. Um ein Haar wäre er mit ihr zusammengestoßen. „Sorry, Zee. War gerade woanders mit meinen Gedanken. Wie geht's?"

„Oh, danke, gut. Und dir?"

Die Frage erinnerte Kjell an ein zweites Gerücht, das er gehört hatte und dem er auf den Grund gehen musste. Und wen konnte er fragen, wenn nicht Zee? „Hättest du gerade mal Zeit?"

„Doch, gerne. Wo möchtest du hin?" Zerelda schob ihren vollen Korb auf den anderen Arm. „Ich könnte gerade einen Kaffee gebrauchen."

„Gute Idee. Du bist mein Gast." Kjell nahm ihr den Korb ab und nahm Kurs auf das russische Teehaus.

Das kleine gelbe Gebäude hatte einen eigenen Charme. Die Teestube war früher wohl das Wohnzimmer gewesen. Kjell kannte die Familie Putshukoff, die die Teestube führte, gut. Sie wohnte im Obergeschoss, direkt über der Stube.

Mrs Putshukoff begrüßte sie, übersprudelnd wie immer. „Kjell, Zerelda! Schön, dass ihr da seid. Kommt doch rein und setzt euch, ich habe frisches *rasstegai*."

Kjell rieb sich grinsend den Bauch. „Mit Hackfleisch?"

„Natürlich", erwiderte die kräftige Frau und verströmte ein breites Lächeln.

Sie setzten sich an einen der Tische. Als die Pasteten und der dampfende Kaffee vor ihnen standen, räusperte Kjell sich umständlich. „Ich hoffe, du denkst gleich nichts Falsches, Zee, aber … na, du kennst mich ja."

Sie nickte. „Ich kenn' dich gut, und so weit um den heißen Brei herumgelaufen wie heute bist du noch nie."

Er gluckste. „Also, es geht um Lydia."

Der Schalk tanzte in Zereldas Augen. „Na, wer hätte das gedacht? Und was möchtest du wissen?"

„Ich hab da so Gerüchte gehört, und da ich auf Gerüchte nicht viel gebe, hab ich gedacht, ich spreche mal mit jemandem, der die Wahrheit kennt."

Zerelda nahm schweigend einen Schluck von ihrem Kaffee. Kjell rutschte nervös auf seinem Stuhl und spielte mit dem Henkel seiner Tasse. „Es ist so ... Ihr beiden seid mir halt wichtig, und ich möchte, dass euch nichts zustößt, oder so."

Zerelda begann zu grinsen. „Meine Güte, Kjell, komm einfach zur Sache!"

Kjell nickte und beugte sich vor. „Ich hab gehört, dass Lydia ... ich meine, dass sie ..." Er brachte das Wort nicht über die Lippen.

„Ein Kind erwartet?", flüsterte Zerelda.

Er stieß einen Seufzer der Erleichterung aus. „Ja."

„Ja, das stimmt. Lydia erwartet das Kind ihres verstorbenen Mannes. So um Weihnachten herum wird es zur Welt kommen."

Kjell runzelte die Stirn. „Und wie ... geht es ihr?"

„Gut, dafür sorge ich schon. Sie ist so gesund wie du oder ich. Sie hält sich jetzt noch mehr für sich als früher, aber trotzdem kriegen wir scharenweise Herrenbesuch. Ich hab in der letzten Zeit mehr Möchtegern-Bewerber abgewiesen – für Lydia und für mich –, als ich zählen kann."

„Diese Herren sollten mehr Respekt haben und euch in Ruhe lassen!"

Zerelda lachte und nahm einen Bissen von der Pastete. „Vielleicht solltest du dich mal melden, bevor jemand anderes sie erobert."

Er merkte, wie er rot wurde, und suchte nach Worten. Und

ob er sich „melden“ wollte! Aber wie sollte er das nur anstellen? „Erzähl mir etwas über ihr Leben, Zee.“

Zerelda blickte aus dem Fenster. „Das sollte ich wohl besser ihr selbst überlassen.“

Er folgte ihrem Blick, sah aber nichts, was Zereldas Aufmerksamkeit hätte wecken können. Es regnete wieder, und die Lincoln Street war fast leer.

Zerelda lehnte sich auf ihrem Stuhl zurück. Schließlich begann sie: „Nun gut, es kann vielleicht nicht schaden, dir ein wenig Einblick zu geben. Lydias Ehe wurde für sie arrangiert, als sie noch recht jung war. Ihr Mann war grausam. Ich glaube, sie war erst fünfzehn, als der Handel geschlossen wurde. Ich fand es furchtbar, dass sie einen Mann heiraten sollte, der so viel älter war, aber mein Bruder wischte meinen Protest beiseite. Er sagte, es sei ganz normal, dass junge Frauen weit unter zwanzig verheiratet würden, und nicht selten mit älteren Witwern. Ich fand sein Vorgehen trotzdem höchst verwerflich.

Lydia war sechzehn, als sie heiratete, und was folgte, war ein einziges Elend. Ihr Mann interessierte sich nur für Macht und Geld. Er hatte aus seiner ersten Ehe vier Kinder, die Lydia genauso schlecht behandelten wie er. Die beiden Jungen waren schon erwachsen, die Mädchen waren jünger: zwölf und vier Jahre.“

„Da wundert es nicht, dass Lydia so verbittert ist“, sagte Kjell in Gedanken versunken.

„Du kannst dir nicht vorstellen, was sie durchgemacht hat. Nur so viel: Der größte Teil ihres Erwachsenenleben war die Hölle. Und sie macht Gott dafür verantwortlich, obwohl sie andererseits nichts mit ihm zu tun haben möchte.“ Zerelda schüttelte traurig den Kopf. „Ich glaube, eigentlich sehnt sie sich danach, an Gott glauben zu können, sich endlich geborgen und sicher fühlen zu können. Aber sie ist so oft enttäuscht worden, und jetzt will sie kein Risiko mehr eingehen.“

„Dann wird sie wohl auch nicht noch mal heiraten wollen,

oder?" Kjell sah Zerelda an. Würde sie jetzt schockiert sein? Nein, offenbar nicht.

„Ich glaube, der richtige Mann könnte ihr zeigen, dass es auch anders geht", erwiderte sie. „Und ich habe schon geglaubt, dass du dieser Mann bist, Kjell. Du bist so freundlich und geduldig. Deine sanfte Art und dein großes Herz wären genau das, was sie braucht. Aber du gehörst zu Gott, und Lydia nicht, und die Bibel sagt: ‚Zieht nicht an einem Joch mit den Ungläubigen.' Bevor sie deine Frau werden kann, muss Lydia zuerst zu Gott finden, sonst wird die Sache nur ein einziges Elend für euch beide."

Kjell hatte an die geistliche Seite, die Zerelda am Herzen lag, noch gar nicht gedacht. „Aber sie bekommt doch bald ein Kind, da braucht sie einen Mann! Und das Kind braucht einen Vater."

„Das ist alles richtig", sagte Zerelda. „Aber solange sie ihre Vergangenheit nicht hinter sich lassen kann, könnte Lydia dir und sich selbst mehr Probleme bereiten als Freude. Und dabei kann ihr nur Gott allein helfen."

Er dachte einen Augenblick nach. „Aber vielleicht könnte ich ihr dabei helfen, die Wahrheit zu sehen. Vielleicht ist sie mir deshalb so lieb geworden. Vielleicht hat Gott mir deshalb diese … diese Gefühle für sie gegeben."

Zerelda legte ihre Hand auf die seine. „Kjell, bei Gott sind alle Dinge möglich. Aber sei vorsichtig. Ich merke, dass du dein Herz bereits verloren hast; pass auf, dass du nicht auch deine Werte verlierst."

„Sie ist schwanger!" Mitchell klang ungläubig-empört. „Eine Frau mit so einer losen Moral hat kein Recht …"

„O, halt den Mund", sagte Marston kopfschüttelnd. „Hast du nicht gesehen, dass das Kind im Dezember kommen soll? Das Kind ist von unserem Vater!"

Mitchell setzte sich heftig, als ob der Schock zu viel für ihn war. „Warum hat sie uns das nicht gesagt, bevor sie gegangen ist?"

„Sehr wahrscheinlich, weil sie es selbst noch nicht wusste." Marston studierte die Notizen, die sein Mittelsmann ihm geliefert hatte. „Sie wollte so schnell wie möglich zu ihrer Tante nach Sitka und hat die Sache nicht weiter beachtet." Es war natürlich auch möglich, dass sie doch bereits von der Schwangerschaft gewusst hatte und weg wollte, bevor dies publik wurde. Aber warum? Was hatte sie noch zu verbergen?

„Und – willst du jetzt nach Alaska fahren und sie zurückholen?"

„Ja." Marstons Tonfall war entschieden und sachlich.

Mitchell richtete sich auf. „Sie wird wohl kaum zurückkommen wollen, oder?"

„Das schätze ich auch." Marston setzte sich hinter seinen Schreibtisch. „Aber sie wird mitkommen."

„Ich glaube, diese Schwangerschaft erklärt auch, warum sie die Sargfabrik behalten will."

„Wie kommst du darauf?"

Mitchell zuckte die Achseln. „Sie will sie halt für das Kind, das ja ein Gray-Erbe sein wird."

„Das hatte ich noch nicht in Betracht gezogen, aber du könntest recht haben." Marston lehnte sich zurück und legte die Fingerspitzen zusammen. „Aber das kann auch zu unserem Vorteil sein. Wir können ihr klarmachen, dass das Kind seine Verwandtschaft braucht, damit etwas aus ihm wird."

Mitchell schüttelte den Kopf. „Lydia wird niemals wollen, dass ihr Kind mit irgendeinem von uns in Kontakt kommt. Sie hasst uns doch alle. Sie wird sich weigern, zurückzukommen."

„Vielleicht muss sie ja auch gar nicht kommen."

Mitchells Augen verengten sich. „Wie meinst du das?"

„Nun, ich fahre nach Alaska und bringe das Thema aus der Perspektive des besorgten Stiefsohnes zur Sprache. Ich danke ihr für ihre Großherzigkeit, erkläre ihr, dass ihre Güte mich zu einem anderen Menschen gemacht hat, und sage ihr, dass sie dringend meine Hilfe braucht. Eine Witwe, die ganz allein ein Kind aufzieht, hat es ja nicht einfach in dieser bösen Welt."

„Aber sie ist eine *reiche* Witwe."

„Das tut nichts zur Sache. Mensch, Mitchell, du bist doch selbst verheiratet! Kennst du dich immer noch nicht mit den seelischen Bedürfnissen deiner Frau aus? Geld bedeutet wenig für eine Frau, die Angst vor der Zukunft hat, und jetzt, wo ein Kind dazukommt, werden Lydias Ängste wahrscheinlich noch größer."

„Aber was, wenn sie das Kind gar nicht will? An die Möglichkeit haben wir doch noch gar nicht gedacht."

Marston dachte einen Augenblick nach. Alles, was er über Lydia Rockford wusste, sagte ihm, dass diese Möglichkeit nicht eintreten würde. Eher würde Lydia das Kind als eine Art Trophäe sehen, als Zeichen des Sieges über ihren brutalen Ehemann und diese ganze Familie, die ihr so viel Leid zugefügt hatte.

„Wenn sie das Kind nicht will, werde ich ihr anbieten, es zu mir zu nehmen und wie mein eigenes aufwachsen zu lassen. Es gibt hier mehr Chancen als Hindernisse für uns, Mitchell, ehrlich. Und wenn sie nicht mitmachen will, kann sie auch umkommen, von mir aus jedenfalls."

Mitchells Unterkiefer klappte herunter. Marston lachte auf. „Mensch, guck nicht so schockiert! Wir haben schon öfter über ihr Ableben gesprochen. Nach den Notizen hier hat sie das Kind bereits finanziell versorgt. Sie hat Robinson gebeten, ein Testament aufzusetzen, das ihren gesamten Besitz ihrem Kind vermacht, zu Händen seiner Großtante, Zerelda Rockford. Sie hat vor, das Kind zu behalten. Und selbst wenn nicht – mir geht es nicht um das Kind oder um Lydia, mir geht es um die Firma und das Geld, das sie uns geraubt hat. Das ist das einzige Problem, um das es hier geht, und ich werde alles tun, um es zu lösen."

Lydia und ihre Tante waren mit einem kleinen Pferdewagen auf dem Weg in die Indianersiedlung, um dort einen Teil der Vorräte, die Lydia mitgebracht hatte, zu veräußern. Zerelda hatte Lydia versichert, dass sie nicht so viel brauchten, und unter den Indianern herrschte große Armut.

„Sie sind stolz, aber bitterarm. Wir werden ihnen die Sachen nicht als Almosen schenken, sondern im Tauschhandel verkaufen", erklärte Zerelda. „Ich finde es wichtig, dass die Menschen sich vollwertig vorkommen und um den Wert der Arbeit wissen. Wir tun niemand etwas Gutes, wenn wir ihm einfach alles schenken."

„Ja, da stimme ich dir zu. Ich habe das bei vielen unserer reichen Nachbarn beobachtet", erwiderte Lydia. „Ihre Söhne saßen da und drehten Däumchen, weil sie ja nur die Hand aufzuhalten brauchten, um das nächste Geld zu kriegen. Warum also sollten sie sich anstrengen?"

Zerelda nickte traurig. „Wir können sie nicht mit Almosen füttern und ihnen dann vorwerfen, dass es ihnen an Ehrgeiz mangelt, ihre Situation zu verbessern."

Sie hatten sich den kleinen Einspänner nebst dem dazugehörigen lammfrommen alten Wallach von Freunden ausgeliehen. Der Kutschbock war eigentlich nur für eine Person gedacht, aber da Lydia und Zerelda beide schmal waren, konnten sie sich nebeneinanderquetschen.

Mehrere Minuten fuhren sie schweigend weiter. Kjells Worte in der Ballnacht gingen Lydia durch den Kopf. Sie fragte sich unwillkürlich, wie ihre Tante wohl über das Thema dachte. „Zerelda, hast du manchmal Fragen an Gott?"

Zerelda lächelte in sich hinein. „O, früher hab ich das getan, mehr als heute. Aber Gott hat mich nie um meinen Rat gefragt, und da habe ich mir irgendwann gedacht, dass er mir keine Antworten schuldet."

„Aber will er nicht, dass wir verstehen?"

Ihre Tante sah sie an. „Verstehen – was verstehen?"

„Das Leben. Den Tod. Warum die Dinge so sind, wie sie sind. Wenn ich besser verstehen könnte, warum all das Schlimme in meinem bisherigen Leben sein musste, könnte ich Gott vielleicht eher vertrauen. Wenn er mir nur das zeigen würde."

„Glaubst du im Ernst, dass es dir helfen würde, Gott zu vertrauen, wenn du wüsstest, warum mein Bruder dich damals mit Floyd Gray verheiratet hat?"

Lydia wusste: Was sie da sagte, klang töricht, und vielleicht machte sie sich nur selbst etwas vor. „Ich weiß nicht. Es ist einfach irgendwie besser, wenn ich verstehe, *warum* etwas passiert. Als ich ein kleines Mädchen war, fiel einmal meine Puppe in den Fluss. Ich war untröstlich und wollte unbedingt, dass mein Vater ins Wasser sprang und sie wieder rausholte. Darauf erklärte meine Mutter mir, dass das nicht ging, weil er nicht schwimmen konnte und ertrinken würde. Das half mir damals. Ich wusste jetzt, warum mein Vater nicht in den Fluss springen konnte, und ich konnte die Situation besser akzeptieren."

Zerelda nickte. „Manchmal hilft es uns, das Warum zu wissen. Aber nicht immer. Wenn du wüsstest, warum Gott es zuließ, dass du einen herzlosen Mann bekamst und die Kinder, nach denen du dich so gesehnt hattest, durch Fehlgeburten verlorst, würde das die Vergangenheit nicht wiedergutmachen."

„Nein, sicher nicht. Aber es würde ihr vielleicht einen Sinn geben. So habe ich den Eindruck, als ob es alles umsonst war."

„Aber was ist mit dem Kind, das du in dir trägst?"

Lydias Hand ging an ihre Taille. „Wie meinst du das?"

„Ohne Floyd hättest du dieses Kind nicht bekommen."

„Wenn Floyd noch lebte, würde es nie lebendig zur Welt kommen. Er hätte mich geschlagen, wie damals auch."

„Dann hat Gott mit diesem Kind vielleicht etwas Besonderes vor und hat deswegen eingegriffen."

Lydia dachte einen Augenblick nach über das, was ihre Tante da sagte. „Aber die anderen Kinder – waren die nicht genauso wertvoll? Hatte Gott mit ihnen nichts vor? Ist er so gefühllos, dass er das eine Kind rettet und das andere nicht?"

Zerelda zog die Zügel an. „Kind, ich weiß, dass du Wunden hast. Ich weiß, dass du das Loch in dir mit Antworten füllen möchtest. Aber Antworten können dir nicht helfen, das kann nur Gott allein. Nur er kann deine Sehnsucht stillen."

Lydia saß in Gedanken versunken da, während sie ohne Probleme das Palisadentor passierten. Die Sechs-Uhr-Sperrstunde, wenn das Tor geschlossen wurde, war noch Stunden entfernt, und es herrschte ein reges Treiben zwischen der Stadt und der Ranche. Der Anblick der Rehhälften, Wildenten und Trockenfische auf dem Markt ließ es Lydia unwillkürlich mulmig werden. Wenn der scharfe Geruch es ihr nur nicht wieder übel werden ließ …

Die ganze „Hauptstraße" des Dorfes entlang saßen Indianerfrauen, die ihre Waren feilboten. Vor einer von ihnen hielt Zerelda an. Neben der Frau saß ein pummeliges Kleinkind, das zufrieden an einem Stück Leder kaute.

Zerelda stieg ab und hockte sich neben die Frau. Lydia schaute zu, wie sie sich mehrere Minuten unterhielten. Die Frau nickte energisch und zeigte Zerelda mehrere Körbe. Die bedeutete Lydia, ebenfalls abzusteigen.

„Sie macht wunderbare Flechtkörbe. Einer der großen wäre ein gutes Kinderbett, jedenfalls für den Anfang."

Lydia inspizierte den Korb. Sie erinnerte sich nicht, jemals etwas so Schönes gesehen zu haben.

„Daax'oon sitḵum", sagte die Frau zu Zerelda.

„Es ist ein gutes Angebot. Ungefähr zwei Dollar." Zerelda stand auf, trat zu dem Wagen und holte eine schwere Wolldecke und mehrere andere Gegenstände herunter. Sie breitete die Sachen vor der Indianerin auf dem Boden aus. Die Frau prüfte alles, und nach einer Weile schienen sie und Zerelda handelseinig zu sein.

Zerelda sah Lydia an. „Ich habe auch etwas Fisch für unser Abendessen erstanden."

Die Frau ging zu einem Stapel frischer Fische. Sie wählte zwei besonders große aus und schlug sie in Zeitungspapier ein. Zerelda nahm sie ihr ab und nickte. Lydia lud den Korb auf den Wagen und wartete, bis Zerelda ihren Handel abschloss. Dieser Szene folgten mehrere ähnliche Transaktionen mit anderen Frauen, bis Zerelda und Lydia alle Vorräte auf ihrem Wagen gegen andere Waren getauscht hatten.

Als sie gerade wenden wollten, um den Heimweg anzutreten, kam eine Tlingit-Frau auf sie zugerannt. Lydia verstand keine Silbe von ihrem Wortschwall. Zerelda hielt den Wagen an.

„Es ist gerade ein Kind geboren worden, und die Frau lädt uns ein, es uns anzusehen."

Lydia folgte Zerelda in eines der Blockhäuser. Drinnen war es dunkel. Die Frau führte sie an mehreren Trennwänden entlang, die wohl die Wohnbereiche der verschiedenen Familien markierten. Zerelda erklärte Lydia, dass in so einem Langhaus gewöhnlich mehrere Familien wohnten, die alle zur selben Sippe gehörten.

An einer der Wände prangten mehrere Spielkarten und Flugblätter. Sie schienen eine ähnliche Funktion zu erfüllen wie das teure Ölgemälde von Charlotte Gray in der Villa in Kansas City.

In der hintersten Ecke des Raumes blieb die Frau vor einem jungen Mädchen stehen, das gerade einem Säugling die Brust gab. Lydias Tante hockte sich ohne Umstände daneben und begann eine Unterhaltung. Das Mädchen freute sich sichtlich, Zerelda zu sehen; sie schienen befreundet zu sein.

Lydia fragte sich, wie alt die junge Mutter wohl sein mochte; viel mehr als dreizehn oder vierzehn Jahre schienen es nicht zu sein. Wie schmächtig sie war – und wie überglücklich über ihr Kind. Sie sprach so schnell und lebhaft, dass Lydia unwillkürlich lächelte. Es herrschte geradezu eine festliche Stimmung. Lydia spürte, wie ihr eigenes Kind strampelte, als wollte es mitfeiern.

Als sie wieder auf ihrem Wagen saßen und zurück nach Hause fuhren, wurde Lydias Neugier übermächtig. „Dieses Mädchen gerade ist doch eigentlich viel zu jung für eine Mutter, oder?"

„Sie heiraten jung in diesem Stamm", erwiderte ihre Tante. „Wenn ein Mädchen seine Tage bekommt, weiß das bald das ganze Dorf. Es lebt dann für mehrere Monate allein in einem kleinen Haus, abseits von dem Langhaus. Während dieser Zeit hat es nur Kontakt mit den älteren Frauen und kleinen Kindern. Keuschheit ist hier ein hohes Gut. Die älteren Frauen erklären dem Mädchen, dass es jetzt kein Kind mehr ist, sondern eine Frau im heiratsfähigen Alter. Inzwischen treten potenzielle Ehemänner an seine Eltern heran oder die Eltern bringen Eheverträge, die bereits beschlossene Sache sind, unter Dach und Fach."

„Das ist ja furchtbar! Und ich dachte, wenn ich hierhin ziehe, hab ich mit so etwas nie mehr zu tun", sagte Lydia.

„Nun, unter den Indianern hier – zumindest in diesem Dorf – ist das etwas ganz Normales. Aber viele dieser Mädchen sterben bei der Geburt. Ihr Körper tut sich schwer, sich so schnell auf das Wachsen eines neuen Lebens umzustellen."

„Sie scheint so glücklich zu sein. Glaubst du, sie wird es schaffen?"

Zerelda lächelte. „Sie hat mir erzählt, in diesem Kind sei ihre Mutter wieder ins Leben zurückgekehrt. Sie starb kurz vor ihrer Heirat, und als sie fast sofort schwanger wurde, sagte ihr der Schamane, dies sei ein Zeichen für die Reinkarnation ihrer Mutter."

„Und das hat sie geglaubt?"

„Ja. Sie freut sich über dieses Kind, weil in ihm ihre Mutter wiederkommt. Sie glaubt, dass ihre Mutter ihr jetzt helfen wird, und möchte für sie stark und tapfer sein."

„Es kommt mir sehr hart vor, dieses Leben, besonders für die Frauen." Lydia schüttelte den Kopf. Dass dieses Mädchen ein Kind aufzog, sie konnte es sich schier nicht vorstellen.

„Sie kommen damit zurecht", erwiderte Zerelda. „Schon seit Hunderten von Jahren, und so wird es auch weiterhin sein, ob wir nun da sind oder nicht. Die Familie wird alles tun, um dieser jungen Mutter zu helfen. Es wird ihr gut gehen."

„Ich hoffe, ich werde wenigstens halb so gut zurechtkommen", murmelte Lydia. Sie legte ihre Hand auf ihren anschwellenden Bauch. Die Vorstellung, dass sie bald auch ein Kind zur Welt bringen würde, machte ihr mehr Angst, als sie zugeben wollte.

Kapitel 12

Oktober 1870

Es dauerte nicht lange, und Lydias Zustand – der körperliche wie der finanzielle – wurde zum Stadtgespräch. Lydia wäre es lieber gewesen, wenn niemand von ihr Notiz genommen hätte, aber es ließ sich nicht mehr ändern: Sie war eine kleine Berühmtheit geworden. Zu jeder Tageszeit kamen Besucher, vor allem Möchtegern-Bewerber, die ihre Zuneigung und ernste eheliche Absichten bekundeten. Die einen betonten allgemein, wie vernünftig solch ein Ehebund für beide Seiten wäre, andere waren kreativer. Ein Mann bat Lydia, ihn zu heiraten und das Kind sein Kind werden zu lassen, da er als junger Mann Mumps gehabt hatte und selbst keine Kinder zeugen konnte.

Die Parade an Heiratskandidaten überraschte weder Kjell noch Zerelda. Hier, am Rande der Zivilisation, war es unmöglich, sich in der Anonymität einer großen Stadt zu verstecken. In dieser Ecke der Welt war eine Frau, und dazu noch eine weiße, ein Gut von hohem Wert.

„Kaum zu glauben, dass sie mich alle heiraten wollen, wo sie mich doch kaum kennen“, sagte Lydia. „Für die meisten bin ich eine komplett Fremde.“

„Ja, aber eine reiche Fremde“, sagte Zerelda. „Und halt eine Frau, und das ist noch wichtiger.“

„Eine Frau, die hochschwanger ist.“ Lydia schaute auf ihren Bauch hinunter.

Zerelda lachte. „Das geht ja wieder weg! Die Männer hier haben gelernt, über solche Dinge hinwegzusehen, wenn es ansonsten genug Vorteile gibt. Und schwanger oder nicht, du bist wirklich eine hübsche Frau.“

Lydia hatte sich noch nie hübsch gefunden. Wie oft hatte Floyd ihr vorgeschwärmt, wie schön seine erste Frau gewesen war. Ständig hatte Lydia im traurigen Schatten von Charlotte Gray gelebt. Charlotte war in ihrer Jugend eine Schönheit gewesen, mit blondem Haar, blauen Augen und den richtigen Kurven an den richtigen Stellen. Lydia war sich dagegen wie ein zu hoch gewachsenes Mauerblümchen vorgekommen. Floyd hatte sich oft beklagt, dass sie zu dünn war. Nun, das war im Augenblick sicher nicht das Problem.

„Oh, schau!" Zerelda sah zum Fenster hinaus. „Da kommt Kjell, er hat seine Gitarre dabei." Sie ging zur Tür. „Es wäre ja so wunderbar, wenn ihr beiden mal zusammen spielen könntet."

„Das werden wir sehen", erwiderte Lydia, die sich nicht festlegen wollte. „Ich setze eben den Kaffee auf." Sie ging in die Küche und prüfte das Feuer im Herd. In der letzten Zeit war sie ganz durcheinander, wenn Kjell in der Nähe war. Zerelda hatte ihr klargemacht, dass sie Kjell nicht an dem messen konnte, was sie mit Floyd erlebt hatte, aber es fiel ihr immer noch schwer, ihre Vorbehalte gegenüber den Männern beiseitezulegen.

Kjell trat ein. „Hast du Hunger, Kjell?", fragte Zerelda. „Wir könnten rasch etwas warm machen."

Kjell schlüpfte aus seiner Jacke und schüttelte den Kopf. „Danke, ich hab schon gegessen."

„Und die Gitarre ist auch dabei – das freut mich wirklich. Ich hab Lydia gerade schon gesagt: Es wäre wunderbar, wenn ihr beiden mal zusammen spielen könntet."

Kjell schaute an Zerelda vorbei zu Lydia hin und lächelte. „Das muss Lydia entscheiden. Sie ist bestimmt die bessere Musikerin, vielleicht würden meine bescheidenen Versuche nur alles verderben."

„Komm, komm, du hast schon oft für uns gespielt." Lydia begann, den Kaffee abzumessen. „Du spielst wirklich beachtlich, also stell dein Licht nicht unter den Scheffel."

Kjell lachte und nahm seine Gitarre, während Zerelda seinen Mantel an den Haken hing. Er stellte die Gitarre neben den Kamin, dann blieb er einen Augenblick stehen, um sich die Hände zu wärmen. „Es ist frisch draußen heut Abend."

„Es ist ja auch schon Oktober", sagte Zerelda. „Ich habe Lydia gerade gesagt, dass wir die Wolldecken, die sie mitgebracht hat, gut gebrauchen können. Ich glaube, es wird ein kalter Winter."

„Kann sein. – Ich hab gehört, Mr Saberhagen will seinen ganzen Besitz hier verkaufen."

Zerelda nickte. „Das stimmt. Er hat beschlossen, nicht mehr nach Sitka zurückzukommen. Aber er hat uns angeboten, hier wohnen zu bleiben, bis der Verkauf abgeschlossen ist, und ich bin mit diesem Vorschlag ganz glücklich. Es ist ja schon beinahe Winter, und ich schätze, vor dem Frühling wird sich kaum jemand für den Kauf interessieren."

„Ich möchte nicht der Pessimist sein", sagte Kjell, der zu den Frauen in die Küche trat, „aber es könnte sein, dass die Armee das Anwesen will. Häuser sind wertvoll hier oben, und auf diesem Grundstück stehen gleich zwei, und dazu noch die Schuppen und Nebengebäude."

„Schon, aber denk an die Entfernung zur Stadt!"

„Entfernungen zählen hier oben nicht, Zee, das weißt du doch." Er grinste und lehnte sich an die Wand. „Übrigens: Die Volkszählung findet am 24. statt. Drei Männer werden Lieutenant Lyle assistieren."

„Nur drei?", fragte Zerelda. „Die brauchen doch mehr."

„Sie zählen halt die Tlingit in der Ranche nicht mit."

„Und warum nicht?"

„Weil die Regierung das scheint's nicht für nötig hält", sagte Kjell kopfschüttelnd. „Sie zählen buchstäblich nicht."

Die Tlingit. Lydia erinnerte sich an ihren Besuch im Indianerdorf mit Zerelda. „Sie sind für die Regierung eine Last", sagte sie unvermittelt. „So sehen es manche jedenfalls. Ich als Neuankömmling kann das vielleicht besser nachfühlen als ihr Alteingesessenen."

Zerelda und Kjell sahen sie fragend an, und sie fuhr fort: „Ich glaube, die Regierungsbeamten betrachten die Tlingit als ungebildet und unfähig, etwas zum Wohl des Landes beizutragen. Sie sprechen nicht gut Englisch und haben wenig berufliche Fertigkeiten, die die Weißen interessieren. Dafür gibt es bei ihnen viel Krankheit und Probleme mit dem Alkohol."

„Es ist traurig, wenn ein ganzes Volk als wertlos betrachtet wird", entgegnete Kjell. „Bevor wir kamen, kamen sie doch ohne uns gut zurecht."

Er klang irritiert, und Lydia antwortete rasch: „Ich halte diese Einstellung ja auch nicht für gut. Ich sehe das ganz so wie Zerelda – dass es grausam ist, diese Menschen schier einzusperren in ihrem Dorf. Ich sähe es viel lieber, wenn man ihnen die Freiheit ließe, selbst zu wählen, wo sie wohnen wollen."

„Aber leider", fiel Zerelda ein, „haben wir Weißen sie wohl schon zu lange unselbstständig gemacht. Teils haben wir sie abhängig von unserer Kultur gemacht, teils haben wir ihnen ihre eigenen Sitten und Traditionen weggenommen."

„Und das wird in Zukunft noch schlimmer werden", sagte Kjell. „Wenn die Regierung mehr Siedler nach Alaska holt, werden die Tlingit noch mehr an den Rand gedrängt werden. Es wird neue gesetzliche Regelungen geben, und vielleicht werden sie sogar umgesiedelt. Es hängt halt davon ab, für wie wertvoll für die Weißen man dieses Gebiet erachten wird."

Zerelda seufzte. „Sprechen wir von etwas Erfreulicherem. Heute Abend können wir sowieso nichts ändern." Sie lächelte. „Wie wär's, Kjell, wenn du uns zeigt, was in deiner Gitarre steckt, während Lydia den Kaffee einschenkt?"

Kjell nickte und bot Zerelda formvollendet seinen Arm. Sie nahm ihn lachend und ließ sich von ihm zu den Stühlen vor dem Kamin führen. Kjell nahm seine Gitarre und stimmte sie kurz, dann begann er, eine Melodie zu spielen. Lydia mochte es, wenn er spielte. Sie merkte jedes Mal, wie sie dabei ruhiger wurde. Sie konnte sich nicht vorstellen, dass Floyds Söhne je Musik hörten.

Floyd selbst hatte Musik als unnütze Zeitverschwendung betrachtet. Lydia wusste schon nicht mehr, wie oft er ihr gedroht hatte, ihr ihre Geige wegzunehmen. Mehrere Male hatte er die Drohung wahr gemacht, und sie war untröstlich gewesen.

Sie rief sich innerlich zur Ordnung. *Das war Vergangenheit. Floyd kann mir nichts mehr tun.* Sie legte ihre Hand auf die Stelle, wo das Kind in ihrem Leib wuchs. Ihren anderen Kindern hatte ihr Mann den Tod gebracht, dieses würde er nicht anrühren. Hatte hier wirklich Gott eingegriffen, wie Zerelda meinte? War es möglich, dass er sich für Mutter und Kind interessierte? Konnte sie das glauben? Aber wenn ja – was bedeutete das für ihre Vergangenheit und für die Kinder, die sie verloren hatte? Fragen über Fragen.

Lydia schaute hoch – und sah, dass Kjell in ihre Richtung schaute, während er spielte. Sie brachte es nicht fertig, sich abzuwenden. Unwillkürlich fragte sie sich, was für ein Ehemann er wohl wäre.

Er war aus ganz anderem Holz geschnitzt als Floyd. Nicht ein Mal hatte sie erlebt, dass er aus der Haut fuhr. Selbst wenn er über Probleme in seinem Sägewerk sprach, blieb er ruhig und besonnen. Floyd hätte getobt und geflucht. Wie oft hatten er, Marston und Mitchell sich lautstark gestritten, wenn irgendetwas in der Fabrik nicht so verlief, wie sie wollten.

Kjell nahm seinen Blick nicht von ihr. Las er ihre Gedanken? Sie schaute zur Seite.

„Kommst du zu uns, Liddie?“, fragte Zerelda. „Hol doch deine Geige und spiel mit!“

Lydia spürte, wie das Kind sich in ihrem Bauch bewegte, wie um ihr Mut zu machen. „Ich kann’s versuchen.“ Sie ging zu dem Geigenkasten und öffnete ihn, langsam, um Kjell noch länger zuhören zu können, wie er allein spielte. Sie nahm die Violine und den Bogen in die Hand und prüfte die Saiten. Als Kjell fertig war, sagte sie spontan: „Das war zauberhaft. Das Stück habe ich noch nie gehört. Wie heißt es?“

Kjell zuckte die Achseln. „Es ist nur etwas, das ich improvisiert habe. Einen Namen gibt's nicht. Sie können gerne einen aussuchen."

Sie schüttelte ihren Kopf. „Nein, nein, das müssen *Sie* tun, es ist *Ihr* Stück."

„Gut", sagte er augenzwinkernd. „Ich werd mal meinen Kopf anstrengen. Und was spielen wir jetzt zusammen?"

Lydia machte mehrere Vorschläge. Kjell lächelte. „Warum fangen Sie nicht einfach an, und ich sehe dann, was ich machen kann?"

Sie hob die Violine an ihr Kinn und ließ den Bogen über die Saiten gleiten. Musik füllte den kleinen Raum. Es war die Melodie eines Liedes, das Lydia seit Jahren nicht gespielt hatte. Der Refrain begann leise, schwoll zu einem Crescendo an und ebbte wieder ab. Kjell fiel ein und begann, ihre Melodie einfühlsam zu untermalen. Einen Augenblick wollte sie aus dem Takt kommen vor Nervosität, dann fing sie sich wieder, und bald war sie ganz und gar in der Musik gefangen. Wie wunderbar es war, gemeinsam zu musizieren. Wie unglaublich, zu spüren, wie für ein paar kostbare Augenblicke ihre Seele die eines anderen Menschen berührte.

Als der Schlussakkord verklang, applaudierte Zerelda begeistert. „So etwas Schönes hab ich noch nicht gehört. Ihr beiden spielt – ja, so, als ob ihr das schon immer macht. Es ist einfach unglaublich!"

„Ich muss sagen, ich bin ebenso verzaubert", sagte Kjell. Er schaute Lydia an.

Sein Blick schien sich in sie einzubrennen. Sie merkte, wie sie errötete, aber sie musste ihn weiter ansehen. Und sie spürte: Sie war dabei, ihr Herz an Kjell zu verlieren. Was für ein merkwürdiges Gefühl ... fast, als rutsche man auf einer Eisfläche aus. Das plötzliche Abenteuer des freien Falls und gleichzeitig tief drinnen das Wissen, dass der Aufprall schmerzhaft wäre.

Sie legte die Geige beiseite. „Ich ... muss mich eben etwas ausruhen."

Kjell trat zu ihr, besorgt. „Fehlt Ihnen was?"

„Nein, nein, ich möchte mich nur ausruhen." Sie rannte fast aus dem Zimmer. Nur schnell weg, sonst würde sie sich womöglich verraten und ihm sagen, was sie fühlte …

Zerelda kam eine Stunde später zu ihr und fand Lydia im Bett sitzend, in der Hand ein Buch. Sie dachte, ihre Nichte sähe verwirrt aus und bot an, zuzuhören.

„Manchmal hilft es, einfach mal über die Dinge zu reden."

Lydia zuckte die Achseln. „Ich wüsste gar nicht, wo ich anfangen sollte."

„Vielleicht damit, dass du mir sagst, warum du vorhin aus unserer Gesellschaft geflohen bist." Zerelda setzte sich auf den Bettrand. „Oder was du gedacht hast, als Kjell kam?"

„Ich weiß nicht, was ich denken soll bei Kjell", murmelte Lydia. Sie sah ihre Tante an. „Warum hast du eigentlich nie geheiratet?"

Alles hatte Zerelda erwartet, nur nicht diese Frage. Aber gut, wenn es ihrer Nichte half, ihr Herz auszuschütten … „Ich war einmal verliebt. Das war vor dem Bürgerkrieg. Er war ein wunderbarer junger Mann … ein Pastor. Ich dachte – tja, ich dachte, er wäre der Mittelpunkt der Welt." Sie lächelte traurig. „Ich war damals 23, er 29."

„Und dann?"

„Er hat meine Liebe nicht erwidert." Wieder wurde ihr Blick schmerzlich.

„Wie hast du das gemerkt?"

Das ehrliche Interesse in Lydias Frage gab Zerelda die Kraft, sich dem Schmerz von damals wieder zu stellen. „Ich habe ihn gefragt. Ich hab ihm gesagt, was ich für ihn fühlte, und er hat es sich geduldig angehört, aber gesagt, dass er meine Liebe nicht erwidern kann. Kurz danach ist er fortgezogen. In Kalifornien war das Goldfieber ausgebrochen, und er hatte den Eindruck, dass Gott wollte, dass er dorthin ging."

„Und hat er dir gesagt, warum er dich nicht lieben konnte?“

Zerelda schüttelte den Kopf. Er hatte ihr sein Nein nie erläutert. Fast schien ihm die Szene peinlich gewesen zu sein, gerade so, als ob er sich Vorwürfe machte, Zereldas Zuneigung nicht verhindert zu haben.

Lydias Stimme wurde leiser. „Und hast du je wieder von ihm gehört?“

„Nicht von ihm selbst. Aber jemand aus seiner Familie sagte mir, dass er den Pastorenberuf aufgegeben hatte und unter die Goldgräber gegangen ist. Reich scheint es ihn nicht gemacht zu haben.“

„Und warst du damals wütend auf Gott?“

Zerelda musste lächeln. Dies war das zweite Mal, dass Lydia ihr so eine Frage stellte. „Nein. Wie konnte ich Gott die Schuld daran geben, dass dieser Mann meine Gefühle nicht erwiderte?“

Ihre Nichte schien einen Augenblick nachzudenken. „Also, meine Mutter sagte immer, dass Gott alles weiß und allmächtig ist. Und du hast doch Gott damals schon geliebt. Warum konnte er dich nicht durch diesen Mann wiederlieben?“

„Du meinst, eine Hand wäscht die andere – wenn ich etwas für Gott tue, dann sollte er etwas für mich tun?“, fragte Zerelda.

Lydia nickte. „Genau. Wenn du Gott deine Liebe und Loyalität geschenkt hast, warum konnte er dich nicht dafür belohnen?“

„Ich nehme an, er hätte es tun können, wenn er gewollt hätte“, erwiderte Zerelda. „Aber so, wie du denkst, funktioniert das nicht bei ihm. Er hat uns ja schon längst das Beste und Kostbarste an Liebe gegeben, das es gibt. Er hat seinen Sohn in die Welt gesandt, um für unsere Sünden einen grausamen Tod zu sterben. Wie kann ich ihm da meine kümmerlichen Liebesversuche vorhalten und von ihm verlangen, dass er mir gefälligst meine Belohnung gibt?“

„Warum nicht, wenn er der liebende Gott ist, für den meine Mutter ihn gehalten hat und für den du ihn hältst?“

„Schau her“, sagte Zerelda. „Ich erwarte Gutes von Gott. Ich glaube, dass er mich segnen möchte und das auch tut, jeden Tag. Aber ich glaube auch, dass es einen guten Grund gab, warum ich diesen Mann nicht heiraten konnte. Ich bin ganz sicher, ich hätte da mitten auf den Goldfeldern eine ziemlich schlechte Figur gemacht. Ich wäre nicht glücklich gewesen – ganz besonders nicht mit seinem Entschluss, nicht mehr Pastor zu sein. Und ich wäre auch keine Krankenschwester geworden; dass ich es wurde, hing stark mit dem Krieg zusammen.“

„Dann sollen wir alles in unserem Leben, auch das Böse, als verkappten Segen betrachten?“

„Nun, wenn wir das können, warum nicht?“

Lydia runzelte die Stirn. „Ich verstehe es nicht. Wenn Gott uns wirklich liebt, warum bewahrt er uns dann nicht vor den schlimmen Dingen im Leben? Warum … zwingt er nicht die anderen …“ Sie schien nach den richtigen Worten zu suchen.

Zerelda lächelte. „Warum zwingt er nicht die anderen, das zu tun, was wir wollen? Dann würde er ihnen ihren freien Willen nehmen, oder?“

„Aber was, wenn es böse Menschen sind? Womit haben die einen freien Willen oder Gottes Segen verdient? Es kann doch wohl nicht sein, dass Gott die Bösen genauso liebt wie die Guten.“

Zerelda hörte die Not in Lydias Stimme und wünschte, sie hätte eine bessere Erklärung. „Stell dir vor, du würdest Zwillinge kriegen. Du bringst sie zur Welt, und sie wachsen auf. Das eine Kind ist gut, das andere böse. Das gute Kind gehorcht dir und versucht eifrig, dir alles recht zu machen, das böse Kind bereitet dir nur lauter Enttäuschungen. Würdest du das gute Kind mehr lieben als das böse?“

„Also, es würde mir sicher leichter fallen, das gute Kind zu lieben“, sagte Lydia nachdenklich. „Ich hätte es lieber in meiner Nähe und würde es für sein Gutsein belohnen wollen.“

„Sicher, aber würdest du deshalb aufhören, das missratene Kind zu lieben?“

Lydia zögerte, dachte nach. Dann sagte sie: „Ich weiß nicht. Ich kann mir nicht vorstellen, ein Kind, das ich geboren habe, je zu verstoßen, aber ich wäre sicher nicht glücklich über ein selbstsüchtiges und halsstarriges Kind und sein Tun."

„Genauso ist das bei Gott auch. Er freut sich nicht über den Bösen und sein Tun, aber er kann sich auch nicht völlig von ihm abwenden, denn er will, dass alle Menschen gerettet werden."

„Dann wollte er sogar, dass Floyd gerettet wird? Und Marston und Mitchell? Glaubst du im Ernst, dass er ihnen trotz all dessen, was sie getan haben, einmal die Türen des Himmels öffnen und sie hereinholen wird, wenn sie ihn darum bitten?"

Zerelda entging der anklagende Ton in ihrer Stimme nicht. „Mädchen, wer will die Gedanken Gottes wissen? Sie sind unergründlich für uns. Aber ich glaube, wenn du an das Beispiel mit deinen eigenen Kindern denkst, das kann dir ein Stückchen weit helfen, auf die richtige Spur zu kommen."

„Entschuldige, Zerelda. Ich möchte nicht etwas angreifen, was dir so wichtig ist. Vor einem Jahr hätte ich mich auf so ein Gespräch gar nicht erst eingelassen. Aber du zeigst mir gerade, dass ich im Blick auf manche Dinge in meinem Leben vielleicht im Irrtum bin, und … tja, vielleicht irre ich mich eben auch über Gott."

Das Geständnis ließ einen Hoffnungsfunken in Zereldas Herz aufglühen. Sie drückte Lydias Hand. „Alles, was ich will, ist, dass du Liebe kennenlernst – wirkliche Liebe. Sie ist da, du brauchst sie nur zu ergreifen."

„Das würde ich so gerne glauben." Lydia seufzte tief. „Doch, das würde ich gerne glauben."

„Dann tu es! Lass die Vergangenheit los und erlaube dir, dich wieder zu verlieben."

Lydia sah sie verständnislos an. „Ich kann mich nicht wieder verlieben. Ich habe mich noch nie verliebt."

Zerelda lächelte. „Dann lass das hier das erste – und wenn's gut geht, letzte – Mal sein. Kjell ist ein guter Mann, und ich glaube, es liegt ihm sehr viel an dir."

Kapitel 13

Lydia hörte, wie auf dem Weg ein Wagen näher kam. Sicher war es Kjell, der Zerelda aus der Stadt nach Hause brachte. Am Morgen hatte ihre Tante plötzlich den Eindruck gehabt, dass sie nach ein paar der Familien in der Ranche sehen sollte. „Gott ruft mich wieder mal dorthin", hatte sie gesagt. „Das passiert öfter, meist brauchen sie mich dann besonders dringend." Lydia stand solchen Überlegungen sehr skeptisch gegenüber. Wenn *sie* in Not gewesen war, hatte Gott niemanden zu ihr geschickt. Für sie hatte es keine göttliche Intervention gegeben, die sie vor Unheil bewahrt hätte. Und das, so schien es hier, war genau das, was es ihr unmöglich machte, zu Gott wieder eine Beziehung aufzunehmen. Wo war er all die Jahre gewesen? Warum half er dem einen (scheinbar jedenfalls) und ließ den anderen in seinem Elend?

Sie schob die Grübeleien beiseite und ging zur Tür, unter dem Arm die letzte Teppichmatte. Dann begann sie, die Matten auf dem Geländer der Veranda zu klopfen. Es hatte den ganzen Tag immer wieder geregnet, aber jetzt war der rasch dunkler werdende frühe Abendhimmel nur von einem leichten Nebel überzogen. Sie sah, wie um die Kurve herum ein brauner Wallach in Sicht kam. Sie erkannte das Pferd und die Kutsche des Postmeisters. Offenbar hatte Mr Fuller Zerelda mitgenommen.

Die Matte wollte über das Geländer rutschen. Lydia zog sie hastig zurück. Zum Plaudern wäre gleich noch Zeit. Ihre Tante würde Mr Fuller natürlich auf einen Kaffee oder Tee ins Haus bitten. An so einem Tag wie heute war dies mehr als höflich; es war die einzige Möglichkeit, sich aufzuwärmen und die Kleider zu trocknen.

Sie hörte Schritte hinter sich auf der Veranda und drehte sich lächelnd um. „Der Kaffee ist auf dem Herd und …" Sie verstummte abrupt und starrte den Mann vor ihr an, als sähe sie ein Gespenst.

„Hallo, Lydia. Ja, das ist eine Überraschung, nicht wahr? Doch, Kaffee klingt gut."

Keine drei Schritte entfernt stand Marston Gray, nonchalant lächelnd, als machte er diesen Besuch jeden Tag. Dann wurde seine Miene besorgt. Lydia merkte, wie ihre Zunge ihren Dienst verweigerte. Sie starrte und starrte. Das hier, es konnte nicht wahr sein. Wie hatte er sie gefunden?

„Vielleicht setzt du dich lieber, in deinem Zustand …"

Lydia hielt den metallenen Teppichklopfer weiter in der einen Hand. Sie umklammerte ihn so fest, dass sie Angst hatte, ihn zu zerbrechen. Sie machte zwei Schritte zurück, bis ihre Hüfte das Geländer und die Matte berührte.

Marston machte einen Schritt nach vorne. Lydia hielt den Klopfer hoch und schüttelte den Kopf, immer noch stumm. Lange Monate nichts als Ruhe und Frieden – und nun stand er vor ihr … Ihr wurde übel. Ihre Knie zitterten. Sie wäre gern fortgerannt, um Hilfe zu holen, aber wohin? Die Stadt war meilenweit entfernt, und wer wusste, wann Zerelda wiederkommen würde?

Marston musterte sie aufmerksam. Er hob seine Hände. „Ich bin nicht gekommen, um dich zu belästigen. Ich habe von dem Kind gehört und dachte, du brauchst deine Familie."

Sie hörte, wie sie hervorpresste: „Ich … ich … habe meine Familie." Es klang wie die Stimme einer Fremden.

„Ja, ich weiß, du hast eine Tante hier, nicht wahr?"

„Wie hast du mich gefunden?" Lydias Kopf begann zu schwirren. Würde sie jetzt wieder umziehen müssen? Wäre Zerelda bereit, mitzugehen? Was würde aus ihnen werden, wenn sie ständig vor der Gray-Sippe flüchten mussten?

„Über deinen Anwalt natürlich." Er lächelte wieder. „Wir haben uns Sorgen um dich gemacht. Du bist ja mir nichts, dir nichts verschwunden, monatelang wussten wir nicht, ob du überhaupt noch lebst."

Sie konnte, sie wollte nicht glauben, dass Mr Robinson sie verraten hatte. Er war doch auf ihrer Seite gewesen; wie konnte er sich so plötzlich gegen sie wenden? Sie merkte, wie ihr Kopf wieder klar wurde. Der Schock legte sich, und dafür spürte sie Wut und Angst. Sie durfte Marston nicht zeigen, dass sie Angst hatte. Die Gray-Brüder lebten davon, dass man vor ihnen Angst hatte. Ihr erster Schock war gerade schlimm genug gewesen. Sie musste sich zusammenreißen, Angriff war die beste Verteidigung.

„Wie du siehst, geht es mir gut. Du hättest dir die Reise ersparen können."

„Ich hatte mehr als einen Grund, zu kommen, Lydia. Warum hast du uns nichts von dem Kind gesagt? Dieses Kind geht uns alle an."

„Mein Kind hat nichts mit euch zu tun."

„Du redest von meinem Bruder oder meiner Schwester."

Lydia schüttelte ihren Kopf. „Dies ist einzig *mein* Kind."

Marstons Augen wurden schmaler. „Soll das heißen, dass es nicht von meinem Vater ist?"

„Ich sage, dein Vater ist tot, und dieses Kind gehört mir. Ich habe Kansas City verlassen, weil ich nie mehr mit euch zu tun haben wollte, und das ist nach wie vor meine Absicht."

„Lydia", sagte er sanft. „Du bist etwas verstört. Es tut mir ernstlich leid, ich wollte dich nicht aufregen. Wir waren ganz begeistert, als wir von dem Kind hörten. Ich weiß doch, wie gerne mein Vater noch mehr Kinder gehabt hätte."

„Dein Vater war der Grund für meine Fehlgeburten. Wenn er so gerne Kinder wollte, hätte er mich nicht schlagen dürfen."

Marston schüttelte den Kopf. „Da hast du recht, er war ein grausamer Mann."

„Du und dein Bruder, ihr seid genauso grausam, und du wirst mich nicht vom Gegenteil überzeugen." Lydia spürte, wie das Kind in ihrem Leib sich heftig bewegte; sie hoffte, dass ihr Zorn dem Ungeborenen nicht zu sehr zusetzen würde. Sie spürte, wie ihr Atem keuchend ging, wie der eines Tieres nach einem raschen Lauf.

„Lydia, wir waren nicht gut zu dir. Wir wollten es unserem Vater recht machen, und das Einzige, was ihn beeindruckte, waren Härte und Kraft. Ich weiß selbst nicht, warum wir so dumm waren damals, aber denken wir nicht mehr an das, was war. Wir möchten dich einladen, zurückzukommen. Komm zurück nach Kansas City, wo wir dir helfen können. Wir haben das Haus noch nicht verkauft. Du könntest dort wohnen und das Kind aufziehen."

„Das kann unmöglich dein Ernst sein!" Sie hatte genug; die ganze Situation war der reine Wahnsinn. „Geh! Du hättest nie kommen sollen."

Er trat noch einen Schritt näher. „Lydia, sei doch vernünftig! Ich bin nicht im Zorn gekommen, auch nicht in der Absicht, dir Kummer zu machen. Deine Großzügigkeit uns gegenüber hat mir die Augen dafür geöffnet, wie falsch ich gehandelt hatte."

„Bleib mir vom Leib." Lydia wollte sich an ihm vorbeischieben. „Ich glaube dir kein Wort."

Marston ergriff sie am Handgelenk. „Bitte hör mich an."

Lydia erstarrte. Sie musste an die vielen Male denken, wo Floyd genau das Gleiche gemacht hatte. Wie oft hatte sie die blauen Flecken an ihrem Handgelenk unter Spitzenärmeln versteckt, damit keiner sie sah!

„Lass mich los."

„Erst, wenn du dich beruhigt und mich zu Ende angehört hast."

Seine Stimme war plötzlich anders. Sie musterte instinktiv sein Gesicht. Seine Lippen lächelten, aber die schwarze Wut in seinen Augen war unübersehbar.

„Du hast gesagt, was du mir sagen wolltest. Meine Antwort ist nein. Ich werde nicht nach Kansas City zurückkehren. Meine Heimat ist hier in Sitka."

„Aber hier gibt es noch nicht einmal richtige Ärzte", protestierte er. „Denk doch an das Kind. Was wird, wenn du bei der Geburt stirbst?"

„Dann zieht meine Tante das Kind auf."

„Und was ist mit uns? Dieses Kind ist unser Bruder oder unsere Schwester. Lydia, du siehst das nicht richtig. Du brauchst einen Arzt. Ich sehe doch, dass es dir nicht gut geht."

Sie schüttelte den Kopf. „Ich bin vollkommen gesund. Meine Tante ist Krankenschwester und sorgt bestens für mich." Sie richtete sich höher auf und versuchte, einen Schritt zurück zu machen. „Und jetzt lass mich los."

„Bitte sei nicht so unvernünftig, Lydia. Ich möchte nicht die Sache in die eigene Hand nehmen müssen."

„Aha, jetzt kommst du mit der Sprache heraus! Ich hatte mich schon gefragt, wie lange es noch dauern würde."

Marstons Kiefer pressten sich zusammen, die Finger um ihr Handgelenk wurden zur Zange. „Niemand will dich zu etwas zwingen, und ich schon gar nicht! Aber zu deinem eigenen Besten und dem des Kindes werde ich tun, was nötig ist. Lydia, ich würde dich sogar heiraten, wenn du dich dann wohler fühlen würdest."

Damit hatte sie allerdings nicht gerechnet. Sie spürte, wie ihre Augen sich ungläubig weiteten und ihr Mund aufklappte. „Heiraten? Bist du wahnsinnig?"

„Was soll an diesem Vorschlag wahnsinnig sein? Es wird zwangsläufig Gerüchte geben, wenn dieses Kind meines Vaters zur Welt gekommen ist. Als du seine Frau warst, konntest du ihm ja keine Kinder schenken. Die Leute werden glauben, dass das Kind die Frucht einer unehelichen Affäre ist. Das kann deinen guten Ruf ruinieren."

„Nicht hier in Sitka. Den Menschen hier ist es nicht nur egal, wer der Vater dieses Kindes war, der Name Gray sagt ihnen rein gar nichts. Ich habe keine Angst um meinen guten Ruf."

„Aber denk doch an das Kind! Willst du, dass sein Ruf auch ruiniert wird?"

Lydia konnte nicht mehr. „Lass mich los!"

„Bitte sei doch nicht …"

„Lass mich los!", schrie sie. „Jetzt sofort!" Sie holte mit dem Teppichklopfer aus. Marston wich dem Schlag mühelos aus und rang ihr den Klopfer aus der Hand.

„Ich glaube, die Dame wünscht, dass Sie ihre Hand loslassen." Die Stimme kam von hinten und gehörte Kjell.

Marston war so überrumpelt, dass er seinen Griff lockerte. Lydia riss sich vollends los und warf sich Kjell in die Arme.

„Sorgen Sie dafür, dass er verschwindet, bitte!"

„Hat er Ihnen wehgetan?"

Sie nickte, dann schüttelte sie den Kopf. „Nicht besonders. Er hat mir das Handgelenk etwas gequetscht, aber sonst ist er nur lästig gewesen."

Kjells blaue Augen verdunkelten sich. Er hielt seinen Arm schützend um Lydia. „Ich glaube, Sie sollten jetzt gehen, Mister."

Marston schüttelte den Kopf. „Wir haben uns ja noch nicht einmal vorgestellt." Er trat vorsichtig näher, den Blick auf Kjell gerichtet. „Lydia war mit meinem Vater verheiratet. Ich bin Marston Gray."

„Ich habe von Ihnen gehört", antwortete Kjell.

Lydia senkte ihren Blick, damit Marston nicht ihre Überraschung sah, und rieb sich das Handgelenk. Sie konnte sich nicht vorstellen, was Kjell über Marston wusste, aber offenbar war es genug, um ihn in Alarmbereitschaft zu versetzen.

Marston räusperte sich. „Ich war früher ein harter Mann – leider. Aber ich habe mich geändert. Doch leider scheint der Tod unseres Vaters Lydia seelisch sehr zugesetzt zu haben. Dass sie hierher gekommen ist, ist nur ein Zeichen dafür. Sie war seit Monaten verschwunden, und wir haben uns große Sorgen gemacht – vor allem angesichts ihres Zustands. Wir möchten sie gerne zurück nach Hause holen, wo sie das Kind in der sicheren Obhut ihrer Verwandten zur Welt bringen kann."

„Sie hat hier alle Obhut, die sie braucht. Ihre Tante ist nicht nur sehr liebevoll, sondern auch Krankenschwester. Lydia ist bestens versorgt, Sie brauchen sich keine Sorgen zu machen."

„Aber vielleicht braucht sie bessere Pflege, als sie an einem Ort wie hier bekommen kann."

Lydia sah kurz Marston an, dann wieder Kjell. „Er versucht, Ihnen einzureden, ich sei nicht zurechnungsfähig. Eigentlich ist es ein Wunder, dass ich es noch bin – nach zwölf Jahren mit seinem brutalen Vater und mit ihm und seinen Geschwistern. Aber ich bin im Vollbesitz meiner geistigen Kräfte, und ich werde nicht zurück nach Kansas City gehen. Ich will, dass er geht, Kjell, und zwar jetzt!"

Sie löste sich aus Kjells Armen und ging zur Tür des Blockhauses. Dort drehte sie sich um und sagte: „Du hättest nie hierherkommen dürfen, Marston. Du behauptest, dass du nicht mehr derselbe Mann bist. *Ich* bin nicht mehr dieselbe Frau! Gewalt und Einschüchterung erreichen bei mir nichts mehr. Ich habe keine Angst mehr vor dir."

„Sie gehen jetzt besser."

Marston taxierte den Fremden, der Lydia zu Hilfe gekommen war. „Ich glaube, ich habe Ihren Namen vorhin nicht richtig verstanden. Wie nannte Lydia Sie – Krill?"

„Mein Name tut nichts zur Sache. Ich bin ein Freund von Lydia und ihrer Tante, und Sie sind es nicht. Ich schlage vor, Sie geben Ihr Spiel auf und nehmen das nächstbeste Schiff, um von hier zu verschwinden."

Diesem Mann lag offensichtlich sehr viel an Lydia. Marston war es nicht entgangen, wie er sie in seinen Armen gehalten hatte, in die sie sich buchstäblich geworfen hatte. Es schien nicht zum Besten zu stehen mit ihrer Moral. Vielleicht konnte ihm das einen Vorwand liefern, ihr das Kind wegzunehmen. Wenn Marston eines klar war, dann dies: Wo das Kind war, dort würde bald auch Lydia sein.

„Es tut mir aufrichtig leid, wenn ich Lydia verärgert habe. Ich war gekommen, um mich bei ihr zu entschuldigen und ihr meine Hilfe anzubieten. Ich habe keinerlei unlautere Absichten."

„Dann beweisen Sie das, indem Sie gehen."

„Selbstverständlich." Marston stieg die Stufen von der Veranda hinunter und lief durch den Regen zu der wartenden Kutsche. Sie würden ihn noch wiedersehen, aber für den Anfang musste es jetzt reichen. Jetzt wusste Lydia, dass er hier war und sie nach Kansas City zurückholen wollte. Er würde sich eine Bleibe suchen und dann sehen, was sich machen ließ. Zu dumm, dass da auch noch dieser Hinterwäldler war. Das konnte Ärger geben.

Er stieg in die Kutsche und setzte sich auf den Bock. Wie sie ihn behandelt hatten! Er hatte sich so besorgt gezeigt. Aber Lydia hatte ihm ins Gesicht gesagt, sie glaube nicht, dass er sich geändert hatte.

„Natürlich hab ich mich nicht geändert", murmelte er und zog an den Zügeln. Das Pferd wendete und begann den Weg zurück in die Stadt.

Marston lieferte die Kutsche bei Mr Fuller ab. „Vielen Dank für Ihre Hilfe. Aber jetzt hätte ich gleich noch eine Bitte: Wo kann man hier eine Unterkunft bekommen?"

„Da gibt's nicht viel bei uns. Das Schiff wird noch ein paar Tage im Hafen liegen, das dürfte im Augenblick die beste Lösung für Sie sein."

„Danke, die Nacht wollte ich ohnehin dort verbringen. Aber danach bräuchte ich etwas in der Stadt. Es kann sein, dass ich einige Wochen hierbleiben muss."

Fuller dachte nach. „Wir haben hier einen russischen Priester, der bei seiner Tochter wohnt. Die nehmen manchmal Gäste. Wenn Sie wollen, frage ich mal dort an."

Marston nickte. „Wenn Sie so gut sind. Ich komme morgen früh wieder, um zu sehen, was Sie erreicht haben."

Er ging zurück zum Hafen, wo er in dem strömenden Regen stand und auf die Barkasse wartete. Sein Gehirn arbeitete an einem Plan. Dass Lydia hochschwanger war, hatte ihn überrascht. Er hatte natürlich von der Schwangerschaft gewusst, aber es mit eigenen Augen zu sehen, das war etwas anderes. Sie war, wenn möglich, noch schöner geworden. Marston hatte Lydia immer schon attraktiv gefunden, auch wenn er dies nie zugegeben hätte.

Er schaute zurück zur Stadt. Was für ein Loch! Holzhäuser, Schlamm und Armut überall. Viele Häuser waren im russischen Stil erbaut, mit gelben Wänden und roten Dächern. Einen Augenblick blieb sein Blick an der Kuppel und dem typischen Turm der russisch-orthodoxen Kirche hängen. Komisch, dass sie noch da war, nachdem der Großteil der Gläubigen in ihre Heimat zurückgekehrt war.

Marston runzelte die Stirn. Ja, wie sollte er vorgehen? Wenn er Lydia noch vor der Geburt des Kindes zurück nach Kansas City bringen wollte, hatte er nicht mehr viel Zeit. Wenn das Kind erst einmal da war, womöglich zu früh geboren wurde, wäre die Sache noch komplizierter.

„Zurück zum Schiff, Mister?“

Marston drehte sich zu dem Matrosen hin und nickte. „Ja.“ Er schaute ein letztes Mal hinüber zur Stadt. In den Straßen und vor allem hier im Hafen gab es mehr als genug zwielichtige Gestalten. Vielleicht konnten sie ihm nützlich werden. Der Schlüssel zum Erfolg waren Leute, die bereit waren, Aufträge auszuführen, ohne Fragen zu stellen.

Er begann zu lächeln. Männer, die ganz unten gelandet waren, dazu zu bringen, für ihn zu stehlen oder einzuschüchtern oder zu töten – das war seine Spezialität. Bestimmt gab es irgendwo in der Stadt jemand, der diesen Krill, oder wie immer er hieß, genauso hasste, wie er das tat. Vielleicht jemanden, der ihn so sehr hasste, dass man das Problem Krill ein für alle Mal lösen konnte.

Kapitel 14

Zee, das war der beste Kuchen, den ich je gegessen hab", sagte Kjell nach dem zweiten Stück. „Du weißt wirklich, wie man sich bei den Männern einschmeicheln kann."

„Oh, das war nicht mein Werk. Den hat Liddie gebacken", erwiderte Zerelda.

Kjell lächelte die erschöpfte Lydia an. „Ein Meisterstück. Danke für Ihre Mühe."

„So schwer war das nicht", erklärte Lydia. „Die Beeren waren noch vom Sommer."

„Trotzdem: Mein Kompliment! Es ist mir jedes Mal ein Vergnügen, hierherzukommen und die Gesellschaft und das gute Essen zu genießen. Ihr verwöhnt mich richtig."

Zerelda lachte. „Das wollen wir lieber nicht. Wie wär's, wenn du uns als Entgelt für dein Essen etwas vorsingst, während wir den Abwasch machen?"

„Aber gern, Zee." Er erhob sich und half Lydia, aufzustehen. „Sie sehen müde aus heute Abend."

„Ich *bin* müde."

Kjell sah die dunklen Ringe unter ihren Augen und ihren besorgten Gesichtsausdruck. „Sie machen sich Sorgen wegen diesem Mr Gray, nicht wahr?"

„Das ist noch milde ausgedrückt", sagte Zerelda, bevor Lydia antworten konnte. „Sie hat solche Angst, dass sie nicht mal mehr mit mir in die Stadt will."

Kjell schaute tief in Lydias dunkelbraune Augen. „Sie brauchen keine Angst zu haben."

„Sie haben gut reden", erwiderte Lydia. „Sie sind stark und ein Mann." Zerelda war bereits am Abräumen. „Aber machen Sie sich keine Gedanken um mich, mir geht's gut, wirklich."

Aber Kjell konnte sie nichts vormachen. Die Wahrheit stand wie mit Großbuchstaben auf ihrem Gesicht und in ihrem Gang geschrieben. Lydia war nicht mehr dieselbe Frau. Sie schien plötzlich ein Zentnergewicht auf ihren Schultern zu tragen, und Kjell hätte nichts lieber getan, als es ihr abzunehmen! Ihr zu zeigen, dass er bereit war, für sie zu sorgen, sie zu beschützen.

„Hat Lydia schon berichtet, dass sie heute den nächsten Antrag gekriegt hat?", rief Zerelda aus der Küche.

Kjell sah Lydia an, die Augenbrauen hochgezogen. „Der wievielte war das in dieser Woche?"

„Der fünfte." Sie flüsterte es fast.

„Soll ich den sechsten machen, damit es eine gerade Zahl gibt?", neckte er.

Lydia richtete sich auf. „Machen Sie es, wozu Sie wollen, das ändert nichts. Ich bin nicht hergekommen, um wieder zu heiraten."

„Das wird die Männer nicht abhalten", sagte Zerelda, während sie zur Haustür ging. „Macht es euch gemütlich. Ich muss noch rasch etwas aus dem Schuppen holen."

„Brauchst du Hilfe, Zee?"

Sie warf ihm einen Blick zu. „Danke, ich komme sehr gut allein zurecht."

Sie wollte ihm eine Gelegenheit geben, mit Lydia allein zu sein. Kjell merkte, wie er rot wurde. Er ging kopfschüttelnd zu seiner Gitarre und begann, sie zu stimmen. Als er hochschaute, sah er, wie Lydia ihn beobachtete.

„Marston ist immer noch in der Stadt, nicht wahr?", fragte sie.

„Ja."

„Das hab ich mir gedacht. Obwohl ich hoffte, dass Sie Nein sagen würden."

Kjell stellte die Gitarre ab, trat zu ihr und kniete sich neben ihren Stuhl. „Liddie." Er unterbrach sich, lächelnd. „Ich hoffe, Sie haben nichts dagegen, wenn ich Sie so nenne? Zee tut das so oft, es klingt einfach richtig."

„Ist schon gut“, sagte sie, seinen Blick erwidernd.

„Gut. Schauen Sie. Ich möchte nicht, dass Sie sich von diesem Mann so ängstigen lassen. Das ist nicht gut für das Kind.“

„Das Kind ist genau der Grund, warum er noch hier ist“, sagte sie. „Und das macht mir die meiste Angst. Ich weiß nicht, was er vorhat, aber es kann nichts Gutes sein.“

„Ich werde nicht zulassen, dass er Ihnen oder dem Kind Schaden zufügt.“

Lydia schaute in die Flammen des Kamins. „Sie kennen die Grays nicht. Die kriegen immer, was sie wollen. Sie schrecken vor nichts zurück. Ich verstehe immer noch nicht, warum Mr Robinson ihnen verraten hat, wo ich bin, aber jetzt, wo sie es wissen, werden sie mir keine Ruhe lassen. Wahrscheinlich muss ich von hier weggehen.“

Kjell legte seine Hand auf ihren Arm. „Ich hoffe, das werden Sie nicht tun. Ich fände es schön, wenn Sie blieben.“

„Sie sind so gut zu mir gewesen, seit ich auf dem Kai stand und Ihnen in die Arme gefallen bin.“ Lydia lächelte sachte, ohne ihn anzusehen. „Zerelda sagt, dass Sie wahrscheinlich der beste Mann sind, den sie je kennengelernt hat – dass Sie zu Ihrem Wort stehen.“

„Ja, das ist typisch für Zerelda.“

„Ich will einfach nicht, dass ich Ihnen oder sonst jemand zur Last falle.“ Lydia schaute ihn flüchtig an, dann ließ sie ihren Kopf sinken. „Ich will nicht, dass ich Ihnen leidtue.“

Er konnte das Lachen, das in ihm aufstieg, nicht mehr zurückhalten. Lydias Kopf schnellte erstaunt hoch. Kjell beugte sich zu ihr und nahm ihr Gesicht in beide Hände. „Ich habe viele Gefühle für dich, Lydia Gray, aber Mitleid ist nicht darunter.“

Er küsste sie flüchtig auf die Lippen und lächelte. Im nächsten Augenblick hatte er sich wieder aufgerichtet. „Aber jetzt gehe ich besser wieder zu meiner Gitarre.“ Lydia saß wie eine Statue da, als sei sie halb betäubt. Er registrierte es ohne Reue; er hatte sich schon lange gewünscht, sie endlich küssen zu können.

Plötzlich schüttelte sie ihren Kopf. „Sie können mich nicht küssen und so tun, als sei nichts."

„Ich tue nicht so, als sei nichts." Kjell nahm die Gitarre in die Hand. „Ich …"

„Kjell! Komm, schnell!"

Es war Zerelda, und ihre Stimme klang panisch. Kjell reichte Lydia die Gitarre und rannte zur Tür hinaus. „Was ist, Zee?"

„Joshua ist hier. In der Stadt brennt es!" Sie drehte sich abrupt zu ihm um. „Dein Sägewerk!"

Captain Dimpfel und seine Männer von der Armee-Feuerwehr brachten den Brand mustergültig unter Kontrolle. Obwohl das Spritzenhaus am anderen Ende der Stadt war, waren sie sehr schnell am Ort des Brandes. In dieser Stadt der Holzhäuser hatte man vor Feuersbrünsten Respekt. Die Männer arbeiteten fieberhaft, und bis Mitternacht hatten sie so viel Wasser in das Feuer gepumpt, dass es ausging.

Kjell inspizierte die rauchgeschwärzten Überreste. Das eigentliche Sägewerk stand noch, aber sein Büro und seine Wohnräume waren ein Raub der Flammen geworden.

„Könnten Funken von 'nem Herdfeuer gewesen sein", meinte einer der Soldaten.

„Ich hatte kein Feuer an." Kjell schüttelte den Kopf. „Ich bin gegen halb sechs weggefahren und wusste, dass ich den ganzen Abend nicht da wäre, da brauchte ich den Ofen nicht."

„Das stimmt", sagte Joshua, der mit Captain Dimpfel dazukam. „Ich hab dem Captain hier gerade gesagt, dass ich kurz nach dir gegangen bin. Nur die Jungen waren noch da, um die Stämme fertig zu entrinden, bevor sie zurück in die Ranche gingen."

„Halten Sie es für möglich, dass die Jungen das Feuer gelegt haben?", fragte der Captain.

Kjell schüttelte seinen Kopf. „Warum sollten sie das tun?"

Joshua trat einen Lehmklumpen beiseite. „Möglich wär's. Ich wollte das damals nicht melden, aber kürzlich hab ich sie beim Rauchen erwischt. Vielleicht haben sie wieder geraucht und nicht aufgepasst."

Kjell ging zu der Ecke des Gebäudes. Er konnte sich nicht vorstellen, dass die Jungen rauchten, und schon gar nicht, dass sie Brandstifter waren. Und was für einen Grund hätten sie gehabt, in sein Büro oder die Wohnung zu gehen?

Er atmete heftig aus. Joshua trat zu ihm. „Wir können im Prinzip weiterarbeiten. Müssen einiges aufräumen, aber das große Holzlager steht noch."

Kjell schüttelte den Kopf. „Am besten reden wir mal mit den Jungs und fragen sie selbst. Dass sie das gemacht haben – ich kann's nicht glauben."

„Sicher nicht absichtlich", sagte Joshua. „Aber sie könnten zum Beispiel 'ne Zigarette auf den Boden geworfen haben, weil sie plötzlich jemand hörten, und die könnte vor sich hin geschwelt und dann die Sägespäne entzündet haben. Captain Dimpfel hat gesagt, er lässt gleich morgen früh die Jungen zum Spritzenhaus holen, um sie zu befragen."

„Ja, das klingt vernünftig." Kjell wäre am liebsten sofort in sein Büro und die Wohnung gegangen, um zu sehen, was die Flammen übrig gelassen hatten, aber der Captain hatte gemeint, er solle das am Morgen tun, wenn es hell war.

„Du kannst gern bei mir übernachten", sagte Joshua. „Viel Platz hab ich nicht, aber es ist besser als neben der Säge schlafen."

„Danke. Ich glaube, ich nehme das gern an, und morgen früh sehen wir weiter." Er warf einen letzten Blick auf das große Tor und runzelte die Stirn. Hier stimmte etwas nicht. War das wirklich bloß der Leichtsinn von ein paar dummen Jungen gewesen, oder waren hier dunklere Kräfte am Werk? Hatte am Ende vielleicht Marston Gray etwas mit dem Brand zu tun?

„Ich verstehe nicht, wie jemand so etwas tun kann", sagte Zerelda. Sie hatte sich gleich am nächsten Morgen zu der Sägemühle begeben. Zu ihrer Überraschung hatte Lydia sich entschlossen, mitzukommen.

Kjell schüttelte den Kopf. „Ich versteh vieles nicht."

„Wenn das Marston Gray war, gibt's da nicht viel zu erklären", sagte Lydia bitter.

„Komm, du weißt doch gar nicht, ob er etwas damit zu tun hat", entgegnete Zerelda. Lydia hatte nicht aufgehört, Marston als Brandstifter zu verdächtigen, seit sie von dem Feuer erfahren hatte.

„Es deutet doch alles auf ihn hin", erwiderte Lydia. „Kjell hat ihn doch zur Weißglut gereizt, indem er mich vor ihm in Schutz genommen hat."

Zerelda beschloss, das Thema zu wechseln. „Und wo wirst du jetzt wohnen, Kjell?"

„Gestern habe ich bei Joshua übernachtet, und für heute Abend improvisiere ich irgendetwas hier im Sägewerk."

„Unsinn!", sagte Zerelda. „Du kommst zu uns."

„Zee, du weißt doch selbst, dass in deinem kleinen Häuschen nicht genug Platz für uns drei ist." Er lächelte Lydia an. „Und Liddies guter Ruf wäre ruiniert, wenn ich bei ihr übernachten würde."

„Ich glaube, mein Ruf würde das überleben", sagte Lydia, die weiter die Trümmer anstarrte. „Aber an Zereldas Ruf haben Sie wohl nicht gedacht?"

„Der ist unverwüstlich", grinste Kjell.

Zerelda lachte. „Die Leute regen sich über meine Eskapaden schon lange nicht mehr auf. Aber warum gehen wir nicht einfach zu dem Makler, dem der Verkauf von Mr Saberhagens Anwesen übertragen ist? Vielleicht lässt er dich im Haupthaus wohnen."

„Ich hab noch eine bessere Idee!" Lydias Stimme klang erregt. „Ich könnte das Haus doch kaufen! Zee und ich bewohnen es, und Sie können in das Blockhaus."

„Ihr braucht doch kein Haus zu kaufen, bloß weil es bei mir gebrannt hat!“, protestierte Kjell. „Bevor ihr bis drei zählen könnt, hab ich mir eine neue Bleibe gebaut.“

„Aber darüber denke ich schon länger nach.“ Lydia sah Zerelda an. „Seit ich von dem beabsichtigten Verkauf erfuhr, frage ich mich, ob ich das Anwesen nicht nehmen soll. Leisten kann ich mir's bestimmt, und wie du gesagt hast, jetzt im Winter wird es nicht viele andere Kaufinteressenten geben.“

Zerelda nickte. „Es wäre schon schön, etwas Größeres zu haben. Das Haupthaus ist gut geeignet für eine junge Familie. Im Obergeschoss gibt es drei Zimmer und ein Bad und unten ein großes Wohnzimmer. Ein Großteil der Möbel ist noch drin, lauter solide Stücke; Mr Saberhagen hat keine Kosten gescheut für seine Frau.“

„Gut. Kjell, ich weiß, dass Sie jetzt eigentlich anderes zu tun haben, aber würden Sie für mich mal mit dem Makler reden?“, fragte Lydia.

Der Blick in Kjells Augen entging Zerelda nicht. Er würde alles tun für ihre Nichte, da war sie sicher. Es war offensichtlich, dass er bis über beide Ohren in sie verliebt war – und dass Lydia ihn immer mehr mochte. Es war nur noch eine Frage der Zeit, bis die beiden sich finden würden.

„Jederzeit, Liddie“, sagte Kjell. „Wenn Sie wollen, dass ich das tue – sehr gerne.“

„Guten Morgen zusammen.“ Captain Dimpfel trat zu ihnen. „Gut, dass ich Sie sehe, Kjell.“

„Haben Sie Neuigkeiten?“, fragte Zerelda.

Er schüttelte den Kopf. „Eigentlich nicht. Ich hab gleich heute Morgen meine Männer in die Ranche geschickt, um die beiden Jungen zu suchen. Seit gestern hat sie niemand gesehen. Könnte natürlich sein, dass die Familie lügt.“

„Ich kenne die Familie gut“, sagte Zerelda. „Ich glaube nicht, dass sie lügen würde, aber ich gehe auf jeden Fall mal hin und rede mit der Mutter der Jungen.“

Sie sah Lydia an. „Aber zuerst bringe ich dich nach Hause."

„Lass mich das machen, Zee", sagte Kjell. „Geh du zu den Leuten. Ich weiß deine Hilfe zu schätzen; ich glaube, mit mir würden sie nicht so einfach reden."

„Wenn Sie sie finden, Miss Rockford, schicken Sie sie sofort zu mir."

„Das werde ich tun, Captain, machen Sie sich keine Sorgen."

Lydia ließ sich von Kjell auf den Wagen helfen. Mit ihrem langen Kleid und dicken Bauch war es Schwerarbeit. Sie überlegte sich, ob es nicht einfacher gewesen wäre, die paar Meilen kurzerhand zu laufen.

„Geht es?", fragte Kjell, als sie endlich neben ihm saß.

„Nur Bergsteigen ist schwerer", lachte sie.

Er lächelte. „Bald sind Sie zu Hause."

„Sollten wir nicht erst beim Makler vorbeifahren und uns nach dem Anwesen erkundigen?"

„Nein, das kann warten. Ich möchte nicht, dass Sie hier im Kalten sitzen und warten, und auch nicht, dass Sie heute noch ein zweites Mal von dem Wagen runter müssen."

Sie fuhren los. Lydia versuchte vergeblich, sich auf das Getriebe der Stadt zu konzentrieren. Ihre Gedanken suchten nach einem Weg, wie sie ihm nach diesem Schlag helfen, ihm etwas Ermutigendes sagen konnte. Er schien die Sache überraschend gelassen zu nehmen.

„Kjell, wie kommt es, dass Sie … so gelassen sind? Ich meine, dieser Brand …"

„O, es setzt mir schon zu, diese Sache", gab er zu. „Ich hab ein paar Sachen verloren, die mir viel wert waren, aber das waren schließlich nur Gegenstände. Meine Hauptsorge sind die Jungen. Wenn sie wirklich das Feuer verursacht haben, dann hoffe ich, dass sie es zugeben. Ich werde ihnen natürlich vergeben; aus so einem Unglücksfall würde ich niemandem einen Strick drehen."

„Aber wenn es kein Unfall war … wenn jemand …“ Sie musste wieder an Marston denken.

„Was haben Sie?“ Kjell legte seine Hand auf ihren Arm. „Liddie?“

„Was, wenn das Marston war?“ Sie konnte nicht weiterreden. Hatte sie dieses Unglück über Kjell gebracht? War das ihre Schuld?

„Liddie, hören Sie auf. Ich kann fast Ihre Gedanken hören.“

Sie schaute hoch und sah, dass er lächelte. Sie schüttelte den Kopf. „Das ist nicht lustig.“

„Das hab ich auch nicht gesagt, aber es muss nichts mit Ihnen zu tun haben. Wenn Gray dahintersteckt, dann nur, weil ich ihn rausgeschmissen hab, und aus keinem anderen Grund.“ Er trieb die Pferde an, um Fahrt für die Steigung zu gewinnen. „Ich gehe der Sache auf den Grund, aber Sie halten sich besser ganz heraus. Ich will nicht, dass wegen dieses Brandes am Ende noch das Kind zu früh kommt.“

Die Kälte sickerte durch Lydias Wollkleid und den Mantel. Als sie am Blockhaus vorfuhren, waren ihre Beine halb erstarrt. Kjell schien es nichts auszumachen, dass sie sich so schwerfällig bewegte. Mit bereitwilliger Engelsgeduld half er ihr von dem Wagen und die Stufen zur Veranda hinauf.

„Wie wär's – soll ich eben mit reinkommen und Feuer machen? Sie sehen aus, als ob Sie auftauen müssen.“

Lydia nickte. „Danke, das wäre lieb.“ Sie behielt den Mantel an und trat zu ihrem Lieblingsschaukelstuhl vor dem Kamin, der fast genauso aussah wie der, den sie in Kansas City gehabt hatte.

Sie schaute zu, wie Kjell frische Holzscheite in die fast erloschene Glut legte. Bald brannte das Feuer wieder, und er streckte seine Hände aus, um sie zu wärmen.

Lydia wusste selbst nicht, warum sie ihn plötzlich fragte: „Warum haben Sie mich gestern Abend geküsst?“

Er drehte sich nicht um, sondern schaute weiter in das Feuer. „Weil es an der Zeit war. Ich hatte den Eindruck, dass Sie meine

Gefühle für Sie falsch verstanden haben, und ich wollte unmissverständlich klarmachen, wie es wirklich ist."

Sie dachte einen Augenblick nach. Sie hatte nicht vor, so zu tun, als ob sie ihn nicht verstand. Aber sie war sich auch nicht sicher, ob sie wirklich bereit war, eine Erklärung seiner Zuneigung oder Liebe anzuhören.

Einige Minuten herrschte Schweigen. Dann sagte Kjell: „Ich hole noch etwas Holz für Sie rein, und dann muss ich wieder zurück zum Sägewerk."

Sie beherrschte den Impuls, ihn zu stoppen. Sie wartete, bis er draußen war, dann stand sie auf und trat vor den Kamin. Was sollte sie ihm sagen? Was konnte sie sagen? Sie war sich selbst nicht im Klaren über ihre Gefühle. Und dann gab es da auch noch das Kind. Sie musste tun, was für ihr Kind das Beste war.

Sie hörte, wie Kjell draußen Holz hackte. Sie trat an das Küchenfenster, durch das sie ihn gut sehen konnte. Er hatte seine Jacke ausgezogen, sodass sich unter seinem groben Hemd die Muskeln abzeichneten. Jeder Schwung der Axt war ein Schauspiel der Kraft und des Geschicks. Lydia konnte sich erst von dem Anblick losreißen, als sie das Rollen von Wagenrädern hörte.

Plötzliche Angst kroch ihr den Rücken hoch. Was, wenn Marston ihr einen weiteren Besuch abstatten wollte? Sie ging zur Tür und öffnete sie einen Spalt. Es war Zerelda.

„Was gibt es Neues, Zee?", rief Kjell. Er ging zum Wagen, während Lydia die Verandatreppe hinabstieg.

„Niemand hat die Jungen gesehen. Ihre Mutter ist außer sich, und ihr Großvater hat die ganze Sippe in Marsch gesetzt, um sie zu suchen."

„Hoffentlich ist ihnen nichts zugestoßen", sagte Lydia. Die Sorgenfalten auf Kjells Gesicht waren ihr nicht entgangen.

„Mr Fuller hatte diesen Brief für dich, Liddie", verkündete Zerelda. „Er bittet um Entschuldigung, dass er ihn dir nicht eher zugestellt hat. Er kam mit dem letzten Schiff."

Lydia nahm den Brief entgegen. Er war von Mr Robinson.

Sie erstarrte. Der Zorn darüber, dass er Marston verraten hatte, wo sie war, meldete sich wieder. Während Zerelda sich weiter mit Kjell unterhielt, ging sie zurück ins Haus und öffnete den Umschlag.

Sehr geehrte Mrs Gray,
ich schreibe diesen Brief in großer Sorge und um Sie zu warnen. Vor Kurzem wurde mein Assistent, Mr Lytle, überfallen. Auf seinem Sterbebett eröffnete er mir etwas höchst Ernstes. Es scheint, dass Ihre Stiefsöhne ihn zwangen, ihnen Einblick in meine Unterlagen zu gewähren, bezüglich Ihres Aufenthaltsortes und anderer Korrespondenzen.

Es ist mir nicht möglich, herauszufinden, was die Grays mit dieser Information zu tun gedenken, aber jedenfalls wissen sie jetzt, wo Sie sich aufhalten, und an Ihrer Stelle würde ich Vorsorge für einen Besuch von ihnen oder einem Vertreter von ihnen treffen.

Mr Robinson bat Lydia wortreich um Entschuldigung und gab seiner Betroffenheit darüber Ausdruck, was für Probleme diese neue Lage ihr bringen mochte. Sie seufzte erleichtert auf. Mr Robinson hatte also ihr Vertrauen nicht missbraucht. Der Überfall auf Mr Lytle tat ihr leid, aber sie sah sich außerstande, ihm seine Indiskretion gegenüber Marston und Mitchell zu vergeben.

Sie las den Brief ein zweites Mal. Er war fast einen Monat alt; so lange wussten ihre Stiefsöhne also schon Bescheid – wo sie war und dass sie bald ein Kind von ihrem Vater bekommen würde. Was Marston ihr gesagt hatte, es war ohne jeden Zweifel ein Teil eines ausgeklügelten Plans.

Aber warum?, dachte sie. *Warum lag ihnen so viel daran, herauszufinden, wo ich bin und was ich tue? Warum wollen sie, dass ich nach Kansas City zurückkomme?*

Kapitel 15

November 1870

Ein paar Tage später fanden Fischer die Leichen der beiden Tlingit-Jungen. Offenbar waren sie erst geschlagen und dann erdrosselt worden. Kjell traf die Nachricht hart. Jetzt gab es für ihn keinen Zweifel mehr, dass die Jungen unschuldig waren. Wahrscheinlich hatten sie den wahren Täter beobachtet und dafür mit dem Leben bezahlt.

„Ich geh eben nach Swan Lake, Eis schlagen", verkündete Joshua. „Gibst du mir Bescheid, wenn du hier Arbeit für mich hast?"

Kjell nickte. „Wenn das Wetter sich hält, fällen wir Anfang nächster Woche ein paar Bäume."

„Gut. Holz ist mir lieber als Eis." Joshua blieb an der Tür unschlüssig stehen, dann sagte er: „Kjell, da ist noch was, was du wissen solltest. Heute hab ich die Sidorovs gesehen. Ich glaub, sie wohnen im Double-Decker."

Kjell sah ihn an. Das Haus, von dem Joshua da sprach, war eine bekannte Absteige für mittellose Russen – mal waren es hundert, mal eher zweihundert. Im Double-Decker hielt man zusammen, wenn es hart auf hart kam.

„Bist du sicher?"

Joshua nickte. „Könnte es sein, dass die was mit dem Feuer zu tun haben – oder sogar mit dem Tod der Jungen? Gut behandelt haben sie sie ja nie. Gesetzt den Fall, sie hätten das Feuer gelegt und die Jungs hätten sie dabei gesehen …"

„Da könntest du recht haben." Kjell hatte die Sidorovs noch gar nicht als Täter in Betracht gezogen. Er war sehr anständig zu ihnen gewesen, sie hatten keinen Grund zu irgendwelchen Racheaktionen.

„Gut, das wollte ich nur loswerden, Boss."

Kjell ließ das Wort „Boss" ausnahmsweise durchgehen. „Danke, Joshua."

ꝏ

„Ich sehe keinen Grund, euch den vollen Betrag zu zahlen", erklärte Marston den Brüdern Sidorov. „Ihr habt den Auftrag nicht erfüllt."

Anatoli beugte sich vor, bis seine Nase fast die von Marston berührte. „Sie wollen nicht zahlen?"

Marston ließ sich von der Drohgebärde nicht beeindrucken. Er hatte die Sidorovs engagiert, weil sie Kjell Lindquist hassten. Das war der einzige Grund, warum er sie für nützlich befand.

Seine Augen verengten sich. „Denkt nicht, dass ihr mir Angst machen könnt. Vergesst nicht: Ich weiß genau, was ihr mit den Jungen gemacht habt."

Der jüngere Mann machte einen Schritt zurück, während sein Bruder sich neben ihn stellte. „Wir haben den Auftrag erfüllt", erklärte Ioann. „Dass die Feuerwehr so gut war, ist nicht unsere Schuld. Und die Jungen – das waren nur Tlingit, das interessiert hier niemand."

Er musterte Marston abschätzig. Marston sah, dass die beiden Männer größer waren als er und dass er unterlegen wäre, wenn es zu einem Kampf käme. Aber er besaß etwas, was sie nicht hatten: einen wachen Verstand. Und er war entschlossen, diesen Trumpf auszuspielen.

Er verschränkte die Arme über seiner Brust. „Ich bin niemand, der sich einschüchtern lässt, und ich habe nicht die Absicht, unsere Vereinbarung zu missachten. Aber ich zahle nicht gern für schlechte Arbeit. Es könnte sein, dass ich in Zukunft noch mehr Aufträge für euch habe, die euch mehr Geld bringen, als ihr euch überhaupt vorstellen könnt – aber nur, wenn ihr mich von euren Fähigkeiten überzeugen könnt."

Er sah, wie sie bei dem Wort „Geld“ aufmerkten, und darauf hatte er gesetzt. Sie tauschten einen verstohlenen Blick aus, dann zuckte Anatoli die Achseln. „Wir haben Ihre Instruktionen befolgt. Wir hätten ein besseres Feuer legen können, wenn die Jungen nicht dazwischengekommen wären. Wir wussten nicht, dass sie noch da waren. Sie überraschten uns, und da mussten wir sie halt loswerden, bevor es Ärger gab.“

Marston nickte. „Vielleicht bin ich gerade etwas voreilig gewesen. Was ihr sagt, leuchtet mir ein.“ Er zog mehrere Banknoten aus seiner Jackentasche und reichte sie Anatoli. „Hier habt ihr euer Geld, aber ihr müsst euch bewähren.“

„Was sollen wir machen?“, fragte Ioann.

Marston lächelte, zufrieden, dass er sie überzeugt hatte. „Ich melde mich bei euch, wenn es so weit ist. In ein paar Tagen werde ich alles erklären; jetzt muss ich erst mal ein paar Pläne machen.“

Er wartete, bis die Brüder gegangen waren, dann zog er seinen Mantel an und ging in das russische Teehaus, in dem er gewöhnlich zu Mittag aß. Er beobachtete seine Umgebung mit Argusaugen. Seine Beobachtungsgabe, die kein Detail ausließ, war ihm schon öfter im Leben zugutegekommen, und er hatte keinen Grund anzunehmen, dass dies in Sitka anders sein sollte.

Weiter vorne auf dem hölzernen Gehsteig sah er Lydias Tante. Er hatte sich ihr einmal vorgestellt und wusste, dass sie ihn nicht mochte. Aber zu einem längeren Gespräch hatte er bisher keine Gelegenheit gehabt. Wer weiß – vielleicht konnte er sie doch für sich einspannen, wenn er es richtig anging.

Er schob sich neben sie. „Guten Tag, Miss Rockford.“

Zerelda schaute ihn fragend an, dann erkannte sie ihn. „Was wollen Sie?“

Er lachte. „Sie kommen gleich zur Sache. Das gefällt mir. Ich möchte gerade zu Mittag essen. Möchten Sie mir Gesellschaft leisten?“

„Ich habe kein Verlangen danach, mit jemandem zu essen, der meiner Nichte schaden möchte.“

„Aber genau da liegen Sie falsch, Miss Rockford." Er lächelte sie an. Die Frau sah etwas einfältig aus. Zweifellos war sie es nicht gewohnt, dass Männer ihr den Hof machten – zumindest solche, die reich und attraktiv waren. Vielleicht konnte er sie herumkriegen. „Ich bin in dieser ganzen Sache furchtbar missverstanden worden und würde gerne erklären, wie es sich wirklich verhält."

„Dann erklären Sie."

„Es ist kalt hier draußen. Wollen Sie wirklich nicht mit mir essen gehen?"

Zerelda schüttelte ihren Kopf. „Wenn Sie mir etwas sagen wollen, tun Sie's hier."

Er hatte Lust, die Frau zu ohrfeigen. „Also gut. Sie müssen wissen, dass ich rein aus Sorge um Lydias Wohl und um das des Kindes hierhergekommen bin. Die Grays haben immer zusammengehalten, und Lydias Kind ist mein Bruder oder meine Schwester."

„Dann hat Ihr Vater seine Sorge um das Wohl seiner Frau zwölf Jahre lang durch Schläge demonstriert, wie? Ich kann nicht erkennen, dass in Ihrer Familie je jemand Lydias Wohl im Blick gehabt hätte."

„Denken Sie, was Sie wollen, aber Sie und Lydia sollten eines wissen: Mein Bruder und ich werden nicht zulassen, dass dieses Kind in so einem rückständigen Teil der Welt aufwächst. Wir müssen an sein Wohl und seine Bildung denken! Sollte es ein Mädchen sein, ist das mit der Bildung nicht so wichtig, aber wenn es ein Junge ist, braucht er Männer, die seine Erziehung in die Hand nehmen."

Zerelda schob ihren Korb vom rechten auf den linken Arm. „Ich glaube, ich habe genug gehört, um zu merken, dass es Ihnen überhaupt nicht um Lydias Wohl geht. Sparen Sie sich den Rest."

Marston schob sich näher zu ihr. „Sie sollten eins nicht vergessen, Miss Rockford: Ich bin ein mächtiger Mann mit vielen

Freunden. Ich werde nicht tatenlos zuschauen, wie Lydia das Leben des Kindes meines Vaters ruiniert!“

„Soll das eine Drohung sein? Wollen Sie ihr das Kind etwa wegnehmen? Dann vergessen *Sie* nicht, dass Lydia auch viele Freunde hat, die es nicht zulassen werden, dass Sie ihr Ihren Willen aufzwingen.“

„Ich drohe niemandem. Ich kann ganz legal über die Gesetze und Gerichte dieses Landes vorgehen. Ich kenne Richter und Anwälte, die mir den einen oder anderen Gefallen schuldig sind. Es dürfte nicht schwer sein, ihnen plausibel zu machen, dass Lydia nicht zurechnungsfähig ist. Überlegen Sie nur, in was für einem Zustand sie hierher kam; sie hat ihr Leben und das des Kindes aufs Spiel gesetzt.“ Er sah das Unbehagen in Zereldas Miene. Sie wusste, dass er nicht bluffte. Lydias Briefe in all den Jahren hatten ihr zweifellos gezeigt, über welche Macht die Grays verfügten.

„Ich möchte nur, dass Sie darüber nachdenken. Und vielleicht können Sie Lydia helfen, ihre Lage richtig zu verstehen.“

„Ich werde das Kind nicht mit leeren Drohungen belästigen.“ Zerelda baute sich vor ihm auf und sah ihn fest an. „Schön, Sie haben Ihre Beziehungen. Ich auch. Erstens hab ich Gott auf meiner Seite, und das allein genügt für alle Lebenslagen. Und zweitens habe ich auf dieser Insel viele Freunde in einflussreichen Positionen, die nicht lange zögern werden, wenn ich ihnen sage, dass Sie hier weg müssen, weil Sie eine Gefahr für meine Nichte darstellen.“

Das hatte Marston nicht erwartet. Die Frau hatte Haare auf den Zähnen. „Also gut, Miss Rockford. Ich hatte gehofft, vernünftig mit Ihnen reden zu können, aber ich sehe, Sie sind geradeso starrköpfig wie Ihre Nichte. Damit werden Sie beide nicht weit kommen.“

Zerelda lachte. „Mr Gray, Ihre Drohungen beweisen mir nur, dass meine Nichte mir stets die Wahrheit über Sie und Ihre Verwandten gesagt hat. Ich bin froh, dass sie zu mir gekommen ist, und Sie sollen wissen, dass ich ohne Wenn und Aber zu ihr stehe. Und ich bin nicht die Einzige hier, die so denkt. Die Alasker sind ein anderer Menschenschlag, und ich rate Ihnen, das zu bedenken."

Damit drehte sie sich um und ging. Marston juckte es, sie zurückzuhalten. Es juckte ihn, das unverschämte Weib umzubringen. Die nackte Wut durchschoss ihn. Er würde es ihnen heimzahlen. Allen.

Kjell stand in der Tür der Blockhütte. „Ich habe gute Nachrichten."

„Ist Marston weg?", fragte Lydia.

„Nein, so gut ist es auch wieder nicht. Aber mit dem Verkauf von Mr Saberhagens Anwesen geht es jetzt voran. Ihr könnt jederzeit in das Haupthaus einziehen. Der Makler ist bereit, zu warten, bis das Geld da ist; der Brief von Ihrer Bank hat ihn überzeugt."

Lydia lächelte. „Das ist die beste Nachricht seit Langem. Kommen Sie doch rein. Zerelda kommt bald wieder und wird alles wissen wollen."

„Es tut mir leid, dass ich Ihnen nicht das sagen kann, was Sie eigentlich hören wollten. Ich wüsste zu gern einen Weg, den Kerl zu zwingen zu verschwinden, aber leider wird das nicht gehen."

„Ich weiß." Lydia strich die Kattunbluse über ihrem Bauch glatt und holte so tief Luft, wie es ging. Zerelda hatte ihr versichert, dass das Kind sich bald senken und dass sie dann wieder freier atmen würde. Hoffentlich war es bald so weit.

„Ich bin sehr froh, dass Sie beschlossen haben, hierzubleiben", sagte Kjell, während er ihr ins Haus folgte. Er half ihr in den Schaukelstuhl. „Und ich weiß: Zee ist auch froh darüber."

„Es ist das Vernünftigste, zumindest im Augenblick." Lydia legte ihre Hand auf ihre umfangreiche Taille. „Und außerdem gefällt es mir hier. Es ist hier so friedlich. Sitka tut mir gut; hier kann ich all das Schlimme aus der Vergangenheit irgendwie vergessen. Ich hatte nicht gedacht, dass das möglich wäre."

Er lächelte und zog einen Stuhl für sich herbei. „Das höre ich gern."

Sie spürte, wie ihre Wangen warm wurden, als sie sein markantes Gesicht musterte. Sie hatte angefangen, ihre Gefühle für ihn zu akzeptieren, auch wenn sie nie über sie gesprochen hatte, noch nicht einmal zu Zerelda. Sie hatte nicht gewusst, wie es war, verliebt zu sein. Erst hatte das Gefühl sie schockiert, aber jetzt war es wie eine Erfüllung all dessen, was sie im Leben so vermisst hatte. Anstelle der Leere, die sie so lange gekannt hatte, spürte sie, wie allmählich ein Erfülltsein in Seele und Herz einzog, von dem sie kaum gehofft hatte, es je zu erleben.

„Wenn Sie mich weiter so angucken, muss ich Sie wieder küssen."

Sie lachte. „Na, das wäre eine Strafe!" Sie sah, wie sein breites Lächeln sich verdoppelte. „Kjell, ich dachte immer, ich würde nie glücklich werden, aber jetzt bin ich glücklich. Sie sind solch ein guter Freund."

„Ich möchte gerne mehr sein." Seine Stimme war leise und rau.

Ihr Herz stolperte, sie schluckte heftig. Gleich würde er ihr seinen Heiratsantrag machen. Wollte sie das? Könnte sie Ja sagen? Einen Augenblick lang wollten ihre Ängste wieder übermächtig werden, sie schaute rasch zur Seite.

Kjell beugte sich zu ihr und nahm ihr Gesicht in die Hände. Er drehte es sachte, sodass sie ihn anschauen musste. „Liddie, ich muss dir sagen, was ich für dich fühle."

Zu seiner Überraschung stand sie abrupt auf. Hochschwanger oder nicht – sie konnte nicht mehr still sitzen. „Das weiß ich doch", begann sie. „Oder ich habe es jedenfalls seit Längerem geahnt. Aber meine eigenen Gefühle haben mich völlig überrascht. Als ich hierher kam, hätte ich nie gedacht, dass …" Sie hielt inne und schaute sich zu ihm um. Sollte sie es wagen, die Worte zu sagen?

Er trat zu ihr und nahm ihre Hände. „Was hättest du nie gedacht?"

Sie nahm ihren Mut zusammen. „Dass ich mich verlieben würde."

Er strich ihr über die Wange. „Und? Ist es passiert?"

Sie nickte. Seine Berührung ließ ihr Herz rasen, und über ihren gewölbten Bauch hinweg streckte sie ihre Hand aus und erwiderte seine Geste. Sie spürte die Wärme seiner Haut, ließ ihre Finger seine Wange entlanggleiten.

Er zog sie an sich und küsste sie leidenschaftlich. Sie drückte sich an ihn, um den Augenblick in die Länge zu ziehen. Sie hörte, wie er seufzte, als wäre dieser Kuss das Ende einer langen, anstrengenden Reise.

„Heirate mich, Lydia. Lass mich für dich sorgen. Lass mich dich lieben." Er drückte eine Spur von Küssen auf ihre Wange.

„Kjell." Sie wich eine Spur zurück, momentan ernüchtert. „Ich kriege bald ein Kind."

Er lachte. „Das wusste ich ja noch gar nicht."

Sie musste lächeln. „Es ist nur so ... dieses Kind ist mir wichtig. Ich kann es nicht verlassen, auch nicht für deine Liebe."

Er runzelte die Stirn. „Lydia, was glaubst du, was für ein Mensch ich bin?"

„Ich kenne mich so wenig mit Männern aus, außer mit den allerschlimmsten. Ich weiß, du bist anders, Kjell, aber ich habe immer noch diese Ängste. Dieses Kind braucht einen Vater, der es von ganzem Herzen liebt. Kannst du das diesem Kind versprechen?"

Er legte seine Hand auf ihren Bauch. „Das kann ich, und das tue ich. Ich will nichts lieber, als gemeinsam mit dir dieses Kind aufzuziehen. Ich hätte dir nie meinen Antrag gemacht, wenn es nicht so wäre. Ich liebe Kinder. Ich wollte mit Raisa Kinder haben, und jetzt möchte ich sie nur mit dir."

Lydia spürte: Er meinte es ernst. „Meine erste Ehe war furchtbar. Mein Mann war grausam. Er ... hat mich oft ... verletzt."

Kjell zog sie noch fester in seine Arme. „So ein Mann bin ich nicht. So etwas werde ich nie tun."

„Aber was, wenn ... was, wenn ich ..." Sie suchte nach den richtigen Worten. Wie konnte sie ihm klarmachen, dass Intimität sie ängstigte? Wie sollte er verstehen, dass ihr erster Mann nicht das kleinste bisschen Behutsamkeit und Rücksichtnahme gezeigt hatte?

„Lydia, was möchtest du mir sagen?"

Sie senkte ihren Blick, um ihm nicht in die Augen schauen zu müssen. „Was, wenn ich dir keine gute Frau sein kann? Wenn ich dir als Frau nicht gefalle?"

Er nahm ihr Gesicht so in seine Hände, dass sie zu ihm aufsehen musste. „Ich glaube, ich verstehe, was du meinst", flüsterte er. „Ich werde immer an deine Bedürfnisse denken. Ich würde dein Vertrauen in mich niemals missbrauchen." Wie sanft sein Blick war. „Lydia, liebst du mich?"

Sie nickte. „Ja."

„Und *ich* liebe *dich*, fast seit dem Augenblick, wo du in meinen Armen in Ohnmacht gefallen bist." Er strich ihr lächelnd mit den Daumen über die Wangen. „Ich hatte damals einem Freund gesagt, wenn Gott eine Frau für mich hätte, dann müsse er sie mir schon direkt in die Arme fallen lassen. Und dann kamst du."

„Du glaubst, Gott hat uns zusammengebracht?" Zerelda hatte oft davon gesprochen, dass Gott die Dinge so lenkte, dass sein Wille sich erfüllte.

„Ja, das glaube ich", erwiderte er. „Lydia, ich weiß, dass dein Herz sich schwer damit tut, zu vertrauen – Gott und mir –, aber lass mich dir eines sagen: Ich kann Fehler machen und dich enttäuschen, aber Gott wird das nie tun."

„Das würde ich so gerne glauben, aber das ist so schwer. Als ich jünger war, war Gott nie für mich da. Wie habe ich versucht, zu beten und zu glauben, aber er war nicht da."

Kjell schüttelte den Kopf. „Doch, er war da, Lydia. Und was dir geschah, gefiel ihm nicht. Ob du es damals merktest oder nicht, er hat dich nie allein gelassen. Er war damals an deiner Seite, und er ist es heute. Er möchte dein Trost und dein Heil sein, und er ist der Einzige, der die Wunden, die du in all den Jahren bekommen hast, wirklich heilen kann."

Etwas in Lydias Seele sehnte sich nach der Hoffnung, die er ihr da anbot. Konnte sie Gott vertrauen, konnte sie ihn so lieben, wie er sie nach Zereldas Worten liebte?

Sie kam sich vor wie ein Kind, das sich anschickt, von einem Heuboden hinunterzuspringen. „Ich möchte es versuchen", flüsterte sie. „Doch, ich will Gott kennenlernen, ich möchte es so sehr."

Sie sah überrascht Tränen in Kjells Augen. „Du brauchst ihn nur zu bitten. Vertraue Jesus und glaube, dass er dich erlöst, und er wird dich erlösen."

Sie dachte nach. Fast ihr ganzes Leben lang hatte sie Gott die Schuld an ihrem Leid gegeben. Konnte sie das wirklich – die Vergangenheit loslassen und mit einem neuen Herzen und einer neuen Hoffnung weitergehen? Sie spürte etwas wie eine warme Hand, die sie umhüllte – eine wunderbare Wärme, wie sie sie noch nie erlebt hatte. Ihr Herz schien einen Freudensprung zu machen. Ja, es war wahr. Sie schaute zu Kjell hoch und ließ ihre eigenen Tränen kommen. „Ja, Kjell. Ich glaube."

Kapitel 16

Das ist die schönste Nachricht meines Lebens!" Zerelda tanzte fast vor Freude. Man konnte es ihr ansehen, wie sehr es sie beglückte, dass Lydia Frieden mit Gott gemacht und Kjells Heiratsantrag angenommen hatte.

Kjell lachte. „Ich war mir sicher, du würdest nichts dagegen haben." Er legte seinen Arm um Lydia. „Ach ja: Und der Makler hat Lydias Angebot für das Anwesen akzeptiert."

„Und ist das kein Problem für euch?" Zerelda schaute sie an.

„Was soll da ein Problem sein?", fragte Kjell.

Lydia sah ihre Tante fragend an. „Wie meinst du das?"

„Nun, Kjell ist ein Mann, und vielleicht verletzt es seinen Stolz, wenn seine Frau das Geld für das Haus der Familie beibringt." Zerelda sah Kjell eindringlich an. „Wenn das bei dir so ist, solltet ihr beide jetzt eine Lösung finden."

Er schüttelte den Kopf. „Nein, das ist kein Problem für mich. Es war immer Gott, der mich versorgt hat. Ich habe nichts, was nicht letztlich von ihm gekommen wäre. Lydias Vermögen interessiert mich nicht, mich interessiert, dass sie glücklich ist und alles hat, was sie für das Kind braucht."

Lydia lächelte. Floyd hätte einem solchen Vorgehen nie zugestimmt. Er hätte vielleicht ihr Geld angenommen und dann nach eigenem Gutdünken ausgegeben, aber er hätte ihr nie erlaubt, selbst mit über ihre Zukunft zu entscheiden.

Dass Kjell so anders war als die bisherigen Männer in ihrem Leben, berührte sie tief. Wenn er so sein konnte, dann konnten andere das auch. Vielleicht waren sie doch nicht lauter Tyrannen, für die eine Frau nur eine billige Dienstleisterin war.

„Und wann wollt ihr heiraten?"

„Je schneller, umso besser", platzte Lydia heraus. Die Worte erstaunten sie selbst.

Kjell lachte dröhnend und nahm sie kräftig in den Arm. „Ich bin so ein guter Fang, dass sie Angst hat, dass ich ihr von der Angel geh."

Zerelda nickte lächelnd. „Da hat sie wohl recht. Du bist der beste Mann in Sitka."

„Ja, aber ich habe nur Augen für Liddie. Sie braucht keine Angst zu haben, dass ich entwische."

„Ich möchte gerne heiraten, bevor das Kind kommt. Ich will, dass es ein Lindquist wird", erklärte Lydia.

„Das soll ein Wort sein", erwiderte Kjell. „Wir heiraten gleich morgen, wenn es geht. Ich schätze, der russische Priester kann uns trauen, andere ordinierte Pfarrer haben wir ja in Sitka nicht. Und dann ziehen wir alle in das Haupthaus, bevor das Wetter richtig schlecht wird."

„O, es ist sicher besser, wenn ihr beide allein dort einzieht", warf Zerelda ein. „Ein junges Paar muss für sich sein, und ich fühle mich seit vielen Jahren wohl in meiner Hütte hier."

„Das weiß ich", sagte Kjell. „Aber ich habe meine Gründe, warum ich dich in der Nähe haben will. Ich möchte nicht, dass Liddie allein ist, vor allem jetzt, wo dieser Mr Gray noch in der Gegend ist. Und du solltest auch nicht allein wohnen. Der Mann ist wirklich gefährlich, ich will nicht, dass euch was passiert."

„Glaubst du, er kommt wieder?", fragte Lydia. Bis jetzt hatte Marston sie in Ruhe gelassen.

„Der Mann ist so ziemlich zu allem fähig. Ich werde nicht riskieren, dass er hier auftaucht, wenn du allein bist und ich auf der Arbeit. Aber zusammen können du und Zee eine kleine Armee in Schach halten."

„Das liegt dann aber an Zerelda." Lydia musste lächeln. „Ich möchte sie jedenfalls nicht zum Feind haben."

Zerelda lachte. „Na ja, meinen Anteil an Bären und Wölfen habe ich schon erlegt. Es waren allerdings noch nie zweibeinige darunter. Wenn Männer in den Lauf meiner Flinte gucken, werden sie meistens sehr rasch wieder vernünftig."

Kjell nickte. „Und deswegen möchte ich, dass wir alle unter einem Dach wohnen, zumindest solange Gray noch hier ist. Wärst du bereit, zuzustimmen, Zee?"

Zereldas ernster Blick zeigte Lydia, dass sie sich über den Ernst der Lage im Klaren war. „Ich tue das, was du für richtig hältst, Kjell, vor allem, wenn es um Liddies Sicherheit geht."

Lydia schlief wenig in dieser Nacht. Morgen würde sie also zum zweiten Mal heiraten. Die Angst vor dem Unbekannten meldete sich. Wie würde alles werden? War ihre Entscheidung richtig?

Sie drehte sich langsam auf die Seite und schob mehr Kissen unter ihren schmerzenden Rücken. Sollte sie vielleicht beten? Aber wie machte man das?

„Gott, ich weiß nicht, was ich sagen soll", flüsterte sie. „Ich weiß nur eins: Ich möchte, dass mir und dem Kind nichts passiert. Ja, und Kjell und Zerelda auch nicht." Sie dachte einen Augenblick nach. „Und ich möchte dich besser kennenlernen, Gott. Ich weiß: Mein Glaube ist noch schwach, aber Zerelda hat gesagt, dass er wachsen wird."

Sie dachte an Marston und fröstelte. „Gib, dass er nach Kansas City zurückgeht und einsieht, dass er mich nicht zwingen kann, mitzukommen. Er macht mir Angst, Gott." Sie rieb sich über ihren prallen Bauch. „Ich habe Angst um mein Kind."

Sie hielt inne. Wie lange hatte sie nicht mehr gebetet? Hörte Gott ihr wirklich zu? Hörte er die Gebete von unwichtigen Leuten? Sie schloss die Augen und runzelte die Stirn. Wie bekam man die Glaubensgewissheit, die Zerelda und Kjell hatten? Gab es irgendetwas, das sie dazu tun konnte?

Als sie am nächsten Morgen aufwachte, war sie voller Erwartung. Einen Augenblick wusste sie nicht, warum, dann stand Kjells

Antrag wieder lebendig vor ihren Augen. Heute würden sie heiraten! Sie holte tief Luft und stieg vorsichtig aus dem Bett. Sie inspizierte ihren Kleiderschrank. Viel Auswahl hatte sie nicht: zwei schlichte Röcke, der eine blau, der andere braun, die Zerelda für ihre Schwangerschaft weiter gemacht hatte, dazu mehrere von Zerelda genähte plissierte Blusen.

„Nicht ganz dasselbe wie das pompöse Brautkleid, als ich Floyd heiratete", murmelte sie. „Aber das hat damals meine Ehe auch nicht besser gemacht."

Sie wählte den blauen Rock und ihre beste weiße Bluse. Sie kleidete sich an und flocht ihr glattes braunes Haar zu einem schlichten Nackenknoten. Es gab keinen Wandspiegel, und sie konnte nur hoffen, dass ihr Werk ihr gelungen war. Kjell war nicht Floyd; Kjell fand sie immer schön. Der Gedanke wärmte ihr Herz wie noch selten etwas bisher. Floyd hatte sie nicht attraktiv gefunden, aber wenn Kjell sie ansah, dann verschwanden alle Zweifel: Sie gefiel ihm, und seine ganze Wertschätzung galt ihr.

„Da bist du ja", sagte Zerelda, als Lydia aus ihrem Zimmer kam. „Ich hatte schon Angst, du hättest es dir anders überlegt. Und wie bezaubernd du aussiehst!"

„Ich musste gerade denken, wie ganz anders diese Trauung sein wird als meine erste. Kein teures Brautkleid und üppiges Blumenbouquet. Aber auch keine Fassade und kein Zwang."

Zerelda nickte und nahm ihre Hände. „Nur ein Mann, der dich liebt. Ich bin sehr glücklich, dass ich das erleben darf! Eine perfektere Verbindung kann ich mir nicht vorstellen."

„Ich hoffe, du hast recht. Ich habe immer noch Angst … Gestern Abend hab ich versucht, zu beten, aber das ist alles noch so neu. Ich wollte, ich hätte deinen Glauben, aber ich kenne Gott noch so wenig."

„Das wird kommen, Kind. Vertrau ihm einfach, und er wird sich dir zeigen. Lies das Wort. Ich weiß, Kjell nimmt sich jeden Morgen Zeit, um in der Bibel zu lesen. Wenn du willst, liest er sie dir bestimmt vor. Vielleicht könnt ihr auch darüber sprechen, wie ihr den Text versteht und was Gott euch sagen will."

„Ja, das wäre sicher schön. Ich möchte so viel lernen, ehrlich. Ich hab viel darüber nachgedacht, was du mir über Gott gesagt hast. Es ist nicht leicht, die Vergangenheit loszulassen, aber ich versuch es. Ich möchte so gerne vergeben können, aber das wird nicht einfach."

„Vergiss nicht: Vergeben bedeutet, sich freimachen von den Fesseln, die andere einem angelegt haben. Es ist der Weg, auf dem es Freiheit zu gewinnen gibt."

Sie hörten, wie draußen ein Wagen vorfuhr, und lächelten. „Das ist Kjell", sagte Zerelda. Sie küsste Lydia auf die Wange. „Mal sehen, ob alles geklappt hat."

Eine halbe Stunde später stand Lydia, Kjell an ihrer Seite, vor dem russisch-orthodoxen Priester. Dessen Tochter und Zerelda sowie zwei ältere Männer, die im Haus des Priesters logierten, waren die Trauzeugen.

Die Zeremonie war rasch vorbei, und als Lydia sich zu Kjell wandte, um den Kuss des Bräutigams zu empfangen, war ihr fast schwindlig vor Aufregung. Kjell zog sie an sich und küsste sie kurz, aber fest. Ihr wurde geradeso schwach in den Knien wie bei seinen ersten Küssen.

„Herzlichen Glückwunsch!" Zerelda küsste Kjell auf die Wange. „Jetzt gehörst du tatsächlich zur Familie."

„Und das wissen wir zu schätzen, Zee. Ich kann mir keine bessere Familie vorstellen."

Kjell zahlte dem Priester seine Gebühr und zeigte auf die Tür. „Lasst uns gehen. Ich hab noch eine Überraschung."

Lydia ließ sich von Zerelda in ihren Mantel helfen, dann folgte sie Kjell in den Flur – und blieb so abrupt stehen, dass Zerelda mit ihr zusammenstieß. Keinen Schritt von Kjell entfernt stand Marston Gray.

„Wie komme ich zu dieser Ehre?", fragte Marston. „Woher wussten Sie, dass ich hier wohne?"

„Das wussten wir nicht", antwortete Kjell. Er schaute zurück zu den Frauen. „Wir wollten Sie nicht besuchen."

„So? Und was war dann der Anlass?"

Lydia trat nach vorne. „Unsere Trauung. Kjell und ich haben geheiratet. Du kannst jetzt unbesorgt zurück nach Kansas City, mein Kind hat einen Vater."

„Du hast … was??" Marston sah weiter Kjell an, dann Lydia, für den Augenblick fassungslos. „Du hast ihn geheiratet?"

„Ja."

Sie sah, wie sein Kiefer arbeitete, bevor er wieder Worte fand. Seine Wut war überdeutlich. „Das ändert gar nichts. Das Kind ist ein Gray."

Kjell nahm Lydias Arm. „Dieses Kind ist ein Lindquist."

Lydia lächelte ihren Mann an. Sein beruhigender Blick gab ihr Kraft. Mit ihm an ihrer Seite war sie in Sicherheit.

„Das werden wir noch sehen", entgegnete Marston. „Da gibt es Gesetze, die werde ich studieren."

„Tun Sie, was Sie wollen, Mr Gray, aber tun Sie es so weit von Sitka weg wie möglich." Zerelda schob sich an ihm vorbei. „Hier herrscht die Armee, und ich weiß zufällig, dass Sie dort nicht gerade beliebt sind. Wenn Sie klug sind, nehmen Sie das nächste Schiff zurück nach Hause."

Kjell folgte ihr, Lydia an seiner Seite. Er sagte nichts, und Lydia würdigte Marston keines Blickes. Ein wütender Gray war ein Spezialist darin, anderen den Tag zu verderben, und das machte ihr Angst.

„Was war jetzt deine Überraschung?", fragte Zerelda.

„Ich hab bei Mrs DuPont ein kleines Hochzeitsessen bestellt", lächelte Kjell. Die Szene mit Marston schien er schon wieder vergessen zu haben. „Sie erwartet uns, es ist nur ein paar Häuser weiter."

Lydia war dankbar, dass sie nicht sofort wieder auf den Wagen steigen musste. Die Fahrt war holprig gewesen, und sie nahm sich vor, erst nach Weihnachten, wenn das Kind da war, wieder in die Stadt zu fahren. Sie ließ sich von Kjell führen, während sie Stoßgebete zu Gott sandte, er möge Marston Gray so weit wegschicken wie nur irgend möglich.

Kjell kam sich wie ein Sieger vor, als er Lydia vom Wagen herunterhalf. Ihr neues Haus wartete auf sie, und auch wenn er noch seine Habseligkeiten aus der Stadt herbringen musste, fühlte er sich doch bereits hier zu Hause.

„Und jetzt hab *ich* eine Überraschung für euch", verkündete Zerelda. „Ich weiß, es war vielleicht ein wenig eigenmächtig von mir, aber ich hoffe, sie gefällt euch."

Kjell blickte sie neugierig an. „Was hast du wieder ausgeheckt, Zee?"

„O, nichts weiter." Sie ging die Stufen zur Haustür hoch und klopfte. Die Tür öffnete sich und dahinter tauchten Joshua und etliche andere gute Freunde von Kjell auf..

„Wir haben deine Sachen schon geholt", sagte Joshua. „Lydias auch."

„Und bis morgen früh habt ihr beiden das Haus für euch", fügte Zerelda hinzu. „Ich gehe solange zu meinen Freunden in der Stadt, da ich ja nicht allein in meinem Blockhaus bleiben soll. Ein neuvermähltes Paar hat es verdient, allein zu sein."

Lydia wurde puterrot. Kjell musste fast lachen, aber er beherrschte sich, damit Lydia es nicht in den falschen Hals bekam. In ihrem Zustand war an eine normale Hochzeitsnacht nicht zu denken, aber doch: Er freute sich darauf, mit seiner Frau allein zu sein.

„Zee, das ist sehr aufmerksam von dir."

„Ich habe gedacht, ihr würdet es auch so sehen wie ich. – Und jetzt kommt, Jungs."

Kjells Freunde folgten ihr, als sie die Auffahrt hinunterging. Joshua begann zu singen, aber Kjell erkannte die Melodie nicht.

Stattdessen drehte er sich zu Lydia um. „Willkommen zu Hause, meine Frau."

Sie lächelte. „Willkommen zu Hause, mein Mann."

Sie gingen hinein. Kjell staunte. Im Kamin brannte ein Feuer, und auf dem Ofen standen ein Eintopf, der verführerisch roch, und eine Kanne Kaffee. „Zerelda scheint an alles gedacht zu haben."

„Ja, so ist sie", sagte Lydia, die Hand in den Rücken gestützt. „Ich habe heute Morgen gesehen, wie sie den Eintopf machte, aber nicht weiter darüber nachgedacht." Sie gähnte. „Die Männer haben ihn wohl zusammen mit meinen Sachen hierhergebracht."

„Komm, setz dich, du musst ausruhen." Kjell führte Lydia zu ihrem Schaukelstuhl. Selbst an ihn hatte Zerelda gedacht.

„Es tut mir leid, dass ich dir … äh, keine richtige Hochzeitsnacht bieten kann." Lydia schaute errötend zur Seite.

Kjell lachte leise und kniete sich neben sie auf den Boden. „Wer sagt denn das?"

Sie sah ihn an, plötzliche Angst in den Augen. „Aber … das Kind …"

Er legte seine Hände auf die ihren und schüttelte den Kopf. „Liddie, ich würde dir nie wehtun. Ich hab nur gemeint, dass wir zusammen sind. Ich kann dich in den Armen halten und deine weiche Haut betasten und deine Küsse schmecken. Warum fangen wir nicht gleich an?"

Er schnürte ihr geduldig die Stiefel auf. Dann begann er, ihre Füße zu massieren. Sie seufzte leise und schloss die Augen. „Das tut gut", murmelte sie.

„Das hab ich vermutet. Du hattest doch gesagt, dass dir die Füße wehtun."

Sie sah ihn an. „Du scheinst viel zu behalten."

Er grinste. „Nur das Gute, und da gehörst du natürlich in jedem Fall dazu."

Der Dezember kam mit eisigem Wind und Schnee, und immer noch wusste niemand, wer die Indianerjungen ermordet und Kjells Sägemühle angezündet hatte. Die Vorbereitungen zum Fest schienen der Stadt wichtiger zu sein als die Aufklärung dieser Verbrechen. Das Feuer hatte nur wenig Schaden angerichtet und nicht auf die übrige Stadt übergegriffen, und dass die Ermordeten nur Tlingit waren, machte den Eifer der Behörden nicht größer. Doch Kjell war entschlossen, der Sache auf den Grund zu gehen, das schuldete er allein schon den Jungen.

Er stellte eine Tasse Kaffee auf seinen Schreibtisch und schaute auf die Uhr. Er war nach Hause gefahren, um seine Buchhaltung zu machen, während Lydia ihren Mittagsschlaf hielt. Mit der Last in ihrem Bauch schlief sie nachts nicht mehr gut.

Kjell war froh, dass Liddie gerne zu Hause blieb, denn Marston Gray war immer noch in der Stadt. Er fragte sich, warum. Worauf wartete der Mann noch? Die einzige plausible Antwort war: auf die Geburt des Kindes.

Würde der Kerl wirklich versuchen, seine Drohung wahr zu machen und das Kind an sich zu nehmen? Kjell hatte mit einem der beiden Anwälte in der Stadt gesprochen, der ihm versichert hatte, dass die Rechtslage nicht zu Grays Gunsten war. Das steigerte Kjells Sorge noch. Nach dem, was Lydia ihm erzählt und was er selbst beobachtet hatte, war Marston nicht jemand, der die Rechtslage respektierte.

Es klopfte an der Tür. Kjell stand hastig auf, um zu öffnen, bevor Lydia aufwachte. Draußen stand Joshua. Er sah besorgt aus.

„Was ist?"

„Ich muss dir was sagen, was ich gehört hab."

„Komm rein, aber sei leise", sagte Kjell. „Lydia schläft."

Joshua nickte und nahm seine Mütze ab. „Als ich heute Eis schlug, waren ein paar Leute aus dem Double-Decker in der Nähe."

Kjell trat zum Ofen und hielt die Kanne hoch. „Kaffee?"

Joshua nickte. Kjell goss ihm eine Tasse ein und reichte sie ihm. „Also, erzähl."

„Sie schienen Bescheid zu wissen über die Sidorovs und ihre Geschichte mit dir. Einer sagte, wenn sie *ihn* angeheuert hätten, um uns abzubrennen, würde jetzt nichts mehr stehen."

Kjells Augen wurden schmaler. „Angeheuert? Soll das heißen, dass die Sidorovs das nicht aus Rachsucht gemacht haben, sondern als Auftragsjob?"

„So hat's jedenfalls geklungen. Ich weiß nicht, wer sie bezahlt haben könnte, aber ich dachte, du solltest wissen, dass du irgendwo einen Feind hast. Die Sache könnte sich ja wiederholen."

„Und die Jungen?"

„Über die hat er nichts gesagt, aber es passt alles zusammen. Wenn die Sidorovs uns abbrennen sollten und die Jungen da waren, hatten sie jeden Grund, sie aus dem Weg zu räumen; sie wären ja die einzigen Zeugen gewesen."

Kjell biss die Zähne zusammen, versuchte, den Zorn niederzukämpfen, der in ihm aufstieg. Er war sicher, dass es Gray war, der die Sidorovs gedungen hatte, aber wie sollte er das je beweisen?

Joshua setzte seine Tasse ab. „Ich geh jetzt besser wieder. Tut mir leid, dass ich dir solche Nachrichten bringen musste."

Kjell nickte. „Du hast es richtig gemacht."

Er hörte, wie oben die Schlafzimmertür ging und Lydia die Treppe herunterkam. „Kein Wort zu Lydia, ja?"

Der junge Mann nickte und ging zur Tür. Lydia war halb unten, als er sich noch einmal umdrehte. „Ich komm dann Montag zum Sägewerk."

„Ich werde dort sein", erwiderte Kjell.

„Tag, Mrs Lindquist!"

„Guten Tag, Joshua." Die Tür schloss sich. Sie schaute ihren Mann an. „Warum ist er in der Kälte den ganzen Weg hier heraufgekommen?"

„Nichts von Bedeutung", murmelte Kjell und wandte sich ab. Er wollte nicht, dass Lydia ahnte, wie besorgt er war.

„Irgendetwas beunruhigt dich." Sie legte ihre Hand an seine Schulter. „Schlechte Nachrichten?"

„Nein!", schnappte er. Er machte sich los und ging an den Herd, um sich Kaffee nachzugießen. „Denk einfach nicht mehr dran."

Erst nachdem er einen langen Schluck genommen hatte, drehte er sich um. Er sah die plötzliche Angst in Lydias Augen, und seine Reaktion tat ihm sofort leid. Er stellte die Tasse ab und ging zu ihr. Zu seiner Überraschung wandte sie sich ab, wie um sich und das Kind zu schützen, falls er sie gleich schlagen würde.

„Liddie, entschuldige bitte."

Sie kauerte weiter in der Ecke und das trieb ihm die Tränen in die Augen. Dachte sie im Ernst, er würde sie schlagen? Er kämpfte gegen den Impuls an, sie zu berühren. Was, wenn sie sich wehrte?

„Liddie, du brauchst keine Angst vor mir zu haben. Es tut mir leid, dass ich gerade so wütend geklungen hab. Joshua hat Nachrichten gehabt, die ich nicht erwartet hatte, aber du brauchst dir keine Sorgen zu machen. Bitte vergib mir."

Sie drehte sich um, und der Anblick ihrer Tränen brach ihm fast das Herz. „O, Liebste, es tut mir so leid." Sie begann zu schluchzen, und er nahm sie vorsichtig in die Arme. Sie ließ ihn gewähren. „Es tut mir so leid, Lydia."

Sie weinte leise in seinen Armen. Er kam sich wie ein Narr vor. Dieser Frau fiel es so schwer zu vertrauen, und jetzt hatte er womöglich schon Schaden angerichtet.

Nach ein paar Minuten hob er ihr Gesicht hoch und sah sie an. „Lydia, du brauchst nie Angst vor mir zu haben. Auch wenn ich manchmal aus der Haut fahre, schlagen werde ich dich nie. Du musst mir glauben. Ich bin nicht Floyd!"

Sie nickte. „Das weiß ich doch. Ich … hatte nur Angst."

„Und das bricht mir schier das Herz." Er strich ihr Haar beiseite und küsste sie auf die Stirn. „Ich werde dich stets lieben und beschützen. Du hast mein Wort. Ich werde nie die Hand gegen dich erheben. Bitte glaub mir das.“

Sie erwiderte seinen Blick und nickte schwach. „Ich glaube dir.“

Kapitel 17

Am Morgen des 12. Dezember wachte Lydia mit heftigen Schmerzen auf. Das Bett fühlte sich merkwürdig nass und kalt an. Sie setzte sich vorsichtig auf und wartete, bis ihr Kopf klarer wurde. Dann begriff sie: Das Kind wollte kommen.

Kjell war schon zur Arbeit gegangen, aber Zerelda war da; sicher war sie unten und machte die Hausarbeit. Als die Schmerzen nachließen, stand Lydia auf und ging langsam zur Tür. „Zerelda?"

„Ich bin unten und backe einen Gewürzkuchen! Kjell sagt, er hat jahrelang keinen mehr gekriegt. Ich weiß nicht, ob du dich noch erinnerst, aber deine Großmutter war ganz stolz auf ihr Rezept."

„Zerelda, ich glaube, das Kind kommt."

Stille, dann hastige Schritte. Als Zerelda das obere Ende der Treppe erreichte, riss die nächste Wehe durch Lydias Unterleib. Zerelda packte ihre Nichte und hielt sie. „Wie schnell kommen die Wehen?"

„Ich weiß nicht." Lydia krümmte sich vor Schmerzen. Warum musste das nur so weh tun? Sie rang nach Luft. „Als ich wach wurde … tat alles weh, und das … Bett war nass."

„Das war das Fruchtwasser. Wann war die letzte Wehe?"

Lydia wartete, bis die Schmerzen nachließen, dann richtete sie sich auf. „Kurz bevor ich nach dir gerufen hab."

Zerelda runzelte die Stirn. „Dann kommen sie schon recht schnell. Vielleicht hattest du die ganze Nacht schon Wehen und hast es nur nicht gemerkt. Aber jetzt brauchst du erst einmal ein frisches Nachthemd – und dann beziehe ich auch das Bett neu."

Sie setzte Lydia auf einen Stuhl und zog die nassen Tücher vom Bett. Sie inspizierte die Daunenmatratze. „Das Wasser ist klar – das ist gut. Und ich bin froh, dass ich Handtücher unter das Betttuch gelegt hab. Die Matratze ist kaum feucht geworden, es reicht, wenn ich sie umdrehe.“

Lydia konnte nicht antworten, die nächste Wehe nahm ihr die Luft. Sie schrie unwillkürlich auf.

Zerelda sah sie an. „Wir haben keine Zeit mehr. Vielleicht legst du dich besser in mein Bett.“ Sie versuchte, Lydia auf die Füße zu helfen.

Lydia krümmte sich. „Ich kann nicht gehen“, stöhnte sie. „Es tut so weh!“

„Bleib hier!“, befahl Zerelda.

In Rekordzeit hatte sie die Matratze umgedreht, frisch bezogen und mehrere Handtucher auf das Betttuch gelegt. Dann stützte sie Lydia bis zum Bett und half ihr, sich hinzulegen.

„Lass sehen, wie weit du bist.“ Sie prüfte rasch die Lage des Kindes. „Meine Güte, man kann schon den Kopf sehen! Gleich ist es da!“

Lydia schrie unwillkürlich auf. Sie krallte ihre Hände in die Handtücher und merkte, wie sie zu pressen begann. „Kannst … kannst du … ihn nicht rausziehen?“

Zerelda lachte. „Aha, es ist ein Junge?“ Sie schüttelte den Kopf. „Nein, er muss schon von selbst kommen, das ist besser für euch beide. Ich muss meine Hebammentasche aus meinem Zimmer holen, ich bin gleich wieder da. Wenn du pressen musst, tu das, aber steh’ nicht auf.“

Lydia hatte Lust, loszulachen. Aufstehen? Sie konnte kaum atmen gegen die Schmerzen, geschweige denn sich bewegen. Als die nächste Wehe begann, war Zerelda schon wieder da. Lydia schrie vor Schmerzen.

Zerelda machte sich bereit. „Da kommt er schon.“

Der Drang, zu pressen, wurde übermächtig, und Lydia tat es mit einer Kraft, die sie nicht für möglich gehalten hätte. Sie spürte, wie das Kind aus ihrem Leib glitt. Komisch, der Schmerz war wie weggeblasen. Dann wurde ihr schwarz vor den Augen.

Als sie wieder zu sich kam, klopfte jemand ihr sachte auf die Wange. Dazu ein anderes Geräusch, das hell klang. Sie sah auf, in Zereldas Gesicht. Ihre Tante strahlte über beide Ohren.

„Hörst du nicht, wie dein Sohn schreit? Er mag es gar nicht, dass seine Mama an seinem Geburtstag einschläft."

„Sohn?" Lydia lächelte erschöpft. „Ich wusste, dass es ein Junge wird."

„Und wie wirst du ihn nennen?"

„Daniel. Den Namen mögen wir beide, Kjell und ich."

Zerelda legte den winzigen Säugling in ihre Arme. „Er klingt kräftig. – Hier ist deine Mama, Daniel."

Lydia schaute in die blauesten Augen, die sie je gesehen hatte. Das dunkelhaarige Neugeborene schaute sie weinerlich an und begann erneut zu schreien. Lydias Mutterinstinkte meldeten sich, und sie nahm es in die Arme und wiegte es sachte.

Sie musste an die anderen Kinder denken, die sie verloren hatte, und an Floyd. Dieses Kind, es war durch Gewalt gezeugt worden, ohne jede Liebe. Sein Vater war ein grausamer, böser Mann gewesen, aber Kjell – sein Papa – würde es lieben, dessen war Lydia sich sicher.

„Ist ja gut, Kleiner, ist ja gut."

Beim Klang ihrer Stimme beruhigte das Baby sich und suchte ihre Brust. Zerelda lachte. „Er braucht seine erste Mahlzeit, Liddie."

Lydia erinnerte sich daran, was Zerelda ihr über das Stillen gesagt hatte. Sie schob ihr Nachthemd beiseite und bot Daniel ihre Brust dar. Er nahm sie so prompt, dass sie vor Überraschung zusammenfuhr. Sie schaute zu Zerelda hoch. Das Gesicht ihrer Tante war fast ehrfürchtig.

„Wie sich das anfühlt", sagte sie kopfschüttelnd.

Zerelda küsste sie lächelnd auf die Stirn. „Du hast es gut gemacht, Liddie. Du hättest dieses Kind hassen können, wegen seines Vaters, aber das hast du nicht getan. Ich bin stolz auf dich."

„Es kann doch nichts dafür, wie Floyd war", sagte Lydia. „Ich musste an die Kinder denken, die ich verloren habe, und wie es wäre, wenn sie jetzt alle hier wären." Sie strich Daniel sanft über den Kopf. „Ist er nicht wunderbar?"

Um halb elf vormittags fuhr Kjell nach Hause. Er konnte es nicht mehr aushalten. Den ganzen Morgen hatte er an Lydia denken müssen. Er musste sehen, wie es ihr ging, sonst würde er keine Ruhe haben! Lydia würde das albern finden. Nun gut, er würde ihr sagen, dass er zum Mittagessen gekommen war. Etwas früher halt.

Er hielt den Wagen direkt vor dem Haus an, stellte die Bremse fest und sprang hinunter. Das Haus war merkwürdig ruhig, Zee war nicht zu sehen. Er ging in die Küche. Auf dem Herd kochte kein Essen, dafür lagen auf dem Tisch diverse Gemüse und andere Zutaten, daneben stand eine Schüssel. Zee schien ihre Arbeit abrupt unterbrochen zu haben.

Ein mulmiges Gefühl beschlich ihn. War Gray plötzlich aufgetaucht? War etwas passiert?

„Zee? Liddie?" Er ging in das große Wohnzimmer. Leer.

„Zee! Lydia!" Wo waren sie bloß? Er ging zurück zur Haustür. Ihre Mäntel und Stiefel waren da. Sie hatten das Haus also nicht verlassen – oder doch, ohne Schuhe?

Als er die Treppe hinaufstürmte, tauchte oben Zereldas Kopf auf. „Wo ist Liddie? Warum habt ihr euch nicht gemeldet, als ich gerufen hab?"

Zee grinste. „Beruhige dich. Liddie ist im Bett und es geht ihr gut. Ich könnte mir vorstellen, sie würde sich freuen, dich zu sehen."

„Ich war halb verrückt vor Sorge. Den ganzen Morgen hatte ich so ein Gefühl, als ob etwas nicht stimmt, und als ich eben ankam und niemanden sah … ich meine …" Er ließ die Worte ungesagt und holte Luft. „Aber es geht ihr gut?"

„Warum fragst du sie nicht selbst? Sie hat eine schöne Überraschung für dich."

Er sah das Funkeln in ihren Augen. „Ist ... das Kind ...?"

Zerelda lachte. „Jetzt komm schon."

Sie öffnete die Tür und schob ihn hindurch. Der Mund blieb ihm offen stehen beim Anblick seiner stillenden Frau.

„Es ist ein Junge, Kjell." Lydia lächelte müde. „Ich bin ja so froh, dass du da bist, ich hatte darum gebetet."

Er setzte sich neben sie auf das Bett und schüttelte staunend den Kopf. „Ich musste die ganze Zeit an dich denken. Ich hab gedacht, es stimmt etwas nicht. Ich hatte Angst ... aber das muss dich nicht kümmern. O, Liddie ..." Er seufzte, beugte sich herab und küsste sie auf den Mund.

Auf ihrem Gesicht lag ein solches Glück, dass er Angst hatte, auch ihm würde das Herz gleich platzen vor Freude. Er betrachtete das Kind, das inzwischen schlief. „Wie winzig er ist."

„Zerelda sagt, er ist ganz schön groß. Er ist gesund und hat alle Finger und Zehen; ich hab sie selbst gezählt." Lydia lachte.

Kjell lächelte. „Ich hätte ihn geliebt – auch wenn ihm ein paar Zehen fehlen würden."

„Ich mache uns etwas zu essen", sagte Zerelda. „Liddie hat ja noch gar nicht gefrühstückt. Als sie wach wurde, waren die Wehen schon da, und dann ging alles sehr schnell. Ich glaube, wir brauchen jetzt alle eine Stärkung."

Sie ging aus dem Zimmer. Kjell legte sich neben Lydia auf das Bett, seine Stiefel ließ er über die Bettkante hängen. Er nahm sie in die Arme und hielt sie lange so. „Ich liebe dich, Lydia. O, wie ich dich liebe."

„Ich weiß", erwiderte Lydia leise. „Bevor du in mein Leben kamst, wusste ich nicht, was Liebe ist. Du wirst mir mit jedem Tag wichtiger ... manchmal macht mir das richtig Angst."

Kjell sah sie an. „Du brauchst keine Angst zu haben. Gott ist unser Vater und hat alle unsere Tage gezählt. Wir brauchen uns nicht zu fürchten."

Sie nickte und presste ihre Lippen auf seinen Mund. Kjell erwiderte den Kuss mit einer Leidenschaft, die ihn selbst überraschte. Auch Lydia schien überrascht zu sein. Sie schüttelte den Kopf und grinste. „Das kannst du sehr gut, weißt du."

Er lachte. „Übung macht den Meister. Ich gedenke noch viel besser zu werden."

Marston Gray hatte jedem, der es wissen wollte, gesagt, dass er demnächst wieder nach Hause reisen würde. Er hatte die Wohnung bei dem Priester gekündigt und sich in einer Hütte außerhalb der Stadt eingerichtet. Die Sidorovs hatten die Hütte ausfindig gemacht und mit Marstons Geld gekauft. Sie hatte ihn 50 Dollar gekostet, aber er hatte noch genügend Geld übrig, um seine Pläne weiterzuverfolgen.

Gerade schrieb er Mitchell einen Brief, in dem er ihm vorschlug, dafür zu sorgen, dass Lydias Akte aus Mr Robinsons Kanzlei verschwand. Die naheliegendste Methode, den Diebstahl zu vertuschen, war ein Feuer, dem mit etwas Glück auch Mr Robinson zum Opfer fallen würde.

Er betonte, dass dies eine absolute Voraussetzung für das Gelingen des Plans war. Wenn Robinson tot war, würde niemand in Kansas City wissen, wo Lydia war und dass sie ein Kind bekommen hatte. Er lächelte. Vor drei Tagen war die Nachricht gekommen: Lydia hatte einen Sohn zur Welt gebracht. Einen Gray.

Er kippte einen Brandy, bevor er weiterschrieb. Er informierte Mitchell, dass er dabei war, das Nötige in die Wege zu leiten. Lydia würde er vielleicht nicht mitbringen, aber das Kind auf jeden Fall.

Er legte die Feder hin und überlegte. Am besten war es wohl, wenn er bis zum neuen Jahr wartete. Dann wäre das Kind schon etwas größer und Lydia weniger auf der Hut. Bestimmt hatten sie inzwischen gehört, dass er abgereist war. Er hatte dem Priester einen Brief gegeben, mit der Bitte, ihn weiterzuleiten, wenn das Schiff abgelegt hatte.

Marston würde natürlich nicht auf dem Schiff sein, aber das wusste der Priester nicht. Und in dem allgemeinen Weihnachtstrubel wäre der Priester zu beschäftigt, um darüber nachzudenken, warum Marston so abrupt abgereist war. Das hoffte Marston jedenfalls.

„Sie wollten uns sprechen?", sagte Anatoli. Er und Ioann standen in der Tür zu dem kleinen Raum.

„Ja. Legt schon mal etwas Holz im Ofen nach, ich komme gleich zu euch." Er prüfte, ob die Tinte trocken war, faltete den Brief zusammen und schob ihn in seine Jackentasche. Dann ging er zu den Sidorovs. Es war Zeit, sie in seinen Plan einzuweihen.

Das Weihnachtsfest im Hause der Lindquists war ebenso schlicht wie fröhlich gewesen. Kjell hatte Lydia eine schöne Halskette aus russischem Silber geschenkt, die seiner Mutter gehört hatte. Zerelda hatte den beiden je einen neuen Pullover gestrickt, und der kleine Daniel bekam eine hübsche Kinderbettdecke.

Lydia war es gar nicht recht, dass sie selbst keine Geschenke zu bieten hatte. Tante und Ehemann versicherten ihr, dass das Kind Geschenk genug war.

Und so war es ja auch. Daniel war ihr eigenes kostbares Geschenk. Dieses Baby gab ihr solch eine Freude und Zukunftshoffnung, dass sie endlich anfing, die Schatten der Vergangenheit zu vergessen. Jetzt, an der Schwelle eines neuen Jahres, konnte ihr Leben noch einmal beginnen. Marston war weg. In einem Brief hatte er ihnen alles Gute gewünscht, was Lydia nicht glaubte, aber Hauptsache, er war fort. Endlich konnte sie sich in Ruhe und Frieden ihres Lebens freuen.

„Ein gutes neues Jahr", sagte Zerelda, als sie sich zu Lydia im Wohnzimmer gesellte. „Draußen schneit es wieder."

„Ja, ich hab es auch gesehen", erwiderte Lydia. „Wie schön die Flocken sind."

„Ob der Schnee lange liegen bleiben wird? Vermutlich nicht, aber wer weiß? Ich habe gedacht, ich fahre heute in die Ranche und besuche ein paar Freundinnen. Soll ich dir etwas aus der Stadt mitbringen?"

„Ja, etwas Obst, wenn es das gibt. Das ist das Einzige aus meinem Leben in Missouri, das ich hier vermisse."

„Ich tue, was ich kann, aber es wird vermutlich nur eingemachtes oder getrocknetes Obst geben."

„Das ist egal, solange es Obst ist." Lydia schaute auf die Wiege und das schlafende Kind. „Ich glaube, sonst haben wir alles, was wir brauchen."

„Die Wiege ist Kjell wirklich gut gelungen." Zerelda stieß sie vorsichtig an. „Ich habe noch selten eine gesehen, die so sanft schaukelt. Er ist praktisch veranlagt, dein Mann."

Lydia lächelte sie an. „Das finde ich auch. Eigentlich ist er fast perfekt."

Das amüsierte Zerelda. „Ist es nicht etwas früh für ein solches Urteil? Auch wenn ich ihn jetzt seit etlichen Jahren kenne ..."

„Für mich ist er der vollkommene Ehemann. Jetzt weiß ich, was ich in all den Jahren verpasst habe."

„Denk nicht mehr an das, was früher war", sagte Zerelda.

Lydia schüttelte den Kopf. „Das habe ich nicht vor. Die Erinnerungen werden mit jedem Tag ein wenig blasser. Jedes Mal, das ich Daniel in die Arme nehme, jeder Tag, an dem ich für ihn sorge, scheint ein Stück von mir gesund zu machen."

„Das sind Gefühle, die ich vermutlich nie selbst erleben werde, sondern nur über dich", sagte Zerelda leise. Sie sah, wie Lydia die Stirn runzelte, und fuhr schnell fort: „Du musst mich nicht bedauern! Ich bin glücklich mit meinem Leben. Die Arbeit, in die Gott mich gerufen hat, befriedigt mich. Dass ich unverheiratet bin, gibt mir mehr Zeit für andere Menschen. Ich bereue diese Berufung nicht."

„Das hoffe ich“, entgegnete Lydia. „Ich will nicht, dass du dich je allein oder ungeliebt fühlst. Ohne deine Briefe und deine Liebe hätte ich die Jahre mit Floyd nicht überstanden.“

Zerelda strich ihr über das Gesicht. „Du bist mir mehr eine Tochter als eine Nichte, und das ist so wunderbar. Ich fühle mich geradeso stolz, wie meine Mutter oder Großmutter sich gefühlt hätten. Du bist mir ein Segen gewesen, und noch nie habe ich mich so auf das neue Jahr gefreut wie diesmal.“

Lydia nickte. „So geht es mir auch. Die bösen Jahre liegen hinter uns, und wir können uns auf die Zukunft freuen.“

Kapitel 18

Februar 1871

Das wird ein schlimmer Sturm." Zerelda schaute zu der Wolkenwand am Horizont hin. „Ich mache eben den letzten Fensterladen zu."

„Ich hoffe nur, Kjell kommt heim, bevor es richtig losgeht", sagte Lydia, „und der Sturm überrascht ihn nicht unterwegs."

„Er kennt sich hier besser aus als ich, er wird schon kein Risiko eingehen."

„Ja, aber denk an den Großauftrag von der Armee. Das Holz will er unbedingt noch einschlagen, und womöglich achtet er gar nicht auf das Wetter."

Zerelda zog ihren Mantel an. „Joshua hält ihn sicher auf dem Laufenden. Und ich habe noch nie erlebt, dass Kjell bei seiner Arbeit leichtsinnig war." Sie öffnete die Tür. Draußen toste der Wind durch die Baumwipfel. „Ich bin gleich wieder da."

Lydia fröstelte es. Das Heulen des beginnenden Sturms gefiel ihr gar nicht. Was, wenn Kjell auf dem Heimweg etwas zustieß? Sie schaute kurz zu der Kuckucksuhr an der Wand hin. Eigentlich hätte er schon da sein müssen.

Sie zwang sich, an etwas anderes zu denken, und nahm ihr Strickzeug zur Hand. Sie und Zerelda waren dabei, eine zweite Bettdecke für Daniel zu machen. Lydia setzte sich in den Schaukelstuhl und begann zu stricken.

Die Tür flog mit einem Knall auf, dass Lydia hochfuhr, und Zerelda kam wieder herein. Das Feuer im Kamin tanzte wild, bis es ihr gelang, die Tür wieder zu schließen.

„Draußen ist es bitterkalt geworden." Zerelda schüttelte ihren Kopf. „Meine Hände sind wie Eiszapfen."

„Komm, wärm dich", sagte Lydia.

Ihre Tante nickte und stellte sich in ihrem Mantel vor den Kamin. „Ich hoffe, dass der Winter jetzt nicht noch hart wird. Manchmal geht das so. In einem Jahr lag der Schnee zwei Fuß hoch, und die Kälte wollte nicht weggehen."

„In Kansas City gab es auch viele Schneestürme, aber das Schlimmste war das Glatteis. Selbst die Pferde rutschten nur noch."

„Ich bin froh, dass wir so was hier nicht haben. Wir kriegen hin und wieder Eisnebel und Hagel, aber Glatteis selten." Sie hielt die Hände vor das Feuer. „Ich bin so dankbar für das Extraholz, das Kjell auf der Veranda gelagert hat. Ich hole besser noch etwas rein, bevor es anfängt, zu regnen oder zu schneien."

„Das kann Kjell doch machen, wenn er kommt."

„Es kann sein, dass der Regen schneller ist, und so wie der Wind bläst, wird die Veranda nass werden."

Lydia nickte. „Gut, dann helfe ich dir. Zu zweit schaffen wir es doppelt so schnell."

„Und danach setzen wir uns hin, trinken einen Kaffee und probieren die Plätzchen, die du gebacken hast."

Sie gingen nach draußen. Der Wind war unbarmherzig; mehr als ein Mal dachte Lydia, dass er sie gleich umblasen würde. Sie duckte sich, so tief es ging, um sich vor der eisigen Luft zu schützen.

Plötzlich richtete Zerelda sich auf und lauschte. Lydia sah sie fragend an.

„Ich glaube, ich hab ein Pferd gehört."

Lydia lachte und langte nach dem nächsten Scheit. „Ich kann kaum deine Stimme hören. Ich weiß nicht, wie du durch diesen Sturm irgendetwas hören willst, aber von mir aus. Dann ist Kjell also bald da."

„Oder es ist unser Pferd, das gegen seinen kärglichen Stall protestiert. Ich glaube, jetzt haben wir genug Holz. Schnell, lass uns ins Haus gehen. Ich setze den Kaffee auf." Sie hielt Lydia die Tür auf und folgte ihr ins Haus. Dann verschloss sie die Tür und begann, sich aus ihrem Mantel zu schälen. „Das richtige Wetter, um sich nachher tief unter die Bettdecke zu verkriechen!"

Lydia schichtete lachend den Rest des Holzes neben dem Kamin auf. „Das kannst du laut sagen." Sie wischte sich den Staub von den Händen. „Kann ich dir in der Küche helfen?"

„Nein, danke. Ich setze nur eben den Kaffee auf. Strick du weiter; wenn er weiter so wächst, braucht Daniel alle Decken, die er kriegen kann."

Lydia setzte sich wieder. Sie genoss die Wärme der halb fertigen Decke auf ihrem Schoß. Sie spürte, wie das Kaminfeuer ihre eisigen Gelenke auftaute. Bald würde Kjell da sein, und ihre Welt wäre in Ordnung.

Zerelda kam aus der Küche. „Ich habe heute in der Stadt gehört, dass die Presbyterianer Missionare hier heraufschicken wollen. Sie wollen eine Schule für die Tlingitkinder und eine Gemeinde gründen."

„Das wäre wunderbar", sagte Lydia. „Ich weiß doch, wie sehr die Tlingit und ihre Kinder dir am Herzen liegen."

Zerelda setzte sich vor den Kamin, Lydia gegenüber. „Bildung ist so wichtig, und wenige Weiße haben das Geschick oder die Geduld, mit den Indianern umzugehen. Manchmal sind sie so ungerecht behandelt worden. Ich kann es gut verstehen, wenn einige auf die andere Seite der Insel flüchten; hoffentlich lässt die Armee sie in Ruhe."

„Das wird sie wohl, wenn die Tlingit die Armee in Ruhe lassen."

„So einfach ist das nicht. Unsere Regierung scheint es sehr zu beunruhigen, wenn die Indianer ihr eigenes Leben führen. Das habe ich in Oregon auch erlebt. Sie wollen sie am liebsten einsperren wie wilde Tiere. Sie schaffen Reservate und bauen Zäune und versprechen ihnen ein besseres Leben, aber in den Augen der Indianer ist es keineswegs ein besseres Leben."

„Aber sind sie nicht manchmal gefährlich? In Kansas City hörte ich immer diese Geschichten über Indianeraufstände. In der Prärie und im Westen schien es jede Menge Probleme zu geben."

„Es gibt in jedem Volk Gut und Böse", erwiderte Zerelda. „Aber meine Erfahrung ist, dass die Weißen es sich anmaßen, zu entscheiden, was gut und was böse ist. Sie legen fest, wie der Mensch zu leben und zu arbeiten hat, welche Religion er hat und wie er sich kleidet. Sie glauben nicht, dass wir in Frieden zusammenleben können."

Lydia reckte sich und schaute gähnend wieder auf die Uhr. Fast sieben.

Zerelda sah ihre Ungeduld. „Er wird bald da sein. Wenn ich da wirklich vorhin was gehört hab, war er das. In dem Wetter bringt er erst die Pferde in den Stall, und das dauert. Mach dir keine Sorgen."

Aber eine halbe Stunde später war Kjell immer noch nicht da. Lydia nahm einen Schluck Kaffee. „Wo bleibt er nur?"

Inzwischen trommelte der Regen gegen die Fenster, und der Wind hatte nicht nachgelassen. Wollte Kjell warten, bis der Sturm vorbei war? Aber was, wenn er die ganze Nacht dauerte?

„Er kommt, so schnell er kann, Liddie. Du darfst nicht … Warte, ich glaub, der Kleine meldet sich."

Jetzt hörte Lydia es auch. „Du hast wirklich gute Ohren." Sie stellte die Tasse ab und stand auf. „Er hat wohl wieder Hunger."

Auf der Veranda polterte etwas. Zerelda sprang auf, Lydia erstarrte. Ihre Tante ging zielstrebig zu der Winchester-Flinte, die neben der Tür hing. „Das ist vielleicht ein Tier, das Schutz sucht."

„Geh lieber nicht raus", sagte Lydia. „Leg dich nicht in dem Wetter mit einem Bären an!" Daniel schrie lauter und sie ging eilig zur Treppe.

„Es könnte auch ein Ast sein, der abgebrochen ist. Lass mich wenigstens nachgucken. Keine Bange, ich habe lange genug gut auf mich selbst aufgepasst."

Lydia nickte. „Du hast ja recht. Aber sei bitte vorsichtig."

Sie stieg die Treppe hoch, während Zerelda die Tür öffnete. Der kalte Schwall ließ Lydia ihre Schritte beschleunigen. Sie schlüpfte in das Schlafzimmer, ließ die Tür offen und zündete eine der Lampen an.

Daniel beruhigte sich, als er ihre Stimme hörte. „Ist ja gut, Kleiner, Mama ist da."

Plötzlich hörte sie Stimmen von unten. Zerelda rief etwas, laut und befehlend. Lydia trat zu der offenen Tür. Jetzt hörte sie Männerstimmen. Dann wieder Zerelda: „Verschwindet oder ich schieße!"

Lydia legte die Hand auf ihren Mund und schlüpfte in den Flur. Was war da los? Ein Schuss, dann ein neuer Wortwechsel. Sie wollte Zerelda helfen, aber ihre Füße waren wie festgewurzelt. Helfen – wie denn?

Der Revolver!

Kjell verwahrte ihn im Schlafzimmer. Sie musste ihn holen. Aber sie hatte nur zwei Schritte gemacht, als wieder ein Schuss fiel und Zerelda aufschrie. Dann eine Männerstimme: „Geh rauf und hol das Kind!"

Sie zwang ihre Beine, sie zurück in das Zimmer zu tragen. Sie schloss die Tür. Die Tür hatte kein Schloss, sie musste sie mit irgendetwas blockieren. Die Kommode! Sie versuchte, sie vor die Tür zu schieben, aber sie war zu schwer.

Sie hörte, wie nebenan die Türen der anderen Zimmer aufgerissen und wieder geschlossen wurden. Sie bekam einen galligen Geschmack im Mund. Was war hier los? Dann wurde es ihr klar: Marston. Dies war sein Werk. Er wollte ihr das Kind wegnehmen, damit sie zurück nach Kansas City ging, wo sie ihm ausgeliefert wäre!

Mit übermenschlicher Kraft warf sie sich gegen die Kommode und schob sie, bis sie an dem Teppich hängen blieb. Sie stand jetzt quer vor dem Türpfosten. Das musste reichen.

Wo war der Revolver? Sie fand ihn nicht. Wo hatte Kjell ihn

hingetan? Keine Zeit zum Überlegen, es hämmerte an die Tür. Die Kommode begann sich zu bewegen.

Das Fenster! Sie musste sich mit Daniel durch das Fenster retten! Würden sie es schaffen auf dem rutschigen Dach?

Sie kämpfte mit dem Fenster. Endlich ging es so weit auf, dass sie mit dem Kind hindurchpasste. Der Wind und der Regen bliesen sie fast um. Sie achtete nicht darauf, sondern sprang zum Bett und nahm die Decke.

Als sie die Wiege erreichte, gab die Tür nach, die Kommode rutschte polternd zur Seite. Ein großer Mann stürmte in das Zimmer.

„Geben Sie mir das Kind!" Sein russischer Akzent war stark, seine blauen Augen schienen sie durchbohren zu wollen.

„Wer sind Sie? Was wollen Sie?"

„Das Kind!" Er zeigte auf die Wiege. „Ich will das Kind!"

„Nein!" Lydia stellte sich vor die Wiege. Daniel, der die Angst in der Stimme seiner Mutter spürte, begann zu weinen.

„Wickeln Sie ihn warm ein und geben Sie ihn mir."

Niemals. Sollte er sie ruhig umbringen, das würde er sowieso tun, wenn er ihr das Kind nahm. Sie trat vor den Fremden. „Egal, was Marston Gray Ihnen zahlt, ich gebe Ihnen doppelt so viel – nein, drei Mal."

Die Miene des Mannes zeigte ihr, dass sie einen Nerv getroffen hatte. Sie fuhr hastig fort: „Ich habe mehr Geld als er, ich kann Ihnen so viel geben, wie Sie brauchen."

Der Mann wurde kurz nachdenklich, dann lachte er auf. Dann kam eine Stimme von unten: „Anatoli! Kommst du? Ich hab die Alte umgelegt! Hast du die Junge erledigt?"

Mit einem Mal sah sie, dass Marstons Plan noch teuflischer war, als sie für möglich gehalten hatte. Er wollte gar nicht, dass sie zurück nach Kansas City kam. Er wollte ihr das Kind wegnehmen und sie ermorden, damit sie ihm nie mehr gefährlich werden oder ihn vor Gericht ziehen konnte.

„Geben Sie ihn mir, jetzt sofort!" Der Mann zog einen Revolver. „Tun Sie, was ich sage. Verabschieden Sie sich von Ihrem Sohn."

„Das dürft ihr nicht machen!" Die Tränen strömten ihr über das Gesicht. „Er ist doch nur ein Baby! Er stirbt da draußen in dem Sturm!"

Der Mann spannte den Abzug des Revolvers. „Ihre Zeit ist um."

Sie sah, dass er den Lauf der Waffe nicht auf sie richtete, sondern auf die Wiege. Sie warf sich zwischen das Kind und den Mann. Ein Schuss knallte, etwas schlug heftig gegen ihre Schulter. Ein zweiter Knall und ein Brennen an der Seite ihres Nackens. Sie stolperte zurück, ihre Hände packten die Bettdecke. Sie sank zu Boden.

Sie versuchte zu sprechen, aber keine Worte kamen. Sie sah die kalten Augen des Fremden und wie er Daniel aus der Wiege hob. Er hielt das Kind unsicher auf den Armen, als ob er selbst nicht wusste, wie es weitergehen sollte.

Das Licht wurde dunkler. Lydia schaute auf ihre Bluse. Sie war blutig. Sie starb. Sie lag im Sterben, und dieser Mann stahl ihr Kind.

Dann wurde es dunkel. Sie sackte zusammen. „Kjell."

Kapitel 19

Die Kälte kroch Kjell in die erschöpften Knochen, während er durch den eisigen Regen nach Hause fuhr. Am liebsten hätte er die Pferde draußen gelassen und wäre gleich in die warme Stube gerannt, aber so grausam konnte er nicht sein. Die beiden Gäule hatten ihm über fünf Jahre treu gedient und zählten so auf ihn wie er auf sie. Nein, die Wärme und Lydias Küsse müssten warten, bis er die Tiere versorgt hatte.

Er wollte gerade zum Stall abbiegen, als er sah, dass die Haustür des Wohnhauses weit offen stand. Er hielt die Pferde an. Sicher würde gleich jemand herauskommen? Aber es kam niemand. Er spürte sofort, dass etwas nicht stimmte, und zog die Bremse an, langte unter den Kutschbock und nahm seinen Revolver in die Hand. Seit er wusste, dass die Sidorovs sein Sägewerk in Brand gesetzt hatten, trug er ihn immer bei sich.

Er ging vorsichtig zu der Tür und lugte hinein. Nichts. Er trat über die Schwelle und sah die Füße und Stiefel einer auf dem Boden liegenden Frau. Zerelda!

Er ließ alle Vorsicht fahren und trat vollends ein. Neben Zereldas Kopf war eine Blutlache. Er kniete sich hin und drehte behutsam ihr Gesicht. Sie stöhnte und versuchte, die Augen zu öffnen.

„Zee, was ist passiert?"

Sie sah ihn an.

„Hörst du mich, Zee? Was ist passiert?" Er tätschelte ihr aufmunternd die Hand.

Sie blinzelte heftig. „Ich … weiß nicht. Da waren diese Männer und dann …" Sie schüttelte den Kopf und zuckte schmerzlich zusammen.

„Bleib liegen." Er sprang auf und trat an die Handtuchschublade. Er packte mehrere Handtücher, ging zurück zu Zerelda und presste eines auf ihre Wunde. „Sieht so aus, als ob dir jemand was über den Kopf gegeben hat. Du hast eine böse Platzwunde."

„Platzwunden sind immer heftig. Das wird schon."

Kjell schaute um sich. Wo war seine Frau? Und das Kind? „Zee, wo ist Liddie? Ist sie Hilfe holen gegangen?"

„Ich weiß nicht." Zereldas Augen wurden groß. „Zwei Männer. Sie kamen hier rein, ich hab mit der Flinte geschossen."

„Und was ist dann passiert? Wo ist Lydia?"

„Ich … weiß nicht. Ich … war auf einmal weg." Ihr Gesicht zuckte. „Sie wollten das Kind."

Kjell sprang auf und rannte zur Treppe. Es gab nur einen, der versuchen würde, das Kind zu entführen. Aber das würde Lydia nie zulassen, also hatte er sie wohl mitgenommen.

Die Tür zum Schlafzimmer stand offen, und jemand hatte die Kommode verschoben. „Lydia? Liddie?"

Der Regen peitschte durch das offene Fenster. Es gab ihm Hoffnung. Vielleicht war sie entkommen. Sie und Daniel waren nirgends zu sehen. Er rannte zu dem Fenster und schob es vollends auf. Er steckte den Kopf hinaus, sah aber nichts. „Lydia!", rief er gegen den Sturm.

Sein Herz raste. Wo war sie? Hatte Gray sie? Er zog seinen Kopf zurück und schloss das Fenster. Er wischte sich den Regen ab und drehte sich um, und dann sah er sie. Zwischen dem Ehebett und der Wiege lag sie, blutüberströmt.

Er hatte keine Zeit, schockiert zu ein. Er hob sie hoch und trug sie nach unten. Er musste sie und Zee sofort auf den Wagen laden und zum Krankenhaus bringen. Dr. Ensign würde ihnen helfen.

Als er unten ankam, saß Zerelda schon auf einem Stuhl. Sie hielt die Handtücher an ihren Kopf, ihr Blick war klarer geworden. Als sie Kjells reglose Last sah, stöhnte sie auf. „Mein Gott! Ist sie tot?"

„Nein, aber sie wird's bald sein, wenn sie nicht sofort Hilfe bekommt. Ich lege sie auf den Wagen, und dann hol ich dich."

„Ich hole Decken." Zerelda versuchte, aufzustehen.

„Lass nur, komm mit." Kjell trat durch die immer noch offene Tür. „Wenn es nicht geht, trage ich dich."

„Ich schaffe das schon. Ich hol uns eine Laterne."

Der Regen strömte immer noch, aber der Wind hatte nachgelassen. Kjell legte Lydia auf den nassen Boden des Wagens, dann half er Zerelda, aufzusteigen. „Kümmere dich um sie, Zee." Er nahm die Laterne, um sie vor dem Regen zu schützen, aber die Flamme erlosch.

„Dann müssen wir halt im Dunkeln fahren."

„Kjell, was ist mit Daniel? Wo ist er?"

Das Kind! Das hatte Kjell ganz vergessen. Er stellte die Laterne ab und rannte zurück ins Haus. Er lauschte.

Die Stille war ohrenbetäubend. Er rannte nacheinander in alle Zimmer im Obergeschoss, dann wieder nach unten. Kein Daniel.

Er rannte zurück zum Wagen und packte die Zügel. „Er ist nicht da." Fast vergaß er, die Bremse zu lösen, als er die Pferde antrieb. Er schaute nach hinten zu den Frauen, aber konnte fast nichts erkennen. „Daniel ist weg."

„Weg?", rief Zerelda zurück. „Wie kann das Kind weg sein?"

Kjell biss die Zähne zusammen. Es gab nur eine mögliche Antwort, aber es würde nicht helfen, wenn er sie Zerelda jetzt mitteilte. „Kümmere dich um Lydia!"

Die Fahrt in die Stadt schien eine Ewigkeit zu dauern. Die Furchen und Löcher im Weg ließen den Wagen immer wieder rutschen. An manchen Stellen versanken die Räder fast im Schlamm. Die letzte Kurve nahm Kjell eine Spur zu schnell. Er spürte, wie der Wagen ausbrechen wollte. Er schickte ein stummes Stoßgebet zum Himmel und zog vorsichtig die Zügel an. Der Wagen fing sich wieder. Da vorne waren die Lichter des Krankenhauses. Vor der Pforte standen mehrere Soldaten. „Ich brauche Hilfe!", rief Kjell. Der Regen hatte endlich aufgehört, dafür war es noch kälter geworden. Zee und Lydia mussten halb erfroren sein.

Die Soldaten traten zu dem Wagen und erkannten Kjell. „Was ist passiert?“, rief einer.

„Meine Frau und ihre Tante sind überfallen und verletzt worden.“ Er drehte sich um und kletterte nach hinten zu den Frauen. „Sie brauchen einen Arzt!“

Die Soldaten halfen Zerelda von dem Wagen. Der Offizier, der sah, dass sie gehen konnte, befahl einem seiner Untergebenen, sie in das Gebäude zu bringen. Dann wollte er helfen, Lydia von dem Wagen zu heben. Kjell stoppte ihn. „Lassen Sie, gehen Sie vor.“

Als Kjell durch die Tür kam, sah er Mrs Ensign, die Frau des Klinikarztes. „Zerelda ist schon in der Ambulanz. Folgen Sie mir.“

Sie gingen den Westflügel entlang bis ans Ende, hinter ihnen zwei Sanitäter mit einem langen Tisch. Sie stellten ihn nach den Instruktionen des Arztes in der Mitte des Raumes auf. Miss Ensign bedeckte ihn rasch mit einem Tuch und bedeutete Kjell, Lydia darauf zu legen.

Er tat es vorsichtig und trat zurück. Sie sah furchtbar aus. Ihr Hals und ihre Bluse waren mit halb getrocknetem Blut verschmiert. Ihr Gesicht war so weiß wie das Tuch, auf dem sie lag, ihr Atem fast nicht zu merken.

Dr. Ensign kam und sah die Sanitäter an. „Säubern Sie Miss Rockfords Wunden, während ich mich um Mrs Lindquist kümmere.“

Die Männer nickten und traten zu Zerelda, die auf einem Stuhl saß. Kjell wandte seine Aufmerksamkeit wieder Lydia zu. Dr. Ensign begann, vorsichtig die Bluse zu öffnen. „Schere!“ Seine Frau holte die Schere. Der Arzt schaute kurz zu Kjell hin. „Sind Sie auch verletzt?“

Kjell folgte dem Blick des Arztes. Seine Jacke war durchnässt und blutverschmiert. „Nein. Ich war nicht da, als es passiert ist.“

„Und was ist passiert?“

„Das weiß ich nicht. Als ich nach Hause kam, habe ich sie so vorgefunden. Zee sagte etwas von zwei Männern und dass sie hinter dem Kind her waren."

„Hinter dem Kind? Wo ist das Kind?"

Kjell schüttelte den Kopf. Ihm war übel. „Ich weiß es nicht. Es wurde entführt."

Skepsis klang aus der Stimme des Arztes. „Entführt? Sie müssen sich irren."

„Nein, sicher nicht. Wer immer dies getan hat, er hat meinen Sohn entführt." Kjell wischte sich das Regenwasser aus dem Gesicht.

„Besorgen Sie dem Herrn trockene Kleider", wandte sich der Arzt an den Sanitäter. „Kjell, Sie müssen sich umziehen, sonst kriegen Sie eine Lungenentzündung."

„Ich gehe hier nicht weg. Ich zieh mich hier um."

Der Arzt nickte dem Sanitäter zu und wandte sich wieder Lydia zu. Kjell fühlte sich so hilflos wie noch nie in seinem Leben. Er versuchte, zu beten, aber er fand keine Worte. Er versuchte, sich auf etwas anderes zu konzentrieren als auf seine Frau dort auf dem Tisch.

Der Raum war kalt und steril und ganz für die Behandlung akuter Fälle eingerichtet. In einem Schrank mit Glastüren standen säuberlich aufgereiht diverse Flaschen. Die Regale an der Wand gegenüber waren geradeso ordentlich. Dieses Zimmer musste das sauberste in ganz Sitka sein.

Kjell sah wieder zu Lydia hin. Die Hoffnung wollte ihn verlassen. „Wird sie ... es schaffen?"

„Das weiß ich nicht, Kjell. Sie hat viel Blut verloren, aber die kalte Luft hat geholfen, die Blutung zu stillen." Er hatte ihr die Bluse und das Mieder abgenommen und war gerade dabei, auch das Hemd wegzuschneiden. „Sie wurde angeschossen."

„Das habe ich befürchtet, aber genau wusste ich es nicht", sagte Kjell. Der Sanitäter kam zurück, mit einem Bündel trockener Kleider.

„Ziehen Sie sich hinter dem Vorhang da um", befahl der Arzt.

Kjell gehorchte. Als er die trockenen Hosen angezogen hatte, kam er wieder hervor, das Hemd in der Hand, und zog sich an Lydias Seite fertig an.

„Die Wunde an der Schulter ist nicht weiter schlimm; die Kugel hat sie nur gestreift." Dr. Ensign winkte seinem Assistenten. „Halten Sie den Verband fest, während ich mir die anderen Wunden ansehe."

Kjell sah, dass die Halswunde wieder angefangen hatte, zu bluten. Dr. Ensign säuberte sie rasch. „Die Wunde taut auf. Bitte warten Sie draußen."

„Ich lasse sie nicht allein! Wenn sie sterben muss, will ich an ihrer Seite sein."

„Gut. Dann gehen Sie da hinten hin." Der Arzt nickte zur Tür hin.

Kjell setzte sich auf einen Stuhl und schaute dem Arzt und seinen Helfern zu. Sie arbeiteten rasch und präzise, jeder schien genau zu wissen, was er zu tun hatte.

Als der Arzt sein Skalpell an Lydias Nacken führte, wäre Kjell fast aufgesprungen. Er beherrschte sich gerade noch. Nein, der Doktor wusste, was er tat, er wollte Lydias Leben retten.

Aber was, wenn ihm das nicht gelang? Was, wenn sie starb? Erst Raisa und jetzt Lydia? Würde er diesen Schlag verkraften? Und Daniel – wo war sein Sohn jetzt? Er wollte ihn suchen gehen, jetzt sofort, aber er konnte Lydia doch nicht allein lassen. Und eines war sicher: Wer dieses Kind entführt hatte, hatte dies in Marston Grays Auftrag getan, aber das hieß, dass es jedenfalls nicht in Lebensgefahr war. Nein, besser bei Lydia bleiben.

Er merkte erst, dass Zerelda zu ihm gekommen war, als ihre Hand seine Schulter berührte. Der Sanitäter stellte einen Stuhl für sie neben Kjell. Sie setzte sich und nahm seine Hand. „Lass uns beten", flüsterte sie.

Er nickte hilflos. „Ich weiß nicht, was ich sagen soll, Zee."

Zerelda neigte ihren Kopf, der einen frischen Verband trug. „Gott wird dein Herz hören."

Kapitel 20

Evie Gray Gadston schaute durch den Raum zu ihrem Mann hinüber. Er war von Freunden und Geschäftspartnern umgeben und würdigte seine junge Frau keines Blickes. Sie versuchte tapfer, niemandem zu zeigen, wie elend sie sich fühlte. Fast ein Jahr war sie jetzt verheiratet; am 20. Februar stand der erste Hochzeitstag bevor. Evie hatte gehofft, dass ihr Mann mit der Zeit mehr Interesse an ihr zeigen würde. Bis jetzt hatte die Hoffnung sich nicht erfüllt.

Thomas Gadston war mehr mit seinem Geschäft verheiratet als mit ihr. Er hatte im vergangenen Jahr viele Geschäfte abgeschlossen, aber seine Ehe vollzogen hatte er nicht.

Mit ihren fast 18 Jahren wusste Evie nicht, ob sie darüber traurig oder froh sein sollte. Sie hatte diese Ehe nicht gewollt; Thomas war fast zwanzig Jahre älter als sie, und sie hatten schier nichts gemeinsam. Von dem Tag an, wo sie in sein Haus gezogen war, hatte er sich kaum um sie gekümmert; die „Schlossführung" durch das Haus hatte er der Haushälterin überlassen.

Ihr Schlafzimmer, das alles enthielt, was eine junge Frau sich wünschen konnte, hatte ihr Mann noch nie betreten. Sie wusste schon nicht mehr, wie viele Abende sie in der Stille ihrer Räume verbracht hatte, während unten im Erdgeschoss Thomas seine Geschäftsfreunde unterhielt. Als sie es einmal gewagt hatte, ihn darauf anzusprechen, hatte er gesagt: „Du gehörst mir, und wenn ich will, dass du Jungfrau bleibst, ist das meine Sache."

Jeannette trat zu ihr. „Das ist eine großartige Party, nicht wahr?"

„Aber gewiss. Die Männer reden über nichts als Politik und Geld, und die Frauen darüber, welche Familie die größeren Skandale vorweisen kann."

Jeannette runzelte die Stirn. „Aus dir werde ich nicht klug.

Du hast doch alles. Diese Villa ist eine der schönsten in Kansas City, und du hast einen Mann gekriegt, der die beste Partie in halb Amerika war.“ Sie schaute über ihre Schulter in Thomas’ Richtung und kicherte. „Einen attraktiveren gibt’s weit und breit nicht.“

„Dann solltest *du* ihn vielleicht heiraten.“ Evie verdrehte die Augen.

„Du bist mir wirklich ein Rätsel. Sieh dich doch an. Du trägst die neueste Mode und die feinste Seide, die man für Geld kaufen kann. Du kannst dich in Juwelen baden …“

„Und ich bin elender als ein Milchmädchen.“ Evie befingerte einen ihrer Ringe. „Thomas redet nie mit mir. Er zeigt nicht das geringste bisschen Interesse oder Zuneigung.“

„Ich wollte, ich hätte es auch so gut. Mr Stone redet schon davon, dass er noch mehr Kinder will, und Jerrad ist kaum ein Jahr alt. Mein Gott, man sollte meinen, dass zwei Sprösslinge wirklich reichen.“

Evie wandte sich ab. „Ich wünsche dir noch viel Spaß, Jeannette.“ Sie würde ihrer Schwester nicht zeigen, wie tief ihre Worte sie gerade getroffen hatten. Wie gerne hätte Evie Kinder gehabt, und Jeannette waren sie nur lästig.

„Genevieve, ich habe gehört, ihr seid gerade aus Europa zurückgekommen. Wie war eure Reise?“

Evie schaute auf und sah sich umgeben von einer Gruppe Frauen, Gattinnen der Geschäftsfreunde ihres Mannes. Die Fragestellerin war Mrs Benedict, eine besonders anstrengende Dame.

„Danke, es war reizend in der Alten Welt“, erwiderte sie mit einstudiertem Charme.

„Seid ihr auch auf dem Rhein gefahren?“, fragte Mrs DeHart. „Wir haben das letztes Frühjahr gemacht, es war göttlich.“

„Wir waren in den Alpen, aber nicht am Rhein, leider.“

Die Frauen löcherten sie weiter mit Fragen. Jeannette kam dazu. „Mr Stone sagt, wenn die Kinder etwas größer sind, fahren wir auch nach Europa.“

„Mit Kindern reisen ist nicht einfach", sagte Mrs Benedict. „Ich finde es viel leichter ohne sie. Was Kinder brauchen, ist ein gutes Kindermädchen."

Evie konnte nicht mehr. Sie schaute sich um. Wo war Thomas? Bestimmt war er mit seinen Freunden in die Bibliothek gegangen, um zu rauchen und Brandy zu trinken. Sie seufzte. Kopfschmerzen vorschützen und sich zurückziehen, wenn der Gastgeber nicht im Raum war – unmöglich.

„Wenn ihr mich bitte entschuldigt", sagte sie. „Die anderen Gäste brauchen mich."

Sie ging, bevor jemand protestieren konnte. Sie war froh, als das kleine Orchester, das Thomas engagiert hatte, das nächste Stück begann. Der Donauwalzer. Mehrere Paare begannen zu tanzen. Sie mochte den Donauwalzer. Sie hatte ihn das erste Mal in Wien gehört und ihn sich für heute Abend gewünscht. Sie hatte auf einen Tanz gehofft, aber die Musik allein tat es auch.

„Geben Sie mir die Ehre?"

Sie schaute auf. Vor ihr stand einer von Thomas' Sekretären, Trayton Payne. Er war jung, gut aussehend, schlank und nicht viel älter als Evie. Sie lächelte. „Gern. Dies ist eins meiner Lieblingsstücke."

Er nahm ihren Arm, förmlich und auf einen sittsamen Abstand bedacht. Evie tanzte, als sei sie eins mit der Musik. Ein paar Augenblicke lang überließ sie sich der Schönheit des Walzers.

„Wenn ich mir die Bemerkung erlauben darf: Sie sehen niedergedrückt aus heute Abend. Geht es Ihnen nicht gut?"

Sie schaute Mr Payne überrascht an. „Doch, aber danke der Nachfrage. Aber warum sind Sie nicht mit den anderen in der Bibliothek, wo es männlicher zugeht?"

Er lächelte sie an. Seine dunklen Augen wollten sie durchbohren. „Seit ich heute Abend hierhergekommen bin, habe ich Ihre Gesellschaft gesucht."

Sie konnte ihre Überraschung nicht verbergen. „Warum meine? Es ist mein Mann, der Ihr Gehalt zahlt."

Er zog sie lächelnd ein Stückchen näher. „Warum nicht Ihre? Sie sind doch viel faszinierender. Ich würde sagen, Sie sind die schönste Frau in diesem Raum."

Was der Mann sich herausnahm ... Aber sie schaffte es nicht, ärgerlich zu sein. Sein Kompliment war wie ein gedeckter Tisch für einen Verhungernden. Sie senkte den Blick und lächelte. Was konnte ein kleiner Flirt schaden?

„Ich habe Sie schon oft beobachtet, wenn Sie mit Ihrem Mann auf einer Gesellschaft waren. Er vernachlässigt Sie sträflich."

„Mein Mann ist sehr beschäftigt", erwiderte Evie, „und ich kann mich gut selbst unterhalten."

„Dürfte ich zu dieser Unterhaltung beitragen – nur heute Abend?"

„Nun, wir tanzen ja schon." Sein Blick ließ ihr einen Schauer über den Rücken laufen. Es lag Bewunderung in ihm. Und Verlangen. Ihr Herz schlug schneller. Oder war das nur der Tanz?

Als der Walzer geendet hatte und die Paare sich verneigten und trennten, waren Evies Knie weich. Sie wusste, dass sie mit dem Feuer spielte, aber es war ihr egal. Da war endlich jemand, der sie als Frau schätzte.

„Kommen Sie, ich hole Ihnen eine Erfrischung. Sie sind ja ganz außer Atem." Er lächelte breit.

Sie wusste, dass sie eigentlich Nein sagen sollte, aber niemand schien sie zu beobachten, und so nickte sie. Mr Payne führte sie in einen kleinen Alkoven und bat sie, sich zu setzen. „Ich bin gleich wieder da."

Sie schaute ihm nach. Ein sehr attraktiver Mann, ohne Zweifel. Thomas mochte hundert Mal einer der begehrtesten Junggesellen im Land gewesen sein, mit dem Charme und der Ausstrahlung von Stärke, die Mr Payne besaß, war das nicht vergleichbar.

Als er zurückkam, hatte Evie beschlossen, dass sie ein Glas mit ihm trinken und ihn dann entlassen und wieder zu den anderen Gästen gehen würde. Eine halbe Stunde später versuchte sie immer noch, sich von ihm zu verabschieden.

„Warum haben Sie Angst, mit mir zusammen zu sein?"

Evie schüttelte den Kopf. „Ich habe keine Angst, aber ich bin mir der Tatsache bewusst, dass ich die Gastgeberin bin. Die Leute werden reden, wenn ich Ihnen noch mehr Zeit widme."

Er lachte leise. „Lassen Sie sie reden. Wenn Sie die mutige, unkonventionelle junge Frau sind, für die ich Sie halte, werden Sie einen Spaziergang mit mir machen, und dann haben die anderen wirklich ein Gesprächsthema."

Sie mochte es, wie er sie ansah. Sie fühlte sich ... attraktiv und begehrenswert. Thomas hatte ihr dieses Gefühl noch nie gegeben. „Ich ... das kann ich nicht", stammelte sie. Jetzt bloß nicht den Kopf verlieren.

„Können Sie nicht ... oder wollen Sie nicht?" Er berührte ihre Wange.

„Sagen wir mal, ich sollte nicht." Seine Finger wanderten zu ihrem Hals. Sie zitterte unwillkürlich.

Er lächelte sie wissend an, seine Augen wurden noch dunkler. „Es gibt vieles, was wir nicht tun sollten." Er flüsterte es in ihr Ohr. „Aber ich habe festgestellt, das meiste davon ordnet sich von allein. Also, warum machen wir uns nicht auf die Suche nach etwas frischer Luft? Sie haben doch diesen wunderbaren Salon im ersten Stock. Einen sehr privaten Salon."

Jetzt sah Evie am anderen Ende des Raums ihren Mann, der gerade aus der Bibliothek herausgekommen war. Er war in ein Gespräch mit einem seiner Geschäftspartner vertieft und schien sie nicht zu vermissen. Ein plötzlicher Ärger schoss durch sie. Warum konnte ihr Mann ihr nicht so aufmerksam begegnen?

Sie schaute wieder Mr Payne an und nickte. „Nun gut, vielleicht für ein Weilchen."

Kapitel 21

Kjell wurde langsam wach. Lydia war immer noch bewusstlos. Der Arzt hatte getan, was er konnte, und ihr dann in einem der leeren Krankensäle des Spitals ein Bett gegeben. Ein paar Betten weiter lag Zerelda. Kjell hatte die Nacht auf einem Stuhl an der Seite seiner Frau verbracht; jedes Mal, wenn er wach wurde, hatte er zu Gott gebetet, dass alles gut werden würde.

Er strich ihr sanft über das Haar. „Guten Morgen, Schatz." Sie atmete regelmäßig. Gut. Der Arzt hatte kaum Hoffnung gehabt, dass sie die Nacht überstehen würde.

Kjell nahm Lydias kalte Hand und rieb sie vorsichtig. „Zee geht es gut, ihre Verletzungen waren nicht so schlimm. Sie hatten sie niedergeschlagen, aber der Doktor sagt, sie wird bald wieder ganz gesund sein. Sie schläft da drüben, auf der anderen Seite." Er sprach leise, um Zerelda nicht zu wecken. Er schaute kurz zu ihr hinüber, bevor er fortfuhr.

„Es war eine lange Nacht." Draußen war die Sonne schon aufgegangen. Er langte nach seiner Taschenuhr. Schon fast acht. Eigentlich hätte er längst in der Sägemühle sein müssen. Das Bauholz für die Armee sollte heute kommen.

Er musste Joshua eine Nachricht schicken. Der Arme wusste ja gar nicht, warum er nicht da war. Kjell stand auf und reckte sich. Hals und Rücken schmerzten von den langen Stunden auf dem Stuhl. Dr. Ensign hatte ihm gesagt, er könne sich in eines der leeren Betten legen, aber er hatte nicht von Lydias Seite weichen wollen. Was, wenn sie ihn rief und er hörte es nicht?

Er winkte dem diensthabenden Sanitäter und erklärte ihm sein Anliegen. „Ich muss Joshua Broadstreet im Sägewerk etwas mitteilen. Haben Sie jemanden, der das machen kann?"

„Ich sehe, was sich machen lässt." Der Mann ging. Zerelda wurde wach und setzte sich auf.

„Wie geht es ihr?"

Kjell ging zu ihr und zuckte die Schultern. „Ich weiß nicht. Sie hat sich die ganze Nacht nicht geregt. Aber sie atmet."

Zerelda befühlte ihren bandagierten Kopf. „Wer immer es war, er hat ganz schön zugeschlagen."

Der Sanitäter kam zurück, an seiner Seite ein blau uniformierter junger Gefreiter, der Kjell steif zunickte. „Der Captain hat gesagt, ich soll Ihnen zur Verfügung stehen. Und er möchte gerne mit Ihnen reden, sobald Sie Zeit haben."

„Danke. Ich muss Joshua Broadstreet in der Lindquist-Mühle eine Botschaft zukommen lassen. Sagen Sie ihm, dass meine Frau und meine Tante gestern Abend verletzt worden sind und dass wir alle hier sind. Er soll so schnell er kann zu mir kommen, um sich seine Instruktionen zu holen."

„Jawohl, Sir. Gibt es sonst noch etwas, Sir?"

„Bitte sagen Sie dem Captain, dass er zu mir kommen kann."

„Jawohl, Sir."

Der junge Gefreite drehte auf dem Absatz um und marschierte aus dem Raum, als sei er auf dem Exerzierplatz. Kjell schaute zu Lydia hinüber. Der Sanitäter prüfte gerade ihre Verbände. Er ging zurück an ihr Bett. „Wie sieht es aus?"

„Die Blutung hat aufgehört. Aber sie hat sehr viel Blut verloren, und niemand weiß, wie ihr Körper den Schock verkraften wird. Wir wollen hoffen, dass es keine Infektion gibt."

Kjell nickte. „Sie haben nicht viel Hoffnung, nicht wahr?"

„Es sieht nicht gut aus." Der Sanitäter wechselte die Verbände. „Ich werde Dr. Ensign berichten."

„Sie ist in Gottes Hand, Kjell. Wir müssen ihm vertrauen."

Zerelda war neben ihn getreten. Er drehte sich überrascht zu ihr. „Ich kann sie nicht verlieren, Zee. Ich könnte es nicht ertragen."

Sie legte einen Arm um seine Schulter. „Diese Dinge entscheidet immer noch Gott. Er weiß, was er tut, immer. Aber kommst du eben mal mit?"

Sie führte ihn in die hinterste Ecke des Zimmers. Ihr Blick wurde noch ernster. „Was ist mit Daniel, Kjell?"

„Ich glaube, dass Marston Gray hinter dem Überfall steht. Das habe ich gestern Abend dem Militär gesagt, und das glaube ich nach wie vor. Es würde mich auch nicht überraschen, wenn die Sidorovs beteiligt waren. Erst vor Kurzem habe ich gehört, dass das Feuer in dem Sägewerk wahrscheinlich auf ihr Konto geht."

Zerelda runzelte die Stirn und schaute zu Lydias Bett hin. „Wir können nicht vor ihr über Daniel reden. Selbst in ihrem Zustand könnte sie vielleicht doch etwas wahrnehmen. Und wenn sie hört, dass das Kind weg ist, konnte es sein, dass sie sich aufgibt."

„Mr Lindquist?"

Kjell drehte sich um. Vor ihm stand der Offizier, mit dem er am Abend zuvor gesprochen hatte. „Haben Sie Neuigkeiten?"

„Bis jetzt noch nicht. Aber sobald sie dazu in der Lage ist, möchten wir uns gerne näher mit Miss Rockford unterhalten."

„Das können Sie gleich jetzt tun", sagte Zerelda. „Ich fürchte nur, dass mein Gedächtnis heute Morgen auch nicht viel besser ist als gestern Abend."

„In Ordnung, Madam. Am besten setzen wir uns, damit es für Sie nicht so anstrengend ist."

Zerelda ging zurück zu ihrem Bett und setzte sich darauf. Kjell trug zwei Stühle herbei und bot den einen dem Captain an. Er wusste nicht, was Zerelda diesem am Abend gesagt hatte, und hoffte, dass sie etwas Licht auf die Täter werfen könnte. Der Captain schien das auch zu hoffen.

Der Offizier beugte sich nach vorne. „Könnten Sie den Mann, der Sie niedergeschlagen hat, etwas genauer beschreiben – seine Größe, Haarfarbe, Kleider usw.? Jedes Detail kann uns helfen."

„Also, ich weiß noch, wie der, der als Erster ins Haus kam, aussah. Er war bestimmt einen Kopf größer als ich. Sein Haar war blond – nicht hellblond, mehr wie Maisstengel. – Ach ja, und er hatte einen starken russischen Akzent."

„Anatoli Sidorov", murmelte Kjell.

„Wie, bitte?", fragte der Captain.

„Sie hat gerade Anatoli Sidorov beschrieben. Sein Bruder ist etwas kleiner, mit dunklerem Haar – mehr goldbraun."

„Kennen Sie diesen Anatoli, Madam?"

Zerelda schüttelte den Kopf. „Er und sein Bruder sind mir nie begegnet."

„Aber würden Sie ihn wiedererkennen?"

Kjell schaute Zerelda an. Wie würde sie antworten? Er war sicher, dass die Täter die Sidorovs waren. Hätte er sie damals, als sie ihn bestohlen hatten, nur der Polizei übergeben!

„Ich denke, schon", sagte Zerelda. „Den Zweiten hab ich nicht richtig gesehen – oder wenn doch, dann habe ich's wieder vergessen. Als der Erste nach oben ging, um das Kind zu holen, hab ich versucht, ihm zu folgen. In dem Augenblick hat der andere mich von hinten niedergeschlagen. Danach erinnere ich mich an nichts mehr, bis Kjell mich weckte." Sie schaute Kjell an. „Es tut mir leid."

„Das reicht, Zee. Das *waren* die Sidorovs! Sie waren die Einzigen, die etwas gegen mich hatten. Und sie haben den Brand gelegt, gegen Bezahlung."

„Du hast nach mir geschickt, Chef?"

Kjell schaute auf. In der Tür des Krankensaals stand Joshua. „Ja. Komm rein, Joshua. Ich rede gleich mit dir, aber vorher berichte bitte dem Captain hier, was du im Zusammenhang mit dem Brand über die Sidorovs gehört hast."

Inzwischen war auch der Arzt gekommen. Kjell entschuldigte sich und ging zu ihm. Der Doktor bedeutete ihm mit einer Handbewegung, zu warten, bis er Lydia fertig untersucht hatte. Nach einer halben Ewigkeit trat er endlich zu Kjell.

„Es sieht nicht gut aus." Er schüttelte den Kopf. „Sie ist sehr schwach und reagiert fast nicht. Sie kämpft überhaupt nicht."

Ein Blick auf Lydias totenbleiches Gesicht zeigte Kjell, dass der Arzt recht hatte. Wenn sie noch bei Bewusstsein gewesen war, als die Sidorovs Daniel entführten, wusste sie bestimmt, dass dies Marston Grays Werk war, und nach dem, was sie mit ihm und seinen Verwandten in der Vergangenheit durchgemacht hatte, konnte sie nur glauben, dass die Lage aussichtslos war und sie ihr Kind nie wiedersehen würde.

„Wir müssen das Kind finden", flüsterte Kjell. „Das ist unsere einzige Hoffnung, sie dazu zu bringen, dass sie leben will."

„Vielleicht hilft es, wenn Sie ihr sagen, wie sehr sie gebraucht wird", sagte Dr. Ensign. „Aber erwähnen Sie ja nicht, dass das Kind verschwunden ist."

„Das hat Zee auch vorgeschlagen. Ich werde es versuchen." Kjell sah den Doktor an. „Bitte tun Sie, was Sie können, um sie zu retten, egal, was es kostet."

Dr. Ensign berührte seine Schulter. „Kjell, Sie können sicher sein, dass wir das Menschenmögliche tun. Wir sind leider keine Großstadt mit einem modernen Spital, wo man alles operieren kann, aber wir haben bestens ausgebildete Leute, die ihren Job verstehen. Wir werden um Ihre Frau kämpfen."

Ein grinsender Thomas Gadston hielt Trayton Payne sein Honorar hin – ein dickes Bündel Geldscheine. „Sie scheinen Erfolg gehabt zu haben gestern Abend. Als ich zurückkam, war Genevieve nirgends zu sehen."

Trayton nickte und nahm das Geld. „So ist es. Es war nicht schwer, sie zu überzeugen."

„Dies ist die lohnendste Investition, die ich je gemacht habe", sagte Gadston. „Warum bin ich nicht eher darauf gekommen?"

Trayton schob das Geld in seine Jacke und zuckte die Achseln. „Ich verstehe zwar nicht, wie Sie das meinen, aber ich helfe gerne."

„Das müssen Sie auch nicht verstehen. Meine Geschäftsstrategie geht niemand etwas an. Nur so viel: Ich habe nicht die Geduld für dieses Ehespiel. Ich hatte nie vor, zu heiraten. Ich habe das nur getan, um bessere Geschäfte machen zu können. Leider ist es damit vorbei, seit Gray seinen dummen Unfall hatte. Seitdem ist Genevieve nicht mehr wichtig für mich."

„Warum lassen Sie sich nicht einfach scheiden, wegen Ehebruch?"

Gadstons Blick verfinsterte sich. „Da würde meine Familie nicht mitmachen. Eine Scheidung würde zu einem Skandal führen, und man würde mich enterben. Es geht um zu viel Geld, als dass ich die Ehe einfach beenden könnte. Sie soll ihren Interessen nachgehen, und ich gehe meinen nach."

„Haben Sie ihr das etwa gesagt?", fragte Trayton überrascht. Kein normaler Ehemann duldete es, wenn seine Frau eine Affäre hatte, aber Gadston schien sich geradezu darüber zu freuen.

Gadston lachte. „Natürlich nicht. Es wird mir einen Heidenspaß machen, zuzusehen, wie sie versucht, die Sache vor mir geheim zu halten. Ihr schlechtes Gewissen wird mich amüsieren – vor allem, wenn Sie auch eine Schwangerschaft zustandebrächten."

„Wie, bitte?"

Hatte er richtig gehört? Trayton musterte das Gesicht seines Chefs, suchte nach einem Zeichen von Ironie, fand aber keines. Gadston ging zurück zu seinem Schreibtisch und setzte sich. „Wir können ein andermal weiterreden, ich habe jetzt gerade dringende Arbeit und Sie ja auch. Hier sind die Zahlen für Mr McCarthy, bezüglich der geplanten Eisenbahnlinie."

Trayton nahm das Hauptbuch entgegen und blieb einen Augenblick so stehen. Er fand, dass Gadston ihm eine Erklärung schuldig war. Der sagte, unbekümmert und so, als lese er seine Gedanken: „Tun Sie, was Sie können, um sie bei Laune zu halten. Wenn Sie das schaffen, bekommen Sie eine hübsche Gehaltserhöhung."

Trayton Payne verließ die Gadston'sche Villa und ging zu der wartenden Kutsche. Den Eisregen bemerkte er fast nicht. Er nannte dem Kutscher die Adresse und lehnte sich zurück, um nachzudenken. Er hatte sich immer für abgebrüht gehalten, wenn es um die Eskapaden der Reichen ging. Es gab nicht viel, was ihn schockieren konnte. Aber dass ein Ehemann derart nonchalant seine Frau einem anderen gab – nein, das hatte er noch nicht erlebt.

Aber gut – für ihn war es nur ein Mittel zum Zweck. Er hatte seine eigenen Pläne – nämlich selbst einer von diesen exzentrischen Reichen zu werden. Vor Jahren schon hatte er sich entschlossen, er würde alles tun, um das Geld zu verdienen, das er brauchte, um es ganz nach oben zu schaffen. Macht und Geld, das war es, was er im Leben wollte, und zwar je mehr, desto besser. Und wenn dies bedeutete, dass er ein paar Kinder in die Welt setzte, um einen reichen alten Mann glücklich zu machen, bitte sehr.

Er grinste und verschränkte die Hände hinter seinem Kopf. „Und Evie Gadston ist wahrhaftig keine Beleidigung für die Augen."

Evie beobachtete durch ihr Schlafzimmerfenster, wie Trayton Payne das Haus verließ. Ihr schlechtes Gewissen wollte übermächtig werden. Sie hatte ihm erlaubt, sie von der Partygesellschaft zu entführen und mit ihr allein zu sein.

„Und du hast ihm noch mehr erlaubt", murmelte sie, als sie sich vor ihrem Frisierspiegel niederließ. Sie nahm eine Bürste und führte sie heftig durch ihre goldene Lockenpracht. Er hatte sie in den Armen gehalten. Und geküsst. Nein, nicht die flüchtigen Höflichkeitsküsschen, die Thomas ihr gab. Als sein Mund ihren Mund berührt hatte, hatte sie an nichts mehr denken können als an den Mann in ihren Armen.

Ihr Blick traf den ihres stirnrunzelnden Spiegelbilds. „Das war falsch, und es darf nie wieder vorkommen."

Aber warum eigentlich nicht? Wenn ein Ehemann sich eine Geliebte nahm, galt das weithin als Kavaliersdelikt; warum sollte sie sich als Frau dann nicht das Gleiche herausnehmen können? Und überhaupt: Es brauchte ja niemand davon zu erfahren. Sie musste halt vorsichtig sein.

Es wäre alles anders gewesen, wenn Thomas ihr auch nur ein bisschen Zuneigung gezeigt hätte. Sie hatte die Ehe nicht gewollt, war aber entschlossen gewesen, eine gute, treue Ehefrau zu sein. Vor allem eine treue. Aber nach fast einem Jahr ohne das erhoffte Eheglück sehnte Evie sich verzweifelt danach, etwas anderes empfinden zu können als Lethargie. Sie hatte gehofft, dass die Europareise ihr die erhoffte Anregung für Seele und Geist geben würde. Sie hatte Museen und Kunstgalerien besucht, hatte auf Einladungen und Bällen Auge und Gaumen an den neuesten Moden und besten Speisen gelabt. Sie hatte sich alles kaufen können, was sie wollte, aber nichts hatte sie befriedigt. Was war es, was ihr fehlte?

Am vergangenen Abend hatte Trayton Payne ihr geholfen, die Frage besser zu verstehen. Und die Antwort. Sie sehnte sich nach Liebe, und diese Sehnsucht ließ sich nicht mit dem nächsten Kleid oder der nächsten Einladung stillen. Trayton hatte den inneren Hunger, den sie bisher unterdrückt hatte, zur vollen Flamme entfacht.

„Was soll ich machen?", fragte sie ihr Spiegelbild.

Das Letzte, was sie wollte, war, dass sie ihrem Namen oder ihrer Familie Schande machte. Das hatten ihre lieben Verwandten schon mehr als genug getan, und sie hatte nicht die Absicht, es ihnen gleichzutun. Und Thomas war in der Stadt hoch angesehen; nein, sie durfte ihn nicht zum Gespött der besseren Gesellschaft machen.

Sie legte die Bürste hin und musterte weiter ihr Spiegelbild. Einen Augenblick lang glaubte sie zu sehen, wie es alt und faltig wurde. Sie musste an ihre Mutter denken. Charlotte Gray war keine alte Frau gewesen, als sie starb, aber die Jahre hatten ihr Gesicht gezeichnet.

Auch wenn Evie noch klein gewesen war, hatte sie doch gespürt, wie unglücklich ihre Mutter war. Und dann war der furchtbare Tag gekommen, als sie in den Tod stürzte. Evie hätte damals am liebsten laut gesagt, wie es wirklich gewesen war, aber sie hatte zu viel Angst gehabt. Angst, dass ihr Vater sie auch vom Dach werfen würde. Angst, dass keiner ihr glauben würde. Und vielleicht erinnerte sie sich ja auch nicht richtig?

„Mein ganzes Leben hab ich Angst gehabt.“ Sie schüttelte den Kopf. Selbst ihre Heirat war von der Angst diktiert gewesen. Hätte sie sich gegen das Arrangement ihres Vaters gewehrt, sie hätte es schwer büßen müssen. Ihr Vater war gut darin gewesen, die Menschen büßen zu lassen. Hatte sie das nicht von ihrer Mutter gelernt und auch von Lydia?

Ihre alte Wut meldete sich wieder. „Warum lasse ich mir alles gefallen? Warum sollte es mich kümmern, was die anderen denken oder sagen?“

Sie musste wieder an Trayton denken, und ihr Gewissen beruhigte sich etwas. Sie hatte ihn ja nur geküsst, mehr nicht. Er war halt nett zu ihr gewesen, hatte ihr das Gefühl gegeben, endlich lebendig zu sein. Was war daran so schlimm? Was konnten ein paar Küsse schaden?

Kapitel 22

Wenn sie glaubt, dass sie Daniel nie wiedersieht", sagte Kjell zu Zerelda, „wird sie vielleicht nie mehr gesund." Er hatte gründlich nachgedacht und war zu dem Ergebnis gekommen, dass er alle Hebel in Bewegung setzen musste, um das Kind zu finden. „Ich will sie nicht allein lassen, aber ich weiß nicht, was ich sonst machen soll. Wenn ich Daniel auf der Insel nicht finde, muss ich eben nach Kansas City gehen und mir Marston Gray vornehmen."

„Diese Familie ist das Böse in Person", sagte Zerelda. „Wenn die dahinter waren … Ich hoffe, du kriegst sie hinter Schloss und Riegel."

Das hoffte Kjell auch, obwohl er seine Zweifel hatte. Hatte Liddie nicht immer gesagt, dass die Grays Macht hatten und es gewohnt waren, ihren Willen durchzusetzen? Er nahm seinen Mantel und warf einen letzten Blick auf seine bewusstlose Frau. Wie klein und schwach sie aussah.

„Ich bin bald wieder da. Ich schau mir das Gelände um das Haus herum an, ob ich Spuren finde. Die Armee sucht auch, sie haben mehrere Männer dazu abgestellt."

„Ich hoffe sehr, dass sie ihrer Aufgabe gerecht werden." Zerelda klang unsicher. „Die Mörder der beiden Tlingitjungen haben sie auch nicht gefunden."

„Ich weiß, aber diesmal sind die Opfer Weiße. Ich sage das ungern, aber vielleicht geben sie sich bei uns mehr Mühe – und schließlich geht es um eine Kindesentführung."

Kjell ging nach unten. Als er die Tür öffnete, standen mehrere Soldaten davor. Auch Dr. Ensign war da.

„Wir wollten gerade zu Ihnen."

Kjell erkannte den Offizier. „Captain Briar! Haben Sie schon was gefunden? Haben Sie meinen Sohn?"

„Den Jungen haben wir noch nicht", begann Briar. „Aber wir haben Spuren gefunden, die zum Strand führen. Wir glauben, dass die Täter auf einem Boot entkommen sind." Er winkte einem der Männer.

„Und wir haben diese Decke gefunden. Erkennen Sie sie?"

Kjell nahm die Decke in die Hand. Sie war lehmverschmiert, aber ohne jeden Zweifel die Bettdecke, die Zerelda Daniel zu Weihnachten geschenkt hatte. „Ja, das ist seine Decke. Lydias Tante hat sie für ihn gestrickt und uns zu Weihnachten geschenkt."

„Und wie ist es hiermit?" Der Captain nahm dem Mann einen weiteren Gegenstand ab und hielt ihn hoch. „Dieses Messer lag nicht weit von der Decke."

„Das gehört Anatoli Sidorov", sagte Kjell. „Er hat es immer dabei gehabt. Wenn Sie sich den Griff ansehen, finden Sie oben seine Initialen; er hat sie selbst eingraviert."

Der Offizier nickte und gab das Messer zurück an den Soldaten. „Sie haben recht, seine Initialen sind darauf. Damit dürfte erwiesen sein, dass Anatoli Sidorov an dem Überfall beteiligt war."

Kjell ballte seine Hände. „Und wenn er dabei war, war sein Bruder Ioann nicht weit. Die beiden sind unzertrennlich."

„Meine Männer haben das Double-Decker auf den Kopf gestellt, aber keine Spur von ihnen gefunden. Ein Bewohner sagte aus, dass sie schon vor mehreren Wochen ausgezogen sind. Er glaubt, dass sie zu jemandem ganz im Westen der Insel gezogen sind. Wir haben ein paar Männer dorthin geschickt, um das zu prüfen."

„Ich werde auch gehen", erklärte Kjell.

„Tun Sie das besser nicht", erwiderte Captain Briar. „Überlassen Sie das uns. Glauben Sie mir, wir werden alles dransetzen, um die Sache aufzuklären."

„Es gibt da noch etwas, das Sie wissen sollten", sagte Kjell. Er überlegte. Wie sollte er ihnen Marston Grays Rolle bei der Sache erklären? Oder das, was er für Grays Rolle hielt. „Aber das müsste ich Ihnen unter vier Augen sagen. Können wir hier irgendwo ungestört sprechen?"

Zwanzig Minuten später rieb Captain Briar sich nachdenklich das Kinn. „Wenn Sie recht haben und tatsächlich dieser Mr Gray Ihren Sohn in seiner Gewalt hat, müssen wir die Polizei in Kansas City benachrichtigen. Wir können aus Seattle oder San Francisco ein Telegramm schicken. Wenn wir schnell handeln, ist das Telegramm eher in Kansas City als Mr Gray. Ich werde mit General Tidball reden. Da dies jetzt sein Posten ist, müssen wir ihn auf dem Laufenden halten."

„Tun Sie alles, was Sie können, egal, was es kostet." Kjell sah den Captain an. „Dieser Mann ist zu allem fähig. Er ist eine Gefahr für alle, aber am meisten für meinen Sohn. Ich traue es ihm zu, dass er das Kind eher umbringt als zuzulassen, dass es zu Lydia zurückkommt."

„Ich glaube Ihnen, Kjell. Lassen Sie mich mit dem General reden und überlegen, wie wir am schnellsten Kansas City benachrichtigen. Und meine Leute werden die Suche hier auf der Insel fortsetzen."

Kjell nickte und seufzte schwer. Schon wieder eine Situation, in der er nichts tun konnte als warten. Er fühlte sich so hilflos. Er konnte Lydia nicht gesund machen, und er konnte seinen Sohn nicht suchen gehen. Wenn er weiter so untätig dasaß, würde er verrückt werden.

Zerelda strich sanft über Lydias Hand. „Liddie, ich wünschte so sehr, du würdest aufwachen. Wir vermissen dich so. Ich weiß, du hast Schlimmes mitgemacht, aber wir brauchen dich. Daniel braucht dich."

Sollte sie fortfahren? Nichts im Gesicht ihrer Nichte deutete darauf hin, dass sie sie gehört hatte. Sie hoffte, sie wollte hoffen, dass Lydia es schaffen würde, aber sie merkte, wie die Hoffnung brüchig wurde.

O Vater, betete sie still, *ich will nicht aufgeben. Ich weiß: Du hast die Macht, das Leben von der Pforte des Todes zurückzuholen. Bitte tu das bei Liddie. Bring sie uns zurück, Vater.* Die Tränen strömten über ihr Gesicht. *Bitte.*

Sie hörte, wie die Tür des Krankensaals sich öffnete. Sie wischte sich das Gesicht ab und drehte sich um. Es war der Arzt. Er nickte ihr zu und kam an das Bett. „Hat sich irgendetwas verändert?", fragte er.

„Nein. Ich rede mit ihr, aber sie reagiert nicht."

Dr. Ensign begann mit ernster Miene, seine Patientin zu untersuchen. „Ich hatte gehofft, dass sie inzwischen wieder bei Bewusstsein wäre."

Zerelda wusste: Je länger ein Mensch bewusstlos war, um so kleiner wurde die Chance, dass er wieder zu sich kam. Der Überfall lag noch nicht sehr lange zurück, aber es wäre besser gewesen, wenn Lydia mehr Lebenszeichen von sich gegeben hätte.

„Sie fühlt sich fiebrig an." Der Arzt prüfte ihre Atmung. „Wenn sie nur keine Lungenentzündung kriegt."

„Ich kann sie beobachten, hierbleiben und sie drehen", sagte Zerelda.

Der Arzt nickte. „Übertreiben Sie's halt nicht, Sie sind ja selber noch nicht wieder gesund. Ich schicke in einer Stunde den Sanitäter."

Als er hinausging, kam Kjell zurück. Er wechselte ein paar Worte mit dem Arzt, dann trat er zu Zerelda. „Ich muss mit dir reden."

Zerelda drückte Lydias Hand. „Ich komme bald zurück, Liddie. Ruh dich aus."

Kjells Miene verriet ihr, dass er keine guten Nachrichten hatte. Sie holte tief Luft. „Also, was gibt's?"

„Sie haben am Strand Daniels Decke gefunden. Offenbar sind die Sidorovs in dem Sturm mit ihm in ein Boot gestiegen – wahrscheinlich, um zu Gray zu fahren, der in einem größeren Boot auf sie wartete."

„Dann glaubst du, dass er die Insel schon verlassen hat?"

„Wahrscheinlich. Gray hatte nicht viele Freunde hier. Jemand im Double-Decker sagte, dass die Sidorovs weggezogen sind, zu jemand im Westen der Insel. Die Armee hat Leute dorthin geschickt, aber ich glaub nicht, dass sie was finden werden."

„Dann bist du ganz sicher, dass das Marston und die Sidorovs waren?"

„Jetzt erst recht. Captain Briar hat mir Anatolis Messer gezeigt, das er wohl am Strand verloren hat, dort, wo die Decke lag. Dieses Messer gibt's nur einmal. Wir wissen auch, dass die Sidorovs die Brandstifter waren und einen Auftraggeber hatten. Und dieser Auftraggeber kann nur Gray gewesen sein."

Zerelda langte unvermittelt nach Kjells Arm. „Ich glaube, ich muss mich setzen."

„O, entschuldige, Zee, an dich hab ich jetzt gar nicht gedacht." Er führte sie zu ihrem Bett und half ihr, sich hinzusetzen.

„Dann können wir jetzt nur abwarten, oder?" Es war mehr eine Feststellung als eine Frage. Zerelda wusste, dass sie kaum eine andere Wahl hatten. Und sie wollte ja auch Lydia nicht allein lassen.

„Und so was ist nicht meine Stärke", sagte Kjell. „Irgendwie finde ich, ich sollte mehr tun." Er schaute zu Lydias Bett hin. „Ich kann ihr nicht helfen, und ich kann Daniel nicht helfen. Ich wollte bei der Suche mitmachen, aber die Armee lässt mich nicht. Sie sagen, sie haben die Sache im Griff, aber ich möchte so gerne selbst etwas tun."

„Aber wir *können* doch etwas tun!", sagte Zerelda. „Wir können beten. Ich weiß, das klingt nach einem ziemlich unbedeutenden Beitrag, aber es ist nicht unbedeutend. Jesus hat gesagt, dass wir ihm all unsere Not bringen dürfen. Gott kennt sie ja ohnehin schon."

„Ich habe gebetet, Zee. Aber manchmal hab ich schier nicht die Worte."

„Gott hört selbst das Seufzen unseres Herzens, auch wenn wir es nicht in Worte fassen können."

Kjell setzte sich auf den Stuhl neben ihrem Bett. „Musst du eigentlich nie darum kämpfen, deinen Glauben zu behalten?"

Sie lächelte. „Natürlich. Aber ich weiß auch, dass niemand mich mehr lieben kann als Gott. Ich vertraue ihm, selbst wenn ich ihn nicht verstehe. Natürlich wünsche ich mir, er würde die Dinge öfter so sehen wie ich."

Kjell musste unwillkürlich lächeln. „Ja, so geht's mir auch. Vor allem, wenn es um Lydia geht."

„Es macht mich sehr froh, dass du sie so liebst. Das hat sie verdient. Sie hat so viel mitgemacht, und das eine, wonach sie sich immer sehnte, war Liebe. Du hast sie in den letzten Monaten zu einer glücklichen Frau gemacht."

„Und das möchte ich auch weiter tun! Ich möchte eine Zukunft mit ihr haben und mehr Kinder. Aber wie soll sie je wieder glücklich werden, wenn sie Daniel nicht zurückbekommt?"

„Dann müssen wir beten, dass er zurückkommt. Allein Gott weiß, wo er jetzt ist und wer für ihn sorgt. Allein Gott kann ihn uns zurückbringen."

Als Kjell am nächsten Morgen aufwachte, prasselte der Regen gegen das Fenster. Er hatte das Angebot des Arztes angenommen und sich neben Lydia auf ein Feldbett gelegt. Im Laufe der Nacht war er immer wieder aufgewacht und hatte nach ihr gesehen. Er musste wissen, ob sie noch atmete, noch am Leben war!

Er setzte sich auf und fragte sich, was dieser Tag bringen würde. Würde Lydia heute endlich zu sich kommen?

Er nahm ihre Hand. „Bitte, Liddie, wach auf. Ich halt's nicht aus ohne dich. Ich brauche dich mehr, als ich je gedacht hab." Er glitt von dem Feldbett und kniete sich neben seine Frau. „Gestern war ich zu Hause, aber ohne dich war alles anders. Und es wird nie wieder so sein wie früher ohne dich. Du musst gesund werden!"

Mit Tränen in den Augen küsste er ihre Hand. „Ich liebe dich mehr als mein Leben, Liddie."

Und er betete, wie er noch nie gebetet hatte, bestürmte Gott, Lydias Leben zu retten. Aber er hütete sich, das Kind laut zu erwähnen; die Bitten für Daniel fügte er im Stillen hinzu. Er wusste nur zu gut, wie eng Mutter und Sohn miteinander verbunden waren.

Er spürte, wie jemand seine Schulter berührte, und dachte, es sei Zee. Er schaute hoch. Nein, es war Dr. Ensign.

„Wie geht's Ihnen, Kjell?"

Er stand auf und rieb sich den Nacken. „Ich komme mir vor, als ob ich auf der Stelle trete."

„Ich auch. Ich wollte, wir könnten irgendetwas tun, aber wir können nur abwarten." Dr. Ensign trat zu Lydia. Er legte seine Hand auf ihre Stirn und begann zu lächeln. „Das Fieber ist weg. Sie fühlt sich nicht mehr heiß an – nicht mehr so wie gestern." Er hörte ihr Herz und ihre Lunge ab und nickte. „Die Lunge klingt frei, und das Herz schlägt kräftig. Es könnte sein, dass sie über den Berg ist, Kjell. Sie hat angefangen, zu kämpfen. Sie will leben."

Die Worte klangen fast zu schön, um wahr zu sein. „Warum wacht sie dann nicht auf?"

Der Arzt schüttelte den Kopf. „Wie soll ich das wissen? Der menschliche Körper ist voller Überraschungen. Wir denken, wir haben alles im Griff, und dann kommt das nächste Symptom oder Problem. Es hängt so viel vom Patienten ab."

Dr. Ensign beendete seine Untersuchung, dann bedeutete er Kjell, ihm nach draußen zu folgen. „Captain Briar ist unten. Er möchte Sie gern sprechen, sobald Sie Zeit haben."

„Hat er gesagt, ob seine Leute was gefunden haben – die Sidorovs oder Daniel?"

„Nein. Er kam kurz vor mir hier an und sagte, er werde unten in meinem Büro warten. Und meine Frau hat Kaffee für Sie gemacht. Wenn Sie mit dem Captain gesprochen haben, sind Sie eingeladen, mit uns zu frühstücken."

Kjell lief vor dem Arzt die Treppe hinunter in das kleine Büro. Drinnen stand Captain Briar militärisch stramm vor dem Fenster.

„Sie wollten mich sprechen, Captain?"

Der Offizier drehte sich um und nickte. Er sah ernst aus. „Bitte setzen Sie sich."

Eine Zange wollte sich um Kjells Brust legen. Er langte nach dem nächsten Stuhl, blieb aber stehen. „Was ist es? Sagen Sie's mir."

„Es sieht leider nicht gut aus. Meine Männer haben die Hütte gefunden, die die Sidorovs benutzt haben. Sie liegt am Strand, und ..." Er presste seine Lippen zusammen, als ob er nicht wusste, wie er fortfahren sollte.

„Sagen Sie's mir. Jetzt. Ich muss das wissen."

Der Captain räusperte sich und zögerte noch einen Augenblick, dann sagte er: „Wir haben die Leiche von Anatoli Sidorov gefunden. Sie war ans Ufer geschwemmt worden, zusammen mit den Trümmern eines kleinen Bootes und anderen Sachen."

„Was für Sachen?"

„Kleidungsstücke – Säuglingskleider."

„Nein! Sie irren sich."

Der Captain trat zu Kjell. „Das Kind haben wir noch nicht gefunden, aber wir glauben ... ich meine, das zerstörte Boot und so ... wir glauben, dass es nur eine Frage der Zeit ist."

„Eine Frage der Zeit? Wie meinen Sie das?" Kjell wusste die Antwort natürlich schon.

„Wir ... gehen davon aus, dass sie alle in dem Sturm untergegangen sind", sagte Captain Briar. Er nahm Kjells Arm. „Da Anatolis Leiche an Land gespült worden ist, werden die anderen wohl bald folgen."

Kjell schüttelte seinen Kopf. „Das kann nicht sein! Mein Sohn kann nicht tot sein."

„Es tut mir leid, aber ich kann mir nicht vorstellen, dass er noch lebt. Wenn die Sidorovs, wie Sie meinen, das Kind zu Gray bringen wollten, mussten sie durch den Sturm, und der war einer der schlimmsten seit Langem. Das Boot wird an den Riffen zerschellt sein."

Kjell sank auf den Stuhl und vergrub das Gesicht in den Händen. Wie sollte er Lydia beibringen, dass ihr Kind tot war? Wenn es bei Gray gewesen wäre, hätte es immerhin noch Hoffnung gegeben, es gesund wiederzubekommen.

Er begann zu schluchzen, dass seine Schultern zitterten. *Gott! Wo bist du? Warum muss das passieren? Wie sollen wir das aushalten?*

Der Offizier stand neben ihm, seine Hand weiter auf Kjells Arm. Er sagte nichts. Mit was für Worten hätte er ihn trösten und dem, was da geschehen war, einen Sinn abringen sollen?

Kjell dachte an das kleine Wesen und daran, wie sehr er es liebte. *Daniel ist vielleicht nicht mein Fleisch und Blut, aber er ist mein Sohn …*

Als Kjell endlich zurückkam, sah Zerelda sofort, dass es schlechte Nachrichten gab. Seine verweinten Augen sprachen Bände. „Haben sie Daniel gefunden?" Sie brachte die Frage kaum über die Lippen.

Er nahm ihren Arm und führte sie zu einem der Stühle. Er setzte sich neben sie. „Noch nicht."

Sie spürte einen Hoffnungsfunken. „Was hat dich dann so aufgeregt? Ich dachte schon …"

„Sie haben Anatoli Sidorov gefunden und … und … Trümmer."

„Trümmer?"

Er sah sie an und nickte. „Das Boot ist in dem Sturm untergegangen. Die Trümmer sind an Land geschwemmt worden, und die Leiche von Anatoli. Und ... und ein paar von Daniels Sachen."

Sie legte ihre Hand auf den Mund und schüttelte den Kopf. Sie merkte, was Kjell ihr da sagen wollte, aber sie konnte, sie wollte nicht glauben, dass es wahr war.

„Captain Briar meint, dass sie früher oder später vielleicht auch Ioann und Daniel finden. Er glaubt, sie sind alle ... ertrunken."

Zerelda schüttelte weiter den Kopf. Die Tränen kamen. Sie konnte den Gedanken nicht ertragen. Daniel konnte nicht tot sein. Es konnte nicht wahr sein.

Als Kjell seinen Arm um sie legte, konnte sie die Tränen nicht mehr zurückhalten. Sie weinte leise in ihre Hände. *Lieber Gott, bitte gib, dass das nicht wahr ist! Er ist doch erst ein Baby. Bitte, Gott.*

Kapitel 23

Evie ging die Treppe hinunter. Sie musste zu einem Treffen des Witwen- und Waisen-Hilfswerks von Kansas City, auf dem sie und etliche andere aus den besseren Kreisen der Stadt bei Kaffee und Gebäck darüber beraten wollten, wie man den Bedürftigen besser helfen konnte.

Sie ließ die Kutsche holen und sich von dem Butler in ihren Mantel helfen. Sie knöpfte ihn gerade zu, als Thomas in den Flur kam und sie sah.

„Liebes, wo willst du hin an diesem kalten Vormittag?"

„Heute tagt doch das Witwen- und Waisen-Hilfswerk, weißt du nicht mehr? Ich hab dir's beim Frühstück gesagt."

Er dachte kurz nach. „Ja, jetzt erinnere ich mich wieder." Er nickte kurz und sagte zu dem Butler: „Miles, vergessen Sie nicht, dass ich um elf die Kutsche brauchen werde."

„Ja, Sir." Der Mann nickte.

Evie zog ihre Handschuhe an. „Wenn Besucher kommen, sagen Sie ihnen, dass ich heute erst nach zwei Uhr zu sprechen bin."

„Sehr gut, Madam." Er öffnete ihr die Haustür. „Soll ich Sie zur Kutsche bringen?"

„Nein, danke, Miles."

Die kalte Februarluft biss Evie in die Wangen. Sie vergrub ihr Gesicht in ihrem Mantel. Der Kutscher öffnete die Tür der geschlossenen Kutsche und half ihr beim Einsteigen. Evie machte es sich auf dem Lederpolster bequem, den Mantelkragen immer noch hochgeschlagen. Der Kutscher schloss die Tür.

„Ich kann Ihnen beim Aufwärmen helfen", flüsterte eine Stimme.

Sie schaute erschrocken auf. Auf dem Sitz gegenüber saß Trayton Payne. Er setzte sich rasch neben sie. Die Kutsche fuhr los.

„Was machen Sie denn hier?“

Sie sah, wie sein ernstes Gesicht amüsiert wurde. „Na, raten Sie mal.“ Er zog sie an sich und küsste sie auf den Mund.

Erst wollte sie ihn fortstoßen. Doch Trayton hielt sie noch fester und küsste sie heftig auf Wange und Ohr. „Ich habe Sie vermisst“, flüsterte er.

„Hören Sie auf“, sagte sie. Es klang nicht sehr überzeugend.

„Das sagen Sie nur so“, erwiderte er.

Er hatte natürlich recht. Der Mann las ihre Gefühle wie ein Buch. Sie wollte nicht, dass er aufhörte, seine Finger und Lippen jagten Schauer durch sie.

„Sie sind die schönste Frau, die ich je gesehen hab.“ Er spielte mit einer Haarsträhne an ihrer Schläfe. „Schön und intelligent. Die meisten Frauen sind nur eines von beiden, manche sogar keines. Sie sind eine Rarität!“

„Warum sind Sie hier?“, flüsterte sie kaum hörbar.

„Ich hatte gehört, dass Sie diesen Morgen ausgehen, und da bin ich in die Kutsche geschlüpft, als der Kutscher gerade anderweitig beschäftigt war.“ Er lockerte seine Umarmung und grinste. „Finden Sie das schlimm?“

Sie löste sich nicht aus seinen Armen. Einen Moment überlegte sie, ob sie lügen sollte, dann schüttelte sie den Kopf. „Ich finde es nur schlimm, dass ich keine Zeit für Sie habe.“ Sie schaute errötend zur Seite; so viel hatte sie nicht sagen wollen. Sie versuchte rasch, das Thema zu wechseln. „Es ist wirklich kalt heute.“

Der nächste Fehler. „Ich kann Sie wärmen“, sagte er mit leisem Glucksen. Er nahm eine Decke und wickelte sie langsam und genüsslich um sie.

Seine Nähe ließ sie zittern. Dies hier, es war verrückt. Sie war eine verheiratete Frau, und auch wenn ihr Mann sich nicht um sie kümmerte, war Ehebruch nach wie vor eine unverzeihliche gesellschaftliche Sünde. Nun ja, nicht für die Männer, aber für die Frauen. Eine Ehefrau konnte so einsam und unglücklich sein, wie sie wollte – eine Affäre machte sie augenblicklich zu einer Aussätzigen, auch wenn ihre einzige Sünde darin bestand, dass sie sich nach Liebe gesehnt hatte. Nun ja, vielleicht nicht die einzige Sünde.

„Ich habe den Eindruck, dass Sie nicht mehr so viel an mich denken. Das müssen wir ändern." Trayton zog sie wieder an sich.

Eine leise Stimme in ihr wollte kämpfen – Nein sagen, ihn auffordern, sie in Ruhe zu lassen. Aber ein Blick in seine dunklen Augen, und sie wusste, dass die Lage aussichtslos war. Der Mann war dabei, sie zu verführen, und sie schaute hilflos zu.

„Ich habe einen wunderbaren Plan. Ihr Mann schickt mich demnächst geschäftlich nach Chicago. Warum kommen Sie nicht einfach mit? Ich mache Ihren Anstandswauwau, und wir können zusammen sein, ohne Angst vor irgendwelchen allzu wachsamen Augen haben zu müssen."

Evies Kopf schwirrte von tausend Gedanken. „Nach Chicago? Wie soll ich das meinem Mann erklären?"

„Sie reisen gerne und haben Langeweile. Es ist Winter, und Sie brauchen mal andere Tapeten. Wenn wir es richtig angehen, können Sie ihn in meiner Gegenwart fragen, und ich kann den Vorschlag machen, dass Sie mitkommen."

„Ich ... weiß nicht." Sie legte ihre Hand an ihren Kopf. Es ging alles zu schnell.

„Evie, Sie haben etwas Besseres verdient als das, was Thomas Ihnen gibt. Ich sehe doch, dass Sie ihm egal sind. Ich sehe, wie weh es Ihnen tut, wenn er ohne einen Blick an Ihnen vorbeigeht."

„Das sehen Sie?", fragte sie ungläubig.

Er streichelte ihre Wange. „Ja. Und ich sehe noch mehr. Der Mann kennt nur sein Geld und seine Geschäfte. Er weiß nicht, was eine Frau braucht."

„Und Sie wissen das?"

Er grinste. „Das können Sie selbst am besten beantworten. Was halten Sie zum Beispiel hiervon?" Er küsste sie wieder.

Er zog sie auf seinen Schoß. Sie ließ es geschehen. Ihr Verstand war wie gelähmt. Es gab nur noch diesen Augenblick und Trayton. Alles andere zählte nicht.

Kjell ging die Lincoln Street hinunter. Wie, um alles in der Welt, sollte er Lydia sagen, was mit Daniel geschehen war? Sie war immer noch bewusstlos, aber der Arzt sah Anzeichen, dass sie dabei war, zurückzukommen. Die Soldaten hatten keine weiteren Bootstrümmer und keine Spur von Ioann oder dem Kind gefunden, aber man ging weiter davon aus, dass sie ertrunken waren. Captain Briar sah angesichts dieser Lage keinen Grund, die Behörden in Kansas City zu benachrichtigen, zumal es keine Beweise gab, dass Marston Gray an der Entführung beteiligt gewesen war.

Er ging zurück zum Krankenhaus. Es begann zu regnen. Den dunkelgrauen Wolken nach zu urteilen, würde es an diesem Tag noch öfter regnen. Wolken, so weit das Auge sah; sie machten Kjell das Herz noch schwerer.

„Da bist du ja", sagte Zerelda, als er in den Eingangsflur des Krankenhauses trat. „Hast du alles erledigt, was du wolltest?"

Kjell hatte ihr gesagt, dass er mehrere Rechnungen schreiben musste, aber er war gar nicht in die Sägemühle gekommen. „Ich hab nicht auf die Zeit geachtet und war gar nicht da", sagte er. „Was hat der Doktor zu deiner Kopfwunde gesagt?"

„Dass ich einen Dickschädel hab und dass das wieder wird." Sie nahm seinen Arm. „Ich geh gleich nach Hause und mache uns ein schönes Abendessen. Wann wirst du da sein?"

„Ich weiß nicht, Zee. Ich möchte Lydia nicht allein lassen."

„Das weiß ich doch. Komm einfach zum Abendessen nach Hause, und dann kannst du gleich wieder hierher."

Kjell schaute an ihr vorbei zur Treppe hin. „Ja, gut."

Zerelda nahm wieder seinen Arm. „Was ist?"

Er schüttelte seinen Kopf. „Ich weiß einfach nicht, was ich ihr über Daniel sagen soll." Zerelda nickte. Kjell sah sie an. „Ich glaube nicht, dass er tot ist. Die Armee hat keinerlei Beweise dafür gefunden. Und ich bin nach wie vor davon überzeugt, dass Gray hinter der Sache steckt."

„Aber wie kannst du das beweisen?", fragte Zerelda. „Wie können wir weiter hoffen, wenn wir gar nicht wissen, ob Daniel noch lebt?"

„Darum müssen wir ja die Wahrheit herausfinden."

„Aber wie?"

Kjell straffte die Schultern. „Genau weiß ich das auch nicht, aber …"

„Kjell! Zerelda!" Dr. Ensign stand am oberen Ende der Treppe. „Lydia wacht auf!"

Kjell sprang die Treppe hoch, zwei Stufen auf einmal. Er rannte an dem Arzt vorbei und in den Krankensaal. Er sah, wie Lydia sich bewegte, und blieb an ihrem Bett stehen. „Liddie? Schatz. Ich bin hier. Sag doch was!"

Langsam öffnete Lydia die Augen. Sie blinzelte mehrere Male und sah ihn an. Sie sah verwirrt aus. „Wasser." Sie krächzte es.

Kjell nahm den Krug und goss Wasser in ein Glas. „Hier. Warte, ich helf dir." Er legte einen Arm um sie und hob sie so weit an, dass sie trinken konnte. Sie verzog schmerzlich das Gesicht, aber sagte nichts.

Jetzt waren auch der Arzt und Zerelda da. Kjell legte Lydia vorsichtig zurück auf die Kissen. Sie sah vom einen zum anderen. „Wo … bin ich?"

Der Arzt trat an ihre Seite. „Sie sind im Krankenhaus. Wie fühlen Sie sich?"

„Es tut … so weh." Sie langte an die Stelle, wo ihre Schulter und der Nacken zusammenkamen. „Was ist passiert?"

Kjell und der Arzt sahen sich an. „An was erinnerst du dich?", fragte Kjell beklommen.

Sie schüttelte den Kopf. „An nichts."

Sie verzog das Gesicht; Kjell wusste nicht, ob vor Schmerzen oder vor Verwirrung. Er nahm ihre Hand. „Es ist gut, Liddie. Du brauchst dich nicht gleich an alles zu erinnern."

Sie starrte auf seine Hand, die die ihre hielt, dann wieder in sein Gesicht. „Wer sind Sie?"

Kjell schaute Zerelda an, dann den Arzt. Seine Kehle schnürte sich zusammen. „Wie meinst du das? Du weißt doch, wer ich bin!"

Lydia musterte einen Augenblick lang erst ihn, dann Zerelda, dann den Arzt. „Ich ... kenne keinen von euch."

Der Arzt runzelte die Stirn. „Sie kennen Ihre Tante nicht – und Ihren Mann?"

„Mann?" Lydia starrte Kjell an. „Sie sind mein Mann?"

„Ja", presste Kjell hervor.

Zerelda trat näher. „Kind, weißt du wirklich nicht, wer ich bin?"

Lydia schaute sie nachdenklich an, dann schüttelte sie den Kopf. „Nein." Sie runzelte die Stirn und zog ihre Hand aus Kjells weg. „Ich habe keine Ahnung." Sie versuchte, sich aufzusetzen.

„Bleiben Sie liegen", sagte der Arzt. „Sonst reißen die Nähte, und Sie bluten wieder."

„Ich will hier weg! Ich weiß nicht, was passiert ist!" Ihre Stimme wurde ängstlich. „Was ist mit mir los?"

„Es gab einen schweren Sturm, und Sie hatten einen Unfall", sagte der Doktor leise. „Dann kamen Sie hierher ins Krankenhaus. Ihre Verletzungen und der Schock haben Sie vorübergehend das Gedächtnis verlieren lassen. Das ist nicht schlimm, das passiert manchmal."

„Wer sind Sie?", fragte sie.

„Ich bin Dr. Ensign, Ihr Arzt."

Sie schien damit zufrieden zu sein und nickte fast unmerklich. Dann sah Sie Zerelda an. „Und Sie ... Sie sind meine Tante?"

„Ja. Obwohl du mir längst wie eine Tochter geworden bist."

„Und wo ist meine Mutter?"

Zerelda biss sich auf die Lippe und sah den Arzt an. Kjell sah, wie dieser nickte, wie um ihr Mut zu machen. „Deine Mutter ist vor langer Zeit schon gestorben."

„Ist sie tot?" Lydia legte ihre Hand über ihre Augen. „Warum weiß ich das nicht mehr?"

„Machen Sie sich keine Sorgen, so etwas hab ich schon öfter erlebt. Das geht wieder vorüber. Ruhen Sie sich jetzt aus." Dr. Ensign bedeutete Zerelda und Kjell, mit ihm zu kommen. „Der Sanitäter wird Ihnen etwas für Ihre Nerven bringen."

Lydia antwortete nicht. Sie ließ Kjell nicht aus den Augen, als er sich von dem Bett entfernte und aus dem Zimmer ging. Er wusste nicht, ob er vor Schmerz schreien oder vor Freude weinen sollte. Lydia war aus ihrer Ohnmacht aufgewacht. Es war ein Wunder, dass sie den Überfall überlebt hatte. Aber ihr Gedächtnis war fort. Sie kannte ihn nicht mehr. Sie wusste nicht mehr, dass sie ihn liebte und dass er sie liebte.

In schockiertem Schweigen gingen sie in Dr. Ensigns Büro. Sie setzten sich. Es dauerte mehrere Minuten, bevor der Arzt begann.

„Das Gehirn ist sehr empfindlich. Mit einem schweren Schock kann es oft nicht fertig werden. Die Umstände des Überfalls, ganz zu schweigen von dem Blutverlust, haben durchaus dazu führen können, dass ihr Gehirn … tja, nicht mehr so funktioniert wie vorher. Wir wissen so wenig darüber, wie das Gehirn arbeitet, aber wie gesagt, ich habe so etwas schon öfter erlebt."

„Kann man etwas tun?", fragte Kjell.

„Nichts. Wir dürfen sie aber auf keinen Fall neuen Schocks aussetzen. Wir müssen sehr geduldig mit ihr sein. Wir können ihrem Gedächtnis nicht mit Zwang auf die Sprünge helfen."

Kjell starrte auf den Holzfußboden. Er kam sich vor wie auf einem Schiff, das plötzlich ein großes Leck bekommen hatte und bald sinken würde und wo niemand wusste, wie man das Leck stopfen konnte.

„Bei einer Sache müssen wir äußerst vorsichtig sein", fuhr

der Arzt fort. „Sagen Sie nichts von dem Kind. In ihrem labilen Zustand könnte das dazu führen, dass sie sich vollends aus der Realität zurückzieht. Ich glaube nicht, dass sie die Wahrheit ertragen könnte."

Zerelda nickte und nahm Kjells Hand. „Vielleicht ist es ein heimlicher Segen. Es gibt uns Zeit. Und Lydia."

„Zeit für was?", sagte Kjell ärgerlich. „Was für eine Hoffnung können wir ihr denn bieten?"

„Zeit zum Heilwerden, Kjell", sagte Zerelda leise. „Kann sein, dass Lydia sich nie mehr an uns oder das Kind erinnert, aber uns kann sie von Neuem kennen lernen. Sie hat so viel Schlimmes erlebt, vielleicht ist es besser, wenn sie sich nicht mehr an die Vergangenheit erinnert. Vielleicht ist das Gottes Geschenk für sie."

„Geschenk? Er lässt zu, dass sie ihr Kind und ihr Gedächtnis verliert, und das soll ein Geschenk sein?" Kjells Stimme war bitter. Er sprang auf. „Ich kann nicht mehr hier rumsitzen!"

Er rannte buchstäblich aus dem Zimmer und dem Krankenhaus. Er wusste nicht, wohin, aber hier hielt er es auch nicht mehr aus. Seine Gegenwart war ja keine Hilfe für Lydia. Einmal mehr wollte er helfen und konnte es nicht.

Lydia versuchte, ihren Kopf klar zu bekommen. Wie sehr sie sich auch anstrengte, sie konnte sich an nichts aus ihrem Leben erinnern. Diese Einsamkeit, diese Angst … Die Schmerzen und die Schwäche von ihren Wunden waren schlimm genug, aber dieses weiße Loch in ihrem Kopf war unerträglich.

„Wer bin ich? Warum erinnere ich mich an nichts?"

Die Frau, die Zerelda hieß, kam herein. Sie trat lächelnd zu ihr. „Störe ich dich?"

Sie musterte die Frau. Hatte sie die nicht schon einmal gesehen?

„Darf ich mich zu dir setzen und ein bisschen mit dir reden?"

Lydia nickte. „Ja, gerne."

„Du bist gerade verwirrt. Wahrscheinlich hast du auch Angst. Das würde mir genauso gehen, wenn ich mich nicht erinnern könnte, wer ich bin oder wer die anderen sind."

„Ja, ich habe Angst. Ich müsste mich eigentlich an vieles erinnern ... auch an Sie ... äh, dich ... aber das tue ich nicht."

Das Gesicht der Frau sah so mitfühlend aus, dass Lydia sich unwillkürlich entspannte. Dieser Frau lag offensichtlich sehr viel an ihr, das spürte sie.

„Erzähl mir von meiner Vergangenheit. Wer ich bin. Und wer du bist."

„Ich bin deine Tante Zerelda Rockford. Manche nennen mich Zee. Ich bin die Schwester deines Vaters."

„Und wo ist mein Vater?"

Die Frage schien der Frau nicht willkommen zu sein. „Ist er auch tot? Wie meine Mutter?"

Zerelda nickte. „Ja. Er ist vor knapp einem Jahr gestorben."

„Wie ist er gestorben?"

Wieder rutschte die Frau nervös auf ihrem Stuhl und dachte nach. „Er hatte einen Kutschenunfall. Er wurde schwer verletzt und starb kurz darauf. Bald danach bist du hierher zu mir gezogen. Erinnerst du dich noch an die Reise?"

Lydia dachte einen Augenblick nach. „Nein."

„Du bist hier in der Stadt Sitka in Alaska, auf einer Insel im fernen Nordwesten. Verglichen mit den meisten amerikanischen Städten ist Sitka nicht groß, aber für Alaska ist es sehr groß."

„Bist du meine einzige Verwandte?"

Die Frage schien die Frau zu überraschen. Hatte das mit dem Mann zu tun, der vorhin da gewesen war? „Ich weiß, dass ich mit ... dem Mann verheiratet bin."

„Ja, mit Kjell Lindquist." Das Gesicht der Frau erhellte sich. „Er ist ein guter Mann, Lydia, du hast ihn sehr geliebt. Ihr beide wart das perfekte Paar."

„Dann waren wir glücklich?"

„Jawohl, und sehr verliebt." Zerelda lachte. „Du bist noch nicht lange verheiratet, erst seit November. Kjell hat große Angst um dich gehabt, er war Tag und Nacht bei dir."

Doch, der Mann war sehr nett gewesen und sein Blick besorgt. Wenn er so lange bei ihr gewacht hatte, musste er sie wirklich lieben. „Wie hab ich ihn kennengelernt?"

Zerelda lachte. „Als du ankamst, warst du sehr erschöpft und seekrank und ... ja, sehr schwach, und da bist du auf dem Kai ohnmächtig geworden und Kjell in die Arme gefallen. Als du wieder zu dir kamst, hast du ihm gesagt, wer du bist und dass du zu mir wolltest. Kjell kannte mich und hat dich zu meiner Blockhütte gefahren."

Es war zu viel auf einmal für Lydia. Die vielen Einzelheiten machten sie nur noch verwirrter. Warum wusste sie das alles nicht mehr? „Ich glaube, ich muss mich ausruhen."

Zerelda tätschelte ihre Hand. „Das ist eine gute Idee. Aber merk dir: Ich liebe dich, Liddie. Ich liebe dich und werde dich immer lieben. Wir schaffen das, mit Gottes Hilfe schaffen wir das."

Lydia nickte. „Da hast du recht." Aber kaum stand ihre Tante auf, kamen die Zweifel wieder. Würde sie sich je an ihr vergangenes Leben erinnern? An ihren Mann und warum sie sich in ihn verliebt hatte?

Und wenn nicht, wie konnte sie ihm dann eine Ehefrau sein?

Kapitel 24

Es war schließlich weder Evie noch Trayton, der vorschlug, dass sie mit nach Chicago reiste, sondern Thomas Gadston selber.

„Du siehst so niedergedrückt aus, Liebes", sagte er, als Evie von ihrem Buch aufsah. Neben ihm stand Trayton; die beiden waren gerade in die Bibliothek getreten.

„Danke, es geht mir gut", erwiderte sie unsicher.

„Ich hab eine fabelhafte Idee. Ich schicke Trayton demnächst nach Chicago. Wie wär's, wenn du mit ihm fährst? In Chicago gibt's viel zu sehen. Ein paar Tage dort würden dir guttun, und wenn Trayton dabei ist, brauche ich mir keine Sorgen um deine Sicherheit zu machen."

Sie schaute zu Trayton hin und merkte, wie ihr Herz schneller schlug. Es fehlte nicht viel, und er hätte gegrinst, als wisse er, dass sie unfähig war ihm zu widerstehen.

„Trayton hat mir gesagt, dass ihm das nichts ausmacht. Er ist ein guter Mann – ich schätze mal, der Beste unter meinen Mitarbeitern."

Evie schluckte und brachte kein Wort hervor. Sie schaute wieder von ihrem Mann zu seinem Sekretär. Sie spürte wieder die Berührung seiner Lippen und den Duft seines Eau de Cologne.

Trayton schaute sie an, in seinen Augen das Feuer der Leidenschaft. Sie wollte sich abwenden und konnte nicht.

Ihr Mann begann bereits, in einem Stapel Papiere zu blättern. „Ich werde alles arrangieren. Zwei deiner Dienstmädchen werden dich begleiten. Du kannst gleich anfangen zu packen."

Seine Stimme brach den Bann. Evie stand auf. „Ich finde … das sollte ich … eigentlich nicht machen. Meiner Schwester geht es in der letzten Zeit nicht gut. Es ist besser, ich bleibe in ihrer

Nähe, falls es schlimmer wird." Jeannette hatte nur eine Erkältung, aber die kam Evie als Ausrede gerade recht.

„Unsinn", antwortete Thomas, ohne von seinen Papieren aufzusehen. „Deiner Schwester passiert schon nichts, und in spätestens zwei Wochen bist du ja wieder da. Geh und pack."

Mechanisch, wie hypnotisiert ging Evie durch den Raum. Als sie an Trayton vorbei kam, streckte er die Hand aus und berührte ihre Finger. Sie zog ihre Hand heftig an die Brust, als habe sie sich verbrannt. Er lächelte amüsiert.

Sie verstand gar nichts mehr. Sie hatte doch vorgehabt, ihren Mann zu fragen, ob sie Trayton nach Chicago begleiten durfte. Dass ihr Mann den Vorschlag selbst machte, verunsicherte sie völlig. Wie war er nur auf die Idee gekommen? Sah sie wirklich so niedergedrückt aus? Und selbst wenn – wann hatte Thomas je mehr als einen flüchtigen Blick für sie übrig gehabt?

Ihr Magen rumorte bei dem Gedanken, allein mit Trayton zu sein. Zwei Seelen kämpften in ihrer Brust; die eine wollte nichts lieber als bei ihm sein, die andere schreckte vor dem Ungehörigen in diesem Schritt zurück. Evie war nicht religiös erzogen worden, aber sie wusste sehr wohl, dass es falsch war, die Ehe zu brechen. Obwohl die Gewissensqual nicht allzu groß war. Sie lebte in einer Welt, in der früher ihr Vater und jetzt ihre Brüder sich ihr eigenes Gesetz waren und Moral nach ihrem Geldwert gemessen wurde.

Als sie die pompöse Treppe hochstieg, merkte Evie, dass sie ja noch gar nicht wusste, wann sie aufbrechen würden. Thomas hatte ihr nur gesagt, dass sie packen sollte. Sie holte tief Luft und ging zurück zur Bibliothek. Hoffentlich wäre Trayton so klug und würde sie nicht weiter beachten.

Sie hatte gerade die Tür erreicht und wollte sie öffnen, als sie hörte, wie ihr Mann drinnen laut loslachte. „Wenn Sie sie schwängern", sagte er, „geb ich Ihnen tausend Dollar extra!"

Ihre Augen wurden weit. Thomas fuhr fort: „Die Leute reden schon genug über mich, und ein, zwei Kinder könnten die Gerüchte vielleicht beenden."

„Warum machen Sie das nicht einfach selbst?“, fragte Trayton.

Wieder lachte Thomas. „Weil sie mich nicht interessiert. Ich habe sie allein wegen des Geldes ihres Vaters und der Verbindungen, die er mir in Aussicht stellte, geheiratet. Als er starb, ging das zum Großteil in die Binsen. Wenn ich mich scheiden ließe, würde ich mein eigenes Erbe riskieren, und so spiele ich eben dieses Spiel. Sie hat es gut in meinem Haus, und mit Ihrer Hilfe kriegt sie jetzt auch die Streicheleinheiten, die sie braucht. Ich werde Sie weiter gut bezahlen, aber rechne natürlich auf Ihre äußerste Diskretion.“

„Natürlich“, erwiderte Trayton. „Ich würde Sie oder Ihre Frau im Traum nicht in Verlegenheit bringen.“

Evie wurde es übel. So verraten und verkauft wie jetzt hatte sie sich noch nie gefühlt. Trayton liebte sie also überhaupt nicht, sondern wurde für seine Verführungskünste bezahlt. Bezahlt von ihrem eigenen Mann.

Sie stolperte die Treppe hoch. Oben rannte sie um ein Haar die Haushälterin um. Ohne auch nur eine Entschuldigung zu murmeln, rannte sie weiter, in ihr Zimmer, und verriegelte die Tür hinter sich. Dann kamen die Tränen.

Wie kann er es wagen, das mit mir zu machen? Wie können die nur? Sie warf sich auf ihr Bett.

Es war alles so ungerecht. Fast hätte sie ihren Körper und ihre Seele einem Mann hingegeben, der sich nicht für sie interessierte, sondern nur für das Geld, das ihr Mann ihm gab. Ihr Magen wollte sich umdrehen. *Wie konnte ich so dumm sein? Wie konnte ich mich nur so einwickeln lassen?*

Sie hasste sich selbst. Hasste es, dass ihre Einsamkeit und Sehnsucht ihr um ein Haar den Verstand geraubt hatten. Sie schlug mit den Fäusten auf die Matratze. Sie wollte schreien, ließ es aber lieber. Sie wusste, dass sie niemand ein Wort sagen durfte; die Schande war zu groß.

Am Abend erschien sie nicht zum Dinner, sondern ließ sich

von ihrem Dienstmädchen für das Bett fertig machen. „Sagen Sie Mr Gadston, dass ich mich unwohl fühle. Und dass ich nicht nach Chicago reisen werde."

„Jawohl, Madam." Das Mädchen knickste.

Als das Mädchen fort war, verriegelte Evie die Tür ihres Schlafzimmers, damit niemand (vor allem Trayton nicht) sich Einlass verschaffen konnte.

Bis weit nach Mitternacht lag sie wach und grübelte. Was sollte sie tun? Sie hatte schon oft mit dem Gedanken gespielt, Thomas zu bitten, sie freizugeben – die Ehe annullieren zu lassen, da sie nie vollzogen worden war. Er würde so etwas natürlich nie machen. Kein Mann gab gerne zu, dass er seinen ehelichen Pflichten nicht nachgekommen war. Aber jetzt hatte Evie eine Waffe in der Hand. Sie konnte ihm damit drohen, seinen Plan mit Trayton publik zu machen.

Aber was, wenn Trayton einfach behauptete, dass sie verrückt war und sich etwas einbildete? Sie schüttelte den Kopf. Trayton würde nie die Wahrheit sagen, dafür würden Thomas und sein Portemonnaie schon sorgen.

„Ich sitze in der Falle." Die Verzweiflung wollte sie packen und ihr die Luft zum Atmen nehmen. „Was soll ich machen? Was soll ich nur machen?"

Kapitel 25

März 1871

„Das Haus ist wirklich hübsch", sagte Lydia.

„Ich freue mich, dass du uns so vertraust, dass du mitgekommen bist", sagte Zerelda. „Nach über einem Monat im Krankenhaus musstest du ja wirklich mal andere Tapeten sehen."

Kjell schaute zu, wie seine Frau ihr altes und neues Heim inspizierte. Sie ging durch das Wohnzimmer und schaute sich die Nippsachen an. Einige hatte sie selbst gekauft, nachdem sie nach Sitka gekommen war, aber die meisten gehörten Zerelda.

Sie trat zu dem Schaukelstuhl und fuhr mit der Hand die Rückenlehne entlang. „Schaukelstühle hab ich immer gemocht."

Alle schauten erstaunt auf, auch Lydia selber. „Ich weiß selbst nicht, warum, aber ich weiß, dass es stimmt." Sie klang ganz begeistert, und Kjell musste lächeln.

„Ja", sagte er ihr. „Du hast immer gerne vor dem Kamin gesessen und geschaukelt."

Lydias Lächeln wurde breiter. „Was mache ich sonst noch gern?"

Zerelda lachte. „Vieles, aber vielleicht fällt es dir auch selbst wieder ein."

„Was hab ich besonders gern gegessen?" Lydia schaute erst Kjell an, dann Zerelda.

„Du hast immer Pfirsiche gemocht. Frisch kriegen wir sie hier oben nicht so leicht; bis sie hier sind, sind sie oft verschimmelt", sagte Zerelda. „Aber manchmal mache ich dir einen Kuchen mit eingemachten Pfirsichen, davon kannst du nicht genug kriegen."

„Pfirsiche." Lydia schien zu überlegen, ob das stimmte.

„Und Hirschbraten", sagte Kjell. „Und frisches Brot."

„Ja", sagte Zerelda. „Am liebsten hast du es frisch aus dem Backofen."

„Ich hoffe, dass ich bald mein Gedächtnis wiederhabe", sagte Lydia. „Dr. Ensign hat gesagt, es gibt keinen Grund, warum es nicht zurückkommen soll."

Kjell schaute zu, wie sie durch den Raum ging. Jetzt blieb sie vor ihrem Geigenkasten stehen. Sie musterte ihn einen Augenblick, den Kopf zur Seite gelegt. Niemand sagte etwas. Kjell wusste: Es war wichtig, dass sie sich selbst erinnerte.

„Gehört die Geige mir?"

„Ja", erwiderte Zerelda. Sie trat neben Lydia. „Die hast du schon als Kind gespielt."

Lydia sah ihre Tante an. „Glaubst du, ich erinnere mich wieder, wenn ich's versuch'?"

„Vielleicht."

Lydia kniete sich vor dem Kasten hin, hielt inne und stand wieder auf, ohne ihn anzurühren. „Ich glaube, ich warte lieber. Ich freue mich so, dass ich mich erinnere, dass ich Schaukelstühle mag, da will ich mir das nicht verderben, indem ich womöglich nicht mehr weiß, wie man Geige spielt."

Kjell fand, dass sie sehr praktisch dachte. Würde ihre Musikalität zurückkommen? Es lag eine Macht in der Musik. Sie war wie eine Brücke vom Herzen zum Kopf, ein Mittel, das Unsagbare ohne Worte auszudrücken.

„Möchtest du nach oben gehen? Da sind zwei Schlafzimmer."

Lydia nickte. „Ja."

Zerelda ging voran, Lydia hinter ihr. Das hölzerne Treppengeländer schien ihr zu gefallen. Kjell machte den Schluss, stumm betend, dass Lydia wieder Frieden finden würde in ihrem Heim.

„Das erste Zimmer ist meines", erklärte Zerelda. „Und hier ist das Badezimmer. Siehst du? Wir haben eine kleine Badewanne und einen Badeofen für das heiße Wasser. Hier kannst du in aller Ruhe für dich sein und baden."

Lydias Gesicht erhellte sich. Sie schien drauf und dran zu sein, zu fragen, ob sie das Bad sofort ausprobieren könnte, aber Zerelda führte sie weiter. „Das hier ist das Nähzimmer."

Lydia trat in den kleinen Raum. Kjell hielt die Luft an. Würde sie sich daran erinnern, dass dies Daniels Zimmer hatte werden sollen? Sie drehte sich um, ihr Gesicht ein Fragezeichen. „Nähe ich?" Fast hätte Kjell vor Erleichterung aufgeseufzt.

„Du warst dabei, es zu lernen", entgegnete Zerelda. „Von mir." Sie ging ans Ende des Flurs. „Und das letzte Zimmer ist dein und Kjells Schlafzimmer."

Kjell sah, wie Lydia einen Augenblick zögerte, bevor sie eintrat. In den letzten Wochen hatte er versucht, ihr zu helfen, ihn zum zweiten Mal kennenzulernen. Sie hatten zusammen gelacht und sich über vieles unterhalten, besonders über Kjells Jugend und sein Leben in Sitka.

An was würde Lydia sich erinnern, wenn sie zum ersten Mal wieder in dem Zimmer stand, wo sie fast erschossen worden war? Kjell hatte alles, was an Daniel erinnern konnte, entfernt. Die Babykleider und die Wiege hatte er in einen der Schuppen getan; falls Lydia sie je dort fand, würde er so tun, als wüsste er von nichts. Seiner Frau je die Wahrheit über das Kind sagen, er konnte es sich nicht vorstellen. Was hätte sie davon, zu wissen, dass sie einmal ein Kind gehabt hatte und dass es jetzt tot war?

„Es ist ein schönes Zimmer." Lydia schaute sich um. „Ich mag es. Es ist so groß."

„Erinnerst du dich, wie ich dir erzählt hab, dass du und Kjell das Haus von dem Mann gekauft haben, für den ich jahrelang arbeitete – Mr Saberhagen? Er scheute keine Kosten für seine Frau. Die meisten Möbel hat er dagelassen, als er zurück nach Deutschland zog."

Lydia nickte und betastete das Kopfende des Eichenholzbetts. Stellte sie sich gerade vor, wie es war, in dem Bett zu liegen – vielleicht sogar mit Kjell? Dann trat sie an das Fenster und zog den Vorhang zur Seite. „Es ist so schön hier. Ja, hier wohne ich bestimmt gern."

„Nun ja, heute ist es draußen so sonnig wie schon lange nicht mehr", sagte Zerelda, „aber du hast recht. Der Blick ist traumhaft. In der einen Richtung sieht man das Meer und in der anderen die Berge. Das ist einer der Gründe, warum Mr Saberhagen das Haus an dieser Stelle baute."

„Ich mag auch den Kamin. Die blauweißen Kacheln sind hübsch." Sie zeigte auf das Kaminsims. „Sie stechen schön ab von dem Holz."

„Die Kacheln hat Mr Saberhagen aus Holland mitgebracht – seine Mutter stammte daher."

„Wie schön." Lydia inspizierte weiter das Zimmer.

Kjell hatte kein Wort gesagt, seit sie die Treppe hochgestiegen waren. Er musste an ein Gespräch denken, das er vor ein paar Tagen mit Lydia gehabt hatte. Sie hatte ihm gesagt, dass sie ihm eine gute Ehefrau sein wollte – dass sie in ihm eine Liebe und Zuneigung spürte, die echt waren. Er hatte erwidert, dass sie nach ihrer Rückkehr in das Haus gern bis auf Weiteres getrennt leben könnten, vor allem, weil sie noch so geschwächt von ihren Verletzungen war. Sie hatte ihm gedankt und hinzugefügt, dass sie hoffte, sich bald wieder an ihn zu erinnern, und dass sie nichts dagegen hätte, mit ihm das Bett zu teilen.

Der Gedanke, in diesem Haus so nah – und zugleich auch so fern – von Lydia zu leben, verursachte Kjell Unbehagen. Er wusste, dass es traurige Augenblicke geben würde, wo er an Daniel denken müsste, und wütende, wenn der brutale Überfall wieder in sein Gedächtnis schoss. Zerelda hatte ihm angeboten, zurück in ihre Hütte zu ziehen, damit er und Lydia in dem großen Haus für sich wären. Er hatte dies abgelehnt und dann die Idee bekommen, dass es vielleicht am besten war, wenn er selbst in die Hütte zog. Der kleine Umzug mit seinen Siebensachen gehörte zu dem Schwersten, was er je getan hatte, aber er fand, dass er das Richtige tat. Lydia brauchte Zeit, um wieder ganz zu genesen, und wenn er ihr zu nahe war, würde er womöglich ungeduldig werden.

Lydia blieb vor Kjell stehen. „Hier ist alles so hell und freundlich. Und so frisch und sauber."

„Ja, Kjell ist fleißig gewesen, während du im Krankenhaus warst", sagte Zerelda. „Er wollte, dass du es richtig schön hast, wenn du wiederkommst."

Lydia schaute Kjell an und lächelte. „Vielen, vielen Dank. Du bist so gut zu mir."

Wie er sich danach sehnte, sie in die Arme zu nehmen und zu küssen, ihr langes braunes Haar zu streicheln und ihr zu sagen, dass alles gut werden würde! Aber das ging nicht. Er machte stattdessen einen Schritt zurück und brachte eine größere Distanz zwischen sie und ihn. „Keine Ursache", sagte er. „Das hab ich gern gemacht. Für dich würde ich alles tun."

Nach wochenlangem Grübeln war Evie zu dem Schluss gekommen, dass sie am besten die Scheidung beantragte. Sie würde zunächst vorschlagen, die Ehe lediglich für ungültig zu erklären, aber ihr war klar, dass Thomas niemals zugeben würde, dass er seinen ehelichen Pflichten nicht nachgekommen war. Eine Scheidung wäre das Letzte, was er wollte; seine Familie wäre strikt dagegen. Aber was, wenn sie mit seinen Eltern sprach und ihnen klarmachte, dass die Scheidung allein ihr Wunsch war und dass er sich nichts hatte zuschulden kommen lassen? Vielleicht würden sie ihn dann nicht enterben.

Nach langem Hin und Her hatte sie beschlossen, nichts über Trayton zu sagen. Der bloße Gedanke an ihn ließ ihr die Galle hochkommen. Es war Schwerarbeit gewesen, sich ihn vom Leib zu halten. Ständig schien er im Haus zu sein, dauernd suchte er nach einer Gelegenheit, allein mit ihr zu sein. Aber sie hatte es geschafft; an einem Abend, als er ihr in die Küche folgte, war sie sogar die Dienstbotentreppe hochgerannt.

Jetzt war Trayton auf einer Geschäftsreise. Sie hatte gehört, wie

Thomas sagte, dass er mindestens einen Monat fort wäre. Gut. Das gab ihr genügend Zeit, mit Thomas zu reden und vielleicht sogar ein kleines Haus zu finden, in dem sie wohnen konnte.

Sie trat vor den Spiegel und zog ihr pflaumenblau-dunkelrosa gestreiftes Kostüm an. Das Miederteil war raffiniert gefältelt und mit schwarzen Seidenstickereien verziert. Es war eines ihrer neuesten Kleider und hatte ein Vermögen gekostet, aber ihr Mann konnte es sich gut leisten. Er schuldete ihr mehr als schöne Kleider.

Sie ging durch das prächtige Treppenhaus und den großen Salon. An seinem Ende trat sie durch eine Tür in einen zweiten großen Raum, das Musikzimmer. Hier hatte sie an jenem verhängnisvollen Abend mit Trayton getanzt. Es schien ihr eine Ewigkeit her zu sein; sie war in den paar Wochen eine andere, eine erwachsene Frau geworden.

Thomas' Büro war sowohl durch den großen Flur als auch durch das Musikzimmer zu erreichen. Evie hatte bewusst den zweiten Weg gewählt, um ihren Zorn aufzufrischen. Da hinten war der kleine Alkoven, wo Trayton seine Verführungsversuche begonnen hatte. Hier war der Ort, an dem er sie dazu gebracht hatte, sich mit ihm allein von der Gesellschaft zu entfernen und einige private Augenblicke zu teilen.

Sie straffte ihre Schultern. Jetzt war sie in der richtigen Stimmung, um Thomas gegenüberzutreten. Sie würde fest, aber vernünftig mit ihm reden. Da war die Tür. Nanu, die Stimmen ihrer Brüder! War Marston schon zurück von seiner Reise?

Sie trat ein. Thomas wandte sich zu ihr um. „Ah, Evie. Schön, dass du kommst."

Sie nickte. „Ich wusste nicht, dass meine Brüder hier sind."

Marston trat zu ihr. „Du bist wirklich erwachsen geworden. Sieh dich an. Wirklich eine schöne Frau!"

Sie runzelte die Stirn. „Seit wann bist du unter die Schmeichler geraten, Marston?" Sie erduldete seine Umarmung. „Willkommen zu Hause. Wo warst du?"

„Das ist eine lange Geschichte. Aber ich bin froh, dass ich zurück bin, und ich habe etwas sehr Wichtiges mit dir zu besprechen."

„Mit mir?" Sie sah Mitchell an, dann Thomas.

Plötzlich kam von irgendwoher das Schreien eines Säuglings. Sie kniff die Augen zusammen und versuchte, an Marstons breiten Schultern vorbeizusehen.

Er nahm ihren Arm. „Genau darüber möchte ich mit dir reden." Er führte sie durch die andere Tür in den Flur. Hinten saß eine in Schwarz gekleidete ältere Frau.

Marston gab ihr ein Zeichen. Die Frau stand auf, beugte sich über einen hinter ihr stehenden Kinderwagen und zog ein schreiendes Baby heraus.

„Was soll das? Was ist das für ein Kind?"

Die Frau trat zu ihnen und legte das Bündel in Marstons Arme. Der grinste. „Dies, Evie, ist dein kleiner Bruder, Daniel Gray."

Kapitel 26

April 1871

„Ich habe beschlossen, einen Detektiv zu engagieren, der für uns ermittelt, ob Daniel bei Marston Gray ist", teilte Kjell Zerelda mit, während sie in die Stadt fuhren. Der graue Himmel versprach den nächsten Regen.

„Und wie willst du einen Detektiv finden?", fragte Zerelda.

Kjell schob seinen Hut zurück. „Die Armee hält den Fall ja für erledigt; sie glaubt, dass Joann und Daniel irgendwo auf dem Meeresgrund liegen. Aber ich weiß, dass mein Sohn durchaus bei Gray sein kann, und das lässt mir keine Ruhe. Und so hab ich nicht lange nach dem Überfall einen Brief an das Bürgermeisteramt in Kansas City geschickt. Ich habe dem Bürgermeister erklärt, dass ich in einer wichtigen Sache Aufklärung benötige, und ihn gefragt, ob er oder seine Leute mir ein Detektivbüro empfehlen können. Vor ein paar Tagen hab ich die Antwort gekriegt, mit dem Namen einer verlässlichen Agentur. Ich werde dem Leiter dieser Agentur schreiben und ihn fragen, ob er für uns tätig werden möchte."

„Und was wirst du ihm schreiben?"

„Die Wahrheit. Ich werde ihm erklären, dass Gray ein mächtiger Mann ist, aber dass es hier um Entführung und versuchten Mord geht. Ich werde seinen Ehrgeiz kitzeln und ihm sagen, dass er eine Berühmtheit wird, wenn er diesen Mann hinter Gitter bringt."

„Gut, aber was, wenn er ein Freund der Grays ist?"

„Lydia hat einmal gesagt, dass der Stern der Grays in Kansas City rapide am Sinken ist. Ihr Anwalt, Mr Robinson, hatte ihr das erklärt, und das hatte ihr Hoffnung gegeben, dass sie ihr Leben neu beginnen könnte, ohne dass sie sie störten."

„Du weißt, wer ihr Anwalt ist? Warum hast du dann nicht ihn angeschrieben wegen eines Detektivs? Ein Anwalt muss doch solche Leute kennen."

„Das hab ich getan, aber er hat nicht geantwortet. Vielleicht ist er gestorben oder weggezogen, obwohl Lydia so etwas nie erwähnt hat. Aber ich weiß, dass er ein paar geschäftliche Sachen für sie unter sich hatte; sicher werden wir darüber früher oder später etwas von ihm oder seinen Kollegen hören."

Zerelda zeigte auf den Straßenrand. „Hier muss ich aussteigen. Ich will die beiden neuen Missionare besuchen – Pastor John Brady und Miss Fanny Kellogg. Sie wollen unter den Tlingit arbeiten. Sie sollen hoch motiviert sein, und ich soll helfen, sie bei den Tlingit einzuführen."

Kjell hielt den Wagen an und stieg ab, um Zerelda hinunterzuhelfen. „Glaubst du, dass Liddie Fortschritte macht, Zee? Ich meine, du bist ja Tag und Nacht bei ihr. Hast du irgendwas bemerkt, dass ihr Gedächtnis zurückkommt?"

Sie sah ihn mütterlich-besorgt an. „Ich glaube, ja. Manchmal stellt sie mir Fragen über die Vergangenheit, dass ich den Eindruck hab, dass irgendetwas sie vage an etwas erinnert."

„Und hat sie ... spielt sie wieder ihre Geige?"

Zerelda schüttelte den Kopf. „Sie hat's einmal versucht, aber sie hat die Geige ein paar Minuten in der Hand gehalten und dann wieder weggelegt. Aber mach dir keine Sorgen. Ich glaube, Gott wird ihr zu seiner Zeit alles wiedergeben, was sie braucht. Wie ich schon mal sagte, vielleicht ist es besser, wenn sie sich nicht mehr an die Vergangenheit erinnert – vor allem dann, wenn Daniel tot ist. Wenn er nicht bei Gray ist, kann er nur mit den anderen ertrunken sein."

„Aber die Leiche von Ioann ist nie gefunden worden."

„Kjell, du weißt doch genau, wie viele Menschen auf See vermisst und nie gefunden werden. Engagier deinen Detektiv und höre, was er sagt, dann haben wir endlich alle Ruhe."

Er biss die Zähne zusammen. Nein, so leicht würde er keine

Ruhe haben. Er würde immer das Gefühl haben, Liddie und Daniel im Stich gelassen zu haben. Hätte er an jenem Abend keine Überstunden gemacht und wäre er nicht vom Sturm aufgehalten worden, dann wäre das alles nicht passiert …

Lydia saß im Nähzimmer. Sie war dabei, die Teile eines Hemdes für Kjell, das sie mit Zereldas Hilfe nähte, zusammenzufügen. Sie tat gern etwas für Kjell. Sie mochte die sanfte, zärtlich-rücksichtsvolle Art, wie er um sie warb. Sie mochte sie so sehr, dass sie fand, dass es an der Zeit war, dass sie wirklich ganz seine Ehefrau wurde. Der Gedanke machte sie gleichzeitig nervös und glücklich. Diesem Mann konnte sie vertrauen. Irgendwo in ihrem Herzen spürte sie, dass sie ihn schon früher tief geliebt hatte. Sie war es müde, aus eigener Kraft gesund werden zu wollen. Zerelda erzählte ihr viel über ihre Vergangenheit und war ihr eine wundervolle Hilfe, aber Lydias Herz sehnte sich nach Kjell, und das wollte sie nicht noch länger leugnen.

Sie nähte weiter und ließ ihre Gedanken schweifen. Wie sollte sie es am besten anstellen, Kjell einzuladen, wieder in ihrem gemeinsamen Heim zu wohnen? Sollte sie ihm einfach sagen, dass das ihr Wunsch war? Oder lieber ihn erst fragen, ob ihm das recht war?

Sie musste lächeln. Natürlich wäre es ihm recht! Wie oft hatte er ihr schon gesagt, wie sehr er sie liebte und sich danach sehnte, wieder bei ihr zu sein. Seine Liebe war unmissverständlich, und Lydia konnte gar nicht anders als sie zu erwidern.

Draußen begann es zu regnen, die Tropfen schlugen ihren monotonen Takt gegen die Fensterscheibe. Plötzlich wurde es Lydia unbehaglich. Sie legte ihr Nähzeug hin und erhob sich. Sie spürte eine undefinierbare Angst, die sich zur Panik steigern wollte. Ihre Brust wurde eng, ihre Kehle wollte sich schließen.

Mehrere Minuten marschierte sie hin und her durch das Zimmer. Die Angst wollte nicht weggehen. Würde sie sich im Schlafzimmer besser fühlen? Als sie durch die Tür trat, sah sie als Erstes das Fenster, dann die Kommode in der hinteren Ecke des Zimmers. Beide schienen sie magisch anzuziehen.

Was war nur los mit ihr? Sie stand wie angewurzelt da, halb gelähmt vor Angst. Halt – an dem Abend, wo sie ihre Verletzungen bekommen hatte, hatte es da nicht auch geregnet und gestürmt? War ihr deswegen so beklommen? Aber ein Sturm war das hier ja gerade nicht …

Sie ging zu dem Fenster und berührte die Scheibe. Ein Bild schwamm durch ihren Kopf. An jenem Abend war sie an dieses Fenster getreten, um es zu öffnen. Aber warum? Wer machte bei Sturm ein Fenster auf?

Sie drehte sich abrupt um und ging nach unten. Vielleicht war es besser, wenn sie sich nicht erinnerte. Irgendetwas sagte ihr, dass in ihrem Gedächtnis ein böses Tier lauerte.

Sie schürte das Feuer im Kamin. Die Flammen züngelten gierig um die Scheite, die sie ihnen anbot, und bald war das Wohnzimmer viel gemütlicher. Lydia setzte sich in den Schaukelstuhl und begann, eine Melodie zu summen. Sie wusste nicht, wie das Lied hieß oder woher sie es kannte.

Kjell hatte gesagt, dass ihr die Musik sehr wichtig war. Sie schaute zu dem Geigenkasten hin und runzelte die Stirn. Die paar Mal, wo sie das Instrument herausgeholt hatte, waren so enttäuschend gewesen. Sie wusste nicht, wie man es spielte.

Sie schaute zur Decke hoch und sagte laut: „Das ist so ungerecht." Zerelda hatte ihr geraten, dann, wenn ihr alles zu viel wurde, mit Gott zu reden. „Hörst du mich überhaupt, Gott?" Sie sagte es nicht aus Wut, sondern aus Verzweiflung. Es war schwer, sich vorzustellen, dass der Schöpfer des Universums sich um die Probleme von Lydia Lindquist kümmerte, aber ihre Tante hatte ihr versichert, dass dem so war. Wenn sie sich sonntags zusammensetzten, um die Bibel zu lesen, betete Kjell immer mit ihnen.

Lydia glaubte, dass es Gott gab und dass sie ihm nicht egal war, aber ansonsten war er ihr ein Rätsel.

„Ich möchte mich endlich erinnern! O, Vater, warum kann ich nicht die Wahrheit wissen?" Ihre Augen wurden nass. Sie schlang die Arme um sich und schaukelte. „Ich will endlich wissen, wer ich bin."

Sie schaukelte weiter. Der Stuhl knarrte auf dem Boden, hin und her, hin und her. Die Tränen strömten ihr über das Gesicht. Sie starrte in das Feuer. Würde sie je das Loch in ihrem Kopf füllen können?

„Liddie?"

Sie drehte sich um. Es war Kjell. Er sah ihre Tränen und kam zu ihr.

„Was ist?" Er sah fast erschrocken aus.

„Ich ... weiß nicht. Ich hatte plötzlich so eine komische Angst. Das ist dumm von mir."

Kjell holte ein Taschentuch hervor und kniete sich neben sie. Wie sanft er ihr die Tränen abwischte. „Das ist nicht dumm. Du hast viel durchgemacht."

„Ich möchte mich so gerne erinnern. Ich war oben beim Nähen, und als der Regen gegen das Fenster schlug, hatte ich auf einmal Angst. Einen Moment lang dachte ich, dass ich damals, in dem Unwetter, dieses Fenster geöffnet hab. Aber dann war es wieder alles weg. Ich hab immer noch Angst."

Er stand auf und zog sie in seine Arme. Mehrere Minuten hielt er sie so, schweigend. Seine Wärme machte sie ruhiger, und sie merkte: Jetzt oder nie musste sie ihn bitten, nach Hause zu kommen.

„Kjell", flüsterte sie, „bitte komm nach Hause."

Er sah ihr in die Augen. „Was sagst du da?"

„Ich möchte, dass du hier bist ... bei mir. Dass wir beide zusammen sind. Es ist so schön, wenn du hier bist. Du bist so geduldig gewesen mit mir, und ich möchte nicht noch länger warten."

Er streichelte ihr Gesicht. „Lydia, ich will lieber heute als morgen zu dir, aber ich möchte das nicht nur tun, weil du Angst hast."

„Es ist nicht nur die Angst." Sie legte ihre Arme um seinen Hals. „Ich hab das schon gewollt, bevor der Regen kam." Sie lächelte. „Ich hab sogar überlegt, wie ich es dir am besten sage, ohne dass es zudringlich aussieht."

Er lachte. „Oh, sei ruhig so zudringlich wie du willst, du, meine Frau."

„In diesem Fall: Könntest du dann bitte nach dem Kamin in unserem Zimmer sehen?"

„Gibt's da ein Problem?"

Sie nickte lächelnd und trat zurück. „Ja. Es ist kein Feuer drin."

Evie hielt Daniel eine Rassel vor das Gesicht. „Schau mal, hier … schön, schön."

Der Kleine langte unbeholfen nach ihr. Evie half ihm, das Spielzeug zu packen. Er nahm es und fuchtelte mit dem Arm, dann ließ er es fallen.

Evie nahm ihn hoch und strich über sein dunkelbraunes Haar. Sie fand, dass er Lydia sehr ähnlich sah. Marston hatte ihr die traurige Geschichte erzählt: Wie er endlich ihre Stiefmutter gefunden hatte, just an dem Tag, wo sie bei Daniels Geburt gestorben war.

„Armer Junge", flüsterte sie.

Sie hatte sich bereit erklärt, ihren kleinen Stiefbruder wie ihr eigenes Kind aufzuziehen, aber sie musste ständig an Lydia denken. Lydia war der Grund, warum sie ihre Scheidungspläne aufgegeben hatte. Sie zog dieses kleine Bündel für sie auf.

Evie hatte Lydia immer gemocht und wäre gern öfter mit ihr zusammen gewesen; sie brauchte so sehr eine Mutter. Doch mehr als einmal hatte Jeannette ihr klargemacht: *„Wenn du die liebst, hasst du unsere verstorbene Mutter."*

Sie hatte mit sich selbst gekämpft. Konnte es sein, dass ihre Schwester recht hatte? Warum hasste sie ihre Mutter, wenn sie ihre Stiefmutter liebte?

Aber fort mit diesen Grübeleien. Sie betrachtete das Kind in ihren Armen. Daniel konnte das Liebesloch in ihrem Leben nicht füllen, aber jetzt hatte sie wenigstens jemanden, der sie brauchte und für den sie sorgen konnte.

„Mein Spatz, dein Leben hat so tragisch angefangen, aber ich will dir eine gute Mama sein." Sie küsste ihn auf die Nase. Er griff nach ihrem Gesicht. Sie hob ihn hoch in die Luft und drehte sich wie ein Karussell. „Wir werden es schön haben zusammen. Ich werde dich so lieben, wie Lydia dich geliebt hätte."

Miles' Gesicht erschien in dem Türbogen. „Mrs Gadston, Ihr Bruder ist da."

Evie drehte sich um und ließ das Kind sinken. Marston trat in das Zimmer. „Was bringt dich hierher?"

„Ich wollte mal meinen kleinen Bruder sehen." Er hatte eine Schachtel in der Hand. „Ich hab ihm was mitgebracht."

„Das ist lieb von dir. Möchtest du ihn mal halten?"

Marston schüttelte seinen Kopf. „Er ist ja noch so klein, ich kann nichts mit ihm anfangen. Wenn er mal älter ist, das ist was anderes."

Die Antwort kam Evie komisch vor, aber sie sagte nichts. Sie küsste Daniel, der langsam schläfrig wurde, auf die Wange und legte ihn an ihre Schulter. „Ich wollte dich mal was fragen."

„Was?"

„Sollten wir nicht versuchen, Lydia hierher nach Kansas City zu überführen und in der Familiengruft beizusetzen? Falls Daniel später ihr Grab besuchen möchte."

„Das hätte ich schon gemacht, wenn es gegangen wäre. Es ging mir wirklich nicht ums Geld. Aber ihre Tante bestand darauf, sie in Sitka begraben zu lassen, und ich wollte die alte Frau nicht noch mehr belasten; es reichte gerade, dass ich Daniel mitgenommen hab."

Die Kinderfrau kam, um den Jungen ins Bett zu legen. Evie gab ihn ihr, halb widerwillig. „Ich glaube, du hast es richtig gemacht. Wenn Daniel alt genug ist und das Grab seiner Mutter sehen möchte, können wir ja auch hinfahren."

Marston zuckte die Schultern. „Ich kann mir nicht vorstellen, dass er das will. Aber es freut mich, dass du so gut mit ihm zurechtkommst. Ich war mir nicht sicher, ob du ihn wolltest, aber Jeannette hat schon alle Hände voll zu tun mit ihren beiden; ich hab ihr gar nichts von dem Kind gesagt."

„Du hast Jeannette nichts gesagt? Was wäre denn daran so schlimm?" Sie sah, wie seine Stirn sich runzelte, und beschloss, das Thema zu lassen. „Kann ich dir was anbieten?"

„Nein. Ich muss gleich wieder gehen; hab mehrere Termine heute Nachmittag." Er trat zu ihr. „Es ist sehr wichtig, dass niemand erfährt, dass Daniel hier ist. Du hast mir ja versprochen, dass du niemandem was sagst."

Sie schüttelte den Kopf. „Ich verstehe immer noch nicht, warum."

Er packte sie fest an den Schultern. „Du brauchst nichts zu verstehen; tu einfach, was ich sage."

Sie runzelte die Stirn. Sie hätte zu gern gewusst, was ihr Bruder im Schilde führte. „Hat das was mit dem Testament und Lydias Erbe zu tun?"

Marston schien kurz nachzudenken, dann sagte er: „Teilweise. Es gibt noch andere Gründe, die ich aber jetzt noch nicht nennen kann. Wir müssen bis auf Weiteres diskret sein, das ist am besten so für Daniel."

Er klang nicht ehrlich, wie er das sagte. Warum sagte er ihr nicht die Wahrheit? Warum war es so wichtig, dass niemand von Daniel wusste?

„Aber jetzt muss ich wieder gehen", sagte er. „Ich hoffe, das Geschenk gefällt dir. Ich hab es aus Chicago kommen lassen. Für unseren kleinen Bruder ist das Beste gerade gut genug."

Evie wartete, bis Marstons Kutsche losgefahren war, bevor sie die Schachtel öffnete. Drinnen war ein Silberbecher, in den der Name „Daniel Gray" eingraviert war sowie sein Geburtsdatum. Kein Wunder, dass Marston ihn in Chicago bestellt hatte; ein Händler hier in Kansas City hätte womöglich angefangen, Fragen über das Kind zu stellen.

Sie drehte den Becher und betrachtete ihn von allen Seiten. Diese Namensbecher waren eine Tradition in der Familie Gray. Sie und ihre Geschwister hatten jeder einen bekommen, und Jeannette hatte die Tradition bei ihren Kindern weitergeführt.

Evie wünschte sich unwillkürlich, dass dieser Becher für ihr eigenes Kind wäre. Ja, ein eigenes Kind … Die alte Sehnsucht meldete sich wieder. Sie schob sie zurück. Sie legte das Geschenk zurück in die Schachtel, holte tief Luft und hob ihr Kinn.

Kapitel 27

Mai 1871

Die Wochen vergingen, und der kleine Daniel machte Evie viel Freude. Dennoch spürte sie zunehmend wieder diese innere Leere. Thomas sprach kaum mit ihr. Wochenlang war er nicht zu Hause; sie wusste nicht, ob er geschäftlich unterwegs war oder eine Geliebte hatte. Dazu kam Marstons merkwürdige Anweisung, ja niemand etwas von dem Kind zu sagen. Später, so sagte er, würde er ihr mehr erklären können, aber jetzt müsste sie ihm bitte sehr vertrauen. Evie fügte sich widerstrebend, wohl wissend, dass Marston ihr das Kind sonst wieder wegnehmen würde. Je wärmer das Wetter wurde, um so frustrierter fühlte sie sich. Wie gerne wäre sie mit dem Kind spazieren gegangen. Selbst die Gesellschaft ihrer faden Freundinnen wäre eine Abwechslung gewesen. Stattdessen war sie fast eine Gefangene in ihrem eigenen Haus. Sie hätte natürlich jederzeit allein ausgehen können, aber sie hatte Angst, dass sie etwas sagen könnte, das auf die Existenz des Kindes hinweisen könnte.

Das Gefühl, dass hier etwas nicht stimmte, ließ sie nicht los. Mehrere Male hatte sie versucht, Thomas auf das Thema anzusprechen, wenn er ausnahmsweise zu Hause war, aber er hatte sie abgewiesen. „Lass das deine Brüder machen. Das ist *deine* Familie, das geht mich nichts an."

Sie ging zu einem Rosenspalier. Die ersten Knospen wollten schon aufspringen; bald würde die ganze Pracht blühen. Sie betastete eine der Rosen und seufzte.

„In der letzten Zeit gehen Sie mir richtig aus dem Weg. Darf man fragen, warum?"

Sie schaute hoch. Trayton Payne. Er war ihr in den Garten gefolgt. Sie wich zurück. „Lassen Sie mich in Ruhe."

„Evie, ich muss mit Ihnen sprechen."

Es ärgerte sie, wie er ihren alten Kosenamen benutzte. „Nennen Sie mich nicht so." Sie drehte sich um und marschierte fort. Er folgte ihr noch tiefer in den Garten.

Im Schutz mehrerer mächtiger Eichen blieb sie stehen. „Was wollen Sie?"

„Ich glaube, das wissen Sie selbst."

Sie beschloss, zum Angriff überzugehen. „Ihr Handel mit meinem Mann ist mir bekannt. Ich habe kein Interesse."

„Sie wissen das? Das freut mich", erwiderte er ungerührt. „Sie glauben ja nicht, wie peinlich mir das war. Sie glauben hoffentlich nicht, dass ich nur wegen dieses Auftrags an Ihnen interessiert war. Sie müssten mich eigentlich besser kennen."

Sie kniff die Augen zusammen. „Warum sollte ich Ihnen ein Wort glauben? Sie sind ein Mann ohne jedes Ehrgefühl." Er machte einen Schritt auf sie zu. Sie hob abwehrend die Hände. „Bleiben Sie, wo Sie sind."

„Evie – Genevieve. Ich *bin* ein Ehrenmann. Sie sind mir teuer. Ich habe den Auftrag Ihres Mannes nur als Mittel zum Zweck benutzt, um in Ihre Nähe zu kommen. Mit seinem Segen konnte ich ungehindert um Sie werben."

„Ich bin eine verheiratete Frau, Sir. Sie haben kein Recht, um mich zu werben." Evie spürte, wie ihre Wut hochkam. „Sie haben keine Achtung vor der Ehe, und *ich* habe keine vor *Ihnen*!"

„Evie, das ist nicht fair." Er trat näher und nahm ihren Arm. „Bitte hören Sie mich an."

Sie wich weiter zurück. „Was immer Sie zu sagen haben, es interessiert mich nicht."

„Evie, Sie sind einsam. Das Kind kann die Frau in Ihnen nicht befriedigen. Es kann Sie nicht umarmen, wenn es Nacht ist oder Sie Angst haben; das kann nur ein Mann."

„Dann sind Sie nicht geeignet." Sie spürte den Stamm eines Baumes hinter sich; noch weiter zurückweichen ging nicht.

Er lächelte und legte die Arme um sie. „Evie, ich habe mitgespielt, um bei Ihnen sein zu können. Ich möchte Ihnen helfen. Ich möchte Sie glücklich machen."

Sie wünschte sich, schneller denken zu können. Sie war nie eine von den Schlagfertigen gewesen. Sie sah Trayton einen Augenblick an. Doch, der Mann hatte seinen Charme, kein Zweifel.

„Evie, Sie sind mir wichtig."

„Wenn das so ist", sagte sie leise, „lassen Sie mich in Ruhe."

Er schüttelte den Kopf. „Das kann ich nicht." Er versuchte, sie zu küssen; sie wandte sich ab. „Weisen Sie mich nicht ab! Sie fühlen doch das Gleiche für mich wie ich für Sie. Sie gehören mir."

Die Worte brachen den Bann vollends. Sie stieß heftig ihre Hände gegen seine Brust. Er stolperte zurück. Sie sprang an ihm vorbei. „Fassen Sie mich nie mehr an!"

Sie rannte zum Haus. Pläne schossen durch ihren Kopf. Sollte sie Thomas nicht doch bitten, sie und Daniel aus Kansas City fortzuschicken, irgendwohin, wo sie in ihrem eigenen Haus offen und frei mit dem Kind leben konnte? Zum Beispiel in Chicago? Geld genug dafür hatte ihr Mann, und wenn er wollte, würde sie das Arrangement gerne als Dauerlösung akzeptieren. Sie wollte nur eines: weg aus Kansas City, weg aus dieser Ehe, die keine war, und diesem ganzen Wahnsinn!

Sie trat durch die offene Verandatür ins Musikzimmer. Die warme Frühlingsluft war schwer vom süßlichen Duft des Flieders. Sie blieb stehen und holte Luft. Wo war ihr Mann? Jetzt war ihre Gelegenheit. Sie würde zu ihm gehen und ihm eröffnen, dass sie alles über Trayton wusste.

Aus Thomas' Büro kamen Stimmen. Mit festem Schritt ging sie auf die Tür zu. Sie wollte sie gerade öffnen, als sie hörte, wie Marston laut sagte: „Ich habe das nicht gewusst! Ich hab es selbst eben erst erfahren."

„Du hättest vorsichtiger sein sollen", sagte Mitchell.

Evie drückte sich gegen die Wand, direkt neben der Tür. Dann erklang die Stimme ihres Mannes: „Das muss ja nicht weiter schlimm sein. Sie glauben doch, dass das Kind tot ist, oder?"

„Aber Lydia lebt, und sie wird nicht ruhen oder rasten, bis sie weiß, wo Daniel ist und ob er wirklich tot ist oder lebt."

Evie schlug aufkeuchend die Hand vor den Mund. Lydia lebte? Was redete Marston da?

Wieder Thomas' Stimme: „Sitka und Alaska sind am Ende der Welt. Ich kann mir nicht vorstellen, dass sie bis nach Kansas City kommt, um zu sehen, ob du ihr Kind hast. Denk doch mal an die Reise!"

„Du kennst sie nicht, aber wir", konterte Mitchell.

„Mitchell hat recht", sagte Marston. „Die ist imstande und taucht hier auf. Ich war davon ausgegangen, dass meine Männer den Job mit ihr erledigt hatten. Ich hätte es besser wissen müssen; sie waren ja noch nicht mal in der Lage, ein einfaches Feuer in einem Sägewerk zu legen. Gut, dass ich so darauf bestanden hab, dass niemand etwas von dem Kind erfährt. Wenn jemand uns die Polizei auf den Hals schickt, darf sie nichts finden."

Evie wollte ihren Ohren nicht trauen. Ihr Bruder hatte versucht, Lydia ermorden zu lassen! Er hatte ihr Kind entführt und war nach Kansas City zurückgekehrt, als ob nichts geschehen war. Kein Wunder, dass sie mit dem Kind nicht auf die Straße sollte. Jetzt verstand sie, wie alles zusammenhing.

Sie hatte genug gehört. Wie betäubt ging sie zurück ins Treppenhaus und stieg nach oben. In was war sie da hineingeraten? Marston, der grausame Egoist, hatte Daniel seiner Mutter weggenommen. Er hatte versucht, Lydia zu ermorden, so wie ihr Vater ihre Mutter ermordet hatte. Etwas zerbrach in Evie. Hatten die Gray-Männer noch nicht genug Schaden angerichtet?

Lydia ging neben ihrem Mann und genoss die Stille des Nachmittags. Sie suchten für Zerelda wilde Lilien. Kjell zeigte auf eine Stelle unter den Bäumen. „Siehst du die grünen Stängel da, mit den dunkelroten Blüten?"

Lydia bückte sich. „Diese braunen Blumen? Sind die das?"

„Ja. Die Tlingit nennen sie *koox*. Die Blume hat viele Namen. Manche nennen sie Kamtschatka-Lilie oder sogar Wilder Reis. Sie gehört zur Familie der Lilien." Kjell hockte sich hin. „Wenn du sie aus der Erde ziehst, siehst du eine Knolle mit weißen Kernen. Das ist der Reis." Er zog eine der Blumen heraus. „Du musst vorsichtig sein, oder die Knolle bricht auf, und der Reis landet überall. Ich leg immer ein Tuch neben die Stängel und hoffe das Beste."

Trotz des feuchten Bodens gab der Stängel nicht sofort nach. Kjell lockerte ihn vorsichtig, und die Knolle kam in einem Stück heraus. „Eins zu null!", rief er aus.

Lydia folgte seinem Beispiel und begann, die Pflanzen zu sammeln. Die Stelle lag im Schatten mächtiger Fichten und Zedern. Der Boden war sumpfig, die ideale Umgebung für die beliebte Knolle. Lydia war froh, dass Kjell und Zerelda ihr geraten hatten, ihre festen Stiefel anzuziehen; sie spürte, wie die Nässe in das Leder kroch.

„Es gibt hier so viel, woraus man etwas machen kann", sagte Lydia. „Wenn man weiß, was man sucht. Ich hätte nie gedacht, dass diese hübschen Blumen Wurzeln haben, die man essen kann."

„Die Tlingit haben gelernt, die Vegatation auf dieser Insel zu nutzen", erklärte Kjell. „Meine Mutter hat diesen Reis mit dem wilden Rhabarber gemischt, der ebenfalls hier wächst. Mit etwas Zucker und Zimt war das eine Leibspeise. Ich wette, Zerelda kennt das Rezept auch."

„Es ist sehr schön, Zerelda immer besser kennenzulernen."

„Zee ist hochangesehen in Sitka. Die Menschen wissen, dass sie auf sie zählen können. Sie ist eine sehr gute Hebamme und hat schon eine ganze Reihe Kinder auf die Welt geholt."

Lydia sah ihn etwas scheu an. „Ich glaube, ich hätte gerne auch irgendwann ein Kind."

Kjell sah überrascht aus. Sie lachte. „Bin ich gerade zu deutlich gewesen?"

„Nein, nein, das ist schon gut.“ Er wandte seine Aufmerksamkeit wieder dem Wilden Reis zu.

Doch Lydia spürte, dass ihm das Thema unangenehm war. „Haben wir schon mal über Kinder gesprochen?“

„Natürlich. Ich hoffe, dass wir einmal viele haben werden, aber …“

„Was ‚aber‘? Was ist?“

Er schüttelte seinen Kopf. „Nichts, Liebes.“ Er lächelte. „Ich möchte einfach sicher sein, dass deine Verletzungen auch ganz verheilt sind. Der Doktor hat gesagt, du solltest dich noch schonen. Jetzt schon ein Kind, das könnte zu anstrengend werden.“

„Da hast du wohl recht. Aber ich sehne mich nach einem Kind. Manchmal träume ich, dass ich eins habe. Das ist richtig komisch – als ob es wahr wäre.“ Sie erhob sich und zuckte schmerzlich zusammen.

„Geht es?“, fragte Kjell. „Wir können gerne zurück nach Hause gehen. Wir gehen langsam.“

„Wenn du meinst.“ Lydia mochte nicht zugeben, wie schnell sie ermüdete.

Kjell nickte und sammelte die Knollen in einen Beutel. „Wahrscheinlich sind wir schon zu lange weg.“

Lydia trat an seine Seite. „Aber ich habe unseren Gang genossen. Ich liebe die Ruhe hier. Alles ist so friedlich.“

Er legte seinen Arm um sie. „Und ich liebe *dich*.“

„Das weiß ich doch. Und ich bin so dankbar dafür.“ Sie schaute ihm tief in die Augen. „Du würdest mir doch immer die Wahrheit sagen, wenn ich dich darum bitte, nicht wahr?“

Er runzelte die Stirn. „Wie meinst du das?“

„Du und Zerelda, ihr wisst mehr über meine Vergangenheit, als ihr mir sagt, das weiß ich. Ich weiß auch, dass der Arzt gesagt hat, dass ich mich schonen und mir Zeit nehmen muss, um an Leib und Seele gesund zu werden. Aber, Kjell, du würdest mir doch nie etwas verheimlichen?“

Sie musterte seine Miene. Es war offensichtlich, dass er mit seiner Antwort zögerte.

„Erinnerst du dich noch an die Bibelstelle, die wir heute Morgen gelesen haben?“

Lydia nickte und dachte nach. „Da ging es darum, die Vergangenheit hinter sich zu lassen.“

„Ich habe diese Verse ausgesucht, weil ich dachte, dass Gott das so wollte. Die Vergangenheit hat ihren Platz in unserem Leben, aber die Gegenwart ist so viel wichtiger. Es geht darum, im Jetzt zu leben und das zu sehen, was wirklich wichtig und gut für uns ist.“

„Das kannst du leicht sagen; du hast ja dein ganzes Gedächtnis.“ Lydia begann den Heimweg und Kjell war rasch an ihrer Seite.

„Das ist gar nicht so einfach“, sagte er. „Aber allmählich versteh’ ich’s besser. Die Bibel ist voll von Versen, die davon reden, die Vergangenheit zu vergessen. Die Vergangenheit können wir nicht mehr ändern; sie ist, wie sie ist. Ich glaube fest, dass Gott will, dass wir einen Schlussstrich unter die Vergangenheit ziehen – als sei sie tot und wir müssten sie begraben. Wenn ein Mensch tot und begraben ist, kann man ihn nicht wieder lebendig machen. Wenn wir an ihn denken, ist er trotzdem tot. So ist es mit unserer Vergangenheit auch.“

„Aber es ist so schwer, nicht zu wissen, wer man eigentlich ist. Ich erlebe das jeden Tag neu. Weißt du nicht, wie oft wir so reagieren, wie wir es tun, weil wir auf eine Erfahrung aus der Vergangenheit zurückgreifen? Ich schätze, fast alles, was wir tun, ist davon bestimmt. Aber bei vielen Dingen habe ich jetzt keine Erfahrungen, auf die ich zurückgreifen könnte.“

Er fuhr ihr zärtlich über das Gesicht. „Ich glaube, eigentlich hast du es oft besser als wir anderen. Du hast den Schmerz und das Leid der Vergangenheit so gründlich vergessen, dass du einen Neuanfang machen kannst. Du kannst ohne den Ballast schmerzlicher Erfahrungen Entscheidungen treffen und Pläne machen. Ich finde das erfrischend. Aber – ja, ich kann verstehen, dass dir das Leben manchmal zu viel ist."

Lydia wurde noch nachdenklicher. „So hab ich das noch nie gesehen – als Segen sozusagen. Ich habe nur die schmerzliche Seite gesehen, dieses Gefühl, ein Wanderer zu sein, der sich verlaufen hat und nicht mehr weiß, wo er ist. Aber ich hab ja dich. Und Zerelda." Sie lächelte. „Und ihr habt mir beide solch eine Liebe geschenkt. Ich schätze, wenn mein Gedächtnis wirklich nicht wiederkommt, werde ich wirklich alles ablegen und mich einfach an dem freuen, was ich habe. Ich versuch's, ehrlich."

Kjell nickte. „Ja, ich weiß, und du machst es wirklich gut." Er küsste sie sachte. „Besser könnte es gar nicht sein."

Kapitel 28

Ich liebe diese Jahreszeit", sagte Lydia. Sie und Zerelda waren dabei, den Garten umzugraben. „Es ist alles so lebendig und frisch."

„Der Frühling kommt hier ziemlich plötzlich", erklärte Zerelda. „Aber wer klug und fleißig ist, der kann die länger werdenden Tage ausnutzen und eine reiche Ernte an Früchten anbauen. Später, im Sommer, gehen wir in den Wald, Beeren pflücken. Das ist nicht ganz ungefährlich, weil die Bären auch Beerenfreunde sind. Es gibt zwei Grundregeln beim Pflücken: Erstens, vergiss nie, dass du nicht allein im Wald bist, und zweitens, pflücke niemals weiße Beeren, denn die sind giftig."

Lydia nickte. „Ich werde dran denken." Sie runzelte die Stirn. „Ich hoffe es jedenfalls. Wahrscheinlich hab ich das bei anderen Dingen auch gesagt, und heute kann ich mich nicht mehr an sie erinnern."

„Vielleicht kommt das noch. Der Doktor sagt ja, dass er schon mehr Patienten erlebt hat, die ihr Gedächtnis wiederbekamen. Er hat Hoffnung für dich."

„Wenn Gott allmächtig ist, Zerelda, warum gibt er mir nicht mein Gedächtnis zurück?"

Die Frage schien Zerelda zu überraschen. Lydia sah, wie sie überlegte, auf ihre Hacke gestützt. Schließlich sagte sie: „Wir werden immer unsere Anfragen an Gott haben. Warum handelt er nicht sofort, wenn jemand krank ist? Warum scheint er das eine Volk zu segnen und das andere nicht? Warum erlaubt er Stürme, das Böse und den Tod? Ich habe da auch keine Antworten, Liddie, aber ich glaube, dass Gott die Macht hat, alle Dinge in seine Absichten einzuordnen, und eines Tages wird er genau das tun."

Lydia seufzte. „Und bis dahin muss ich halt mein Leben von

vorne anfangen." Sie hatte gewusst, dass ihre Tante so argumentieren würde. „Ich möchte ja an Gott glauben und ihm vertrauen, aber das ist so schwer. Kjell hat kürzlich gesagt, es sei das Beste, die Vergangenheit loszulassen. Er erinnerte mich an diesen Vers aus dem Philipperbrief, wo es heißt: ‚Ich vergesse, was dahinten ist, und strecke mich aus nach dem, was vorne ist.' Ich hab diesen Abschnitt wieder und wieder gelesen."

„Ja, so oft, dass du ihn auswendig kannst! Siehst du, du füllst deinen Kopf mit Dingen, die dir helfen." Zerelda lächelte. „Über Gottes Wort nachdenken ist etwas Wunderbares. Es ist mit unser wichtigstes Erbe als Menschen."

Erbe ... Lydia dachte angestrengt nach. Irgendetwas an dem Wort erinnerte sie an etwas – aber an was? „Erbe", murmelte sie.

Zerelda stellte den Spaten ab und sah auf. „Was sagst du?"

„Erbe", wiederholte Lydia. „Irgendwie kommt mir das Wort so wichtig vor." Sie schloss die Augen, als ob das ihrem Gedächtnis auf die Sprünge half. „Aber warum bloß?"

„Nun ... vielleicht deswegen, weil dein Vater dir ein Erbe hinterlassen hat. Dadurch bist du ja hierher gekommen. Mit einem Teil des Geldes hast du deine Fahrkarte nach Alaska gekauft."

Lydia öffnete die Augen wieder. Sie versuchte, Zereldas Worte mit einer Erinnerung zu verbinden, aber keine kam. „War mein Vater wohlhabend?"

„Ich glaube, schon. Er war ein kluger Geschäftsmann, der nicht unnötig Geld ausgab. Ich glaube, es war ihm wichtig, dich nicht mittellos zurückzulassen."

„Habe ich bei meinem Vater gewohnt? Du hast gesagt, dass ich neunundzwanzig bin. War ich ledig geblieben, um für meinen Vater zu sorgen, als meine Mutter gestorben war?" Lydia merkte, wie es ihr hinter ihren Augen wehtat. Sie rieb sich über die Stirn. „Ach, lassen wir das jetzt. Ich muss mal einen Spaziergang machen, um auf andere Gedanken zu kommen."

„Pitkae und Nicoli sind mit dem neuen Holz da, wie vereinbart, und Captain Briar möchte dich sprechen", meldete Joshua.

Kjell schaute von dem Baumstamm hoch, den er gerade entrindete. Seit die Armee Lydias Fall zu den Akten gelegt hatte, hatte er nicht mehr viel von ihm gehört. Er legte das Stoßeisen beiseite und ging in sein Büro.

„Das ist ja eine Überraschung, Sie hier zu sehen, Captain." Er schüttelte dem Offizier die Hand.

„Ich weiß", erwiderte Briar. „Aber es gibt neue Entwicklungen in Ihrem Fall."

Kjell spürte, wie die Angst nach ihm griff. „Nämlich?"

„Wir haben Ioann Sidorov gefunden. Er lebt."

„Und … das Kind?"

„Haben wir noch nicht gefunden, aber vielleicht wissen wir bald, wo es ist."

„Erzählen Sie mir alles."

Der Captain verbiss sich das Grinsen nur halb. „Wir dachten, dass Sie vielleicht gerne dabei sein möchten, wenn er verhört wird."

„Ioann ist hier?", fragte Kjell verdutzt.

„Ja. Er wurde in Wrangle verhaftet. Einer der Kollegen dort erinnerte sich, wer er ist, als er den Namen sah. Sie haben uns kontaktiert, und wir haben ihn hierherbringen lassen."

Kjell war schon unterwegs zur Tür. „Lassen Sie uns keine Zeit verlieren!"

Der Fußweg zu dem Haus, in dem Ioann inhaftiert war, kam Kjell endlos vor, obwohl er nicht lang war. Mit hundert Fragen im Kopf trat er zu dem großen Tisch, an dem mehrere Männer saßen. Ein paar Augenblicke später führte man Ioann Sidorov herein. Er trug Fesseln an Armen und Beinen.

Ioann hatte gewaltig abgenommen. Sein einst so muskulöser Körper sah wie ein wandelndes Skelett aus, sein Gesicht war ausdruckslos. Er registrierte Kjells Blick ohne jede Bewegung.

Kjell musste an sich halten, sich nicht auf den Kerl zu stürzen und ihn windelweich zu schlagen. Der Wunsch, ihm alles heimzuzahlen, was er ihnen angetan hatte, war übermächtig. Kjell presste die Hände um den Sitz des Stuhls, auf dem er saß.

Captain Briar räusperte sich. „Mr Sidorov, wie wir Ihnen schon erklärten, sind Sie hier, um Fragen zu beantworten, die den Überfall auf Mrs Lydia Lindquist und ihre Tante Zerelda Rockford sowie die Entführung von Daniel Lindquist im vergangenen Februar betreffen."

Kjell ließ den Russen nicht aus den Augen.

„Ich werde reden", sagte Ioann. „Aber nur, wenn es mir selbst hilft. Ich will nach Hause, nach Russland. Sonst rede ich nicht."

„Du wirst reden", knurrte Kjell. „Dafür sorge ich schon.

Ioanns Gesicht zeigte zum ersten Mal eine Regung. Mit deutlicher Angst in den Augen sah er wieder zu Captain Briar hin. „Wenn er mir was tut, sag ich gar nichts."

Briar schaute Kjell an. „Ich schlage vor, Sie überlassen die Führung des Verhörs uns. Wir haben Sie hierher eingeladen, weil wir wissen, dass Sie ein Mann von großer Selbstbeherrschung sind. Können Sie sich an unsere Regeln halten?"

Kjell nickte und zwang sich, sich zurückzulehnen. „Jawohl."

„Gut." Der Captain ließ sich von dem Mann zu seiner Linken einen Stapel Papiere geben. „Wir können Ihnen Folgendes anbieten, Mr Sidorov: Wenn Sie uns alles sagen, was wir wissen wollen, werden wir Ihnen das Leben schenken. Wenn Sie sich weigern, werden wir Sie umgehend vor Gericht stellen und das Urteil sofort vollziehen."

„Das ist nicht gerecht", sagte Ioann. „Ich will zurück nach Russland. Wie soll ich das machen, wenn ich im Gefängnis bin?"

„Daran hätten Sie denken müssen, bevor Sie die Gesetze brachen." Captain Briar schaute den Gefangenen streng an. „Aber darüber haben wir ja schon gesprochen. Wir haben genügend Beweise. Wir wissen, dass Sie einer der Täter waren, und brauchen Sie nur noch schuldig zu sprechen und zu erhängen."

Kjell musterte Ioanns Mienenspiel. Der Mann wusste, dass sein

Spiel aus war. Dies hier war seine einzige Chance, sein Leben zu retten. Kjell durchbohrte ihn schier mit seinem zornigen Blick.

„Gut, gut, ich mache das“, sagte Ioann. Er sah den Captain resigniert an. „Was wollen Sie wissen?“

„Zunächst einmal, warum Sie und Ihr Bruder bei solch einer scheußlichen Tat mitmachten“, begann Briar.

Ioann erzählte, wie Marston Gray sie angesprochen hatte, nachdem er erfahren hatte, dass Kjell sie entlassen hatte. „Er kam zu uns, weil er gehört hatte, dass wir Kjell kannten und etwas gegen ihn hatten. Er hasste ihn auch. Er sagte, Kjell habe ihn bedroht und er wolle sich rächen. Er hat Anatoli und mir Geld gegeben, damit wir das Sägewerk anzünden. Wir haben das auch gemacht, aber die Feuerwehr hat das Feuer gelöscht.“

„Und Aakashook und Keegaa'n?“, fragte Kjell.

„Die hat Anatoli getötet, nicht ich.“

Kjell schüttelte den Kopf. „Das sagst du so. Dein Bruder ist tot und kann sich nicht wehren.“

„Aber es ist wahr. Die Jungen haben gesehen, wie wir das Feuer legten. Anatoli sagte mir: ‚Mach du hier fertig, ich kümmere mich um sie.‘ Er führte sie weg, und ich konnte nicht sehen, was er mit ihnen machte. Später hat er mir gesagt, dass er sie getötet hatte.“

„Sagte er, wohin er sie gebracht hatte?“, fragte der Captain.

Ioann schüttelte den Kopf. „Er hat sehr wenig gesagt. Er hat das nicht gern gemacht.“

„Dann hätte er es halt lassen sollen“, murmelte Kjell. Captain Briar sah ihn streng an. Kjell holte tief Luft und schluckte seinen Zorn hinunter.

Ioann fuhr fort: „Danach haben wir Mr Gray lange nicht mehr gesehen, aber dann kam er wieder und sagte, er würde uns viel Geld geben, wenn wir ihm helfen würden, etwas zurückzubekommen, was ihm gehörte. Er wollte, dass wir das Kind holen und zu ihm auf die andere Seite der Insel bringen.

Es regnete und der Sturm war schlimm. Wir brachten unser

Boot kaum an Land. Anatoli sagte, er wollte vorangehen. Er war größer und dachte, wenn die Frauen ihn sähen, würden sie … sich nicht wehren."

„Aber sie haben sich gewehrt?"

Ioann zitterte leicht. „Ja. Als wir kamen, schoss die ältere Frau auf uns. Anatoli schlug ihr das Gewehr aus der Hand. Sie sah mich nicht, da ich hinter ihr war. Als Anatoli die Treppe raufging, hab ich sie auf den Kopf geschlagen. Ich wollte sie nicht töten, sonst hätte ich sie erschossen."

„Warum wollten Sie sie nicht töten? Dazu waren Sie doch dort, oder nicht?"

„Nein, das war ich nicht. Ich wollte Anatoli nur helfen, das Kind zu holen, damit wir unser Geld kriegten. Mr Gray hatte uns tausend Dollar versprochen."

„Tausend Dollar? Und das haben Sie geglaubt?"

„Ja. Er hatte sehr viel Geld."

„Und was geschah weiter?"

Ioann runzelte die Stirn. „Als ich das Blut von der Frau sah, hab ich Angst gekriegt. Ich hab Anatoli gesagt, er soll schnell machen und das Kind holen. Ich dachte, dass ich die Frau umgebracht hatte, und wollte so schnell wie möglich weg. Dann hörte ich Schüsse von oben und wusste, dass Anatoli wohl Mrs Lindquist erschossen hatte. Er kam mit einer Tasche und dem Kind in ein paar Decken runter. Er hat gesagt, dass die Mutter tot ist, und wir sind gegangen."

Kjells Finger waren wie Zangen um die Kanten des Stuhls. Der Mann redete gerade so, als ob er von einem Angelausflug erzählte.

„Wo sind Sie hin?", fragte der Captain.

„Zurück zum Boot. Aber der Sturm war stark, wir kamen kaum voran. Anatoli sagte schließlich, dass es nicht mehr ging, und wir legten an und liefen stattdessen. Wir wussten, dass Kjell bald nach Hause kommen würde, und wir mussten zu der Hütte, wo wir Gray treffen sollten."

„Die Hütte haben wir gefunden. Und die Leiche Ihres Bruders und Bootstrümmer. Was ist da passiert?"

„Mr Gray hat Anatoli erschossen. Er wollte auch mich kriegen, aber ich bin weggerannt. Er hat mich gesucht, aber ich hab mich gut versteckt."

Briar beugte sich noch näher zu Ioann. „Und das Kind?"

„Das hat Gray genommen. Er wollte es ja zu sich nach Hause nehmen. Er hatte ein Boot mit Vorräten. Er wusste, dass er unterwegs auf das Postschiff stoßen würde, und mit dem wollte er nach Hause fahren."

„Und Sie sind sicher, dass das Kind lebte?"

„Ja. Gray hat ihm nichts getan. Er war froh, dass er es hatte."

Briar sah Kjell an. „Ich glaube, wir sollten eine Fahndung nach Marston Gray einleiten."

„Das hätten Sie vor Monaten schon machen sollen." Kjell versuchte gar nicht erst, seine Irritation zu verbergen. „Ich hatte Ihnen doch gesagt, dass Gray dahintersteckte und dass er hinter dem Kind her war." Er stand auf. „Es ist Zeit, meinen Sohn zurückzuholen."

Lydia merkte, wie sie ein Lied summte. Woher kannte sie es bloß? Die Melodie war sanft wie ein Wiegenlied. Wer hatte ihr das Lied beigebracht? Ob sie es auf ihrer Geige spielen konnte?

Sie sah zum Geigenkasten hinüber. Sie hatte ihn lange nicht mehr angerührt. Die paar Mal, als sie versucht hatte, das Instrument zu spielen, hatte sie nur ein paar krächzende Geräusche hervorgebracht, die sie an Eichelhäher erinnerten.

Von draußen kam das Geräusch des Wagens. Kjell kam nach Hause. Lydia schaute kurz nach dem Essen, dann nahm sie die Schürze ab und ging zur Tür. Sie winkte ihrem Mann zu, aber er schien mit seinen Gedanken woanders zu sein.

Sie ging zu dem Pferch und schaute zu, wie Kjell die Pferde ausspannte. Seine Hände arbeiteten rasch, aber die ganze Zeit murmelte er etwas.

„Stimmt etwas nicht, Kjell?“, fragte sie.

Er fuhr zusammen. Das Zugpferd erschrak ebenfalls und ruckte zur Seite, sodass Kjell gegen den Zaun taumelte. Lydia schlug die Hände vor den Mund. Wenn er jetzt verletzt war, wäre das ihre Schuld …

Kjell sprach beruhigend auf das Pferd ein und schlüpfte zwischen ihm und dem Zaun in Sicherheit. Er lächelte sie an. „Es ist nichts passiert.“

Sie schaute schweigend zu, wie er die Pferde in ihre Boxen brachte und ihnen frisches Futter und Wasser gab. Er tat so, als ob alles in Ordnung wäre, aber sie spürte, dass ihm etwas auf der Seele lag.

„Entschuldige, wenn ich dich eben erschreckt hab“, sagte Lydia.

Er legte seine Arme um sie. „Alles in Ordnung. Ich war nicht so bei der Sache, wie ich sein sollte.“ Er küsste sie und vergrub kurz sein Gesicht in ihrem Haar. „Ich hab dich vermisst heute.“

Er klang fast verzweifelt. „Kjell, was ist los?“

Er trat zurück und sah sie an. „Warum fragst du das?“

„Du bist so anders. Ich sehe, dass dich etwas bedrückt.“

Er strich lächelnd ihr Haar zurück. „Es war halt viel los heute.“

Sie runzelte die Stirn. „Du sagst nicht die Wahrheit. Ich hatte dich doch gebeten, mir nie etwas zu verheimlichen.“

Seine Miene änderte sich. „Liddie, bitte hör mich an. Ich möchte dir ja so gern alles erzählen, aber ich weiß nicht, was das für deine Genesung bedeuten würde.“

„Ich bin gesund. Das Einzige, was mir fehlt, ist mein Gedächtnis, und wenn du und Zerelda ehrlicher zu mir wärt, würde es vielleicht zurückkommen.“

Er sah auf den Boden, lange. Sollte sie zurück ins Haus gehen? Aber etwas hielt sie fest. „Warum sagst du es mir nicht? Ich bin jetzt stärker, ich kann alles vertragen.“

Die Stille dehnte sich wie ein Gummiband. Als Kjell endlich aufsah, waren seine Augen feucht. Sie merkte, wie die Angst sie ansprang. Was konnte so schlimm sein, dass er weinte?

Sie machte einen weiteren Schritt zurück. Vielleicht war es doch besser, wenn sie die Wahrheit nicht erfuhr?

Er schien ihre Angst zu spüren. „Lydia, bitte vertrau mir noch ein bisschen länger. Es ist nicht eigentlich etwas Schlimmes; vielleicht wird sogar etwas sehr Gutes daraus."

Lydia nickte und schlug die Arme um ihren Leib. Sie fühlte sich so allein, aber was für eine Wahl hatte sie?

„Gut, ich vertraue dir."

Kapitel 29

Marston Gray sprang aus seiner Kutsche und rannte in das dreistöckige Ziegelhaus, das er sein Heim nannte. Er brauchte einen Drink, um seine Nerven zu beruhigen. Den ganzen Tag war er in Hochspannung gewesen, und als seine schlimmsten Befürchtungen sich bestätigten, wusste er, dass er handeln musste, und das schnell.

Ein Geschäftspartner hatte ihm in eindeutigem Ton erzählt, dass irgendwelche Schnüffler versuchten, Informationen über ihn zu bekommen. Sie wollten wissen, ob er verheiratet war und ob er vor kurzem Vater geworden war, und stellten die komischsten Fragen. Der Partner hatte das Ganze als einen Fall von Verwechslung abgetan, aber Marston war im Bilde.

„Lindquist." Der Name wollte ihm die Luft nehmen. Er marschierte, die Dienerschaft keines Blickes würdigend, in sein Privatbüro und verriegelte die Tür.

Brandy oder Whisky? Er entschied sich für den Whisky und setzte sich hinter seinen Schreibtisch. Er kippte das halbe Glas und überlegte fieberhaft. Wenn Kjell Lindquist die Behörden eingeschaltet hatte, warum kamen sie dann nicht einfach ins Haus und befragten ihn?

Wenn Lydia damals nur gestorben wäre! Dann hätte Marston eine simple Erklärung dafür gehabt, warum er als nächster Verwandter das Kind geholt hatte. Er hätte irgendeine Story erfinden können, wie es dazu gekommen war. Aber das ging jetzt nicht mehr.

Was ging dann? Er hatte aufgepasst, dass nicht zu viele Leute von Daniels Existenz wussten. Nur eine Handvoll Personen wusste, dass das Kind in Kansas City war. Aber wenn die Polizei wirklich Ermittlungen aufgenommen hatte, würde sie ihn beobachten.

Am besten ging er wohl zu Thomas und Evie, um die Sache zu besprechen. Entweder müsste er Evie die Wahrheit sagen oder die nächste Lüge erfinden. Aber was für eine Geschichte konnte er erfinden, um seine Schwester zu gewinnen? Er konnte nur hoffen, dass sie das Baby inzwischen ins Herz geschlossen hatte. Wenn sie genug an dem Jungen hing, wäre sie vielleicht bereit, zu lügen, um es nicht zu verlieren.

Er trank den Whisky aus und starrte minutenlang in das leere Glas. Seine Nerven verlangten noch einen Drink, aber er musste den Kopf klar behalten. Nichts war so gegangen, wie er gedacht hatte. Überhaupt nichts. Sie hatten weder Dwight Robinson loswerden noch seine Akte über Lydia in ihren Besitz bringen können. Die Sargfabrik lief bestens ohne sie unter den vom Anwalt eingesetzten Verwaltern, die die Familie Gray mit Vergnügen aus allem Geschäftlichen heraushielten.

Seine eigenen Investitionen liefen schlecht, und Mitchell berichtete das Gleiche von seinen. Ohne die Sargfabrik und das sichere Geld, das sie brachte, konnte ihre finanzielle Basis vollends wegbrechen.

Ein Klopfen an der Tür riss ihn aus seinen Gedanken. Er holte tief Luft und ging zur Tür, um zu sehen, wer ihn da störte.

Es war sein Zwillingsbruder. „Was bringt dich hierher?", fragte Marston.

„Es gibt Probleme", erklärte Mitchell. „Irgendjemand hat Erkundigungen über mich angestellt."

Jedes Mal, wenn Evie Daniel ansah, brannte ihr Gewissen. Seit sie die Wahrheit über Lydia erfahren hatte, wurde sie von Albträumen verfolgt. Wie korrupt und bösartig konnte ihre Familie noch werden? Sie hatte so gehofft, dass diese dunkle Seite mit ihrem Vater gestorben war.

Gerade saß sie mit Daniel und dem neuen Kindermädchen

in ihrem Wohnzimmer und überlegte, was sie tun konnte, um dieses Unrecht wiedergutzumachen. Sie wollte Daniel Lydia zurückgeben, aber wie sollte sie das anstellen, ohne sich ihren Mann und ihre Brüder zu Feinden zu machen? Sollte sie Lydia schreiben und sie bitten, nach Kansas City zu kommen? Wenn Lydia wusste, wo Daniel war und wie sie ihn zurückbekommen konnte, das wäre doch die Lösung …

Sie schaute zu dem Kindermädchen hin, das mit Daniel spielte. Es war jung und erst seit einer Woche da, um der älteren Kinderfrau zur Hand zu gehen.

„Ellie, wie alt bist du?"

Das Mädchen drehte sich um. „Ich bin sechzehn, Madam."

Evie nickte. „Und wie bist du hierhergekommen?"

Das dunkelhaarige Mädchen schaute weg. „Als ich noch klein war, starb meine Mutter, und meine ältere Schwester erzog mich. Letztes Jahr ist sie mit ihrem Mann in den Westen gegangen. Ihre Schwiegermutter ist Mrs Shevlin."

„Meine Haushälterin?"

„Ja. Sie wusste, dass ich Arbeit brauchte."

„Warum haben deine Verwandten dich nicht mitgenommen?"

„Das wär zu teuer gewesen. Meine Schwester brachte mich bei Freunden unter, aber das klappte nicht so gut. Der Mann … ich meine … er war …" Sie schwieg und wurde rot.

„Lass nur, ich glaube, ich versteh dich", sagte Evie leise.

Ellie setzte das Kind zurück auf die Decke und reichte ihm ein Spielzeug. „Meine Schwester hat so geweint, als sie ging. Sie wollten mich eigentlich nicht hierlassen."

„Und wo sind sie jetzt?"

„In Sacramento. Mein Schwager, Bill, hat dort Arbeit bei der Eisenbahn gekriegt, und meine Schwester putzt bei einer reichen Familie. Sie haben mir gesagt, sobald sie genug Geld zusammenhaben, schicken sie mir eine Fahrkarte."

„Dann wirst du nicht lange hier bei uns sein?"

Ellie schaute sie ängstlich an. „So hab ich das gerade nicht gemeint. Bitte entlassen Sie mich nicht."

Evie schüttelte ihren Kopf. „Keine Angst, das hab ich nicht vor." Sie wollte nicht zu viel sagen; sie hatte ja noch gar keinen Plan.

Mrs Hubble, die Kinderfrau, kam herein, mäuschenstill wie immer. Sie schaute Evie an, dann Ellie. „Bring ihn zu mir, es ist Zeit für sein Bad."

Ellie hob das Baby hoch und brachte es zu Evie, damit sie es küssen konnte. Es war das Abendritual. „Schätzchen. Sei schön brav." Evie küsste seine Pausbacke und lachte, als er nach ihrer Nase griff.

Als Ellie und Mrs Hubble fort waren, setzte Evie ihre Überlegungen fort. Die Uhr auf dem Kaminsims schlug; bald würde das Mädchen kommen, um ihr beim Umziehen für das Dinner zu helfen.

Evie trat in ihr Schlafzimmer, holte aus dem Kleiderschrank ein schönes grünes Seidenkleid und breitete es über das Bett. Da klopfte auch schon das Mädchen an der Tür. „Sind Sie bereit, sich für das Dinner zu richten, Madam?"

„Ja, komm rein. Ich werde das da tragen." Sie zeigte auf das Bett.

Die junge Frau knickste und half Evie aus ihrem Alltagskleid heraus. Evie schlüpfte in das Unterkleid, das sie ihr hinhielt.

„Ach ja, Mr Gadston lässt ausrichten, dass Ihr Bruder auch zum Dinner kommt."

„Welcher Bruder?"

„Mr Marston."

Evies Herz stolperte. Was wollte Marston? Hatte es mit Daniel zu tun? Wusste vielleicht schon jemand, dass er hier war, und wollte ihn holen? Evie merkte: Sie musste schnell handeln. Jeden Augenblick konnten die Behörden an die Tür klopfen.

„Ist mein Bruder schon da?", fragte sie, während das Mädchen ihr das Kleid zuknöpfte.

„Ja. Er ist vor ein paar Minuten gekommen."

Evie wartete ungeduldig, bis sie fertig war. Dann prüfte sie rasch ihre Frisur, trug etwas Parfüm auf und wartete auf ihre Schuhe. In ihrem Kopf nahm ein Plan Gestalt an. Sie würde es auf die nette Art angehen und ihrem Mann und Bruder ganz ruhig sagen, dass sie gerne mit dem Kind verreisen würde. Vielleicht ins Ausland? England würde sicher weniger Verdacht erregen als Alaska.

Sie ging nach unten. Thomas und Marston saßen in dem großen Salon und tranken Brandy. Sie erhoben sich und verneigten sich steif. Sie trat lächelnd vor sie.

„Was für eine Überraschung!", sagte sie. „Und eine angenehme dazu."

Marston sah sie neugierig an. „Darf man fragen, warum?"

„Nun, ich möchte Thomas von etwas überzeugen, und da könntest du mir vielleicht helfen, zumal du indirekt damit zu tun hast."

Das Gesicht ihres Mannes wurde skeptisch. Evie setzte sich auf den Rokokostuhl. „Bitte setzt euch doch, dann erklär ich's euch."

Die Männer setzten sich; ganz wohl schien ihnen nicht zu sein. Wäre die Lage nicht so ernst gewesen, Evie hätte losgelacht. Sie betastete das dunkle Nussbaumholz der Armlehne. „Ich hätte eine Bitte. Für mich und Daniel; deswegen finde ich es so gut, dass du auch da bist, Marston."

Er runzelte die Stirn. „Was ist es?"

„Ich würde gerne für den Sommer nach England fahren und den Jungen mitnehmen."

Thomas verschluckte fast seinen Brandy. Marston sah sie ruhig an. Evie wurde nervös. Sie war nie gut im Lügen gewesen, aber sie musste es schaffen; sie wollte doch, dass Daniel zu seiner Mutter zurückkam!

„England?" Marston sah Thomas an. „Warum England?"

„Wir haben dort Freunde", erklärte Evie. „Letztes Jahr haben sie mich für diesen Sommer eingeladen, aber ich hab das nicht weiterverfolgt. Aber jetzt würde ich gerne gehen – und ihnen Daniel zeigen. Es wird eine schöne Abwechslung sein."

Schweigen. Dann nickte ihr Bruder. „Das klingt gut. Wann möchtest du reisen?" Er sah Thomas an.

„Je eher, desto besser", sagte Evie. „Vielleicht schon in ein paar Tagen. Das Packen wird kein Problem sein, ich will nur das Nötigste mitnehmen und mir unterwegs eine neue Garderobe kaufen. Wenn Thomas nichts dagegen hat, natürlich."

Thomas rutschte auf seinem Stuhl nach vorne. „Du könntest mit dem Zug nach New York, und ich könnte die Karten für die Schiffspassage vorab per Kabel bestellen."

Marston nickte. „So eine Reise wäre was Feines. England ist wunderbar um diese Jahreszeit."

„Ich würde gerne Ellie mitnehmen. Sie ist noch nicht lange bei uns, aber ich mag sie sehr, und sie kümmert sich rührend um Daniel. Mrs Hubble mit ihren Wehwehchen ist wohl ein bisschen alt für so etwas."

„Und wen nimmst du noch mit außer Ellie?", fragte ihr Mann.

„Niemand. Die Reise nach England ist nicht sehr schwierig, und auf dem Schiff gibt es ja genug Bedienstete. Ellie kann sich um mich kümmern und auch um Daniel. Ich glaube, wir werden gut miteinander auskommen."

„Auf deiner letzten Auslandsreise hast du mindestens fünf Bedienstete mitgenommen", sagte Thomas.

„Ich weiß, und sie waren sich nur ständig im Weg. Zur Not stelle ich unterwegs noch jemanden ein."

Marston erhob sich. „Kennt ihr diesen Freund von mir in Chicago – George Pullman? Wir haben ihn kennengelernt, als er noch Särge herstellte. Jetzt baut er Privatsalonwagen für die Eisenbahn. Er hat mir gesagt, dass ich jederzeit einen kriegen kann. Ich werde ihm ein Kabel schicken, dass Evie einen braucht. In New York können wir sie dann von jemand abholen und auf das Schiff bringen lassen."

Evie lächelte. „Das klingt ja wunderbar."

„Es ist angerichtet", kam Miles' Stimme aus der Tür.

Marston bot Evie seinen Arm. „Komm. Wir können beim Essen weiter drüber reden."

„Ich musste euch das einfach sagen", sagte Evie, „sonst wäre ich noch geplatzt."

Nach dem Dinner wünschte Marston seiner Schwester eine gute Nacht, dann folgte er Thomas in sein Büro.

„Da wären wir ja aus dem Schneider." Thomas zündete sich eine Zigarre an. „Willst du auch eine?"

„Nein, danke. – Ich muss sagen, ich bin sehr erleichtert. Aber wie kriegen wir das Kind aus Kansas City raus, ohne dass jemand es merkt?"

„Ich weiß. Niemand darf wissen, dass Daniel hier ist. Aber ich hätte da so eine Idee. Sie kam mir, als ihr beiden euch über England und eure Freunde unterhalten habt." Thomas zog an seiner Zigarre. „Wir könnten Evie sagen, dass Daniels Leben in Gefahr ist und dass wir das gerade erst erfahren haben."

„Und wie willst du ihr das plausibel machen?"

Thomas rieb sich sein Kinn. „Wir sagen ihr, dass wir Gerüchte von einer Epidemie in den ärmeren Vierteln der Stadt gehört haben. Wenn es um die Gesundheit des Kindes geht, wird sie so eine Nacht-und-Nebel-Aktion mitmachen, ohne viel zu fragen."

„Wie willst du es also machen?"

„Wir setzen sie und ihr Mädchen in eine Kutsche, die sie, sagen wir, nach Omaha bringt. Von dort kriegt sie leicht einen Zug nach Chicago."

„Hm, das könnte funktionieren."

„Es *wird* funktionieren! So kriegen wir sie noch schneller hier weg. Ich werde heute Abend noch mit ihr reden; sie werden morgen früh vor Tagesanbruch abreisen. Auf die Art kriegt niemand etwas von ihrer Abreise mit und auch nicht, dass ein Säugling mit dabei ist."

„Ich überlasse das dann dir“, sagte Marston zufrieden.

Thomas nickte. „Ich werde für alles sorgen. Evie wird alles haben, was ihr Herz begehrt, und jede Menge Geld.“ Er schaute auf seine Taschenuhr. „Ich werde eben ein Akkreditiv von unserer Bank besorgen.“

„Um diese Uhrzeit?“, fragte Marston.

Sein Schwager drückte die Zigarre aus. „Auch ich habe meine Freunde.“

Kapitel 30

Fast genoss Evie das Schaukeln der Kutsche. Es erinnerte sie daran, dass sie bald weit weg und in Sicherheit wären. Aber jetzt war es Zeit, Ellie einzuweihen. Das Mädchen hatte den Mund nicht mehr zubekommen, als sie ihm gesagt hatte, dass sie nach Europa reisen würden, jetzt sofort, aber es hatte sich gerne bereit erklärt, als Kinder- und Dienstmädchen mitzukommen. Daniel schlief fest. Also gut. Evie holte tief Luft.

„Ellie, wir müssen uns über etwas unterhalten."

Die junge Frau setzte sich auf. „Ja, bitte, Madam?"

„Ich muss wissen, ob ich dir vertrauen kann. Wenn die Antwort Ja ist, sorge ich dafür, dass du in Sacramento zu deiner Schwester kommst."

„Ist das Ihr Ernst?" Die Augen des Mädchens wurden groß.

Evie nickte. „Es ist ein schlimmes Unrecht geschehen, das ich wiedergutmachen möchte. Aber dazu brauche ich deine Hilfe und Verschwiegenheit. Du musst genau das tun, was ich dir sage, und darfst niemandem gegenüber etwas erwähnen. Sonst könnten wir in große Gefahr kommen – wir und auch Daniel."

Ellies Gesicht wurde ernst. „Ich versprech Ihnen, alles zu machen, was Sie wollen, Madam."

„Sehr gut." Evie hatte den Eindruck, dass sie sich auf das Mädchen verlassen konnte. „Wir fahren nicht nach Europa, sondern werden von Omaha mit dem Zug nach San Francisco fahren. Unterwegs kabeln wir deiner Schwester. Der Zug fährt über Sacramento; da steigst du einfach aus, und sie holt dich ab. Wenn das nicht geht, kannst du gerne weiter mit mir fahren."

Ellie schaute zu dem schlafenden Kind hin. „Aber was wird mit Ihnen und dem Baby? Brauchen Sie keine Hilfe?"

„Ich werde nur kurze Zeit allein sein. Das Unrecht, von dem

ich gerade sprach, ist Folgendes: Mein Bruder hat versucht, die Mutter dieses Kindes umzubringen."

Ellie japste auf. „Aber das ist ja Mord!"

„Ja. Er wollte, dass sie starb, damit er Daniel entführen und nach Kansas City holen konnte. Aber Daniels Mutter hat den Mordanschlag überlebt. Ich habe das erst kürzlich erfahren, und jetzt setze ich alles daran, der Frau ihr Kind zurückzubringen."

„Es muss furchtbar für sie sein, dass es weg ist", sagte Ellie. „Daniel ist so ein goldiges Kind."

„Ja. Und er ist jetzt schon seit Monaten fort", sagte Evie traurig. „Es hat ihr bestimmt das Herz gebrochen. Aber wir werden versuchen, es wieder zu heilen."

„Dann sind wir deswegen so plötzlich aufgebrochen?"

Evie schaute zum Fenster hinaus. „Ich glaube, die Behörden sind hinter meinem Bruder her. Er hat nichts gesagt, aber es konnte ihm kaum schnell genug gehen mit meiner Abreise. Ich habe den Plan einer Reise nach England erfunden, um zu verhindern, dass er Daniel in fremde Hände gibt. Ich habe darauf gezählt, dass es ihm recht wäre, wenn ich mit dem Kind Kansas City verlasse. Und da ich offiziell mit dem Schiff nach Europa fahre, wird niemand erwarten, so bald wieder von mir zu hören."

Ellies Blick wurde bewundernd. „Das haben Sie ja wirklich raffiniert gemacht."

„Ich hoffe, dass es raffiniert genug ist. Mein Bruder darf keinen Verdacht schöpfen, sonst reist er uns nach und holt Daniel zurück. Ich werde nicht ruhen, bis das Kind wieder in den Armen seiner Mutter ist, und wenn es mich das Leben kostet."

Ellie sah sie schockiert an. „Das Leben kostet?"

„Mein Mann und meine Brüder sind mächtige Männer. Es kann sogar sein, dass sie dich aufspüren und ausfragen. Du musst genau das tun, was ich sage, oder Daniel sieht seine Mutter nie wieder."

„Ich werde Ihnen helfen, Madam, ich werde alles für Sie tun", sagte das Mädchen.

Zwei Tage später stiegen sie in den Zug nach Westen. Ellie gab sich als die junge Mutter mit Kind aus, Evie hatte ihr elegantes Kostüm gegen zwei schlichte Kleider getauscht. Dazu ein Reisemantel mit Mütze, und sie sah so aus wie die übrigen weiblichen Fahrgäste. Sie stiegen getrennt in den Zug und trafen sich erst drinnen in demselben Wagen. Sie sprachen nicht miteinander, ja setzten sich noch nicht einmal nebeneinander. Evie hatte dem Mädchen gesagt, dass sie unterwegs umsteigen würden und danach zusammen reisen könnten.

Als der Zug aus Omaha fuhr, seufzte Evie erleichtert auf. Der erste Teil des Plans war gelungen. Er beruhte auf einer Lüge. War es falsch, darum zu beten, dass eine Lüge gelang?

Fast jeden Sonntag des vergangenen Jahres hatte Evie neben ihrem Mann in der großen Kirche gesessen, die er seit seiner Kindheit besuchte. Wie ihr Vater sah Thomas den Kirchgang als Mittel zum Zweck eines besseren gesellschaftlichen Ansehens. Manchmal hatte Evie nach der Predigt Fragen gehabt, aber sie hatte niemanden, mit dem sie darüber sprechen konnte. Als sie einmal den Pastor angesprochen hatte, hatte er sie mit ein paar beruhigenden Floskeln abgespeist. Aber Evie wollte mehr über Gott wissen, und vor allem über das Beten. Sie dachte an die feierlichen und wortreichen liturgischen Gebete des Pastors. Konnte sie so etwas auch? Was, wenn sie einfach mit ihren eigenen Worten betete? Mit gewöhnlichen, alltäglichen, unfeierlichen Worten? Würde Gott sie verstehen?

Evie und Daniel waren auf dem Weg nach England. Was für ein kluger Schachzug. Marston fand ihn noch klüger, als der Butler ihm meldete, dass drei Herren da waren, die ihn zu sprechen wünschten.

Er hatte gerade sein Frühstück beendet und trank eine letzte Tasse Kaffee, als der Butler die Besucher in das Esszimmer führte. Einer war ein Polizeibeamter, den er kannte, die beiden anderen waren in Zivil; vielleicht waren es die Detektive, die die Erkundigungen über ihn angestellt hatten.

„Guten Morgen, die Herren." Er nickte dem Uniformierten zu. „Davidson, schön, Sie hier zu sehen. Wie geht es Ihrer Familie?"

„Danke, gut." Der Polizist drehte sich zu seinen Begleitern um. „Dies sind Mr Wilson und Mr Kloosterhof."

Marston nickte. „Darf ich Ihnen einen Kaffee anbieten?"

„Nein, danke, Mr Gray", antwortete Mr Wilson. „Wir sind in einer dienstlichen Angelegenheit hier. Ich bin damit beauftragt worden, ein Kind zu suchen, das vermisst wird."

„Ein Kind? Und welches Kind soll das sein?" Marston versuchte, verdutzt und neugierig zugleich zu wirken. „Eins aus der Nachbarschaft?"

„Nein, Sir. Es handelt sich um einen Säugling, der … Ihr Bruder wäre."

Marston lachte. „Ich habe keinen kleinen Bruder. Da muss sich jemand einen Spaß mit Ihnen erlaubt haben. Hoffentlich zahlt er wenigstens gut."

Wilson sah Kloosterhof an, dann wieder Marston. „Dann ist Ihnen nicht bekannt, dass Ihre Stiefmutter, Lydia Gray, ein Kind bekommen hat?"

„Ein Kind?" Marston wischte sich mit der Serviette den Mund. „Das ist ja erstaunlich. Mein Vater ist vor über einem Jahr gestorben, wie soll sie da ein Kind von ihm zur Welt gebracht haben?"

„Das Kind wurde im vergangenen Dezember geboren", erklärte Kloosterhof.

„Ach so. Nun, das ist wirklich eine Neuigkeit. Ich wusste nicht, dass Lydia schwanger war, als sie uns verließ. Wir haben nichts mehr von ihr gehört und haben angenommen, dass sie irgendwo ein neues Leben begonnen hat."

„Ganz richtig, das hat sie. Aber soweit uns bekannt ist, haben Sie sie besucht. Es heißt, dass Sie dort waren, als das Kind geboren wurde, und dass Sie das Kind später an sich genommen haben, um es hierher nach Kansas City zu bringen."

„Und wo soll das geschehen sein, bitte sehr?"

„In einer Stadt namens Sitka, in Alaska", erwiderte Wilson.

Marston lehnte sich zurück. „Sitka? Der Name sagt mir gar nichts."

„Es gibt Zeugen, die Sie dort gesehen haben."

„Meine Herren, ich weiß wirklich nicht, wie ich Ihnen helfen kann. – Davidson, Sie wissen doch, dass ich Junggeselle bin und keine Kinder habe. Meine Schwester und mein Bruder haben Kinder, aber ich habe keine, Gott sei Dank."

„Könnten wir uns mal Ihr Haus ansehen?", fragte Wilson.

„Dafür gibt es keinen Grund", sagte der Polizist. „Mr Gray ist ein ehrenwerter Mann. Wenn er sagt, dass er nichts weiß, dann weiß er nichts."

„Lassen Sie nur, Davidson." Marston stand auf und sah die beiden Detektive an. „Sie können sich gerne in meinem Haus umsehen. Ich muss jetzt leider zu mehreren Terminen, aber ich werde dem Butler sagen, dass Sie eine Hausdurchsuchung machen." Er blieb am Ende des Tisches stehen. „Ist das dann alles?"

„Im Augenblick, ja." Wilson runzelte die Stirn. „Wir lassen wieder von uns hören."

„Sehr gut. Wenn ich tatsächlich einen kleinen Bruder haben sollte, den man aus den Armen seiner Mutter gerissen hat, möchte ich alles tun, um bei der Suche nach ihm zu helfen."

Marston ging. Die Männer sahen ihm nach.

Evie saß am Fenster ihres Hotelzimmers und schaute zu, wie die Sonne langsam in den Ozean sank. Das golden-orangene Farbenspiel auf dem Wasser war ein herrlicher Anblick.

Kalifornien faszinierte sie. San Francisco war noch größer als Kansas City; zumindest gab es hier viel mehr Menschen. Evie drehte sich um zu dem schlafenden Kind. Sie war dankbar, dass Daniel auf der Reise so pflegeleicht gewesen war. Vor allem jetzt, wo sie allein war.

Erst vor wenigen Tagen hatte sie sich in Sacramento von Ellie verabschiedet. Ellies Schwester hatte geweint und ein Theater um das arme Mädchen gemacht, dass Evie halb erwartet hatte, es würde zurück in den Zug steigen. Wohl hundert Mal hatte die Frau Evie gedankt und ihr angeboten, ihr Gast zu sein, bevor sie weiterreiste nach San Francisco. Ihre Freundlichkeit hatte Evie gerührt, aber sie hatte abgelehnt; je eher sie auf einem Schiff nach Alaska war, um so besser.

Aber jetzt vermisste sie Ellies Gesellschaft schmerzlich. Sie war es nicht gewöhnt, sich ständig um ein Baby zu kümmern, und manchmal wollte es ihr zu viel werden. Das Wickeln und Füttern allein reichten schon, um sie beschäftigt zu halten, und manchmal weinte das Kind ohne jeden ersichtlichen Grund.

Aber Ellie war auch eine gute Begleiterin gewesen, mit der sie sich zwanglos unterhalten konnte. Und wenn sie ganz ehrlich war, hatte Evie auch Angst. Nachts konnte sie kaum schlafen und stellte sich vor, wie im nächsten Augenblick Marston die Tür aufbrechen und sie auffordern würde, ihm Daniel zu übergeben.

Doch ihr Plan kam gut voran. Sie hatte ihre Passage nach Alaska auf dem Postschiff, der *Constantine*, gebucht, die in wenigen Tagen in See stechen würde. Es schien ganz so, als ob Gott ihr den Weg bahnte, obwohl Evie immer noch nicht recht wusste, wer er war und ob sie ihm wirklich wichtig war. Es hatte kein einziges Problem gegeben auf der Fahrt nach Westen; alles hatte geklappt wie am Schnürchen. Allmählich glaubte Evie, dass Beten funktionierte.

Lydia wachte von ihrem eigenen Schreien auf. Der Alptraum war so echt gewesen, dass sie noch den Biss des Feuers in ihrem Nacken spürte. Jemand hatte sie erschossen. Ein Mann war in ihr Schlafzimmer eingedrungen. Sie sah ihn noch vor sich.

„Liddie, was ist?“ Kjell zündete die Lampe neben ihrem Bett an.

„Das ist wirklich passiert, nicht wahr?“, fragte sie, wie Espenlaub zitternd.

„Von was redest du?“

„Die Nacht, wo dieser Sturm war. Sag mir, was da war“, bettelte sie.

„Da war ich nicht dabei, das weiß ich nicht so genau.“

„Jemand hat mich doch angeschossen, oder? Meine Verletzungen waren gar nicht von dem Sturm.“

„Erinnerst du dich daran?“

Sie schüttelte den Kopf, „Nicht ganz. Ich weiß, dass ich dort stand.“ Sie zeigte zu der Ecke hin. „Ich weiß nicht, warum, aber ein Mann ist ins Zimmer gekommen und hat auf mich geschossen. Das ist wirklich passiert, nicht?“

Sein Zögern sprach lauter als hundert Worte.

„Kjell, wer war das?“

„Er hieß Anatoli Sidorov.“

„*Hieß*? Du meinst, er ist tot?“

Er nickte. „Ja. Er hat früher für mich gearbeitet, aber ich musste ihm und seinem Bruder wegen Betrügereien kündigen.“

„Warum hast du mir das nie erzählt? Warum hast du mir gesagt, dass ich mich in dem Sturm verletzt hab?“

„Du *hast* deine Verletzungen in dem Sturm bekommen; ich

habe dir nur nicht gesagt, wie. Der Arzt wollte nicht, dass wir dir zu viel auf einmal sagen; er sagte, das würdest du nicht verkraften. Liddie, du musst das verstehen. Wir haben dir nicht alles gesagt, weil wir dir helfen wollten."

Sie legte ihre Hände an ihren Kopf. „Hör auf! So helft ihr mir überhaupt nicht! Vielleicht hat es dir und Zerelda geholfen, aber nicht mir. Ich muss die Wahrheit wissen! Ich will endlich wissen, was da wirklich passiert ist."

Kjell wollte sie in die Arme nehmen. Sie stieß ihn zurück. „Siehst du das nicht, Kjell? Ich muss das wissen, selbst wenn es was Schlimmes ist." Sie sah ihn fragend an. „Es war etwas sehr Schlimmes, nicht wahr? *Darum* wollt ihr es mir nicht sagen."

„Ja."

„Und es war so schlimm, dass es auch dir Angst macht, oder?" Sie sah die Angst in seinen Augen.

„Ja."

Sie wusste: Sie musste sich entscheiden. Sie konnte darauf bestehen, die Wahrheit über jene fatale Nacht zu hören. Sie sah, dass Kjell sie ihr sagen würde, wenn sie wirklich wollte. Aber was, wenn es etwas so Schreckliches war, dass sie nicht damit fertig wurde? War es nicht vielleicht doch besser, wenn sie es nicht erfuhr? Eine lähmende Angst kroch in ihr hoch. Sie wusste: Was in den Tiefen ihres Gedächtnisses auf sie wartete, war etwas so Starkes, dass sie es die ganzen Monate verdrängt und vergessen hatte.

„Ich … weiß nicht, was ich machen soll." Die Tränen strömten ihr über das Gesicht. „Ich muss das wissen, aber ich hab solche Angst."

Kjells Arm legte sich wieder um sie. Diesmal ließ sie ihn gewähren. „Ich tu alles, was du willst, aber bitte begreife doch: Ich habe nur geschwiegen, damit du nicht noch mehr leiden musst, als du es schon tust."

Noch mehr leiden? War das möglich? Aber tief drinnen spürte sie, dass Kjell die Wahrheit sagte. Irgendwo gab es etwas, das noch viel schlimmer und schrecklicher war als alles, was sie sich vorstellen konnte. Ein Ungeheuer wartete auf sie. Ein Ungeheuer, das sie zerreißen und verschlingen konnte.

Kapitel 31

Als Lydia am nächsten Morgen mit Kjell und Zerelda beim Frühstück saß, dachte sie immer noch über die Ereignisse der Nacht nach. Den ganzen Rest der Nacht hatte sie mit sich gekämpft, hatte versucht, herauszufinden, ob es besser war, die Wahrheit zu erfahren und sich dem Schmerz zu stellen, oder weiter die Vergangenheit ruhen zu lassen. Etwas ließ sie davor zurückschrecken, zu erfahren, was wirklich geschehen war. Sie wusste, es würde alles ändern … aber andererseits: Hatte das, was da geschehen war, nicht schon sowieso ihr Leben grundlegend umgewandelt?

Und nicht nur das; sie konnte sich noch nicht einmal hinter dem Argument verstecken, dass sie Kjell und Zerelda schonte, wenn sie nicht nachfragte. *Sie* wussten ja, was geschehen war. Wie oft hatte sie ihren Mann nicht dabei überrascht, wie er unter Tränen betete! Kein Zweifel: Kjell litt.

Sie legte ihre Hände um ihre Kaffeetasse, die sie nicht angerührt hatte, und holte tief Luft. „Ich glaube, ich muss endlich wissen, was in jener Nacht wirklich passiert ist. Ich weiß, ihr wollt mir das ersparen; ich weiß, dass es schlimme Nachrichten sein werden. Und wenn ihr mir sagt, was geschah, ändert das nichts daran, dass ich mich nicht erinnern kann. Aber vielleicht kann ich dann endlich aufhören, gegen diese Erinnerungen anzukämpfen."

Zerelda schaute Kjell an und nickte. „Ich glaube, sie hat recht. Es ist Zeit, dass wir alles erklären."

„Wo fangen wir an?", fragte er.

„Mit der Nacht damals", sagte Lydia. „Du hast mir doch gesagt, dass da ein Mann war, der auf mich geschossen hat. Warum hat er geschossen? War es ein Einbruch?"

„Gewissermaßen", erwiderte Kjell. Er gab einen tiefen Seufzer von sich und rieb sich die Schläfen. „Lydia, als du nach Sitka kamst, warst du Witwe. In Kansas City warst du mit einem Mann namens Floyd Gray verheiratet gewesen."

Lydia versuchte, sich an irgendetwas aus dieser Zeit in ihrem Leben zu erinnern. Manchmal sah sie flüchtige Bilder von Menschen vor sich, die sie nicht kannte, aber das war auch alles. „Wodurch bin ich Witwe geworden?"

„Dein Mann und dein Vater starben bei einem Kutschunfall; sie saßen beide in der Kutsche", erklärte Zerelda. „Dein Mann war sofort tot, dein Vater – also mein Bruder – starb zwei Tage später."

„Und was hat das damit zu tun, dass ich jetzt hier bin?"

„Du wolltest aus Kansas City weg, weil deine Stiefkinder dich sehr schlecht behandelten", fuhr Zerelda fort. „Du hattest von deinem Vater eine größere Geldsumme geerbt. Weißt du noch, wie du einmal an dem Wort *Erbe* hängen bliebest und ich dir sagte, dass dein Vater dir ein Erbe hinterlassen hatte?"

Lydia nickte. „Ja."

„Dieses Erbe machte dich zu einer reichen Frau, aber zum Teil auf Kosten des Vermögens der Familie Gray. Offenbar hing das Testament deines Ehemannes eng mit dem deines Vaters zusammen. Die Einzelheiten weiß ich nicht, die kann dir dein Rechtsanwalt besser erklären."

„Dann bin ich also hierher zu dir gezogen, und meine Stiefkinder waren wütend auf mich?"

„Ja. Sie wollten ihr Vermögen wiederhaben, wie sie es sahen."

„Warum hab ich es ihnen dann nicht einfach gegeben? Sich wegen Geld bekriegen – das ist es doch nicht wert."

„Du warst damals schwanger", sagte Kjell. „Du hast das Kind deines verstorbenen Mannes erwartet und fandest, dass ihm ein Teil dieses Erbes gehörte."

„Ein Kind?" Lydia schüttelte ihren Kopf. Dann stand sie abrupt auf, dass ihr Stuhl umfiel. „Was für ein Kind? Von was redet ihr?"

Zerelda stand auf und nahm Lydias Hand. „Lydia, bitte bleib ruhig. Es tut dir nicht gut, wenn du dich so aufregst."

„Aber ihr sagt mir doch …" Sie schaute die beiden verwirrt an. „Was soll das heißen? Wollt ihr sagen, ich habe ein Kind?"

„Ja", sagte Kjell. „Einen Jungen. Er heißt Daniel und ist unser Sohn."

Der Raum wollte anfangen, sich zu drehen. Sie hatte in ihren Träumen so oft ein Baby gesehen. Jetzt sah sie es wieder vor sich, wie es in seiner Wiege schrie, wollte es halten und trösten. War dies das Kind, von dem Kjell sprach? Warum konnte sie sich nicht an ihren eigenen Sohn erinnern?

„Wo ist er? Ist er tot?"

Kjell schüttelte den Kopf. „Das glaube ich nicht."

Panik ließ ihre Stimme hart werden. „Wie meinst du das? Weißt du das nicht?"

Zerelda drehte Lydia zu sich um. Sie packte ihre Schultern so fest, dass es fast wehtat. „Lydia, du musst dich beruhigen. Das ist nicht gut für dich. Bitte setz dich wieder."

Lydias Atem stockte, einen Augenblick war ihr, als ob sie gleich ohnmächtig würde. Zerelda hob den Stuhl auf, während Kjell Lydias Hand nahm.

„Hier. Setz dich." Sein Gesicht war so voller Liebe und Mitleid, dass sie seine Hand weiter festhielt, als sie saß.

Dann kam die Erinnerung. Es war nur ein Nebel von Bildern, aber er führte Lydia zurück in die Nacht des Überfalls. Sie sah wieder den Fremden, den Lauf der Pistole. Dann schaute sie zur Seite und sah die Wiege mit dem Kind. Sie schrie auf und sah Kjell an. „Sie haben ihn mitgenommen. Nicht wahr, sie haben mein Kind mitgenommen?"

Die *Constantine* lag über Nacht im Sitka-Sund vor Anker, sehr zu Evies Verdruss. Als der Morgen kam und die Barkassen zu

Wasser gelassen wurden, um Post und Passagiere nach Sitka zu bringen, stand sie mit Daniel ganz vorne in der Schlange.

„Ihr Gepäck kommt mit der nächsten Barkasse nach“, versicherte ihr ein Matrose.

Evie war es egal. Sie hatte nur einen Gedanken: Lydia. Sie schaute über den Hafen zu der Stadt hin und fragte sich, wie sie ihre Stiefmutter je finden sollte. Gab es hier jemand, der sie kannte? Die Stadt sah größer aus, als sie erwartet hatte.

Sie hielt Daniel auf dem Arm. Nach langem Quengeln war er endlich eingeschlafen. Bestimmt spürte er ihre Nervosität; sie wünschte sich, ruhiger zu sein. Sie tat gerade das Beste, was sie für das Kind tun konnte; mehr hatte sie nicht zu bieten. Einen Augenblick hatte sie Angst davor, Lydia zu finden. Der Junge war ihr so ans Herz gewachsen; solange sie geglaubt hatte, dass Lydia tot war, war sie gerne seine Mutter gewesen. Doch an dem Tag, an dem sie erfuhr, was ihr Bruder getan hatte, hatte sie erkannt, dass es nicht so weitergehen konnte. Und doch ... wie sie den Kleinen liebte! Was, wenn Lydia wollte, dass sie ging und nie mehr wiederkam? Würde sie es schaffen, das Kind nie mehr zu sehen?

„Was für ein herrliches Wetter“, sagte jemand neben ihr. Evie reagierte nicht. „So ein schöner Tag.“

Sie saß schweigend da und dachte nach. Auf der Reise nach Norden hatte sie sich die Worte zurechtgelegt, die sie Lydia sagen würde. Wenn es gut ging, würde Lydia sehen, dass Daniels Entführung nicht Evies Schuld war. Vielleicht würde sie ihr sogar erlauben, bei ihr in Sitka zu bleiben. Und wenn nicht, dann – ja, was sie dann machen würde, wusste Evie noch nicht.

Ellie und ihre Schwester hatten ihr versichert, dass sie in Sacramento jederzeit willkommen wäre, aber nach Sacramento wollte sie nicht. Der Gedanke, bei Lydia zu bleiben, war tröstlich, und Evie konnte nur beten, dass ihre Stiefmutter sie willkommen heißen würde.

Sie schüttelte den Kopf. Wie verrückt das alles war! Sie sehnte sich danach, bei Daniel zu bleiben, aber noch mehr nach einer erneuerten Beziehung zu ihrer Stiefmutter. Würde die sie fortschicken, bloß weil sie die falschen Verwandten hatte?

Das Boot legte an. Evie schaute sich um. Sie hatte gehofft, eine Droschke nehmen zu können, aber hier schien man zu Fuß zu gehen. Es stank nach Fisch und anderem, aber doch, es war, wie ihr Nachbar auf der Barkasse gesagt hatte, ein perfekter Tag.

„Kann ich Ihnen helfen?"

Evie drehte sich um. Vor ihr stand ein älterer Mann. Er lächelte. „Sie haben ein schönes Kind."

Sie erwiderte das Lächeln. „Ich suche jemanden. Lydia Gray."

Der Mann lachte. „Gray gibt's nicht mehr, sie heißt jetzt Lindquist. Ich kenn' ihren Mann. Sein Vorarbeiter steht da drüben. – Josh! Kommst du eben mal?" Er wandte sich wieder Evie zu. „Dies ist Joshua Broadstreet."

Ein junger Mann drehte seinen Kopf in ihre Richtung. Einen Augenblick schien er wie hypnotisiert zu sein, dass ihr unbehaglich wurde, dann lächelte er.

Er trat zu ihnen. „Was gibt's, Briney?"

„Diese junge Dame hier möchte gerne zu den Lindquists – zu Lydia. Ich hab ihr gerade gesagt, dass du für Kjell arbeitest."

„Ja, das stimmt." Erst jetzt schien er das schlafende Baby zu bemerken, und Evie sah, wie seine Stirn sich kurz runzelte. „Ich kann Sie gerne dorthin fahren – wenn ich 'nen Wagen auftreiben kann."

„O, danke." Evie sah den Mann an, der Briney hieß. „Und Ihnen auch. Ich bin wohl etwas unvorbereitet hierhergekommen."

Der Mann lachte. „Kein Problem. Hier kennt fast jeder jeden. Ich bleib bei Ihnen, bis er zurückkommt. Glaub nicht, dass Ihnen was passieren würde, aber auch wir haben hier ein paar unerfreuliche Figuren."

Sie nickte. Sie musste an Marstons Worte über die Männer

denken, denen er den „Job" mit Lydia gegeben hatte. Sie fröstelte und schob den Gedanken beiseite. Es würde jetzt nicht mehr lange dauern, und sie könnte das Verbrechen ihres Bruders wiedergutmachen.

Endlich kam Joshua zurück, mit einem zweirädrigen Karren, der von einem dicken Wallach mit gelangweilter Miene gezogen wurde.

„Los, dorthin geht's. Brrr." Joshua zog die Bremse an und stieg grinsend von dem Wagen. „Der Gaul muss hundert Jahre alt sein, aber er wird uns hinbringen."

Er musterte Evie einen Augenblick und wurde ernster. „Ich kann gerne das Kind nehmen, während Sie aufsteigen. Das Kind und gleichzeitig Sie wird ein bisschen schwer."

„Danke, das kann ich schon selbst." Sie reichte ihm Daniel, nicht ohne zu sagen: „Lassen Sie ihn nicht fallen."

Er grinste. „Das hatte ich nicht vor."

Evie raffte ihre Röcke – sollte er ruhig ihre Knöchel sehen – und hievte sich auf den Karren. Dann nahm sie Joshua Daniel ab und wartete, während er ebenfalls aufstieg. Er löste die Bremse und ließ die Zügel kurz auf den Rücken des Pferdes fallen. „Hü, alter Junge."

Das Pferd zockelte los. Sie fuhren langsam an den Läden und Kontoren des Hafenviertels vorbei.

„Wie ist Ihr Name?", fragte Josh.

„Gadston. Evie Gadston."

„Und woher kennen Sie Lydia?"

Sie dachte kurz nach. „Durch meine Familie." Hoffentlich fragte er nicht weiter. „Ist es weit?" So wie dieses Pferd schlich, konnte sie fast schneller laufen.

„Doch, ziemlich. So weit zu Fuß, das wär' nichts für Sie", erwiderte er, als ob er ihre Gedanken las. „Und was bringt Sie nach Sitka? Ist Lydia eine Freundin von Ihnen?"

Evie nickte. „Ich hoffe es. Wissen Sie, wie es ihr geht? Ich habe sie lange nicht mehr gesehen."

„Nun, sie hat gute und schlechte Tage. Von dem Überfall haben Sie sicher gehört?"

„Die Einzelheiten nicht", sagte sie.

„Sie hat etliche Schüsse abbekommen. Fast hätte sie es nicht geschafft. Hat lang gebraucht, bis sie wieder auf den Beinen war, und ihr Gedächtnis ist weg."

„Sie hat ihr Gedächtnis verloren?"

„Na ja, Kjell sagt, dass es so langsam wiederkommt, aber an viel erinnert sie sich nicht. Wahrscheinlich wird sie Sie nicht erkennen." Er lächelte. „Nehmen Sie das dann nicht persönlich. Sie ist eine Seele von einer Frau und wird Sie auch so willkommen heißen."

„Das hoffe ich. Ich meine, wenn sie sieht, warum ich gekommen bin." Sie sagte es mehr zu sich selbst und erwartete keine Reaktion. Was hätte der Mann, der Josh hieß, ihr antworten sollen? Die Situation schien anders zu sein, als sie erwartet hatte. Sie hatte gehofft, dass Lydia so überglücklich sein würde, Daniel wieder zu haben, dass sie sie mit offenen Armen empfangen würde – und jetzt musste sie damit rechnen, dass sie gar nicht mehr wusste, wer sie überhaupt war!

„Versteh'n Sie, ja?"

Sie schüttelte den Kopf. „Wie? Was meinen Sie?"

„Ich hab Sie gerade was gefragt, aber ich glaube, Sie haben's nicht mitgekriegt."

„O, Entschuldigung, ich war gerade woanders mit meinen Gedanken." Sie schaute zu den Nadelwäldern und den Bergen hin. Wie schön die Insel war.

„Ist schon gut. Ich hatte Sie gefragt, warum Sie gekommen sind."

„Das … ist ein bisschen schwierig zu erklären."

Er schüttelte den Kopf. „Die Familie braucht nicht noch mehr Schwierigkeiten. Wenn Sie von dem Überfall wissen, wissen Sie sicher auch, was mit dem Kind geschah?"

Evie drückte Daniel fester an sich. „Ja."

„Keiner weiß, was aus ihm geworden ist. Als ich vorhin sah, dass Sie ein Kind dabei haben, war ich erst ein bisschen erschrocken. Ich weiß nicht, ob Lydia sich an ihr eigenes Kind erinnert, aber wundern Sie sich nicht, wenn sie etwas außer sich gerät. Das passiert manchmal, wenn sie sich an etwas erinnern will und nicht kann."

Er fuhr fort: „Wie gesagt, keiner weiß, wo das Kind ist. Kjell hat Nachforschungen angestellt, aber bis jetzt ohne Ergebnis. Er glaubt, dass Lydias Stiefsohn hinter der Sache steckt und das Kind entweder selbst entführt oder jemanden dafür engagiert hat."

Der Augenblick schien zentnerschwer zu sein. „Das stimmt", platzte Evie heraus.

Joshua zog die Zügel an und sah sie an. „Was?"

Sie sah in seine dunkelbraunen Augen. Was würde er gleich von ihr denken? Egal, die Wahrheit musste heraus! „Mr Broadstreet, mein Bruder hat Daniel entführt." Sie zog die Decke zurück, die das Kind vor der Morgensonne schützte. „Und ich bin gerade dabei, ihn zurückzubringen."

Lydia saß auf der Veranda in ihrem Schaukelstuhl. Sie spürte eine eiserne Klammer um ihre Brust. Wie traumatisch der Überfall auch gewesen sein mochte – wie, um alles in der Welt, hatte sie ihr eigenes Kind vergessen können?

Kjell hatte ihr alles erklärt, aber für sie ergab sich kein klares Bild. Sie versuchte krampfhaft, ihrem Gedächtnis mehr Einzelheiten über jene Nacht zu entlocken, aber nichts tauchte auf. Vielleicht würde es später noch kommen – aber wollte sie das wirklich?

Kjell hatte erwähnt, dass er einen Detektiv beauftragt hatte und dass die Behörden in Kansas City endlich gegen Marston Gray ermittelten – den Mann, der ihr Stiefsohn war und der wahrscheinlich Daniel entführt hatte. Ein anderer Mann – der Bruder des Mannes, der sie angeschossen hatte – hatte ausgesagt, dass Marston der Drahtzieher gewesen war.

Sie vergrub das Gesicht in ihren Händen. Wo war ihr Kind? Warum konnten sie es nicht finden?

O, Gott, betete sie, *bitte hilf mir – hilf uns. Bitte gib, dass wir Daniel finden. Gib, dass ich ihn wiedererkenne.* Dieses furchtbare Gefühl, sich nicht erinnern zu können, ja noch nicht einmal zu wissen, wo ihr Kind jetzt war – es war unerträglich.

Die Tränen kamen wieder. Sie schaukelte weiter.

Sie hatte Kjell und Zerelda gebeten, sie allein zu lassen, damit sie in Ruhe über all das, was sie ihr gesagt hatten, nachdenken konnte. Aber jetzt wünschte sie sich, dass Kjell da wäre. Bei ihm fühlte sie sich mitten im größten Sturm geborgen.

Sie wollte gerade zu ihm ins Haus gehen, als sie das Geräusch eines Fuhrwerks hörte. Sie schaute hoch. Gerade kam um eine Biegung das Pferd in Sicht. Sie erkannte es nicht, aber dafür den Kutscher; es war der junge Mann, der für Kjell arbeitete. Neben ihm saß eine Frau, die etwas in den Armen trug. Hatte Zerelda irgendetwas bestellt?

Lydia trocknete mit dem Zipfel ihrer Schürze ihr Gesicht und holte tief Luft. Sie stand auf, um ins Haus zu gehen, aber blieb stehen und drehte sich – warum, wusste sie selber nicht – um, um einen zweiten Blick auf die Frau neben Josh zu werfen. Der Wagen kam näher. Das junge Gesicht mit dem blonden Haar kam Lydia irgendwie bekannt vor.

Wie erstarrt wartete sie an der Tür, während Josh den Wagen anhielt. Er nahm seinem Fahrgast das Bündel ab. Lydia sah, dass es ein Säugling war.

Die junge Frau stieg ab und nahm das Kind wieder in ihre Arme. Sie sah Lydia und kam zögernd zu ihr. Sie lächelte und sagte: „Lydia? Ich bin's, Evie. Evie Gray – erinnerst du dich?"

Lydie schüttelte ihren Kopf. Ihr Magen rumorte. Sie musterte die Frau wieder. Diese Augen – kannte sie die nicht? Diese intensiv blauen Augen. Wie auf einem – ja, wie auf dem Gemälde! Dieses Bild an der Wand, das auf sie heruntergeschaut hatte, mit denselben Augen.

Sie starrte die Frau an und machte einen Schritt weg von der Tür. Gray hieß sie also – derselbe Name wie der ihres Stiefsohns, der das Kind entführt hatte.

Die Frau sprach weiter. „Das ist jetzt sicher ein Schock für dich." Das Kind begann zu weinen, und sie hob es an ihre Schulter. Die Decke rutschte weg.

Lydia starrte das Kind an, dann wieder die Frau. Sie wiederholte ihren Namen. „Evie?"

„Ja. Und dies ist dein Sohn. Ich habe ihn dir zurückgebracht."

Ein lauter Schrei. Lydia merkte erst, dass er aus ihrer Kehle gekommen war, als Kjell aus der Tür sprang und sie in die Arme nahm. „Was ist los?", fragte er.

Vor Lydias Augen wurde es schwarz. Sie merkte, wie sie fiel. „Daniel", flüsterte sie. Dann war alles weg.

Kapitel 32

Lydia schlug die Augen auf. Drei Gesichter sahen sie an. In Zereldas Augen standen Tränen, Kjell sah besorgt aus. Sie schüttelte ihren Kopf in dem Bemühen, die Benommenheit loszuwerden.

„Komm, setz dich auf", sagte Kjell. „Zerelda, holst du ein kaltes Tuch?"

Er schob Lydias Rücken sanft gegen die Lehne des Sofas. Jetzt sah sie auch die junge Frau und erinnerte sich, warum sie ohnmächtig geworden war. Das Baby begann zu weinen, und Lydia streckte beide Arme aus.

„Gebt ihn mir … bitte."

Einen Augenblick später waren Mutter und Sohn wieder vereint. Lydia betrachtete das Kind ehrfürchtig und legte es tröstend an ihre Schulter. „Ist ja gut …" Sie tätschelte ihm den Rücken, und Daniel beruhigte sich.

Sie sog den Geruch seiner Haut ein. Es machte sie merkwürdig glücklich und ruhig. Die Gefühle wollten sie überwältigen. Das Kind, das sie vergessen hatte, lag in ihren Armen.

Evie kniete sich neben sie. „Es tut mir so leid, was Marston dir angetan hat. Als ich die Wahrheit erfahren hab, hab ich alle Hebel in Bewegung gesetzt, um Daniel zu dir zurückzubringen."

Lydia sah die junge Frau an. Sehr nebelhaft war da eine Art Wiedererkennen. „Es war ja nicht deine Schuld", sagte sie. Sie hatte den Eindruck, dass der Satz stimmte.

Evie nickte. „Meine Familie – sie hat dich nicht gut behandelt, aber mir bedeutest du viel, und ich hoffe, das hab ich dir heute zeigen können."

„Doch, das hast du", sagte Lydia. „Ich wollte, ich könnte mich an alles erinnern, aber durch meine Verletzung hab ich das meiste von meinem Gedächtnis verloren."

„Und dafür bin ich in einer Hinsicht fast dankbar“, sagte Evie. „Ich hab mir vorgestellt, was du durchgemacht haben musst seit Daniels Verschwinden. Dass du hier saßest und dir die Augen nach ihm ausweintest – ich konnte es schier nicht ertragen.“ Tränen traten ihr in die Augen. Lydia nahm ihre Hand und streichelte sie beruhigend.

Es klopfte an der Tür. Kjell stand auf, um zu öffnen. Lydia hörte halblaute Stimmen, dann kam der Mann, den man ihr als Captain Briar vorgestellt hatte, herein.

„Madam.“ Er sah das Kind an, dann Kjell. „Ich wollte Ihnen Neuigkeiten aus Kansas City bringen, aber vielleicht ist das jetzt nicht mehr so wichtig.“

„Unsinn“, sagte Kjell. „Sagen Sie uns, was Sie wissen.“

„Also, gut. Die Stadt hat mir einen Brief geschickt. Er kam heute mit der *Constantine* an. Sie waren bei Mr Gray, wie von Ihnen vorgeschlagen, aber haben Ihren Sohn nicht gefunden. Aber wenn er jetzt hier bei Ihnen ist, kann Gray ihn ja nicht entführt haben.“

„Das ist nicht wahr“, meldete Evie sich. Sie stand auf und schaute Lydia an, dann die Männer. „Ich bin die jüngere Schwester von Marston Gray. Er hat das Kind vor ein paar Monaten zu mir gebracht und mir gesagt, dass Lydia tot sei. Er bat mich, Daniel aufzuziehen, und ich sagte zu. Mein Bruder hat dieses Kind entführt und meine Stiefmutter umzubringen versucht.“

Briars Augen wurden schmaler. „Und woher wollen Sie das alles wissen?“

„Ich habe persönlich gehört, wie er es zugab.“ Sie schaute kurz zu Lydia hinüber. „Er tat das in einem Gespräch mit meinem Mann und seinem Bruder; sie wussten nicht, dass ich hinter der Tür stand und sie hören konnte.“ Sie sah Briar wieder an. „Als ich wusste, wie es sich wirklich verhielt, habe ich Daniel genommen und bin sofort mit ihm hierhergekommen.“

Briar sah Kjell an. „Jetzt verstehe ich bald gar nichts mehr.“

„Der Fall ist vollkommen klar“, sagte Evie. „Mein Bruder ist schuldig, und ich bin bereit, das zu bezeugen. Ich werde Ihnen alles sagen, was ich weiß. Hätte ich das nur schon damals getan, vor Jahren, als mein Vater meine Mutter vom Dach unseres Hauses warf."

Lydia keuchte auf. „Floyd hat sie getötet?" Auf einmal war der Name wieder da. Sie sah es wieder vor sich, das wutverzerrte Gesicht ihres Mannes und die Peitsche in seiner Hand. Er hatte sie gerade geschlagen, und seine ersten Worte waren: *„Charlotte hat es auch nie gelernt, mir zu gehorchen, und du weißt ja, was sie davon gehabt hat."*

Das Bild war so schnell wieder weg, wie es gekommen war.

Evie trat zurück zu Lydia. „Ja. Ich habe es selber gesehen. Aber ich war damals erst vier und habe niemandem etwas gesagt. Heute tut mir das leid. Vielleicht wäre alles anders gekommen, wenn ich meinen Mund aufgemacht hätte; vielleicht hättest du dann nie unter ihm leiden müssen."

„Du hast keine Schuld, Evie." Lydia nahm ihre Hand. „Du warst ja nur ein Kind."

Captain Briar räusperte sich nervös. „Gut. Jetzt, wo wir einen Zeugen haben, der zuverlässiger ist als Sidorov, können wir Grays Rolle in diesem Verbrechen nicht mehr ignorieren. Ich werde sofort Kansas City kontaktieren und sehen, was sich machen lässt. Wo kann ich Sie erreichen, Mrs ...?"

„Gadston. Genevieve Gadston."

„Hier bei mir", sagte Lydia. „Sie wird bei uns wohnen, wenn dir das recht ist, Evie."

„Ehrlich gesagt, darum wollte ich dich bitten", sagte Evie. „Ich kann ja nicht mehr nach Hause. Nach dieser Sache hier bin ich für meine Geschwister gestorben."

„Und dein Mann?", fragte Kjell.

„Thomas hat mich nie geliebt. Wahrscheinlich wird er froh sein, dass er mich los ist. Wenn ich Glück habe, stimmt er einer Annulierung der Ehe zu, und wenn nicht, werde ich mein Leben eben so verbringen, ohne ihn."

Kjell nickte. „Du bleibst bei uns, auf alle Fälle.“

„Abgemacht“, sagte Lydia. Sie schaute in das neugierige Gesicht ihres Kindes. Irgendwo tief drinnen erkannte sie es wieder, spürte ganz fest, dass es ihr gehörte. „Abgemacht.“

Lydia betrachtete ihr schlafendes Kind. Sie staunte, wie unberührt es zu sein schien von all dem, was da geschehen war. Wie friedlich es schlief. Sie strich ihm über das feine Haar und wusste irgendwo, dass sie das schon hundert Mal gemacht hatte.

„Schläft er?“, fragte Kjell.

„Ja.“ Lydia richtete sich auf, blieb aber neben der Wiege stehen. „Ich habe ihn gefüttert, und dann ist er gleich eingeschlafen.“

Kjell zog sie lächelnd an sich. Er drückte sein Gesicht in ihren Nacken und küsste ihr Ohrläppchen. „Es ist ein Wunder, das steht fest.“

Lydia drehte sich kurz zu ihm um. „Glaubst du das wirklich? Dass Gott ihn uns zurückgebracht hat?“

„Da bin ich ganz sicher. Ich glaube nicht an Zufall oder Glück. Ich glaube, dass Gott unsere Schritte plant und lenkt. Manchmal versuchen andere, seinen Plan zu stören, aber er setzt sich durch. Immer.“ Er legte seine Wange an die ihre. „Ich werde vielleicht nie begreifen, warum das hier passieren musste oder wie es zu Gottes Ehre dient, Lydia, aber ich glaube, dass Gott seine Hand über uns hält und über Daniel.“

Sie drehte sich in seinen Armen um und strich über sein Gesicht. „Ich möchte eine wunderbare Zukunft mit dir und Daniel und unseren anderen Kindern, wenn Gott uns welche schenken wird.“

Er strich über ihr Haar. „Das wünsche ich mir auch. Es ist mir nicht so wichtig, ob du mich von früher kennst; es reicht, wenn du mich jetzt kennst und mich für immer liebst.“

„O, da kannst du sicher sein.“ Sie bog sich so weit zurück, dass sie sein Gesicht sehen konnte. „Und ich bin sicher, dass du mich liebst."

Sie zog lächelnd sein Gesicht herunter zu ihrem. In seinen Augen spiegelte sich das Kaminfeuer. Sie küsste ihn sachte. So glücklich und erfüllt wie jetzt hatte sie sich noch nie gefühlt. Er hob sie in seine Arme, und sie seufzte zufrieden. Egal, was die Zukunft ihnen bringen würde, egal, was an Schwerem auf sie warten mochte, dieser Augenblick war das Vorspiel zu einem neuen Leben, das jetzt anbrechen würde – einem Leben der Liebe. *Ihrem* Leben.

Von derselben Autorin

Mein Herz sucht seinen Weg

304 Seiten, gebunden
ISBN 978-3-7655-1133-2

Dunkle Familiengeheimnisse stellen Daniel Lindquist vor schwierige Entscheidungen. Um zu erfahren will, wo seine Wurzeln sind, muss er das geliebte Sitka verlassen … aber damit zugleich auch Phoebe Robbins, der Daniel mehr als nur flüchtiges Interesse entgegenbringt.
Und Daniels Freund Yuri ist entschlossen, Daniels Abwesenheit als Chance für sich zu nutzen … Während Daniel versucht, Licht in das Dunkel der Vergangenheit zu bringen, ist der Wettstreit um Phoebes Herz erst der Anfang von dramatischen Verwicklungen, die auch die Freundschaft zwischen beiden Männern auf eine harte Probe stellen.

BRUNNEN VERLAG GIESSEN
www.brunnen-verlag.de

Sophia – die Texas-Trilogie von Tracie Peterson

Sophia – Umwege der Gefühle
336 Seiten, gebunden
ISBN 978-3-7655-1235-3

Im Sturm der Gefühle
352 Seiten, gebunden
ISBN 978-3-7655-1571-2

Triumph der Liebe
336 Seiten, gebunden
ISBN 978-3-7655-0902-5

Texas, Ende des 19. Jahrhunderts. Sophia träumt davon, Ärztin zu werden, doch ihre Familie ist dagegen. Als sie den attraktiven Mediziner Dr. Christopher Clayton kennenlernt, scheint ihr Lebensglück zum Greifen nahe: der Arzt fördert nicht nur ihre beruflichen Ambitionen – beide scheinen seelenverwandt und wie füreinander bestimmt. Da greifen Geschehnisse aus Christophers Vergangenheit nach ihrer zarten Liebe. Hat ihr Glück trotz vieler Hindernisse dennoch eine Chance?

Eine romantische Liebesgeschichte –
ein echtes Lesevergnügen!